Alice Oseman

Loveless

Traduit de l'anglais (Royaume-Uni)
par Valérie Drouet

hachette
ROMANS

« Si nous avons réussi, il faut convenir
que l'amour dépend du hasard.
Cupidon tue les uns avec des flèches,
il prend les autres au trébuchet[1]. »

Beaucoup de bruit pour rien, William Shakespeare

Traduit de l'anglais (Royaume-Uni) par Valérie Drouet

L'édition originale de cet ouvrage a paru chez HarperCollins Children's Books,
a division of HarperCollinsPublishers Ltd, sous le titre :
LOVELESS

Hachette Livre, 58, rue Jean Bleuzen, 92170 Vanves.

1. Traduit par François Pierre Guillaume Guizot, aux éditions Humanis. *(Toutes les notes sont de la traductrice.)*

Première partie

Dernière chance

Trois couples étaient en train de se rouler des pelles autour du feu, comme dans une espèce d'orgie de baisers organisée, et j'étais partagée entre « beurk » et « wouah, j'aimerais tellement être à leur place ».

Franchement, c'est sans doute ce à quoi j'aurais dû m'attendre de notre fête post-bal de promo. Je ne vais pas souvent à des fêtes. Je n'avais pas conscience que c'était vraiment ce qui se faisait.

Je me suis éloignée du foyer pour retourner vers la gigantesque maison de campagne de Hattie Jorgensen, en tenant ma robe de bal d'une main pour ne pas trébucher, et j'ai envoyé un message à Pip.

Georgia Warr

Je n'ai pas pu approcher du feu pour récupérer les marshmallows parce qu'il y avait des gens qui s'embrassaient tout autour

Felipa Quintana

Comment as-tu pu me trahir et me décevoir à ce point, Georgia ?

Georgia Warr

Tu m'aimes encore ou c'est fini entre nous ?

Je suis arrivée dans la cuisine où j'ai repéré Pip. Elle se tenait contre un meuble d'angle, un gobelet de vin dans une main et son portable dans l'autre. Sa cravate était à moitié enfoncée dans la poche de sa chemise, son blazer en velours bordeaux était désormais déboutonné et ses courtes boucles lâches étaient tout en volume, sans aucun doute à force d'avoir tant dansé au bal.

— Ça va ? ai-je demandé.

— Peut-être un peu pompette, a-t-elle répondu, ses lunettes en écaille de tortue glissant le long de son nez. Et je t'aime *vraiment* putain.

— Plus que les marshmallows ?

— Comment peux-tu me demander de faire un choix pareil ?

J'ai passé mon bras autour de ses épaules et nous nous sommes adossées ensemble aux placards de la cuisine. Il était presque minuit, la musique retentissait depuis le salon de Hattie, et les discussions, les rires et les cris de nos camarades résonnaient de chaque coin du bâtiment.

— Il y avait trois couples qui s'embrassaient autour du feu, ai-je raconté. Genre, synchro.

— Pervers, a répondu Pip.

— Je crois que j'aurais aimé en faire partie.

Elle s'est tournée vers moi.

— Beurk.

— J'ai juste envie d'embrasser quelqu'un, ai-je expliqué, ce qui était étrange parce que je n'avais même pas trop bu.

Je devais ramener Pip et Jason en voiture un peu plus tard.

— On peut s'embrasser si tu veux.

— Ce n'est pas ce que j'avais en tête.

— Bon, ça fait des mois que Jason est célibataire. Je suis sûre qu'il ne serait pas contre.

— Arrête. Je suis sérieuse.

J'*étais* sérieuse. J'avais vraiment très envie d'embrasser quelqu'un. Je voulais ressentir un peu de cette magie de la soirée du bal de promo.

— Tommy, alors, a suggéré Pip, sourcil levé, un sourire diabolique aux lèvres. Il est peut-être temps de passer aux *aveux*.

De toute ma vie, je n'avais craqué que pour une personne. Il s'appelait Tommy. C'était le « mec canon » de notre âge – celui qui aurait pu être mannequin s'il l'avait voulu. Il était grand et mince, d'une beauté conventionnelle un peu à la Timothée Chalamet, même si je ne comprenais pas vraiment ce que tout le monde trouvait à Timothée Chalamet. J'avais une théorie selon laquelle un grand nombre de personnes faisaient semblant de craquer pour des célébrités uniquement pour s'intégrer.

Tommy avait été mon crush depuis qu'une fille m'avait demandé « Quel est le garçon le plus canon de Truham ? » en sixième. Sur son portable, elle m'avait montré une photo des élèves de sixième les plus populaires de l'école pour garçons de l'autre côté de la rue, et Tommy se trouvait pile au milieu. Je savais qu'il était le plus beau – enfin, il avait des cheveux de star de boys band et portait des vêtements à la mode – donc je l'avais désigné et j'avais répondu « Lui ». Et voilà.

Presque sept ans plus tard, je n'avais même jamais parlé à Tommy. Je n'en avais jamais vraiment eu envie, sans doute parce que j'étais timide. Il était plus comme un concept abstrait – il était canon, je craquais pour lui et rien n'allait se passer entre nous, et ça m'allait parfaitement.

J'ai pouffé en regardant Pip.

— Sûrement pas Tommy.

— Pourquoi pas ? Il te plaît.

L'idée d'aller au bout de mon crush me rendait extrêmement nerveuse.

Je me suis contentée de hausser les épaules à l'intention de Pip, et elle n'a plus rien ajouté.

Pip et moi sommes sorties de la cuisine, toujours enlacées, et avons gagné le couloir de la luxueuse maison de campagne de Hattie Jorgensen. Les gens, en robe de bal et en costard, étaient assis par terre au milieu de la nourriture et des gobelets dispersés partout. Deux personnes s'embrassaient dans l'escalier. Je les ai regardées un instant, sans savoir s'il s'agissait de la chose la plus répugnante ou la plus romantique que j'aie jamais vue de ma vie. Sans doute la première option.

— Tu sais ce que je veux ? a lancé Pip alors que nous entrions d'un pas incertain dans la véranda de Hattie pour nous affaler sur le canapé.

— Quoi ?

— Je veux que quelqu'un me déclare spontanément son amour en chanson.

— Quelle chanson ?

Elle a réfléchi un moment.

— *Your Song* de *Moulin Rouge*, a-t-elle soupiré. Punaise, je suis triste, lesbienne et seule.

— Excellent choix de chanson, mais moins accessible qu'un baiser.

Pip a roulé les yeux.

— Si tu as tellement envie d'embrasser quelqu'un, va parler à Tommy. Tu craques pour lui depuis sept ans. C'est ta dernière chance avant d'aller à la fac.

Elle n'avait peut-être pas tort.

S'il fallait que ça arrive, ça devait être avec Tommy. Mais cette idée m'angoissait.

J'ai croisé les bras.

— Je pourrais peut-être plutôt embrasser un inconnu.

— Tu déconnes !

— Je suis *sérieuse*.

— Ça m'étonnerait. Ce n'est pas ton genre.

— Tu n'en sais rien.

— Oh que si, a répliqué Pip. Je te connais mieux que personne.

Elle avait raison. Oui, elle me connaissait et non, ce n'était pas mon genre, et cette soirée était ma dernière chance de me dévoiler auprès du garçon pour lequel je craquais depuis sept ans, ma dernière chance d'embrasser quelqu'un alors que j'étais encore une écolière, une chance d'éprouver cette excitation dont rêvent les adolescents et la magie de la jeunesse à laquelle tout le monde semblait avoir goûté.

C'était ma dernière chance de ressentir tout ça.

Peut-être que j'allais quand même devoir me faire violence et embrasser Tommy.

Romance

J'adorais la romance. Depuis toujours. J'adorais les Disney (en particulier ce chef-d'œuvre sous-estimé qu'est *La Princesse et la Grenouille*). J'adorais les fanfictions (même à propos de personnages dont je ne savais rien, mais Draco/Harry ou Korra/Asami étaient mes lectures doudou). J'adorais imaginer mon mariage (une cérémonie dans une grange, avec des feuilles d'automne et des baies, des guirlandes lumineuses et des bougies, ma robe, vintage avec des dentelles, la personne que j'allais épouser, en larmes, ma famille, en larmes, moi, en larmes, beaucoup trop heureuse d'avoir trouvé *la bonne personne*).

J'adorais *l'Amour.*

Je savais que c'était mièvre. Mais je n'étais pas du genre cynique. J'étais une rêveuse, peut-être, qui aimait se languir et croire en la magie de l'amour. Comme le personnage principal dans *Moulin Rouge*, qui fuit à Paris pour écrire des histoires sur la vérité, la liberté, la beauté et l'amour, même s'il ferait sans doute mieux de songer à trouver un travail pour se payer à manger. Ouais. C'était moi tout craché.

C'est sans doute de famille. Les Warr croyaient en l'amour éternel – mes parents étaient toujours aussi amoureux qu'en 1991, à l'époque où ma mère était professeur de ballet et où mon père faisait partie d'un groupe. Je ne plaisante pas. Leur histoire était littéralement celle de *Sk8er Boi* d'Avril Lavigne mais avec une fin heureuse.

Mes quatre grands-parents étaient toujours ensemble. Mon frère avait épousé sa petite amie à vingt-deux ans. Aucun de mes proches parents n'était divorcé. Même la plupart de mes cousins plus âgés avaient au moins un ou une partenaire, voire une famille entière.

Je n'avais jamais été en couple.

Je n'avais jamais embrassé qui que ce soit.

Jason avait embrassé Karishma de mon cours d'histoire lors de son expédition pour le prix international du duc d'Édimbourg et il était sorti avec une fille horrible appelée Aimee pendant quelques mois avant de se rendre compte que c'était une connasse. Pip avait embrassé Millie de l'Académie lors d'une fête et aussi Nicola de notre troupe de théâtre à la répétition en costume de *Dracula*. La plupart des gens avaient une histoire de ce genre – un baiser stupide avec une personne aimée, ou non, et ça ne menait pas forcément à quelque chose, mais ça faisait partie de l'adolescence.

La plupart des gens de dix-huit ans ont déjà embrassé quelqu'un. La plupart des gens de dix-huit ans ont au moins un crush sur quelqu'un, même si c'est une célébrité. Au moins la moitié des gens que je connaissais avaient déjà couché, même si certains d'entre eux mentaient sans doute ou faisaient seulement référence à une très mauvaise branlette ou à un pelotage de sein.

Mais ça ne me dérangeait pas parce que je savais que mon heure viendrait. C'était le cas pour tout le monde. *Tu trouveras quelqu'un* – c'est ce qu'on me répétait tout le temps, à raison. Les romances adolescentes ne duraient que dans les films, de toute façon.

Je n'avais qu'à attendre, et ma grande histoire d'amour viendrait. Je trouverais la bonne personne. Nous tomberions amoureux. Et j'aurais ma fin heureuse.

Pip, Jason et moi

— Il faut que Georgia embrasse Tommy, a annoncé Pip à Jason alors que nous nous affalions près de lui sur le canapé dans le salon de Hattie.

Jason, qui était en pleine partie de Scrabble sur son portable, m'a regardée, les sourcils froncés.

— Je peux savoir pourquoi ?

— Parce que ça fait sept ans et que je pense qu'il est grand temps, a poursuivi Pip. Un commentaire ?

Jason Farley-Shaw était notre meilleur ami. Nous étions une sorte de trio. Pip et moi allions dans la même école pour filles et nous avions rencontré Jason lors des spectacles scolaires pour lesquels ils allaient toujours chercher quelques élèves de l'école pour garçons. Puis, après quelques années, il avait intégré notre lycée, qui devenait mixte à partir de la première, et avait aussi rejoint notre troupe de théâtre.

Quel que soit le spectacle que nous montions, que ce soit une comédie musicale ou une pièce de théâtre, Jason jouait généralement le même rôle : un homme sévère d'âge mûr. Principalement parce qu'il était grand et carré, mais aussi parce que, au premier regard, il avait vraiment des airs de père sévère. Il avait joué Javert dans *Les Misérables*, Prospero dans *La Tempête* et le père en colère, George Banks, dans *Mary Poppins*.

Malgré cela, Pip et moi avions rapidement appris que, sous ses airs stricts, Jason était un type calme et très gentil qui semblait apprécier notre compagnie plus que celle des autres. Entre le côté messagère du chaos de Pip et ma tendance à angoisser et à me sentir bizarre pour tout et n'importe quoi, le calme de Jason nous apportait un parfait équilibre.

— Euh… a répondu Jason en me regardant. Eh bien… ce que *je* pense n'a pas vraiment d'importance.

— Je ne sais pas si j'ai envie d'embrasser Tommy, ai-je argué.

Jason a affiché un air satisfait avant de s'adresser à Pip.

— Et voilà. Affaire classée. Il faut être certain de ces choses-là.

— Non ! Allez ! s'est écriée Pip avant de se tourner vers moi. Georgia. Je sais que tu es timide. Mais c'est *parfaitement normal* d'être nerveuse à cause de son crush. C'est littéralement ta *dernière* chance de lui avouer tes sentiments, et même s'il te repousse, ça n'a pas d'importance, parce qu'il va aller à la fac à l'autre bout du pays.

J'aurais pu lui faire remarquer qu'une relation serait donc plutôt compliquée s'il disait oui, mais je me suis retenue.

— Tu te rappelles à quel point j'étais stressée quand j'ai avoué à Alicia qu'elle me plaisait ? a poursuivi Pip. Et elle m'a répondu genre « Désolée, je suis hétéro », et j'ai pleuré pendant deux mois, mais regarde-moi ! Je suis au taquet ! (Elle a levé une jambe en l'air pour illustrer son propos.) C'est un scénario sans conséquence.

Jason m'a observée durant toute la conversation, comme s'il tentait de deviner ce que je ressentais.

— Je sais pas, ai-je répondu. Je… sais pas du tout. J'imagine qu'il me plaît.

Un éclair de tristesse a parcouru les traits de Jason avant de disparaître.

— Bon, a-t-il tranché en fixant ses cuisses, je pense que tu devrais faire ce que tu veux.

— Je crois que j'ai vraiment envie de l'embrasser, ai-je répondu.

J'ai parcouru la pièce du regard et, bien sûr, Tommy se trouvait là, au milieu d'un petit groupe près de la porte. Il était suffisamment éloigné pour que je n'arrive pas à me focaliser sur les détails de son visage – il n'était qu'un concept, une tache, un beau mec de base. Mon crush depuis sept ans. Le voir si loin et flou m'a ramenée immédiatement en sixième, à désigner un garçon, qui devait sans doute être attirant, sur une photo.

Et ça m'a poussée à me décider. Je pouvais le faire.

Je pouvais embrasser Tommy.

À certains moments, je m'étais demandé si j'allais finir avec Jason. À d'autres, je m'étais aussi demandé si j'allais finir avec Pip. Si nos vies avaient été un film, au moins deux d'entre nous seraient sortis ensemble.

Mais je n'avais jamais éprouvé de sentiments romantiques pour l'un d'eux, à ma connaissance.

Pip et moi étions amies depuis presque sept ans. Depuis le premier jour de sixième quand nous nous étions retrouvées côte à côte au groupe de mentorat et que nous avions été forcées de nous raconter trois choses intéressantes à notre sujet. Nous avions découvert que nous voulions toutes les deux devenir actrices et voilà. Nous étions devenues amies.

Pip avait toujours été plus sociable, plus drôle et, de manière générale, plus intéressante que moi. J'étais celle qui écoutait, celle qui l'avait soutenue durant sa crise « suis-je lesbienne ? » à quatorze ans, puis pendant sa crise « je ne sais pas si je dois choisir le théâtre ou les sciences » un an plus tard, et enfin lors de sa crise « j'ai vraiment envie d'avoir les cheveux courts mais j'ai peur » il y a quelques mois.

Jason et moi nous étions rencontrés plus tard, mais nous avions tissé un lien bien plus rapidement que je ne l'aurais cru possible, étant donné mon maigre bilan amical. C'était la première personne avec qui je pouvais rester assise en silence sans être mal à l'aise. Je ne me sentais pas obligée d'essayer d'être drôle ou divertissante avec lui ; je pouvais être moi-même sans qu'il me déteste.

Nous avions tous dormi les uns chez les autres des milliers de fois. Je savais exactement où se trouvaient les ressorts cassés du lit de Pip. Je savais que le verre que Jason préférait dans mon placard était un verre Donald Duck décoloré que j'avais eu à Disneyland à douze ans. Nous regardions toujours *Moulin Rouge* quand nous traînions ensemble – nous en connaissions la moindre réplique par cœur.

Il n'y avait jamais eu le moindre sentiment amoureux entre Pip, Jason et moi. Mais ce que nous avions – une amitié de plusieurs années – était tout aussi fort, je trouve. Voire plus fort que ce que partageaient bien des couples que je connaissais.

Action ou vérité

Afin que je me rapproche physiquement de Tommy, Pip nous a forcés à nous joindre à une partie d'« action ou vérité » avec le groupe, ce contre quoi Jason et moi avons protesté tous les deux, mais Pip a gagné, évidemment.

— Vérité, ai-je dit quand ç'a été mon tour de souffrir.

Hattie, qui menait le jeu, a affiché un sourire diabolique avant de sélectionner une carte dans la pile « vérité ». Nous devions être une douzaine, assis sur le tapis du séjour. Je me trouvais entre Pip et Jason. Tommy se tenait en face. Je ne voulais pas vraiment le regarder.

Pip m'a tendu une chips du saladier pour me soutenir. Je l'ai acceptée avec reconnaissance avant de l'enfourner.

— Quelle a été ta pire expérience amoureuse ou sexuelle avec un garçon ?

Deux ou trois personnes ont lâché un « oooh » en chœur, un type a sifflé, et une fille s'est contentée de rire, un bref éclat, « ha », que j'ai trouvé encore plus embarrassant que tout le reste.

Par chance, après cette fête, je ne reverrais quasiment plus aucun d'entre eux de toute ma vie. À part peut-être sur Instagram, mais j'avais mis en sourdine la plupart des stories et j'avais déjà fait une liste mentale de tous les gens que j'allais arrêter de suivre après le jour des résultats du bac. Il y avait quelques personnes avec lesquelles Pip, Jason et moi nous entendions bien. Des gens avec lesquels nous nous asseyions au déjeuner. Un petit groupe de théâtreux avec qui nous traînions durant la saison du spectacle au lycée. Mais je savais déjà que nous allions nous perdre de vue une fois à la fac.

Aucune chance que Pip, Jason et moi nous perdions de vue, cependant, parce que nous irions tous à l'université de Durham en octobre, si tant est que nous ayons des notes suffisantes. Ça n'avait pas été planifié – nous étions un trio de *nerds* particulièrement brillants, mais Jason avait échoué à entrer à Oxford, Pip avait échoué à entrer au King's College de Londres, et j'étais la seule à avoir effectivement mis Durham en premier choix.

Je remerciais chaque jour l'univers que les choses se soient passées ainsi. J'avais *besoin* de Pip et Jason. Ils étaient ma bouée de sauvetage.

— Ça va trop loin, a immédiatement interjeté Jason. Allez, c'est bien trop personnel.

Il y a eu des cris outrés de nos pairs. Les gens se foutaient que ce soit trop personnel.

— Tu dois bien avoir quelque chose à raconter, a insisté Hattie d'une voix traînante avec son accent super snob. Tout le monde a eu un baiser atroce ou un truc du genre.

J'étais terriblement mal à l'aise d'être au centre de l'attention, aussi j'ai pensé qu'il valait mieux en finir.

— Je n'ai jamais embrassé personne, ai-je annoncé.

En disant ça, je n'avais pas l'impression d'avouer quelque chose de particulièrement bizarre. Enfin, on n'était pas dans un film pour ados. On n'humiliait pas *vraiment* les vierges. Tout le monde savait que les gens le faisaient quand ils étaient prêts, pas vrai ?

Mais c'est alors que les réactions ont fusé.

Il y a eu des halètements audibles. Un « han » plein de pitié. Des garçons se sont mis à rire et l'un d'eux a toussé « vierge ».

Hattie a porté une main à sa bouche avant de dire, horrifiée :

— Oh mon Dieu, sérieux ?

Mon visage s'est mis à me brûler. Je n'étais pas bizarre. Des tas de gens de dix-huit ans n'avaient pas encore eu leur premier baiser.

J'ai jeté un coup d'œil à Tommy, et même lui me regardait avec compassion, comme si j'étais une enfant – une enfant qui ne comprenait rien à rien.

— Ce n'est pas *si* rare, ai-je tenté.

Hattie a pressé une main contre son cœur en se pinçant les lèvres.

— Tu es tellement innocente.

Un type s'est penché vers moi.

— Tu as genre dix-huit ans, non ?

J'ai hoché la tête, et il a ajouté « Oh, sérieux », comme si j'étais répugnante ou je ne sais quoi.

Étais-je répugnante ? Étais-je moche, timide et répugnante, et était-ce la raison pour laquelle je n'avais encore embrassé personne ?

Mes yeux ont commencé à se remplir de larmes.

— Bon, a craché Pip. Vous pouvez tous arrêter d'être des connards, là.

— C'est *bizarre* quand même, a insisté un type de mon cours d'anglais avant de s'adresser à Pip. Reconnais que c'est *bizarre* de n'avoir embrassé personne à dix-huit ans.

— C'est la meilleure, de la part d'un type qui vient d'avouer qu'il s'est branlé en pensant aux princesses dans *Shrek 3*.

Il y a eu des gloussements de jubilation dans le groupe, qui en a temporairement oublié de se moquer de moi. Tandis que Pip continuait de réprimander nos camarades, Jason a très discrètement pris ma main, m'a aidée à me relever et m'a fait sortir de la pièce.

Une fois dans le couloir, j'étais sur le point de pleurer donc j'ai dit que je devais faire pipi, puis je suis montée pour trouver les toilettes. Quand je suis arrivée dans la salle de bains, j'ai examiné mon reflet, j'ai frotté le dessous de mes yeux pour éviter que mon mascara laisse des traces. J'ai ravalé mes larmes. Je n'allais pas pleurer. Je n'avais jamais pleuré devant qui que ce soit.

Je n'avais pas remarqué.

Je n'avais pas remarqué à quel point j'étais *en retard.* J'avais passé tellement de temps à me dire que mon grand amour allait simplement *se montrer* un jour. J'avais eu tort. Tellement tort. Tous les autres devenaient adultes, s'embrassaient, couchaient ensemble, tombaient amoureux, et je n'étais que…

Je n'étais qu'une enfant.

Et si je continuais comme ça… resterais-je seule pour toujours ?

— Georgia !

La voix de Pip. Je me suis assurée d'avoir séché mes larmes avant de sortir de la salle de bains. Et elle ne s'est doutée de rien.

— Ils sont tellement débiles, putain, a-t-elle lancé.

— Ouais, ai-je approuvé.

Elle a esquissé un sourire chaleureux.

— Tu sais que tu trouveras quelqu'un, pas vrai ?

— Ouais.

— Tu *sais* que tu trouveras quelqu'un. Ça arrive à tout le monde. Tu verras.

Jason me regardait d'un air peiné. Avec pitié, peut-être. Lui aussi avait pitié de moi ?

— Est-ce que je gâche mon adolescence ? leur ai-je demandé.

Et ils m'ont répondu que non, comme le feraient tous les meilleurs amis, mais il était trop tard. C'était le signal dont j'avais besoin.

Je devais embrasser quelqu'un avant qu'il ne soit trop tard.

Et ce quelqu'un devait être Tommy.

Tommy

J'ai laissé Pip et Jason redescendre chercher à boire, prétextant vouloir récupérer ma veste dans une des chambres d'ami parce que j'avais froid, puis je suis restée dans le couloir sombre, le temps de respirer et de reprendre mes esprits.

Tout allait bien. Il n'était pas trop tard.

Je n'étais ni bizarre ni répugnante.

J'avais le temps de passer à l'action.

J'ai repéré ma veste, et j'ai également pris un bol de saucisses cocktail abandonné en équilibre sur un radiateur. Alors que je remontais le couloir, j'ai vu que la porte d'une des chambres était entrouverte, j'ai donc jeté un œil à l'intérieur, tout ça pour voir une personne se faire très clairement doigter.

J'ai reçu une décharge électrique dans la colonne. Genre, wouah, d'accord. J'oubliais que les gens faisaient ça dans la vraie vie. C'était fun à lire dans les fanfictions ou à voir dans les films, mais la réalité était un peu genre : « Oh. Beurk. Je suis mal à l'aise, sortez-moi de là. »

Cela mis à part, vous penseriez sûrement à bien fermer la porte si quelqu'un devait introduire une partie de son corps en vous.

J'avais du mal à m'imaginer dans une telle situation. Franchement, j'aimais l'idée, en théorie – vivre une petite aventure sexy dans une pièce sombre de la maison de quelqu'un d'autre avec la personne avec qui on flirtait depuis quelques mois – mais en réalité ? Devoir réellement se toucher les parties génitales avec quelqu'un ? Beurk.

J'imaginais que les gens avaient besoin de temps pour être prêts pour ce genre de choses. Et il fallait trouver une personne avec qui on se sentait bien. Je n'avais même jamais interagi avec quelqu'un que j'aurais eu envie d'embrasser, alors encore moins avec quelqu'un que j'aurais voulu…

J'ai baissé les yeux sur mon bol de saucisses cocktail. Soudain, je n'avais plus très faim.

— Hé, a lancé une voix.

J'ai levé les yeux. C'était Tommy.

C'était la première fois de ma vie que je lui parlais.

Je l'avais souvent vu, bien sûr. À quelques fêtes auxquelles j'étais allée. Parfois devant le portail de l'école. Quand il a rejoint notre lycée en première, nous n'avions aucun cours en commun, mais nous nous croisions parfois dans les couloirs.

Je m'étais toujours sentie un peu nerveuse en sa présence. J'imaginais que c'était à cause du crush.

Je ne savais pas comment j'étais censée me comporter avec lui.

Tommy a désigné la chambre.

— Il y a quelqu'un ? Je pense que ma veste est sur le lit.

— Je crois que quelqu'un se fait doigter, ai-je répondu en espérant ne pas l'avoir dit suffisamment fort pour que la personne en question l'entende.

Tommy a baissé sa main.

— Ah. OK. Bon, d'accord. Euh. Je reviendrai plus tard du coup.

Il y a eu un blanc. Nous nous tenions devant la porte, mal à l'aise. Nous n'entendions pas les deux personnes dans la chambre, mais rien que de savoir ce qui se passait, et que nous en ayons tous les deux conscience, me donnait envie de mourir.

— Comment vas-tu ? a-t-il demandé.

— Oh, tu sais, ai-je répondu, le bol toujours dans les mains. J'ai des saucisses.

Tommy a hoché la tête.

— Bien. Tant mieux.

— Merci.

— Au fait, tu es très jolie ce soir.

Ma robe de bal était lilas et pailletée, et je me sentais plutôt mal à l'aise dedans, comparé à mon habituel jean taille haute avec mon pull à motifs, mais je me trouvais jolie, donc c'était agréable d'en avoir la confirmation.

— Merci.

— Désolé pour la partie d'« action ou vérité », a-t-il gloussé. Les gens peuvent vraiment être cons. Pour info, je n'ai eu mon premier baiser qu'à dix-sept ans.

— Vraiment ?

— Ouais. C'est vrai que c'est un peu tard, mais… tu sais, c'est mieux d'attendre le bon moment, pas vrai ?

— Ouais, ai-je approuvé.

Mais ma seule pensée était que, si dix-sept ans c'était « tard », alors je devais clairement être au niveau gériatrie.

Tout paraissait étrange. Tommy était mon crush depuis sept ans. Il était en train de me parler. Pourquoi n'étais-je pas en train de sauter de joie ?

Par chance, à ce moment, mon portable s'est mis à vibrer. Je l'ai tiré de mon soutien-gorge.

Felipa Quintana

Sexcuse moi mais ku es tu

Haha sex

J'ai dit sexe sans faire exprès

Et ku

Haha cul

Jason Farley-Shaw
Pitié reviens avant que Pip boive un autre verre de vin

Felipa Quintana
Arrête de parler de moi dans notre conversation groupée alors que je suis juste à côté de toi

Jason Farley-Shaw
Sérieux Georgia, où es-tu ?

J'ai rapidement mis l'écran de mon portable en veille avant que Tommy pense que je l'ignore.

— Euh… ai-je commencé sans vraiment savoir ce que j'allais dire. (Je tenais ma veste en jean oversize.) Si tu as froid, je peux te prêter ma veste.

Tommy l'a regardée. Il ne semblait pas perturbé par le fait que ce soit techniquement une veste de fille, ce qui était une bonne chose parce que, s'il avait protesté, c'en aurait été fini de mon crush.

— Tu en es sûre ? a-t-il demandé.

— Ouais !

Il a pris la veste et l'a enfilée. Cela m'a mise un peu mal à l'aise, rien que de savoir qu'un type que je connaissais à peine portait ma veste préférée. N'aurais-je pas dû être ravie de cette situation ?

— J'allais m'asseoir près du feu un moment, a expliqué Tommy, et il s'est adossé au mur, se penchant très légèrement vers moi en souriant. Tu… veux venir ?

C'est là que j'ai compris qu'il essayait de flirter avec moi.

Genre, ça fonctionnait.

J'allais vraiment pouvoir embrasser Tommy.

— D'ac, ai-je répondu. Laisse-moi juste prévenir mes amis.

Georgia Warr
Je suis avec Tommy mdr

School romance était un de mes *tropes* de fanfiction préférés. J'adorais aussi *soulmate*, *coffee shop*, *hurt/comfort* et *temporary amnesia*.

J'imaginais qu'une romance scolaire était ce qui avait le plus de chances de m'arriver, mais maintenant que la possibilité de concrétisation était supérieure à zéro, je paniquais.

Genre, la panique avec cœur qui palpite, transpiration et mains qui tremblent.

C'est à ça que ressemblaient les crushs, donc c'était normal, pas vrai ?

Tout était parfaitement normal.

Le baiser

En arrivant près du feu, nous étions seuls. Aucune orgie de baisers en vue.

J'ai choisi une place près de la pile de couvertures, et Tommy s'est assis à côté de moi, posant sa bouteille de bière sur l'accoudoir. Qu'allait-il se passer ? Allions-nous simplement nous mettre à nous embrasser ? Sérieux, j'espérais que non.

Une petite minute, n'était-ce pas ce que je voulais ?

Il y aurait un baiser, de toute façon. C'était évident pour moi. C'était ma dernière chance.

— Bon, a dit Tommy.

— Bon, ai-je dit à mon tour.

Je réfléchissais à la façon d'initier le baiser. Dans les fanfictions, ils se contentent de dire « Je peux t'embrasser ? » ce qui est très romantique à lire mais qui semblait tellement gênant dans ma tête quand je m'imaginais le dire à haute voix. Dans les films, cela semble arriver comme ça, sans discussion préalable, mais les deux personnes se lancent en sachant exactement ce qui se passe.

Il m'a fait un signe de tête, et je l'ai regardé, attendant qu'il parle.

— Tu es très jolie ce soir, a-t-il commencé.

— Tu l'as déjà dit, ai-je répondu avec un sourire gêné, mais merci.

— Bizarre qu'on n'ait jamais vraiment discuté au lycée, a-t-il poursuivi.

Alors qu'il parlait, il a posé sa main au sommet de mon fauteuil, et ses doigts se sont retrouvés étrangement près de mon visage. Je ne sais pas pourquoi ça m'a mise aussi mal à l'aise. Sa peau était juste *là*, j'imagine.

— Eh bien, nous n'étions pas amis avec les mêmes gens, ai-je répondu.

— Ouais, et tu es plutôt discrète, pas vrai ?

Je ne pouvais même pas le nier.

— Ouais.

Maintenant qu'il était si proche, je luttais pour voir ce qui m'avait attirée au juste chez lui pendant sept ans. Je *savais* qu'il avait une beauté conventionnelle, comme une pop star ou un acteur, mais rien ne me donnait des *papillons* dans le ventre. Savais-je à quoi ressemblaient ces papillons ? Qu'étais-je censée ressentir en ce moment ?

Il a hoché la tête comme s'il savait déjà tout de moi.

— Pas grave. C'est cool, les filles discrètes.

Qu'est-ce que ça voulait dire ?

Se comportait-il bizarrement ? Je n'aurais pas su le dire. J'étais sans doute seulement nerveuse. C'est normal de stresser en présence de son crush.

J'ai jeté un œil en direction de la maison, sentant que je n'avais plus vraiment envie de le regarder. Et j'ai repéré deux silhouettes dans la véranda, qui nous observaient – Pip et Jason. Pip m'a immédiatement fait un signe de main, mais Jason semblait un peu gêné et il a attiré Pip à l'écart.

Ils voulaient tous les deux savoir ce qui allait se passer entre Georgia et son crush de sept ans.

Tommy s'est penché un peu plus vers moi.

— On devrait discuter plus souvent.

Je sentais qu'il n'en pensait pas un mot. Il gagnait seulement du temps. Je savais ce qui devait se passer ensuite.

J'étais censée me pencher, nerveuse mais excitée, et il écarterait une mèche de cheveux de mon visage et je le regarderais, puis nous nous embrasserions, tendrement, et nous ne ferions qu'un, Georgia et Tommy, puis nous rentrerions chez nous, grisés et heureux, et peut-être que ça n'arriverait plus jamais. Ou peut-être qu'il m'enverrait des messages et que nous fixerions un rendez-vous, rien que pour voir, et lors de ce rendez-vous nous déciderions d'essayer de sortir ensemble, et lors de notre troisième rendez-vous nous nous mettrions officiellement en couple, et quelques semaines plus tard, nous coucherions ensemble, et pendant que je serais à la fac, il m'enverrait des messages pour me dire bonjour et il viendrait me voir une semaine sur deux, et après la fac nous emménagerions ensemble dans un petit appartement au bord du fleuve et nous prendrions un chien, et il se laisserait pousser la barbe, et alors nous nous marierions, et ce serait la fin.

Voilà ce qui était censé se passer.

Je pouvais visualiser chaque étape dans ma tête. La route directe. L'issue facile.

Je pouvais y arriver, pas vrai ?

Sinon, qu'allaient dire Pip et Jason ?

— Tout va bien, a-t-il assuré. Je sais que tu n'as jamais embrassé personne.

Il donnait l'impression de s'adresser à un jeune chiot.

— D'ac, ai-je répondu.

Ça m'agaçait. Il m'agaçait.

C'était ce que je voulais, pas vrai ? Un petit moment mignon dans l'obscurité ?

— Bon, écoute, a-t-il poursuivi avec un sourire de pitié. Tout le monde finit par avoir son premier baiser. Ça ne veut rien dire. Ce n'est pas grave d'être débutante… genre… en romance et tout ça.

Débutante en romance ? J'avais envie de rire. J'avais étudié la romance comme une universitaire. Comme une chercheuse obsessionnelle.

— Ouais, ai-je dit.

— Georgia…

Tommy s'est rapproché, et c'est là que ça m'a frappée.

Le dégoût.

Une déferlante de dégoût sans limite.

Il était si proche que j'avais envie de hurler, je voulais briser un verre et vomir en même temps. Mes poings se sont serrés sur les accoudoirs, et j'ai tenté de continuer à le regarder, d'avancer vers lui, *de l'embrasser*, mais il était *si proche* et ça me semblait *horrible*, j'étais *révulsée*. Je voulais que ça s'arrête.

— C'est normal d'être nerveuse, a-t-il affirmé. C'est même plutôt mignon, en fait.

— Je ne suis pas nerveuse, ai-je répondu.

J'étais écœurée à l'idée qu'il soit si près de moi. Qu'il attende quelque chose de moi. Ce n'était pas normal, si ?

Il a posé sa main sur ma cuisse.

Et c'est là que j'ai tressailli. J'ai repoussé sa main, envoyant valser sa boisson. Et, en se penchant pour la rattraper, il est tombé de son siège.

En plein dans le feu.

En feu

Il y avait eu des signes. J'étais tellement obsédée par l'idée de tomber amoureuse que je les avais tous manqués.

Luke avait été le premier en CM1. Il l'avait fait via un papier dans la poche de ma veste à la récré. *Pour Georgia. Tu es si belle, tu veux sortir avec moi ? Oui [] Non [] Signé Luke.*

J'ai coché *Non* et il a pleuré pendant toute la leçon de maths.

Au CM2, quand toutes les filles de ma classe ont décidé qu'elles voulaient des petits amis, je me suis sentie rejetée, aussi, j'ai demandé à Luke s'il voulait toujours. Mais il sortait déjà avec Ayesha, alors il a dit non. Tous les nouveaux couples jouaient ensemble sur l'aire de jeux durant le barbecue de dernière année, et je me sentais triste et seule.

Noah du bus scolaire avait été le deuxième, en quatrième, mais je ne suis pas sûre qu'il compte. Il m'a demandé de sortir avec lui le jour de la Saint-Valentin parce que c'est ce que tout le monde faisait ce jour-là – tout le monde voulait être en couple pour la Saint-Valentin. Noah me faisait peur parce qu'il était bruyant et qu'il s'amusait à lancer des sandwiches sur les gens, alors j'ai simplement hoché la tête, et il s'est remis à regarder par la fenêtre.

Le troisième avait été Jian de l'école des garçons. En seconde. Beaucoup de gens le trouvaient extrêmement beau. Nous avions eu une longue conversation lors d'une fête pour savoir si *Love Island* était une bonne émission ou pas, puis il a tenté de m'embrasser quand tout le monde était soûl, nous deux y compris. Ça aurait été si simple de se lancer.

Ça aurait été si simple de se pencher et de le faire.

Mais je n'en avais pas envie. Il ne me plaisait pas.

Le quatrième s'est avéré être Tommy, qui était dans le même lycée que moi et qui ressemblait à Timothée Chalamet, mais je ne le connaissais pas si bien, et cette fois-là m'a un peu brisée parce que je pensais vraiment l'apprécier. Pourtant, je n'ai pas pu le faire parce qu'il ne me plaisait pas.

Mon crush de sept ans était fabriqué de toutes pièces.

Un choix au hasard quand j'avais onze ans et qu'une fille m'avait tendu une photo en me demandant de choisir un garçon.

Je n'éprouvais rien pour Tommy.

Apparemment, je n'avais jamais rien éprouvé pour personne.

J'ai hurlé. Tommy a hurlé. Tout son bras était en feu.

Il a roulé sur le côté et soudain, Pip a surgi de nulle part. S'emparant d'une couverture, elle s'est jetée sur Tommy, étouffant les flammes pendant qu'il répétait « Oh merde, oh merde, oh merde » en boucle et que je restais plantée là à le regarder brûler.

J'étais sous le choc. J'étais paralysée. Comme si tout cela n'était pas réel.

Puis est arrivée la colère à cause de ma veste.

C'était ma veste préférée, putain.

Je n'aurais jamais dû la donner à un garçon que je connaissais à peine. Un garçon que je n'*appréciais* même pas.

Jason était là lui aussi, demandant à Tommy s'il était blessé, alors qu'il se relevait en hochant la tête, arrachant les vestiges de ma veste préférée, observant son bras indemne en disant « Putain ! ». Puis il a levé les yeux vers moi et l'a répété :

— Putain !

J'ai regardé cette personne que j'avais choisie au hasard sur une photo et j'ai dit :

— Je ne t'aime pas de cette façon. Je suis vraiment désolée. Tu es sympa, mais je… je ne t'aime pas de cette façon.

Jason et Pip se sont tournés vers moi comme un seul homme. Une petite foule commençait à se former, nos camarades sortaient pour voir la cause de toute cette agitation.

— Putain ! a répété Tommy pour la troisième fois avant d'être assailli par ses amis venus s'assurer qu'il allait bien.

Je me suis contentée de le fixer en pensant « Cette veste était à moi » et « Sept ans » et « Je ne t'ai jamais aimé ».

— Georgia, m'a interpellée Pip. (Elle était à côté de moi et me tirait le bras.) Je pense qu'il est temps de rentrer.

Sans amour

— Je ne l'ai jamais aimé, j'ai expliqué dans la voiture alors que nous nous garions devant la maison de Pip et que je coupais le contact. (Pip était assise à côté de moi. Jason se trouvait à l'arrière.) Sept ans que je me mentais.

Ils étaient tous les deux étrangement silencieux. Comme s'ils ne savaient pas quoi dire. C'était horrible, mais je leur en voulais presque. Au moins à Pip. C'est elle qui m'avait poussée à le faire. Ça faisait sept ans qu'elle me chambrait à propos de Tommy.

Non, c'était injuste. Ce n'était pas sa faute.

— Tout est ma faute, ai-je annoncé.

— Je ne comprends pas, a répondu Pip en faisant de grands gestes. (Elle était encore pas mal pompette.) Tu... craquais pour lui depuis des années. (Sa voix s'est faite plus faible.) C'était ta... ta *chance*.

Je me suis mise à rire.

C'est fou de voir à quel point il est possible de se tromper soi-même. Et de tromper tout le monde autour.

La porte de la maison de Pip s'est ouverte, dévoilant ses parents en robes de chambre assorties. Manuel et Carolina Quintana étaient un autre exemple de couple filant le parfait amour avec une histoire incroyablement romantique. Carolina, qui avait grandi à Popayán, en Colombie, et Manuel, qui avait grandi à Londres, s'étaient rencontrés quand Manuel avait rendu visite à sa grand-mère mourante à Popayán à dix-sept ans. Carolina était littéralement la fille d'à côté, et on connaît la suite. Ainsi va la vie.

— Je n'ai jamais craqué pour qui que ce soit de toute ma vie, ai-je annoncé.

Je commençais tout juste à le comprendre. Je n'avais jamais craqué pour personne. Ni garçon, ni fille, absolument personne. Qu'est-ce que ça *signifiait* ? Est-ce que ça voulait dire quelque chose ? Ou est-ce que je vivais mal ma vie ? Y avait-il quelque chose chez moi qui clochait ?

— Vous y croyez, vous ?

Il y a eu une nouvelle pause avant que Pip réponde :

— Ben, c'est pas grave. C'est pas grave, meuf. Tu sais que tu trouv…

— Ne le dis pas, l'ai-je coupée. Pitié, ne le dis pas.

Aussi elle n'en a rien fait.

— Vous savez, l'idée… *l'idée* en soi est agréable. L'idée d'aimer Tommy, d'embrasser Tommy et d'avoir un petit moment mignon au coin du feu après le bal de promo. C'est *tellement* agréable. C'est ce que je voulais. (J'ai senti mes mains se crisper sur le volant.) Mais la réalité *me dégoûte.*

Ils ne disaient rien. Même Pip qui avait toujours l'alcool bavard. Mes meilleurs amis ne trouvaient pas la moindre parole réconfortante.

— Bon… C'était une bonne soirée, non ? a lancé Pip d'une voix pâteuse en peinant à sortir de voiture. (Elle tenait la portière ouverte en me désignant du doigt d'un air dramatique, les lampadaires se reflétant dans ses lunettes.) Toi. Très bien. Exceptionnelle. Et toi… (Elle pressa son doigt contre le torse de Jason qui s'avançait vers le siège avant.) Excellent. Excellent travail.

— Bois de l'eau, lui a-t-il conseillé en lui tapotant la tête.

Nous l'avons regardée se diriger vers la porte d'entrée et se faire gentiment houspiller par sa mère parce qu'elle avait trop bu. Son père nous a fait coucou, et nous lui avons répondu d'un signe de main, puis j'ai démarré et nous sommes repartis. Ça aurait pu être une bonne soirée. Ça aurait pu être la plus belle soirée de ma vie, si j'avais effectivement craqué pour Tommy.

Le prochain arrêt était chez Jason. Il vivait dans une maison bâtie par ses pères, tous deux architectes. Rob et Mitch s'étaient rencontrés à l'université – ils suivaient le même cursus – et ils avaient fini par être en compétition pour le même apprentissage dans un cabinet d'architecture. Rob avait gagné, et prétendait l'avoir mérité, mais Mitch disait toujours qu'il avait laissé Rob gagner parce qu'il l'aimait bien.

Quand nous sommes arrivés, j'ai dit :

— La plupart des gens de notre âge ont déjà eu leur premier baiser.

Et il a répondu :

— Ça n'a pas d'importance.

Mais je savais que si. C'était important. Ce n'était pas un hasard si j'étais en retard sur les autres. Tout ce qui s'était passé ce soir était un signe que je devais faire plus d'efforts si je ne voulais pas rester seule pour le restant de mes jours.

— Je n'ai pas l'impression d'être une vraie ado, ai-je poursuivi. Je crois que j'ai échoué.

Et Jason ne savait visiblement pas quoi répondre parce qu'il n'a rien dit.

Assise dans ma voiture dans l'allée de la maison familiale, le fantôme d'une main de garçon sur ma cuisse, j'ai élaboré un plan.

J'allais bientôt entrer à l'université. Une occasion de me réinventer et de devenir une fille qui pourrait tomber amoureuse, qui serait adaptée à sa famille, aux gens de son âge, au monde. J'allais me faire des tas de nouveaux amis. Je rejoindrais des associations. J'aurais un petit ami. Voire une petite amie. Quelqu'un avec qui partager ma vie. J'aurais mon premier baiser, et je découvrirais le sexe.

J'étais seulement un peu à la traîne. Je n'allais pas mourir seule.

J'allais faire plus d'efforts.

Je voulais l'amour éternel.

Je ne voulais pas finir sans amour.

Deuxième partie

Changement

Il y avait six heures de route pour rejoindre l'université de Durham, et j'ai passé la majeure partie du trajet à répondre au déluge de messages de Pip sur Facebook. Jason avait déjà fait le voyage quelques jours plus tôt, et Pip et moi avions espéré y aller ensemble, mais il s'est avéré que mes sacs et mes cartons prenaient l'intégralité du coffre de la voiture de mon père et une grande partie des sièges arrière. Nous nous sommes contentées de nous envoyer des messages et de tenter de nous repérer sur l'autoroute.

Felipa Quintana
Nouveau jeu !!!!!!!
Si on se repère sur l'autoroute, on gagne 10 points

Georgia Warr
Qu'est-ce qu'on gagne à avoir le plus de points ?

Felipa Quintana
La gloire éternelle

Georgia Warr
Que j'aime une bonne tasse de gloire éternelle

Felipa Quintana
MEUF, JE VIENS DE TE VOIR !!!!!!!!!!!!!!!!
Je t'ai fait coucou mais tu ne m'as pas vue
Le rejet
Une tragédie moderne par Felipa Quintana

Georgia Warr
Tu t'en remettras

Felipa Quintana
Il va me falloir une thérapie intensive
C'est toi qui paies

Georgia Warr
Je ne paie pas ta thérapie

Felipa Quintana
Trop malpolie
Je croyais que tu étais mon amie

Georgia Warr
Sers-toi de tes 10 points pour financer ta thérapie

Felipa Quintana
PEUT-ÊTRE BIEN

La route était horriblement longue, même avec les messages de Pip pour me tenir compagnie. Papa a dormi la plupart du temps. Maman a insisté pour choisir la station de radio vu qu'elle conduisait, et il n'y avait que l'autoroute à perte de vue, des flashs de gris et de vert, interrompus par un unique arrêt à une station-service. Maman m'a acheté un paquet de chips, mais j'étais trop stressée par la journée qui m'attendait pour pouvoir manger, le paquet est donc resté sur mes genoux, fermé.

— On ne sait jamais, a dit maman pour tenter de me remonter le moral, tu vas peut-être rencontrer un charmant jeune homme en cours !

— Peut-être, ai-je répondu.

Ou une charmante jeune femme. N'importe qui. Pitié. Je suis désespérée.

— Beaucoup de gens rencontrent la personne qui va partager leur vie à l'université. Comme ton père et moi.

Maman me montrait régulièrement des garçons qu'elle pensait que je trouverais attirants, comme si j'allais leur demander de sortir avec moi. Je n'ai jamais trouvé aucun de ses choix attirant de toute façon. Mais elle avait de l'espoir. Je pense qu'elle était surtout curieuse. Elle voulait savoir quel genre de personnes je choisirais, comme quand vous regardez un film et que vous attendez que l'amour arrive.

— Ouais, peut-être, ai-je répondu sans vouloir lui montrer que sa tentative pour me remonter le moral avait l'effet inverse.

Je commençais à avoir la nausée.

Mais c'est sans doute ce que tout le monde ressent au moment d'entrer à l'université.

Durham est une petite ville ancienne avec de nombreuses collines et des rues pavées, et je l'adore parce qu'on se croirait dans *Le Maître des illusions* ou un autre drame universitaire profond et mystérieux avec beaucoup de sexe et de meurtres.

Ce n'était pas comme si j'étais spécialement en bonne voie pour l'une de ces choses-là, cela dit.

Nous avons dû nous rendre dans un champ gigantesque, faire la queue en voiture et attendre d'être appelés, parce que les bâtiments de l'université de Durham sont tous minuscules et n'ont pas de parkings. Des tas d'étudiants et leurs parents sortaient de voiture pour discuter pendant que nous attendions. Je savais que je devais sortir et faire des rencontres, moi aussi.

Selon ma théorie, toute cette histoire de ne jamais avoir craqué pour qui que ce soit était due à ma timidité et à mon introversion – peut-être que je ne parlais pas à assez de monde ou que les gens me stressaient en général et que c'était la raison pour laquelle je n'avais jamais voulu embrasser qui que ce soit. Si je prenais plus confiance en moi, que j'essayais d'être un peu plus ouverte et sociable, je serais capable de faire et de ressentir ces choses, comme la plupart des gens.

L'entrée à l'université était le moment idéal pour tenter le coup.

Felipa Quintana

Hé ! Tu fais la queue ?

J'ai sympathisé avec ma voisine de voiture

Elle a apporté une fougère géante

Elle mesure au moins un mètre cinquante

MàJ : la fougère s'appelle Roderick

Je m'apprêtais à répondre, voire à descendre de voiture pour aller rencontrer la nouvelle connaissance de Pip, et Roderick, mais c'est à ce moment que maman a remis le contact.

— Ils nous appellent, a-t-elle dit en désignant une personne en gilet fluo qui nous faisait signe.

Papa s'est tourné vers moi en souriant.

— Prête ?

Ça allait être difficile, c'est sûr, et ce serait effrayant et sans doute embarrassant, mais j'*allais* devenir capable de ressentir la magie de la romance.

Je savais que j'avais *toute la vie devant moi*, et que *ça finirait par arriver*, mais j'avais la sensation que, si je n'arrivais pas à changer et à faire en sorte que ça arrive à l'université, ça n'arriverait jamais.

— Ouais, ai-je répondu.

Et puis, je n'avais pas envie d'attendre. Je voulais que ça arrive sur-le-champ.

Rooney

— Oh non, ai-je dit devant la porte de ce qui allait être ma chambre pour les neuf prochains mois, en me décomposant.

— Quoi ? a demandé papa, en lâchant un de mes sacs par terre avant de baisser ses lunettes du sommet de son crâne.

— Eh bien, a répondu maman, tu savais qu'il y avait une chance que ça arrive, ma chérie.

Sur la porte de ma chambre se trouvait ma photo et, en dessous, il était écrit « Georgia Warr » en Times New Roman. À côté se trouvait une autre photo – d'une fille souriante aux longs cheveux bruns, aux sourcils parfaitement épilés, et avec un air naturel qui la faisait paraître on ne peut plus sincère. En dessous était écrit le nom : « Rooney Bach ».

Durham était une vieille université anglaise qui avait un « système de collèges ». Au lieu de cités universitaires, l'université était composée de « collèges » éparpillés dans toute la ville. Votre collège était l'endroit où vous dormiez, vous douchiez et mangiez, mais c'était également l'endroit auquel vous prêtiez allégeance et que vous représentiez lors d'événements universitaires, avec vos équipes sportives et quand vous postuliez pour des rôles exécutifs étudiants à l'université.

Le collège St John – celui dans lequel j'avais été admise – était un vieux bâtiment. Et c'est la raison pour laquelle les rares étudiants qui y vivaient devaient partager leur chambre.

Je n'avais simplement pas pensé que ce serait mon cas.

Une vague de panique a déferlé en moi. Je ne pouvais pas avoir de colocataire – quasiment personne n'avait de colocataire à la fac au Royaume-Uni. J'avais besoin de *mon espace*. Comment étais-je censée dormir, lire des fanfictions, m'habiller ou faire *quoi que ce soit* avec quelqu'un dans la pièce ? Comment étais-je censée me détendre alors que je devais composer avec une autre personne chaque fois que j'étais réveillée ?

Maman n'a même pas semblé remarquer ma panique. Elle s'est contentée de dire « Eh bien, allons-y ! » avant d'ouvrir la porte pour moi.

Et Rooney Bach était déjà là, vêtue d'un legging et d'un polo, en train d'arroser une fougère d'un mètre cinquante.

La première chose que Rooney Bach m'a demandée a été : « Oh là là, tu es Georgia Warr ? », comme si j'étais une célébrité, mais elle n'a même pas attendu la confirmation avant de jeter son arrosoir sur le côté pour saisir sous son lit une énorme bande de tissu turquoise – que j'ai identifiée comme étant un tapis – et de me la tendre.

— Tapis, a-t-elle dit. Un avis ?

— Euh, ai-je répondu. Il est top.

— OK, *super*. (Elle a lancé le tapis en l'air puis l'a placé au centre de notre chambre.) Voilà. Ça manquait simplement d'une touche de couleur.

Je devais être un peu sous le choc, parce que ce n'est qu'à ce moment que j'ai vraiment parcouru notre chambre des yeux. Elle était grande, mais plutôt dégueu, comme je m'y attendais – les chambres ne sont jamais jolies dans les vieilles universités anglaises. La moquette était d'un gris-bleu moisi, les meubles beiges semblaient en plastique, et nous avions des lits simples. Celui de Rooney arborait déjà des draps vifs et fleuris. Le mien semblait sorti d'un hôpital.

La seule partie sympa de la pièce était une grande fenêtre à guillotine. La peinture sur le cadre en bois s'écaillait et je savais qu'elle serait un nid à courants d'air, mais elle était plutôt jolie et on voyait jusqu'au fleuve.

— Tu as déjà bien arrangé la pièce ! a dit papa à Rooney.

— Oh, vous trouvez ? a-t-elle répondu.

Elle s'est immédiatement lancée dans une visite guidée de son côté de la chambre pour maman et papa, leur montrant tous les détails-clés – un poster d'une prairie quelconque (elle aimait les balades à la campagne) et un autre de *Beaucoup de bruit pour rien* (sa pièce préférée de Shakespeare), son dessus de couette en polaire (turquoise lui aussi, pour aller avec le tapis), sa plante (dont le nom était – j'avais bien entendu – *Roderick*), une lampe de bureau turquoise (de John Lewis) et, surtout, un poster géant sur lequel on pouvait simplement lire « Poursuis ton rêve éveillé » dans une police ondulée.

Pendant tout ce temps, elle n'a pas cessé de sourire. Ses cheveux, remontés en queue-de-cheval, se balançaient alors que mes parents tentaient de suivre son débit de parole infernal.

Je me suis assise sur mon lit dans la moitié grisâtre de la chambre. Je n'avais pas apporté de posters. Tout ce que j'avais, c'était quelques photos de Pip, Jason et moi.

De l'autre côté de la pièce, maman m'a regardée avec un sourire peiné, comme si elle savait que je voulais rentrer à la maison.

— Tu peux nous écrire à tout moment, ma chérie, a dit maman alors que nous nous disions au revoir devant le collège.

Je me sentais vidée et perdue, dans cette rue pavée en plein froid d'octobre, mes parents sur le point de me quitter.

« Je ne veux pas que vous partiez », voilà ce que j'avais envie de leur dire.

— Et Pip et Jason sont juste en bas de la rue, pas vrai ? a poursuivi papa. Tu peux les voir à tout moment.

Pip et Jason logeaient dans un autre collège – le Collège universitaire, ou « le Château » comme les étudiants l'appelaient, car il faisait littéralement partie du château de Durham. Ils avaient arrêté de répondre à mes messages quelques heures plus tôt. Sans doute occupés à déballer leurs affaires.

« Ne me laissez pas seule ici », voilà ce que j'avais envie de dire.

— Ouais.

Voilà ce que j'ai répondu.

J'ai regardé autour de moi. C'était chez moi à présent. Durham. On aurait dit une ville tirée d'une adaptation de Dickens. Tous les bâtiments étaient imposants et anciens. Tout semblait fait de pierre. Je me voyais déjà descendre la rue pavée pour entrer dans la cathédrale en toge, diplômée. C'est là que j'étais censée me trouver.

Ils m'ont tous les deux pris dans leurs bras. Je n'ai pas pleuré, même si j'en avais vraiment très envie.

— C'est le début d'une grande aventure, a dit papa.

— Peut-être, ai-je marmonné dans sa veste.

Je n'aurais pas supporté de les regarder remonter la rue jusqu'à la voiture – alors quand ils sont partis, j'ai fait de même.

Quand je suis revenue dans ma chambre, Rooney était en train de fixer une photo au mur, au milieu de ses posters. Cette photo la représentait, âgée de treize ou quatorze ans, avec une fille aux cheveux teints en rouge. Comme les cheveux d'Ariel dans *La Petite Sirène*.

— C'est ton amie ? ai-je demandé.

Au moins, c'était un bon moyen de lancer la conversation.

Rooney a tourné la tête pour me regarder, et l'espace d'un instant j'ai cru voir une étrange expression passer sur son visage. Mais elle est partie comme elle était venue, laissant place à son grand sourire.

— Ouais ! a-t-elle répondu. Beth. Elle… elle n'est pas ici, bien sûr, mais… ouais. C'est mon amie. Tu connais quelqu'un à Durham ? Ou tu es toute seule ici ?

— Oh, euh, ben, mes deux meilleurs amis sont ici, mais ils sont au Château.

— Oh, c'est super ! Dommage que vous ne soyez pas dans le même collège, cela dit.

J'ai haussé les épaules. Durham prenait en compte vos choix de collège, mais tout le monde ne pouvait pas obtenir son premier choix. J'avais essayé d'entrer au Château moi aussi, mais j'avais atterri là.

— On a essayé, mais, ouais.

— Ça va aller, a répondu Rooney, rayonnante. On va devenir amies.

Rooney m'a proposé de m'aider à déballer mes affaires, mais j'ai décliné, déterminée à faire au moins ça toute seule. Alors que je m'affairais, elle s'est assise sur son lit pour discuter avec moi, et nous avons découvert que nous étudiions toutes les deux l'anglais. Puis elle a déclaré qu'elle n'avait pas fait ses lectures estivales. Moi si, mais je ne l'ai pas mentionné.

Rooney, comme je l'apprenais très vite, était extrêmement bavarde, mais je sentais que cette personnalité joyeuse et pétillante était une façade. C'était de bonne guerre – c'était notre premier jour à l'université, après tout. Tout le monde allait faire de son mieux pour se faire des amis. Mais je n'arrivais pas à savoir quel genre de personne elle était réellement, ce qui m'inquiétait un peu étant donné que nous allions vivre ensemble pendant presque une année.

Allions-nous devenir meilleures amies ? Ou allions-nous devoir nous supporter, mal à l'aise, jusqu'aux vacances d'été avant de ne plus jamais nous parler ?

— Alors… (J'ai parcouru la pièce des yeux en quête d'un sujet de conversation, avant que mon regard se pose sur son poster de *Beaucoup de bruit pour rien.*) Tu aimes Shakespeare ?

Rooney a soudain levé la tête de son portable.

— Ouais ! Et toi ?

J'ai hoché la tête.

— Euh, ouais, en fait, j'étais dans une troupe de théâtre avant de venir ici. Et j'ai participé à de nombreuses pièces en cours. Shakespeare a toujours été mon auteur préféré.

Ce qui a poussé Rooney à se redresser, avec de grands yeux pétillants.

— *Attends un peu.* Tu es *actrice* ?

— Euh…

J'aimais jouer, mais… Eh bien, c'était un peu plus compliqué que ça.

Au début de l'adolescence, je voulais devenir actrice – c'est la raison pour laquelle j'avais rejoint la troupe de théâtre dont Pip faisait déjà partie et auditionné pour les pièces de l'école avec elle. Et j'étais douée. J'avais les meilleures notes en cours de théâtre. Je décrochais généralement un rôle plutôt important dans les pièces et les comédies musicales.

Mais en vieillissant, jouer a commencé à me rendre nerveuse. Plus je participais à des pièces, plus j'avais le trac, et finalement, quand j'ai auditionné pour *Les Misérables* en terminale, je tremblais tellement que j'ai été reléguée à un rôle avec une seule réplique, et pourtant j'ai vomi avant chaque prestation.

Une carrière d'actrice n'était peut-être pas pour moi.

Malgré cela, je prévoyais de continuer le théâtre à la fac. J'aimais toujours décrypter des rôles et interpréter des textes – c'était le public qui me posait problème. J'avais seulement besoin de travailler ma confiance en moi. Je rejoindrais l'association de théâtre et j'auditionnerais peut-être pour une pièce. Il fallait au moins que je m'inscrive à *une* association, si je voulais *tisser des liens* et *m'ouvrir* et *faire de nouvelles rencontres*.

Et trouver quelqu'un dont tomber amoureuse.

— Ouais, on peut dire ça, ai-je répondu.

— Trop bien. (Rooney a plaqué sa main sur son cœur.) C'est génial. On va pouvoir intégrer le TED.

— Le TED ?

— Le Théâtre étudiant de Durham. En gros, ce sont eux qui dirigent toutes les associations de théâtre de Durham. (Rooney a rejeté sa queue-de-cheval en arrière.) Je veux m'inscrire en priorité à l'asso Shakespeare. Je sais que la plupart des nouveaux font une pièce à part mais j'ai regardé les pièces qu'ils ont jouées ces dernières années et elles sont toutes un peu chiantes. Alors, je vais au moins essayer de m'inscrire à Shakespeare. Je *prie* pour qu'ils choisissent une tragédie. *Macbeth*, ce serait clairement mon *rêve*…

Rooney a continué de causer sans paraître se soucier du fait que je l'écoute ou non.

Nous avions une chose en commun. Le théâtre. C'était une bonne nouvelle.

Peut-être que Rooney deviendrait ma première nouvelle amie.

Une nouvelle amitié

— Oh, *wouah* ! s'est exclamé Jason plus tard ce jour-là alors que Pip et lui entraient dans ma chambre – enfin, la mienne et celle de Rooney. Elle fait la taille de mon jardin.

Pip a écarté les bras et fait une pirouette, mettant l'accent sur l'espace absolument inutile dans la pièce.

— Je ne m'étais pas rendu compte que tu avais rejoint le collège des bourgeois.

— Je ne vois pas pourquoi ils n'ont pas simplement… bâti un mur au milieu, ai-je dit en désignant l'espace entre mon côté de la chambre et celui de Rooney, qui était pour l'instant uniquement occupé par son tapis turquoise.

— Tu te prends pour Trump ? a commenté Jason.

— Oh non, *arrête*.

Rooney était partie depuis un moment avec un groupe de gens avec lesquels elle avait sympathisé à notre étage. Ils m'avaient invitée, mais franchement, j'avais besoin d'une pause – j'avais fait de mon mieux pour dire bonjour à de nouvelles personnes presque toute la journée et j'avais terriblement envie de voir des visages familiers. Alors, j'avais invité Jason et Pip à venir un peu dans ma chambre avant les soirées pour les élèves de première année dans nos différents collèges, et heureusement ils avaient tous les deux terminé de ranger leurs affaires et n'avaient rien d'autre à faire.

Je leur avais déjà un peu parlé de Rooney – elle aimait le théâtre et elle était plutôt sympa –, mais son côté de la chambre était un bien meilleur résumé de sa personnalité.

Jason l'a parcouru du regard avant d'observer mon côté.

— Pourquoi sa partie a l'air d'une chambre d'influenceuse Instagram alors que la tienne ressemble à une cellule de prison ? Tu as apporté tellement d'affaires !

— Ce n'est pas *si atroce*. Et de nombreux sacs contenaient des livres.

— Georgia, ma pote, a lancé Pip, affalée sur mon lit. Son côté ressemble à Disneyland. Le tien à une photo d'entrepôt.

— Je n'ai pas pris de posters, ai-je répondu. Ou de guirlande lumineuse.

— Tu… *Georgia*, comment as-tu *pu* oublier la guirlande lumineuse ? C'est un élément de décor essentiel dans une chambre universitaire.

— J'en sais rien !

— Tu vas être triste sans guirlande lumineuse. Tout le monde est triste sans guirlande lumineuse.

— Je crois que Rooney en a assez pour nous deux. Elle me laisse déjà partager un tapis.

Pip a baissé les yeux sur le tapis turquoise en hochant la tête, l'air approbateur.

— Oui. C'est un bon tapis.

— C'est seulement un tapis.

— Il est hirsute. C'est sexy.

— *Pip*.

Pip a soudain bondi du lit, les yeux rivés sur la fougère de Rooney dans le coin de la pièce.

— Oh punaise… Une petite seconde. Cette plante…

Jason et moi nous sommes tournés pour l'observer.

— Oh, ai-je répondu. Ouais. C'est Roderick.

Et c'est à cet instant que Rooney Bach est entrée dans notre chambre.

Elle a ouvert grand la porte, a balancé son anthologie de Norton pour la bloquer et s'est tournée vers nous, son gobelet Starbucks à la main.

— Des invités ! nous a-t-elle lancé, rayonnante.

— Euh, ouais, ai-je répondu. Voici mes amis, Pip et Jason. (Je les ai désignés tour à tour.) Et voici ma coloc, Rooney.

J'ai désigné Rooney.

Ses yeux se sont écarquillés.

— Oh mon Dieu. C'est *eux*.

— C'est nous, a répondu Pip, un sourcil levé.

— Et on s'est déjà rencontrées !

Rooney a observé Pip, ses yeux passant rapidement de ses lunettes en écaille de tortue à ses chaussettes rayées visibles sous son jean retroussé, avant de s'avancer vers elle, main tendue, avec tellement d'énergie que Pip a semblé effrayée l'espace d'un instant.

Elle lui a serré la main. Elle a brièvement inspecté Rooney à son tour – de ses Adidas Originals jusqu'à l'élastique à peine visible au sommet de sa queue-de-cheval.

— Oui. Je vois que Roderick est bien installé.

Les sourcils de Rooney ont frémi, comme si elle était surprise et satisfaite que la première réaction de Pip soit la taquinerie.

— En effet. Il apprécie l'air du nord.

Elle s'est tournée vers Jason en tendant à nouveau une main, qu'il a serrée.

— On ne se connaît pas, mais j'aime bien ta veste.

Jason a baissé les yeux pour voir. Il portait son blouson Teddy Bear brun et duveteux qu'il avait depuis des années. Je trouvais sincèrement que c'était le vêtement le plus confortable de la planète.

— Oh, ouais. Ben, merci.

Rooney a souri avant de taper dans ses mains.

— C'est *tellement* chouette de vous rencontrer, tous les deux. On va devoir devenir amis maintenant que Georgia et moi sommes amies.

Pip m'a lancé un regard comme pour dire : « Amies ? Déjà ? »

— Tant que tu ne nous la voles pas, a plaisanté Jason, bien que Pip ait soudain tourné la tête vers lui, prenant visiblement cette déclaration très au sérieux.

Rooney a remarqué la scène, et l'ébauche d'un sourire s'est esquissée au coin de ses lèvres.

— Bien sûr que non, a-t-elle répondu.

— J'ai entendu dire que tu t'intéressais au théâtre, a poursuivi Pip.

Sa voix avait pris une inflexion nerveuse.

— Oui. Et toi ?

— Ouais ! On était tous dans la même troupe de théâtre. Et on a fait les spectacles du lycée ensemble.

Rooney semblait sincèrement excitée par cette perspective. Son amour du théâtre n'était clairement *pas* feint, même si certains de ses sourires l'étaient.

— Alors tu vas auditionner pour la pièce du TED ?

— Évidemment.

— Un premier rôle ?

— Évidemment.

Rooney a arboré un large sourire et, après avoir bu une gorgée de son gobelet Starbucks, elle a répondu :

— Bien. On sera en compétition alors.

— Je... J'imagine que oui, a répondu Pip, à la fois troublée, surprise et confuse.

L'air soudain préoccupé, Rooney a regardé son portable.

— Oh, désolée, il faut que j'y aille. Je dois rejoindre cette fille avec qui je discute sur le groupe Facebook de l'asso d'anglais à Vennels. Je te retrouve ici à six heures pour le barbecue de première année ?

Puis elle a disparu alors que je me demandais ce qu'était Vennels, et pourquoi j'ignorais ce qu'était Vennels, et comment Rooney savait déjà ce qu'était Vennels alors qu'elle était là depuis moins de vingt-quatre heures, comme moi.

Quand je me suis tournée vers mes amis, Pip était extrêmement statique ; l'expression surprise sur son visage lui donnait l'air d'un scientifique de cartoon après une explosion.

— Quoi ? ai-je demandé.

Pip a dégluti en secouant un peu la tête.

— Rien.

— *Quoi ?*

— Rien. Elle a l'air sympa.

Je connaissais ce regard. C'était un des regards de Pip que je connaissais bien. Je l'avais vu quand elle avait dû faire équipe avec Alicia Reece à la gym – un de ses crushs les plus intenses – en seconde. Je l'avais vu quand nous avions assisté à une rencontre avec Little Mix et que Pip avait pu prendre Leigh-Anne Pinnock dans ses bras.

Pip ne craquait pas sur beaucoup de filles – elle était plutôt difficile à vrai dire. Mais quand Pip en pinçait pour quelqu'un, ça sautait aux yeux. Du moins, aux miens. Je savais toujours quand les gens craquaient les uns pour les autres.

Avant que je puisse faire le moindre commentaire, Jason nous a interrompues. Il observait la photo de Rooney et de Beth aux cheveux de sirène.

— C'est tellement bizarre que tu te retrouves avec une coloc. Qu'est-ce que tu as écrit dans ton test de personnalité ?

Nous avions dû remplir des tests de personnalité après avoir été acceptés à Durham, comme ça, si nous devions partager nos chambres, ils essayaient de nous mettre avec une personne avec qui nous devrions nous entendre.

Je peinais à me souvenir de ce que j'avais écrit – et soudain, ça a fait tilt.

— Shakespeare, ai-je répondu. Le test… une des questions concernait nos centres d'intérêt. J'ai répondu Shakespeare.

— Et ?

J'ai désigné le poster de *Beaucoup de bruit pour rien* de Rooney.

— Oh *punaise*, s'est exclamée Pip, les yeux écarquillés. Elle est aussi à fond sur Shakespeare ? Comme nous ?

— C'est ce qu'elle dit.

Jason a approuvé de la tête, visiblement ravi.

— C'est super ! Vous allez pouvoir tisser des liens.

— Ouais, a ajouté Pip bien trop rapidement. Sois amie avec elle.

— On est coloc. J'espère bien qu'on va devenir amies.

— C'est super, a répété Jason. D'autant plus qu'on ne va plus pouvoir traîner tout le temps ensemble.

Ça m'a cloué le bec.

— Ah bon ?

— Ben… non. Enfin, du moins pas cette semaine. On est dans des collèges différents.

Je n'avais sincèrement pas pensé à ça. Je m'étais imaginé que nous allions nous retrouver chaque jour, traîner ensemble, explorer Durham, *commencer notre voyage universitaire ensemble*. Mais tous les événements pour les nouveaux se tenaient dans nos collèges respectifs. Nous suivions tous un cursus différent – je faisais anglais, Jason, histoire, et Pip étudiait la chimie. Il avait raison. Je ne les verrais sans doute pas beaucoup de toute la semaine.

— J'imagine, ai-je répondu.

Peut-être que ça irait. C'était peut-être le coup de pouce dont j'avais besoin pour *tisser des liens*, *trouver de nouvelles personnes* et *faire des expériences*.

Peut-être que tout cela pourrait faire partie du *plan*. Le plan romance.

— Bon, a lancé Pip en se tapant les cuisses avant de bondir sur ses pieds. On ferait mieux d'y aller. Je n'ai toujours pas fini de déballer mes chemises.

J'ai laissé Pip me faire un gros câlin avant de trotter hors de la chambre, me laissant seule avec Jason. Je ne voulais pas que Jason et Pip s'en aillent. Je n'avais pas voulu que mes parents partent. Je ne voulais pas rester seule ici.

— J'aurais voulu être au Château, moi aussi, ai-je dit.

J'avais l'air d'une enfant de cinq ans.

— Ça va aller, m'a répondu Jason avec son calme habituel.

Rien ne troublait Jason. Il était tout sauf anxieux. Il faisait preuve d'une paix intérieure absolue.

J'ai dégluti. J'avais vraiment très envie de pleurer. Peut-être que je pourrais pleurer vite fait avant le retour de Rooney.

— Je peux avoir un câlin ? ai-je demandé.

Jason a marqué une pause. Une expression indéchiffrable a parcouru son visage.

— Ouais, a-t-il dit. Ouais. Viens là.

J'ai traversé la pièce et je l'ai laissé m'étreindre chaleureusement.

— Ça va aller, a-t-il répété, en me frottant doucement le dos.

Je ne sais pas si je le croyais mais c'était tout de même agréable à entendre.

En plus, Jason faisait toujours les câlins les plus chaleureux.

— D'ac, ai-je marmonné dans sa veste.

Quand il a reculé, son regard était fuyant.

Il a peut-être même rougi un peu.

— On se revoit bientôt ? a-t-il demandé sans me regarder.

— Ouais, ai-je répondu. Écris-moi.

Mon amitié avec Pip et Jason ne changerait pas. Nous avions survécu à sept ans de secondaire, bon sang. Que nous traînions tout le temps ensemble ou non, nous serions toujours amis. Rien ne pouvait gâcher ce que nous avions.

Et me focaliser sur une nouvelle amitié avec Rooney Bach – une autre fan de Shakespeare considérablement plus sociable que moi – ne pouvait être qu'une bonne chose.

Pensée romantique

Au barbecue de première année du collège St John, Rooney parcourait la cour comme une femme d'affaires ambitieuse en plein réseautage lors d'un événement important. Elle sympathisait avec les gens d'une façon simple et rapide qui me laissait admirative et, pour être honnête, très jalouse.

Je n'avais pas d'autre choix que de la suivre comme son ombre. Je ne savais pas comment me mêler à un groupe seule.

L'université était l'endroit où la plupart des gens tissaient des amitiés vraiment *durables*. Mes parents voyaient encore leurs amis de fac chaque année. Le témoin de mariage de mon frère avait été un de ses amis de fac. Je savais que j'avais Pip et Jason, donc ce n'était pas comme si j'étais seule au départ, mais je me disais tout de même que je pourrais rencontrer d'autres gens avec qui m'entendre.

Et au barbecue, les gens étaient *en quête* d'amitié. Tout le monde était plus bruyant, plus amical et posait bien plus de questions qu'il n'était socialement acceptable en temps normal. J'avais beau faire de mon mieux, je n'étais pas très douée. J'oubliais le nom des gens dès qu'ils me l'avaient donné. Je ne posais pas assez de questions. Tous les garçons des grandes écoles privées avec leurs pulls zippés restaient entre eux.

Je songeais à tenter de progresser dans mon histoire de *trouver l'amour*, mais personne n'éveillait de sentiment romantique en moi, et j'étais trop nerveuse pour tenter de me forcer à en ressentir.

En revanche, Rooney *flirtait*.

Au départ, je pensais que je me faisais des films. Mais plus je l'observais, plus je la voyais faire. La façon dont elle touchait le bras des garçons en leur souriant par en dessous – ou par au-dessus, parce qu'elle était *grande*. La façon dont elle les écoutait parler et riait à leurs blagues. Sa façon de regarder le type droit dans les yeux ; le genre de contact visuel qui donnait l'impression qu'elle vous *connaissait*.

C'était absolument magistral.

Ce qui m'intéressait, c'est qu'elle le faisait avec plusieurs gars. Je me demandais quel était son but. Que recherchait-elle ? Un petit ami potentiel ? Des plans cul ? Ou est-ce qu'elle s'amusait tout simplement ?

Quoi qu'il en soit, j'y ai beaucoup pensé en tentant de m'endormir, plus tard ce soir-là, dans une nouvelle chambre et un nouveau lit, avec une personne déjà assoupie à quelques mètres de moi.

Rooney semblait savoir exactement quoi faire. Je l'avais vue maîtriser les préparatifs. L'avant-romance. Elle le faisait de la même façon qu'elle sympathisait avec les gens – avec l'expertise de quelqu'un qui avait beaucoup de pratique et énormément de succès. Pourrais-je faire pareil ? Saurais-je l'imiter ?

M'enseignerait-elle comment faire ?

Rooney a semblé devoir fournir un effort monumental pour se réveiller le lundi matin. *Je* pensais avoir du mal à me lever, mais Rooney avait dû repousser au moins cinq fois son réveil avant de réussir à s'extirper du lit. La sonnerie était toujours la même : *Spice Up Your Life* des Spice Girls. Je me suis réveillée dès la première.

« J'ignorais que tu portais des lunettes » a été la première chose qu'elle m'a dite après s'être enfin levée.

— Je porte des lentilles la plupart du temps, ai-je expliqué.

Et ça m'a rappelé à quel point, à onze ans, Pip avait été surprise de découvrir que j'étais myope après six bons mois d'amitié. J'avais commencé à porter des lentilles de contact l'été avant le collège.

Quand je lui ai demandé, mal à l'aise, si elle voulait descendre à la cafétéria pour le petit déjeuner, elle m'a regardée comme si j'avais suggéré de nous jeter par la fenêtre, avant de troquer son expression contre un large sourire en disant :

— Ouais, ça me va !

Puis elle a enfilé une tenue de sport et est redevenue la Rooney pétillante et extravertie rencontrée la veille.

Je suis restée collée à elle pendant toute la première journée de notre semaine de rentrée, de notre cours d'introduction d'anglais jusqu'à notre après-midi libre. Durant le cours, elle n'a eu aucun mal à sympathiser avec la personne assise à côté d'elle et, dans l'après-midi, nous sommes allées prendre un café avec d'autres étudiants en anglais. Elle s'est liée d'amitié avec chacun d'eux avant de s'éloigner pour discuter avec ce type à la beauté conventionnelle. Elle flirtait. Touchait sa manche. Riait. Le regardait dans les yeux.

Ça avait l'air tellement facile. Mais le simple fait de m'imaginer en train de faire pareil me donnait un peu la nausée.

J'espère ne pas donner l'impression de penser du mal de Rooney parce qu'elle flirtait, se faisait des contacts et se préparait, sans aucun doute, à une espèce de grande romance universitaire dont elle pourrait parler à ses petits-enfants une fois devenue une personne âgée qui parle trop.

J'étais simplement terriblement jalouse de ne pas être à sa place.

L'événement principal du mardi de cette première semaine était l'inscription au collège, une étrange cérémonie pseudo-religieuse, qui avait lieu dans la cathédrale de Durham, durant laquelle nous étions accueillis à l'université. Nous devions tous porter des vêtements classe et nos toges universitaires, ce qui me donnait l'impression d'être très chic.

Je suis restée avec Rooney jusqu'à ce que, à la sortie de la cathédrale, je repère Pip et Jason qui traversaient la pelouse, sans doute en route pour leur propre cérémonie d'inscription. Ils m'ont aperçue, et nous avons traversé la cour en courant pour nous retrouver, comme au ralenti, avec la musique des *Chariots de feu* en fond sonore.

Pip m'a sauté dessus, me noyant à moitié dans sa toge. Elle était aussi bien habillée que pour le bal de promo – costume complet et cravate, un halo de boucles soigneusement stylisées, et son eau de Cologne avait l'odeur d'une forêt après la pluie. Elle me rappelait la *maison*.

— Je vais écrire une lettre de réclamation à St John, a-t-elle dit contre mon épaule, pour leur demander de te transférer au Château.

— Je ne pense pas que ça marche.

— Mais si. Tu te rappelles la fois où je me suis plainte à Tesco et qu'ils m'ont envoyé cinq paquets de Maltesers ? Je sais rédiger une lettre bien sentie.

— Ne fais pas attention à elle, a répliqué Jason. (Il était également bien habillé – très élégant, lui aussi.) Elle a encore la gueule de bois à cause d'hier soir.

Pip a reculé, puis elle a réajusté son col et sa cravate. Elle semblait en effet un peu moins pimpante que d'habitude.

— Tu vas bien ? a-t-elle demandé. Ta coloc est normale ? Tu ne meurs pas de stress ?

J'ai réfléchi à ses questions puis j'ai répondu :

— Non, non et si.

En parlant de Rooney, quand j'ai regardé par-dessus l'épaule de Pip pour voir jusqu'où elle avait marché, j'ai constaté qu'elle s'était en fait arrêtée à la limite du cimetière et qu'elle regardait derrière elle. Dans notre direction.

Pip et Jason se sont retournés pour voir.

— Oh, oh, la voilà, a marmonné Pip en se recoiffant sans attendre.

Mais Rooney nous regardait toujours. Elle a souri et fait un signe, qui semblait directement adressé à Pip. Pip a levé la main, mal à l'aise, avant de lui rendre son geste avec un sourire nerveux.

Je me suis soudain demandé si Pip avait une chance avec Rooney. Rooney *semblait* plutôt hétéro, à en juger par le grand nombre de gars avec qui je l'avais vue flirter, alors qu'elle n'avait jamais tenté de flirter avec une fille, mais les gens étaient pleins de surprises.

— Tu t'entends bien avec elle ? a demandé Jason.

— Elle est très sympa, ouais. Elle est meilleure que moi genre, en tout, ce qui est agaçant, mais ça va.

Pip a froncé les sourcils.

— Meilleure que toi en quoi ?

— Oh, tu sais. Genre, se faire des amis, et… je sais pas. Parler aux gens.

Flirter. La romance. Tomber amoureuse, sans doute.

Ni Jason ni Pip ne semblaient impressionnés par cette réponse.

— Bon, a tranché Pip. On vient chez toi ce soir.

— Vous n'êtes vraiment pas obligés.

— Si, je sais reconnaître un appel à l'aide quand j'en entends un.

— Je n'appelle pas à l'aide.

— On a besoin d'une soirée pizza, d'urgence.

J'ai immédiatement vu clair dans son jeu.

— Tu cherches seulement un prétexte pour reparler à Rooney, pas vrai ?

Pip m'a longuement regardée.

— Peut-être, a-t-elle répondu. Mais je pense aussi à toi. Et à la pizza.

— Alors comme ça, elle est incroyablement douée pour faire en sorte que les gens l'apprécient ? a demandé Pip, plus tard ce soir-là, la bouche pleine de pizza.

— C'est à peu près ça, ouais, ai-je répondu.

Jason a secoué la tête.

— Et tu veux être comme elle ? Pourquoi ?

Nous étions tous les trois vautrés sur le tapis turquoise de Rooney. Nous avions eu un débat mineur pour savoir si nous allions regarder notre film favori, *Moulin Rouge*, ou le film préféré de Jason, *Scooby-Doo* en prises de vue réelles, et nous avions fini par nous mettre d'accord sur le second, que nous regardions sur mon ordinateur portable. Rooney était sortie pour la soirée dans une espèce de bar à thème et, si je n'avais pas déjà prévu quelque chose avec mes amis, j'y serais sans doute allée avec elle. Mais c'était mieux comme ça. Tout était mieux avec Jason et Pip.

Je ne pouvais pas leur avouer à quel point je désespérais d'avoir enfin une relation amoureuse. Parce que je savais que c'était pathétique. Croyez-moi. Je comprenais parfaitement que les femmes devaient vouloir être *fortes et indépendantes* et n'avaient pas besoin de trouver l'amour pour réussir leur vie. Et le fait que j'aie aussi désespérément envie d'un petit ami – ou d'une petite amie, d'un ou d'une partenaire, n'importe qui, *quelqu'un* – montrait que je n'étais pas forte, indépendante, autosuffisante ou heureuse *seule*. Je voulais vraiment être aimée.

Était-ce si mal ? De vouloir une connexion intime avec un autre être humain ?

Je n'en savais rien.

— Pour elle, c'est tellement simple de parler aux gens, ai-je ajouté.

— C'est ça, la vie, quand on est exceptionnellement attirant, cela dit, a répondu Pip.

Jason et moi nous sommes tournés vers elle.

— Exceptionnellement attirant ? ai-je répété.

Pip a cessé de mâcher.

— Quoi ? C'est vrai ! Je ne fais qu'énoncer un fait ! Elle a cette énergie du genre « Même si je t'écrasais, tu aimerais ça ».

— Intéressant, a commenté Jason, un sourcil levé.

Pip s'est mise à rougir.

— Je ne fais que constater !

— … D'ac.

— *Ne me regarde pas comme ça.*

— Je ne fais rien.

— *Mais si.*

Depuis les événements du bal de promo, j'avais longuement réfléchi à la possibilité que je sois lesbienne, comme Pip. Ce serait logique. Peut-être que mon manque d'intérêt pour les garçons venait du fait que je m'intéresse aux filles, en réalité.

Ce serait une explication plutôt sensée à ma situation.

D'après Pip, voici les étapes-clés pour comprendre qu'on est lesbienne : premièrement, être complètement obsédée par une fille et prendre ça pour de l'admiration, et s'imaginer parfois lui tenir la main, et deuxièmement, faire inconsciemment une fixette sur certaines méchantes de dessins animés.

Blague à part, je n'avais jamais eu de crush pour une fille, donc aucune preuve ne venait étayer cette théorie.

Peut-être que j'étais bi ou pan, puisque je ne semblais pas avoir de préférence à ce stade.

Nous avons passé les deux heures qui ont suivi à discuter, manger et regarder de temps à autre l'écran de mon ordinateur pour voir le film. Pip a longuement expliqué combien son cours d'introduction au labo de chimie avait été intéressant, alors que Jason et moi nous plaignions de la chiantitude de nos premiers cours. Nous avons échangé nos avis sur les gens rencontrés à la fac – combien il y avait de gosses de riches d'écoles privées –, dit à quel point la culture de l'alcool semblait déjà atroce et déploré le cruel manque de choix de céréales au petit déjeuner. À un moment, Pip a décidé d'arroser Roderick la plante verte parce que, selon elle, « il a l'air d'avoir un peu soif ».

Mais il était déjà vingt-trois heures, et Pip a décrété qu'il était temps de se faire un chocolat chaud, qu'elle tenait absolument à préparer sur la cuisinière et non dans la bouilloire de ma chambre. Nous sommes sortis en direction de la minuscule cuisine de mon étage, que huit personnes se partageaient mais qui avait été déserte les rares fois où j'y étais allée.

Ce soir, elle n'était pas vide.

Je l'ai su à l'instant où Pip a jeté un œil par la porte vitrée et qu'elle a grimacé comme si elle venait de recevoir une décharge électrique.

— Oh *merde*, a-t-elle soufflé.

Et, alors que Jason et moi la rejoignions, nous avons enfin vu ce qui se passait.

Rooney se trouvait dans la cuisine.

Elle était avec un gars.

Elle, assise sur le comptoir de la cuisine. Lui, entre ses cuisses, la langue dans sa bouche et les mains sous son T-shirt.

Dire qu'ils s'amusaient bien serait un euphémisme.

— Oh, ai-je lâché.

Jason s'est immédiatement détourné de la scène, comme le ferait toute personne normale, mais Pip et moi sommes restées un moment à les regarder.

À cet instant, j'ai clairement su que ma seule façon de progresser dans la mission « trouver l'amour » était de demander de l'aide à Rooney.

Je n'y arriverais pas seule. Jamais.

J'avais *essayé*. Je le jure. J'avais essayé d'embrasser Tommy quand il avait tenté le coup, mais les sirènes de *Kill Bill* s'étaient allumées dans ma tête et je n'y étais pas arrivée. Je n'avais simplement *pas pu*.

J'avais essayé de parler à des gens au barbecue de première année, et quand nous étions réunis devant les salles de classe, et au déjeuner et au dîner quand j'étais assise avec Rooney et tous les gens avec qui elle avait sympathisé. J'avais fait des efforts, et je n'étais pas terriblement mauvaise, j'étais polie et sympa, et les gens semblaient m'apprécier.

Mais je ne serais jamais comme Rooney. Pas naturellement, du moins. Je ne pourrais jamais embrasser un type par plaisir, parce que ça m'aidait à me sentir bien, parce que je faisais ce que je voulais. Je n'arriverais jamais à créer cette étincelle qu'elle semblait avoir avec presque tout le monde.

À moins qu'elle ne m'apprenne comment faire.

Pip a fini par détourner les yeux de la fenêtre.

— Ça n'est pas très hygiénique, a-t-elle commenté avec une expression dégoûtée. C'est là que les gens préparent leur *thé*, bon sang.

J'ai marmonné mon approbation avant de m'écarter de la porte, notre idée de chocolat chaud tombée à l'eau.

Pip arborait l'expression de celle qui s'y attendait.

— Je suis tellement idiote, a-t-elle marmonné.

Je savais presque tout de la romance. Je connaissais la théorie. Je savais quand les gens flirtaient, je savais quand ils voulaient s'embrasser. Je savais quand quelqu'un·e se faisait maltraiter par son petit ami, même s'iel ne s'en rendait pas compte. J'avais lu un nombre incalculable d'histoires de gens qui se rencontraient, flirtaient et se languissaient étrangement, se détestaient avant de s'apprécier, se désiraient avant de s'aimer, d'histoires de baisers et de sexe, d'amour et de mariage, et de partenaires pour la vie, jusqu'à ce que la mort les sépare.

Je maîtrisais la théorie. Mais Rooney maîtrisait la pratique.

Peut-être que le destin l'avait menée à moi. Ou peut-être n'était-ce qu'une pensée romantique.

Sexe

Au milieu de la nuit de mardi à mercredi, j'ai été réveillée par des bruits de sexe venant de la chambre au-dessus de la nôtre.

C'était un genre de martèlement continu. Comme une tête de lit qui cognait contre un mur. Et un grincement, similaire à un cadre de lit ancien qui se pliait.

Je me suis demandé si ce n'était pas mon imagination. Mais non. C'était bien réel. Des gens couchaient ensemble dans la pièce du dessus. D'où viendrait ce son sinon ? Il n'y avait que trois chambres au-dessus, et à moins que quelqu'un ait décidé de faire du bricolage à trois heures du matin ça ne pouvait être qu'une seule chose.

Rooney était profondément endormie, pelotonnée sur le côté, ses cheveux noirs étalés sur l'oreiller. Parfaitement inconsciente.

Je savais que ce genre de choses arriveraient à l'université. En fait, je savais que ce genre de choses étaient arrivées au lycée – enfin, pas au lycée même, heureusement, mais parmi mes amis et mes camarades de classe.

Pourtant, l'entendre par moi-même, ne pas me contenter de l'imaginer, m'a glacé le sang. Encore plus que quand j'avais vu cette personne se faire doigter à la fête de Hattie.

C'était un mélange discordant du style : « Oh, mince, ce truc existe vraiment, ce n'est pas que dans les fanfictions et les films. Et je suis censée faire pareil. »

Mariage de collège

Les « mariages de collège » étaient un concept nouveau pour moi. À Durham, les étudiants de deuxième et troisième années formaient des équipes de mentors ou « parents de collège » pour un petit groupe de première année qui étaient leurs « enfants de collège ».

J'aimais le principe. Ça ajoutait de la romance à un truc absolument banal, ce pour quoi j'étais incroyablement expérimentée.

Rooney et moi ainsi que quatre étudiants que je ne connaissais qu'à travers leurs profils Facebook avions organisé une rencontre avec nos parents de collège au Starbucks. Tout avait été prévu une semaine plus tôt dans une conversation groupée sur Facebook dans laquelle j'avais été trop effrayée pour poster autre chose que « Ça a l'air top ! J'y serai ☺ ».

Mais une fois sur place, seul un de nos parents était présent – Sunil Jha.

— Bon, a annoncé Sunil, dans son fauteuil, en croisant les jambes. Je suis votre parent de collège.

Sunil Jha avait un sourire chaleureux et un regard doux, et bien qu'il n'ait que deux ans de plus que nous il semblait infiniment plus mature. Il s'habillait aussi incroyablement bien – un T-shirt rentré dans un pantalon slim avec des Converse et un bomber au subtil motif écossais gris.

— S'il vous plaît, ne parlez pas de moi comme de votre mère ou votre père de collège, a-t-il poursuivi, non seulement parce que je suis non binaire mais aussi parce que ce serait un engagement bien trop effrayant.

Ça lui a valu quelques petits rires. Sur sa veste étaient épinglés plusieurs pin's émaillés – un drapeau arc-en-ciel, une minuscule radio vintage, un des pin's représentait le logo d'un boys band, sur un autre était écrit « Il/Iel », encore un pin's des fiertés, celui-ci avait quatre rayures, une noire, une grise, une blanche et une violette. J'étais sûre de l'avoir déjà vu quelque part, sur le Net, mais je n'arrivais pas à me rappeler sa signification.

— Par un étrange concours de circonstance, votre mère de collège a décidé que la fac n'était pas pour elle et elle a abandonné à la fin du trimestre dernier. Nous formerons donc une famille monoparentale cette année.

D'autres gloussements, suivis d'un silence. Je me suis demandé quand Rooney allait lâcher toutes ses questions, mais même elle semblait un peu intimidée par la confiance de troisième année de Sunil.

— En gros, a continué Sunil, je suis là si vous avez la *moindre* question ou inquiétude à propos de quoi que ce soit pendant que vous êtes ici. Ou, si vous préférez, vous pouvez aussi bien oublier mon existence.

Encore des rires.

— Alors ? L'un ou l'une d'entre vous aurait envie de parler de quoi que ce soit tant que nous sommes ici ?

Après un court moment, Rooney a été la première à se lancer.

— Je me demandais, euh… comment fonctionne cette histoire de mariage de collège ? J'ai entendu parler de *demandes en mariage* mais je ne sais pas vraiment ce que c'est.

Oh, ouais. J'étais ravie qu'elle ait posé cette question.

Sunil a ri.

— Oh mon Dieu, oui. Bon. Alors. Les mariages de collège. (Il a lié ses doigts ensemble.) Si vous voulez former un duo de mentors avec un autre étudiant, vous vous mariez. L'un de vous fait sa demande à l'autre, et il s'agit généralement d'une demande en grande pompe. Il va y en avoir des tas ce trimestre.

Rooney hochait la tête, fascinée.

— Qu'est-ce que tu entends par « en grande pompe » ?

— Eh bien… Pour te donner un exemple. Ma demande en mariage a consisté à remplir sa chambre de ballons pleins de paillettes, à pousser une quarantaine de personnes à l'y attendre pour la surprendre, puis à me mettre à genoux devant tout le monde avec une bague en plastique en forme de chat.

Oh. Punaise.

— Est-ce que tout le monde… euh… se marie à la fac ? ai-je demandé.

Sunil m'a regardée. Il avait vraiment un regard doux.

— La plupart des gens. En général, les amis le font, puisque c'est juste pour s'amuser. Certains couples le font aussi, cela dit.

Des amis. Des couples.

Oh non.

Désormais, j'allais *vraiment* devoir rencontrer des gens.

La discussion a dévié sur d'autres aspects de la vie universitaire – nos études, les meilleures boîtes, les bons moments pour aller à la bibliothèque, le bal de Bailey à la fin du trimestre. Mais je n'ai rien dit de plus. Je suis restée à stresser à propos de cette histoire de mariage.

Ça n'avait pas d'importance si je ne le faisais pas. Si ? Je n'étais pas là pour ça.

— Bon, il semble que je vais vous escorter en boîte ce soir, a conclu Sunil alors que nous remballions nos affaires pour partir. Alors retrouvez-moi à l'accueil à vingt et une heures, OK ? Et ne vous cassez pas la tête à trop bien vous habiller. (Alors qu'il parlait toujours, son regard a croisé le mien et il m'a souri, d'un air doux et chaleureux.) Et vous n'êtes pas forcés de venir si vous n'en avez pas envie, d'accord ? Ce n'est pas obligatoire.

Alors que Rooney et moi retournions au collège, j'ai envoyé un message à Pip et Jason à propos du « mariage de collège ». Leurs réponses collaient plus ou moins à ce que j'attendais d'eux :

Felipa Quintana

SÉRIEUX ON A ÇA AUSSI

J'ai trop hâte que quelqu'un me fasse sa demande

Ou que je fasse ma demande

Ce sera tellement théâtral, sérieux

J'espère une pluie de confettis suivie de quelqu'un qui me récite un poème sur un bateau sous les regards de centaines de spectateurs avant un lâcher de colombes

Jason Farley-Shaw

Je trouve le concept un peu archaïque, jsp

Rooney, cependant, n'avait rien à dire à propos des mariages de collège parce qu'elle était bien trop absorbée par le fait d'aller en boîte.

— J'ai trop hâte d'être à ce soir, a-t-elle dit.

— Vraiment ?

Elle a souri.

— Je suis prête pour mon *expérience universitaire*, tu sais ?

— Ouais, ai-je répondu. (Et je le pensais. J'étais prête pour mon expérience universitaire, moi aussi. Bien sûr, l'idée d'aller en boîte me terrifiait, et je n'arrivais toujours pas à imaginer un scénario dans lequel je craquais sur quelqu'un mais j'*allais* faire en sorte que ça arrive, et j'*allais* aimer ça.) Moi aussi.

— Alors ? a-t-elle lancé en me regardant avec ses grands yeux noirs. (Elle était objectivement jolie. Peut-être qu'elle serait mon grand amour. Une romance entre colocs comme dans une fanfiction. C'était l'université, bon sang. Tout pouvait arriver.) Tu aimes sortir ?

Par « sortir », elle entendait aller en boîte, et franchement je n'en savais rien. Je n'étais jamais allée en boîte. Il n'y en avait pas beaucoup de sympas dans le Kent rural, et ni Pip ni Jason n'aimaient ça.

Sortir en boîte. Le mariage de collège. Le sexe. La romance.

Je savais que toutes ces choses étaient optionnelles.

Mais je voulais vivre une expérience universitaire parfaitement normale, comme tout le monde.

La première sortie en boîte de bébé

— Wouah ! s'est écriée Rooney une fois que j'avais fini de me lisser les cheveux. Ça te va trop bien !

— Ah, merci ! ai-je répondu, mal à l'aise.

Je suis nulle pour accepter les compliments.

Maman et moi étions allées acheter des vêtements quelques semaines plus tôt pour que j'aie quelque chose à me mettre pour les soirées en boîte, et j'avais choisi quelques robes et une paire de chaussures compensées. J'ai passé une des robes avec des collants noirs et, franchement, je n'étais pas si mal mais, à côté de Rooney, j'avais l'impression d'être une gamine. Elle portait une combinaison en velours rouge – un décolleté en V profond à l'avant et les jambes évasées – avec des bottes à talons et de gigantesques créoles. Elle avait ramené la moitié de ses cheveux en chignon négligé au sommet de sa tête, et le reste lui tombait dans le dos. Elle avait l'air beaucoup trop cool. Moi… pas.

Puis j'ai eu le cafard parce que j'avais choisi cette robe avec maman. Je me sentais à des millions de kilomètres d'elle et de notre centre commercial.

— Tu sortais beaucoup quand tu vivais dans le Kent ? a demandé Rooney depuis son lit, en appliquant les dernières touches de maquillage devant son miroir sur pied.

J'avais envie de faire croire que j'étais super expérimentée, mais à quoi bon. Rooney avait déjà très bien compris que j'étais timide et bien plus mauvaise qu'elle pour faire des rencontres.

— Pas vraiment, ai-je répondu. Je… Je sais pas. Je ne pensais pas que c'était mon truc.

— Tu n'es pas obligée de sortir si tu n'en as pas envie ! (Elle a appliqué de l'enlumineur sur ses pommettes avant de me sourire.) Ça ne plaît pas à tout le monde.

— Non, non, ai-je répliqué. Enfin… Je veux au moins essayer.

Elle a souri à nouveau.

— Bien ! Ne t'inquiète pas. Je veillerai sur toi.

— Tu es souvent sortie en boîte alors ?

— Oh ouais.

Elle a ri avant de se remettre à son maquillage.

Bon. Elle semblait sûre d'elle. Était-elle une fêtarde, comme tous ces gens que j'avais connus ? Était-elle du genre à sortir en boîte tout le temps et à coucher avec des gens au hasard ?

— Tu as « Localiser mes amis » sur ton portable ? m'a-t-elle demandé.

— Oh, euh, je crois.

J'ai pris mon téléphone et, en effet, j'avais téléchargé l'application. Les seules personnes que j'avais ajoutées étaient Pip et Jason.

Rooney a tendu la main.

— Laisse-moi m'ajouter. Comme ça, si on se perd, tu pourras me retrouver.

Elle s'est exécutée et, très vite, il y a eu un petit point avec le visage de Rooney sur la carte de Durham.

Elle a suggéré que nous prenions un selfie ensemble dans le miroir de notre chambre. Elle savait exactement comment poser, menton caché derrière son épaule levée, regard aguicheur. J'ai posé une main sur ma hanche et j'ai croisé les doigts.

Mais, pour être parfaitement honnête avec moi-même, je voulais être Rooney Bach.

Sunil nous a retrouvés à la réception, et on avait l'impression que la plupart, voire tous les nouveaux de St John s'étaient réunis pour leur premier aperçu de la vie nocturne universitaire. Bien qu'il nous ait dit de ne pas faire d'efforts vestimentaires, Sunil portait une chemise cintrée au motif cachemire vif et un pantalon moulant. Cependant, j'ai noté que ses chaussures semblaient avoir été piétinées et traînées dans un champ de boue, ce qui aurait sans doute dû me préparer à ce que j'allais devoir affronter en boîte.

Sunil et d'autres élèves de troisième année nous guidaient vers la boîte à travers les rues froides de Durham. Rooney avait attiré un petit groupe « d'amis », si tant est qu'on puisse déjà les qualifier ainsi, et je restais en retrait, pleine d'appréhension.

Tout le monde semblait tellement excité.

Personne d'autre ne semblait nerveux.

La plupart des gens de mon âge étaient déjà allés en boîte. La plupart des gens de terminale que je connaissais avaient fréquenté la boîte de la ville la plus proche qui, d'après ce que j'avais entendu, était un enfer terrifiant et collant de regrets. Mais là, c'est *moi* qui regrettais de ne pas les avoir accompagnés. Encore une chose à côté de laquelle j'étais lamentablement passée durant mon adolescence.

L'entrée se situait au fond d'une ruelle, et c'était gratuit jusqu'à vingt-trois heures. Ils n'avaient pas besoin de pièce d'identité puisque nous portions tous des bracelets de première année. À l'intérieur, on aurait dit que quelqu'un avait créé mon enfer personnel – foule compacte, sols collants et musique si forte que Rooney a dû s'y reprendre à trois fois pour que je comprenne qu'elle me demandait si je voulais aller au bar.

J'ai écouté ce qu'elle commandait pour savoir quoi demander – vodka-limonade. Puis il y a eu des discussions, encore et encore. Enfin, des cris, à vrai dire. Les gens voulaient surtout savoir « Tu étudies quoi ? », « Tu viens d'où ? », et « Tu penses quoi de tout ça ? ». J'ai commencé à répéter des phrases mot pour mot à de multiples personnes. Comme un robot. Sérieux. Je voulais seulement me faire un ami.

Puis il y a eu la danse. J'ai commencé à relever le nombre de chansons qui parlaient d'amour et de sexe. Comment se faisait-il que je ne l'aie jamais remarqué avant ? Genre, presque toutes les chansons parlent d'amour et de sexe. On aurait dit qu'elles me narguaient.

Rooney a tenté de me faire danser avec elle, sans prise de tête, pour s'amuser, et j'ai essayé, je le jure, mais elle a vite cherché quelqu'un d'autre. Je suis restée à côté de différentes personnes avec qui j'avais discuté. Je m'amusais.

Je m'amusais.

Je ne m'amusais pas.

Il était près de vingt-trois heures quand j'ai écrit à Pip, principalement parce que j'avais envie de parler à quelqu'un sans avoir besoin de crier.

Georgia Warr

HÉ ! Comment ça va, ce soir ?

Felipa Quintana

Tout va extrêmement bien pourquoi ?

J'ai peut-être cassé un verre de vin

Georgia Warr

Pip...............

Felipa Quintana

Laisse-moi vivre !

Georgia Warr

Comment ça se fait que tu sois en train de boire ?

Felipa Quintana
Parce que je suis maîtresse de mon destin et que je vis pour le chaos
Je déconne. Notre étage organise une soirée pizza / alcool
Au fait je crois que j'ai oublié ma veste dans ta chambre hier soir

Georgia Warr
Oh non !!! Je te la rapporterai quand je viendrai te voir tkt

— Tu écris à qui ? a crié Rooney dans mon oreille.
— Pip ! ai-je répondu en hurlant.
— Qu'est-ce qu'elle dit ?
J'ai montré à Rooney le message de Pip à propos du verre brisé. Rooney a souri en le lisant avant de se mettre à rire.
— Je l'aime bien ! a-t-elle crié. Elle est trop marrante !
Puis elle est retournée danser.

Georgia Warr
Bref, devine où je suis

Felipa Quintana
Sérieux, t'es où ?

Georgia Warr
EN BOÎTE

Felipa Quintana
TU DÉCONNES !
Je n'aurais jamais pensé voir ce jour
La première sortie en boîte de bébé !!!
Attends, c'est une idée de Rooney ? Elle te met la pression ???

Georgia Warr
Non, je voulais y aller haha

Felipa Quintana
D'ac fais attention à toi !!!!! Ne prends pas de drogue !!!!! Gaffe aux pervers !!!!!!!!!

Je suis restée là, à balancer la tête, jusqu'à ce que Rooney veuille sortir prendre l'air. Enfin, autant que ce soit possible dans la zone fumeurs à l'arrière d'une boîte.

Nous nous sommes appuyées contre le mur de brique du bâtiment. Je frissonnais, mais Rooney semblait bien.

— Alors ? a-t-elle demandé. Ton verdict sur les boîtes ?

J'ai grimacé. Je n'ai pas pu m'en empêcher.

Elle a rejeté la tête en arrière en riant.

— Au moins, tu es honnête, a-t-elle poursuivi. Beaucoup de gens détestent ça et continuent d'y aller malgré tout.

— J'imagine. (J'ai bu une gorgée.) Je voulais seulement essayer. Je voulais vivre l'expérience universitaire. Tu vois.

Elle a hoché la tête.

— Les clubs dégueu sont un incontournable de la vie universitaire, en effet.

Je n'arrivais pas à savoir si elle était sarcastique.

J'étais un peu pompette, pour être honnête.

— Je veux… Je veux rencontrer des gens, et… faire des trucs normaux, ai-je dit en m'envoyant le reste de ma boisson. (Je n'aimais même pas vraiment ça, mais tout le monde buvait, et j'aurais eu l'air bizarre si je n'avais pas bu, non ?) Je n'ai pas vraiment un super bilan dans ce domaine.

— Ah bon ?

— Non. J'ai très peu d'amis. J'ai toujours eu très peu d'amis.

Rooney a cessé de sourire.

— Oh.

— Je n'ai jamais eu de copain. Ni même embrassé quelqu'un.

Les mots m'ont échappé.

J'ai grincé des dents. Merde. C'était le truc que je n'étais plus censée dire à qui que ce soit. C'est la raison pour laquelle les gens s'étaient moqués de moi.

Rooney a levé les sourcils.

— Wouah, *vraiment* ?

Elle n'était pas sarcastique. Le choc était bien réel. Je ne sais pas pourquoi ça m'a étonnée – la réaction des gens pendant la partie d'« action ou vérité » le soir du bal de promo devait refléter l'avis général. Mais ça m'a vraiment touchée sur le coup. Les regards étranges. Les gens qui m'avaient soudain vue comme une enfant, comme *immature*. Les films dans lesquels les personnages paniquaient à l'idée d'être vierge à seize ans.

— Vraiment, ai-je confirmé.

— Et ça te met mal ?

J'ai haussé les épaules.

— Ouais.

— Et tu veux changer ça ? Maintenant que tu es à la fac ?

— Idéalement, oui.

— Bon. Très bien. (Elle s'est tournée pour me faire face, l'épaule appuyée contre le mur.) Je pense pouvoir t'aider.

— Euh… d'ac…

— Je veux que tu rentres là-dedans et que tu repères une personne que tu trouves canon. Ou plusieurs. Ça aura plus de chances de marcher.

Je détestais déjà cette idée.

— Oh.

— Tente d'obtenir leur nom, ou mémorise au moins à quoi ils ressemblent. Et je t'aiderai à te mettre avec.

Je n'aimais pas ce plan. Je n'aimais pas ça du tout. Mon mode survie s'était activé. Je voulais partir en courant.

— Oh, ai-je répété.

— Fais-moi confiance, a-t-elle souri. J'en connais *un rayon* en relations.

Qu'est-ce que ça signifiait ?

— D'ac, ai-je répondu. Donc je choisis quelqu'un et... tu nous arranges le coup ?

— Ouais. Ça te va ?

— ... Ouais.

Si l'expérience universitaire tournait autour de mauvaises décisions, il y avait au moins une chose que je faisais correctement.

Je me sentais un peu comme David Attenborough.

J'ai parcouru la boîte seule, laissant Rooney au bar, en commençant par me focaliser sur les gars. Il y avait des tas de gilets zippés. Des auréoles de sueur sur les T-shirts. Nombre d'entre eux avaient la même coupe de cheveux – courts sur les côtés et plus longs sur le dessus.

J'ai continué à regarder. J'allais bien *finir* par trouver quelqu'un qui me plaisait. La boîte était bondée – il devait y avoir au moins deux cents personnes rien que dans cette salle.

Et pourtant, je n'ai trouvé personne.

Il y avait des gars objectivement « séduisants », bien sûr, selon les critères des médias. Il y avait des gars qui faisaient visiblement beaucoup de sport. Il y avait des gars avec des coupes sympas, un bon sens du style ou un joli sourire.

Mais je n'étais *attirée* par aucun d'eux.

Je ne ressentais aucune espèce de *désir*.

Quand j'ai essayé de m'imaginer près d'eux à les embrasser, *les toucher*...

J'ai grimacé. Répugnant, répugnant, *répugnant*.

J'ai décidé de changer de tactique et de regarder les filles. Elles étaient toutes jolies à vrai dire. Et d'apparences bien plus variées.

Mais d'un point de vue purement physique, ressentais-je de l'attirance ?

Non.

De nombreuses personnes avaient déjà commencé à se rapprocher – s'embrasser sous les lumières clignotantes et les chansons d'amour plus fortes que les voix dans nos têtes. C'était un peu dégoûtant, mais il y avait un élément de danger qui rendait ça beau. Embrasser un inconnu qu'on ne reverrait jamais, embrasser quelqu'un dont on ne connaissait même pas le nom, uniquement pour se sentir un peu grisé sur le moment. Uniquement pour sentir la chaleur de sa peau. Rien qu'un instant, se sentir purement vivant.

Sérieux. J'aurais tellement aimé pouvoir faire ça.

Mais l'idée de tenter d'être avec n'importe laquelle de ces personnes – quel que soit le genre – était, franchement, perturbante. Ça me donnait des boutons. Voire des frissons. Ça remplissait mon estomac d'un terrible effroi, et une sirène d'alarme s'est enclenchée dans ma tête. C'était comme si mes anticorps luttaient.

Qu'allais-je dire à Rooney ?

Parmi des centaines d'étudiants, je n'ai pas pu trouver la moindre personne attirante. Désolée.

Elle pourrait peut-être choisir pour moi. Sérieux, ce serait tellement plus simple.

Ce serait tellement plus facile si j'avais quelqu'un pour me dire quoi faire, avec qui être, comment me comporter et ce qu'était l'amour.

J'ai abandonné mes recherches. Je resterais vierge de tout baiser ce soir. Vierge d'amour. Et ce n'était pas grave. Pas vrai ? Ce n'était pas grave.

J'ignorais si j'en avais vraiment eu envie ou non. Franchement, c'était peut-être un peu des deux. Comme avec Tommy.

Je le voulais sans le vouloir.

Ce n'est qu'une heure plus tard que j'ai repéré Rooney à travers une masse de corps flous et clignotants. Elle était au milieu de la piste, à embrasser un grand type en jean skinny déchiré.

Il avait les bras autour de sa taille. Une de ses mains à elle touchait son visage.

C'était une vision de passion. De romance de film. De désir.

Comment ?

Comment une personne pouvait-elle en arriver là en l'espace d'une heure ?

Comment pouvait-elle faire en une heure ce que je n'avais pas su me forcer à faire de toute mon adolescence ?

Je la détestais. Je voulais être à sa place. Je me détestais.

Soudain, ça m'a frappée. La musique était si forte que j'ai eu l'impression que ma vue se brouillait. J'ai poussé les gens pour me mettre sur le côté, et je me suis retrouvée pressée contre le mur trempé de condensation. J'ai regardé vivement autour de moi pour trouver la porte, puis je suis sortie à toute vitesse dans l'air frais d'octobre.

J'ai pris une grande inspiration.

Je n'allais pas pleurer.

Trois étudiants de troisième année de St John discutaient dans la zone fumeurs, appuyés contre le mur. À ma grande surprise, Sunil en faisait partie.

C'était mon parent de collège – je savais qu'il m'aiderait. Je pourrais lui demander de me raccompagner. Mais en approchant, j'ai ressenti de l'embarras. J'échouais sur toute la ligne. Je n'étais qu'une enfant. Sunil s'est retourné, il m'a regardée avec curiosité, et j'ai tenté de le forcer mentalement à me demander si je voulais rentrer et si je voulais qu'il me raccompagne. Mais il n'a rien dit. Alors, je suis partie.

Après des heures dans la boîte bruyante, le silence de la grand-rue semblait retentir autour de moi. Je me rappelais à peine la route du retour parce que j'avais tellement stressé à l'aller que je n'avais pas fait attention au chemin que nous avions emprunté mais, par chance, je me suis retrouvée sur la voie pavée qui remonte la colline, le long du château et de la cathédrale, puis j'ai vu les marches en pierre du collège St John.

— Y a un truc qui cloche chez toi, ai-je marmonné.

Puis j'ai secoué la tête pour chasser cette pensée. C'était néfaste. Rien ne clochait chez moi. J'étais simplement comme ça. *N'y pense plus. Ne pense plus à tout ça.*

Je pourrais écrire à Pip et… Pour lui dire quoi ? Que j'étais nulle en boîte ? Que j'aurais pu embrasser quelqu'un mais que j'avais décidé de ne pas le faire ? Que mon nouveau départ était un échec cuisant ? Pitoyable. Il n'y avait rien à raconter.

Je pourrais en parler à Jason, mais il me dirait sans doute que j'étais bête. Et il aurait raison. Je savais que toute cette histoire était ridicule.

Alors je me suis contentée de marcher. J'ai gardé la tête baissée. Je ne savais même pas ce qui n'allait pas. Tout. Moi. Aucune idée. Comment se faisait-il que tout le monde fonctionne bien sauf moi ? Comment tout le monde pouvait vivre sa vie alors que j'avais une espèce d'erreur de programmation ?

J'ai pensé à tous les gens rencontrés ces derniers jours. Des centaines de gens de mon âge, de tous les genres, toutes les apparences, toutes les personnalités.

Je ne voyais pas une seule personne qui m'attirait.

J'ai ouvert la porte du bâtiment si bruyamment que l'homme dans son petit bureau m'a lancé un regard sévère. J'imagine qu'il m'a prise pour une bizute bourrée. Sérieux, j'aurais bien aimé. J'ai regardé ma robe, celle que maman avait repérée chez River Island en disant « Oh, elle est parfaite, non ? » et j'avais acquiescé et elle me l'avait achetée pour que je me sente jolie pour la semaine de rentrée. Les larmes ont commencé à monter. Oh non, pas tout de suite, pitié, pas tout de suite.

Ma chambre était vide – évidemment. Rooney était dehors à vivre sa vie et à faire des expériences. J'ai attrapé ma trousse de toilette et mon pyjama, j'ai filé dans la salle de bains et, une fois sous la douche, je me suis mise à pleurer.

Très exigeante

— Donc tu es *très exigeante*, m'a dit Rooney le lendemain matin alors que je mangeais un bagel dans mon lit et qu'elle se maquillait devant le miroir.

Nous en aurions discuté la nuit précédente, mais je m'étais endormie en pleine lecture d'une fanfiction Steve/ Bucky AU Régence anglaise et, quand je me suis réveillée quelques heures plus tard, j'ai trouvé Rooney retournée, profondément endormie, encore maquillée, ses bottes en vrac au milieu du tapis turquoise.

— C'est… correct, ai-je confirmé.

J'étais très exigeante. Je ne savais pas exactement quelles étaient mes exigences mais nul doute qu'elles étaient hautes.

— Ne t'inquiète pas, a-t-elle poursuivi, imperturbable. On aura *des tas* d'autres occasions de te trouver quelqu'un. Ce ne sera pas si difficile.

— Ah bon ?

— Non. (Sa bouche s'est ouverte alors qu'elle appliquait son mascara.) Des tas de gens cherchent à tirer leur coup cette semaine. Il y a *tellement* d'opportunités de rencontres. Ça ne nous prendra pas longtemps pour trouver quelqu'un qui te plaît.

— D'ac.

— Tu verras.

— OK.

— C'est quoi ton type ? a demandé Rooney au déjeuner.

Déjeuner à la fac, c'était comme déjeuner au lycée – de la nourriture de cafétéria, des tables et des bancs – mais en dix fois plus difficile à cause de la pression de devoir discuter avec des gens que je ne connaissais pas très bien. La capacité de Rooney à s'épanouir sans effort à l'université avait beau m'agacer, j'étais très heureuse de l'avoir dans ce genre de situations.

Par chance, cela dit, c'était le premier repas auquel Rooney et moi arrivions sans qu'elle repère quelqu'un qu'elle connaissait, donc nous avons pu rester entre nous.

— Mon type ? ai-je demandé, l'esprit immédiatement tourné vers les types de Pokémon avant de me demander s'il était en fait question de nourriture en regardant mes pâtes.

— Ton type de *mecs*, a ajouté Rooney la bouche pleine.

— Oh, ai-je répondu en haussant les épaules et en piquant un morceau de pâte. Je ne sais pas trop.

— Allez, tu dois bien avoir *une* idée. Genre, quel type de mecs tu apprécies ?

Aucun, voilà ce que j'aurais sans doute dû répondre. *Je n'ai jamais craqué pour qui que ce soit.*

— Pas de type particulier.

Voilà ce que j'ai dit, en réalité.

— Grand ? Geek ? Sportif ? Musicien ? Tatoué ? Cheveux longs ? Les gars qui ressemblent à des pirates ?

— Je ne sais pas.

— Hum. (Rooney a lentement mâché, en me regardant.) Les filles ?

— Quoi ?

— Tu préfères les filles ?

— Euh. (J'ai cligné des yeux.) Ben… Je crois pas… Pas vraiment.

— Hum.

— Quoi ?

— C'est intéressant.

— Quoi donc ?

Rooney a dégluti avec un sourire en coin.

— Toi, j'imagine.

J'étais sûre à quatre-vingts pour cent qu'elle employait « intéressant » comme synonyme de « bizarre », mais bon.

— J'ai eu une idée, m'a lancé Rooney le plus sérieusement du monde ce soir-là.

Je l'aurais prise au sérieux si elle n'avait pas porté un déguisement d'œuf au plat sexy en vue de la soirée costumée du bar du collège. Il s'agissait d'un body en forme d'œuf au plat, avec des chaussettes montantes et des talons géants. À vrai dire, j'étais plutôt impressionnée – c'était une façon incroyable de dire « je veux être jolie mais je veux aussi que vous sachiez que j'ai le sens de l'humour ».

Je n'allais pas à cette fête costumée. J'avais dit à Rooney que j'avais besoin d'une soirée seule à regarder *Il était temps* suivi directement par *La La Land*, et, à ma grande surprise, elle avait simplement répondu « D'accord ».

— Une idée ? ai-je lancé depuis mon lit. À propos de… ?

Rooney est venue s'affaler à côté de moi. Je me suis décalée pour éviter que la partie œuf au plat ne me broie littéralement la poitrine.

— Ton absence de rom-rom.

— Ça ne me dérange pas tant que ça, ai-je argué.

Ce qui était évidemment un mensonge.

Ça me dérangeait énormément, en permanence, mais après le fiasco de la veille je préférais laisser tomber que revivre ça.

Rooney a sorti son portable.

— Tu as testé les sites de rencontre ?

J'ai fixé son téléphone. Je ne connaissais personne de notre âge qui allait sur des *sites de rencontre*. J'ai hésité.

— Est-ce que les gens de notre âge s'en servent ?

— Je vais sur Tinder depuis que j'ai dix-huit ans.

Au moins, je connaissais Tinder.

— Je ne pense pas que ce soit mon truc.

— Mais comment tu peux le savoir si tu n'essaies pas ?

— Je ne pense pas avoir besoin de tout essayer pour savoir que je n'aime pas.

Rooney a soupiré.

— Bon, écoute. C'est seulement une idée, mais Tinder est un très bon moyen de voir quels types de gars existent, genre, *dans les parages*. En fait, tu n'as pas besoin de leur parler, mais, euh, ça pourrait au moins t'aider à avoir une idée du genre de gars qui te plairaient.

Elle a ouvert Tinder sur son portable et m'a immédiatement montré une photo du premier gars. « Kieran, 21 ans, étudiant ».

J'ai regardé Kieran. Il ressemblait à un grand rat. Vous voyez. Ce genre de look plaît à certains.

— Je ne pense pas que ce soit mon truc, ai-je argué.

Rooney a quitté mon lit en soupirant, son costume d'œuf à deux doigts de renverser le verre d'eau sur ma table de chevet.

— C'est juste une suggestion. Fais-le si tu t'ennuies ce soir. (Elle est allée vers son lit et a attrapé son sac.) Gauche pour non, droite pour oui.

— Je ne pense pas…

— C'est juste une suggestion ! Genre, tu n'es pas obligée de les *aimer*. Cherche simplement quelqu'un que ça ne te dérangerait pas de mieux connaître.

Et elle est partie.

Je regardais *Il était temps* depuis une demi-heure quand j'ai téléchargé Tinder sur mon portable.

Je n'allais clairement pas parler à qui que ce soit. J'étais seulement curieuse.

Je voulais savoir si j'allais voir un type un jour et me dire : *Ouais, il est canon.*

J'ai donc créé un profil sur Tinder. J'ai choisi cinq de mes meilleurs selfies sur Instagram, puis j'ai passé une demi-heure supplémentaire à réfléchir à ce que je pourrais écrire dans la partie « À propos de moi », avant d'opter pour « amatrice de comédies romantiques mièvres ».

Le premier gars à apparaître était « Myles, 20 ans, étudiant ». Il avait les cheveux bruns et un regard mauvais. Sur une des photos, il jouait au billard. Il ne me disait rien qui vaille et j'ai *swipé* à gauche.

Le deuxième était « Adrian, 19 ans, étudiant ». Sa description disait qu'il se dopait à l'adrénaline et qu'il recherchait sa « *manic pixie dream girl* », ce qui lui a valu de passer à gauche immédiatement.

J'ai envoyé quatre autres types à gauche avant de me rendre compte que je ne les regardais pas vraiment – je me contentais de lire leurs descriptions pour voir si nous pourrions nous entendre. Ce n'était pas le but. J'étais censée trouver quelqu'un qui m'*attirait physiquement.*

Après ça, je me suis donc vraiment focalisée sur leur apparence. Leur visage, leurs yeux, leur bouche, leurs cheveux, leur style. Voilà les choses qu'on était censé apprécier. Qu'est-ce que j'aimais, moi ? Quels étaient *mes* critères ? Quelles étaient *mes* préférences ?

Après dix minutes, je suis tombée sur un type qui ressemblait à un mannequin, je n'ai donc pas été surprise de lire « Jack, 18 ans, mannequin ». Il avait la mâchoire bien dessinée et un visage symétrique. Sa photo principale sortait clairement d'une publicité qu'il avait faite pour un magazine.

J'ai tenté de m'imaginer avec Jack, 18 ans, mannequin. L'embrasser. Coucher avec lui.

Genre, s'il fallait choisir uniquement sur l'apparence, ce serait sans doute Jack, 18 ans, mannequin, avec sa super veste en jean et ses fossettes.

Imaginer embrasser ce visage.

L'imaginer se pencher.

Imaginer sa peau si proche.

Mon pouce est resté au-dessus de l'écran un moment. J'ai tenté d'ignorer la nausée qui me gagnait en invoquant ces images dans ma tête.

Puis j'ai *swipé* à gauche.

Georgia Warr

Salut œuf au plat !

Pour info, je les ai tous passés à gauche mdr

Rooney Bach

Haha comment ça tous ?

Georgia Warr

Juste ceux que j'ai regardés

Rooney Bach

Et ça en fait combien ?

Georgia Warr

Jsp genre… quarante ?

Je crois pas que Tinder soit pour moi lol

Désolée de te décevoir

Rooney Bach

Je ne suis pas déçue haha j'espérais juste que ça aiderait

QUARANTE

Wouah !!!

D'ac !

Georgia Warr

Donc ça fait beaucoup ???

Rooney Bach
Tu es vraiment exigeante
Ce n'est pas grave mais au moins on en est sûres

Georgia Warr
Bon je fais quoi maintenant ?

Rooney Bach
Faudrait peut-être revenir aux bonnes vieilles rencontres à l'ancienne

Georgia Warr
Pff
Je déteste ça

J'ai supprimé Tinder de mon portable, puis j'ai relancé *Il était temps*, en me demandant pourquoi, dès que je m'imaginais dans une situation romantique ou sexuelle, j'avais l'impression que j'allais vomir et/ou courir un kilomètre, alors que les films d'amour semblaient être ma seule raison de vivre.

Fierté

Rooney avait raison à propos d'une chose : rencontrer des gens en vrai était sans doute ma seule option pour que ça marche. Par chance, c'était la semaine de rentrée, et il me restait encore de nombreuses occasions de faire des rencontres, à commencer par le vendredi où Rooney et moi sommes allées à la foire de rentrée.

— Je vais m'inscrire à tellement d'associations, a annoncé Rooney.

Je ne l'ai pas vraiment prise au sérieux, mais quand nous avons fait le tour des stands dans le bâtiment de l'union des étudiants, elle a ramassé tellement de prospectus qu'elle m'a forcée à en porter une partie pour elle.

J'avais prévu d'y retrouver Pip et Jason mais je ne savais pas vraiment où parce que le bâtiment était *gigantesque*. Ils allaient devoir attendre. La tâche la plus importante était de s'inscrire à *des associations universitaires*. Avec les boîtes, où j'avais lamentablement échoué, les associations étaient un incontournable de la vie universitaire et supposément un des moyens les plus faciles de se faire des amis avec des centres d'intérêt similaires.

Mais, alors que nous parcourions les stands, je me suis soudain sentie nerveuse. Peut-être un peu dépassée. Par principe, je me suis inscrite à l'asso d'anglais avec Rooney, mais à part ça, je pouvais à peine me rappeler mes centres d'intérêt. L'association de création littéraire ? Je n'aimais pas tellement l'écriture – les rares occasions où je m'étais essayée à écrire ma propre fanfiction avaient été désastreuses. L'association ciné ? Je pouvais aussi bien regarder des films dans mon lit. Il y avait même des trucs super spécifiques comme l'asso d'anime, l'asso de quidditch et l'asso de snowboard, mais elles semblaient toutes avoir été créées par un groupe d'amis qui cherchaient une excuse pour se voir et faire leur activité favorite ensemble. Je ne savais plus quels étaient mes loisirs, à part désirer la romance et lire des fanfictions.

En fait, la seule autre asso à laquelle je voulais m'inscrire, c'était le Théâtre étudiant de Durham. J'apercevais son stand géant au bout du hall.

Je rencontrerais clairement de nouvelles personnes si j'étais dans la pièce cette année.

Rooney s'est retrouvée à marcher devant moi, ravie de discuter avec les personnes sur tous les stands. Je la suivais tranquillement, avec l'impression croissante de n'avoir ma place nulle part, jusqu'à ce que je remarque que j'avais atteint le stand de l'asso des fiertés de Durham.

Il se démarquait avec son drapeau arc-en-ciel géant, et il y avait un certain nombre de nouveaux rassemblés devant, discutant avec enthousiasme avec des étudiants plus âgés de l'autre côté de la table.

J'ai pris un de leurs dépliants pour y jeter un œil. La majeure partie de la page de garde était décorée avec des noms d'orientations sexuelles en police *arty*. Celles que je connaissais bien se trouvaient en haut – lesbienne, gay, bisexuel, transgenre – puis, à ma grande surprise, on passait à d'autres dont je n'avais entendu parler que sur Internet – pansexuel, asexuel, aromantique, non binaire. Et d'autres encore. Je ne savais même pas ce que certaines signifiaient.

— Mon enfant de collège ? a lancé une voix.

Et, quand j'ai levé les yeux, je me suis retrouvée nez à nez avec Sunil Jha, mon parent de collège.

Sur son pull en laine, il portait encore tous ses pin's, et il me souriait chaleureusement. C'était clairement la personne la plus gentille que j'avais rencontrée à Durham jusqu'à présent, sans compter Rooney. Pourrait-il être mon ami ? Est-ce que les parents de collège comptaient comme amis ?

— Tu as envie de t'inscrire ? a-t-il demandé.

— Euh, ai-je répondu.

Pour être franche, je n'avais pas vraiment envie de m'inscrire. Quel droit avais-je de rejoindre une telle association ? Enfin, à vrai dire, je ne savais pas vraiment ce que j'étais. Et, oui, bien sûr, j'avais envisagé le fait de ne pas aimer les garçons. *Sérieusement* envisagé. Mais, là encore, je ne semblais pas non plus m'intéresser aux filles. Je n'avais encore jamais rencontré quelqu'un qui me plaisait, ressenti les doux papillons dans le ventre et été capable de déclarer fièrement « Ah ! Bien sûr ! *Voilà* le genre qui me plaît ! ». Je n'avais même pas de genre préféré pour les fanfictions olé olé.

Sunil m'a tendu un bloc-notes et un stylo.

— Note ton e-mail ! Ça t'inscrit seulement à notre newsletter.

Il n'y avait pas vraiment moyen de refuser, donc j'ai marmonné un « d'ac » et j'ai noté mon adresse. J'ai immédiatement eu la sensation d'être un imposteur.

— Georgia, c'est ça ? m'a demandé Sunil alors que j'écrivais.

— Ou… ouais, ai-je bafouillé, franchement interloquée qu'il se souvienne de mon nom.

Sunil a hoché la tête.

— Super. Je suis le représentant des fiertés à St John.

Une autre fille derrière le stand s'est penchée vers nous pour ajouter :

— *Et* Sunil est le président de l'asso des fiertés. Il oublie toujours de le préciser par *modestie* ou je ne sais quoi.

Sunil a ri doucement. Il dégageait clairement un air de modestie, mais également de confiance en soi. Comme s'il était très doué pour son travail mais qu'il ne voulait pas s'en vanter.

— Voici Jess, une des vice-présidentes, a-t-il annoncé. Et voici Georgia, une de mes enfants de collège.

J'ai regardé la fille de troisième année. Elle avait des tresses qui lui arrivaient à la taille, un grand sourire, et elle portait une robe colorée avec des sucettes. Sur son petit badge, il était écrit « elle/elle ».

— Oh ! s'est-elle écriée. C'est ton enfant de collège ?

Sunil a approuvé de la tête.

— En effet.

Jess a tapé dans ses mains.

— Et tu rejoins l'asso des fiertés. C'est sûrement le destin.

Je me suis forcée à sourire.

— *Bref*, a continué Sunil en secouant la tête avec tendresse. En gros, nous sommes là pour tous les nouveaux qui veulent participer à des trucs queers à Durham. Sorties en boîte, rencontres, dîners, soirées film. Ce genre de choses.

— Cool ! ai-je dit en tentant de prendre un air enthousiaste.

Je devrais peut-être essayer de m'investir. Peut-être qu'en allant à l'asso des fiertés je verrais une fille, j'aurais une grande révélation lesbienne et j'éprouverais enfin des sentiments amoureux pour un autre être humain. J'étais certaine d'avoir lu une fanfiction avec une histoire identique.

J'ai rendu le bloc-notes.

— Notre réunion de bienvenue a lieu dans quelques semaines, a annoncé Sunil en souriant. On t'y verra peut-être ?

J'ai hoché la tête, un peu gênée, comme si j'étais exposée d'une façon ou d'une autre, ce qui était idiot, parce qu'il n'y avait vraiment rien d'intéressant à révéler à mon sujet, et je savais déjà que je n'irais à aucun événement de l'asso des fiertés de Sunil.

Se lancer

Notre dernier arrêt de la foire de rentrée était le Théâtre étudiant de Durham, qui avait le plus grand stand de toute l'union des étudiants, et Pip et Jason se trouvaient juste devant.

Rooney s'était déjà précipitée sur le stand, qui était orné d'un grand rideau rouge et de masques de comédie et de tragédie en papier mâché. Le TED semblait être une sorte d'organisation parapluie qui soutenait et finançait des tas de troupes de théâtre plus petites – l'association de comédie musicale, l'association d'opéra, l'association d'art dramatique de première année, la comédie étudiante et bien d'autres.

Même de loin, les étudiants derrière le stand semblaient bruyants et pleins d'assurance – rien à voir avec l'ambiance apaisante du stand de l'association des fiertés. Mais ça ne m'a pas refroidie. Le théâtre m'était familier. Il faisait partie de ma vie depuis plus de sept ans et, malgré mon trac, je ne voulais pas abandonner.

En plus, Pip et Jason seraient avec moi. Donc ça devrait aller.

— Pip ? Jason ?

Leurs têtes se sont tournées pour révéler une Pip Quintana à l'air perdu, un flyer à la main, repoussant ses lunettes en écaille de tortue sur son nez, et un Jason Farley-Shaw, avec clairement la gueule de bois et des poches sous les yeux, qui donnait l'impression de vouloir s'enfoncer dans sa veste duveteuse.

— GEORGIA ! a hurlé Pip en courant vers moi pour me prendre dans ses bras.

Je lui ai rendu son étreinte jusqu'à ce qu'elle s'écarte. Elle arborait un grand sourire. Si peu de choses avaient changé ; elle était toujours Pip, qui nageait dans son sweat trop grand avec ses cheveux sombres qui rebiquaient dans tous les sens. Mais, évidemment, nous n'étions à Durham que depuis cinq jours. Ça semblait avoir duré toute une vie. Comme si j'étais déjà une personne différente.

— Salut, a lancé Jason d'une voix rocailleuse.

— Ça va ? lui ai-je demandé.

Il a poussé un grognement avant de s'emmitoufler dans sa veste.

— Gueule de bois. Et on n'arrivait pas à te trouver. Regarde ton portable.

J'ai jeté un rapide coup d'œil à l'écran. Plusieurs messages non lus dans la discussion de groupe me demandaient où j'étais.

Pip a croisé les bras en me jetant un regard critique.

— J'en déduis que tu étais trop occupée à te lancer et à t'inscrire à des tas d'associations pour regarder ton portable ?

— Euh… (J'ai tenté de ne pas avoir l'air trop coupable.) Je me suis inscrite à l'asso d'anglais…

Je n'ai pas avoué à Pip que je m'étais inscrite à la newsletter de l'asso des fiertés. Sans doute parce que je n'avais pas l'impression d'y avoir vraiment ma place.

Pip a grimacé.

— Georgia. Ça fait *une asso.*

J'ai haussé les épaules.

— Je pourrai m'inscrire plus tard.

— *Georgia.*

— Tu t'es inscrite où ?

Elle a compté sur ses doigts.

— Je me suis inscrite au Théâtre étudiant de Durham, évidemment, et aussi à l'asso de sciences, à celle d'Amérique latine, à celle des fiertés, d'échecs, de Ultimate Frisbee, et je crois que je me suis inscrite genre en quidditch.

Évidemment, Pip s'était également inscrite à l'asso des fiertés. Je me suis demandé ce qu'elle dirait si je débarquais à un de leurs événements sans prévenir.

— Quidditch ? ai-je demandé.

— Ouais, et si les balais ne volent pas, on sera trop dégoûtés.

— On ? (J'ai regardé Jason.) Tu t'es inscrit au quidditch ? Tu n'aimes même pas *Harry Potter*.

Jason a hoché la tête.

— Leur président était incroyablement persuasif.

— Tu t'es inscrit à quoi d'autre ?

— TED, asso d'histoire, de cinéma, et d'aviron.

J'ai froncé les sourcils.

— D'aviron ?

Jason a haussé les épaules.

— Des tas de gens en font, donc… j'ai eu envie d'essayer… (Il a brusquement cessé de parler, les yeux rivés derrière mon épaule.) Que fait Rooney ?

Je me suis retournée. Rooney semblait en pleine conversation houleuse avec la fille derrière le stand.

— Je ne comprends pas, disait-elle. Comment ça, *fermée* ?

La fille semblait un peu désespérée.

— Je… Je crois qu'ils n'avaient pas de membres de deuxième ou de première année, donc quand ceux de troisième année sont partis, elle a… elle a simplement cessé d'exister.

— Et je ne peux pas la relancer ?

— Euh… Je n'en sais rien… je ne sais pas vraiment comment ça marche…

— C'est toi, la présidente ? Je peux parler à la présidente ?

— Euh, non, elle n'est pas là…

— Oh, laisse tomber. Je réglerai ça une autre fois.

Rooney a foncé dans notre direction, les yeux furibonds. D'instinct, j'ai reculé un peu.

— Tu y crois, toi ? a-t-elle lancé. L'asso Shakespeare a juste… cessé d'exister… putain ! C'était genre la seule asso que je voulais vraiment intégrer et là c'est juste… (Elle s'est tue, remarquant Pip et Jason près de moi, qui la fixaient d'un air qui ne pourrait être décrit que comme de la fascination.) Oh. Salut.

— Hello, a dit Pip.

— Salut, a ajouté Jason.

— Comment va Roderick ? a poursuivi Pip.

La bouche de Rooney s'est tordue en un sourire amusé.

— J'aime que ton esprit se tourne immédiatement vers ma plante au lieu de me demander comment *je* vais.

— Je m'inquiète du bien-être des plantes vertes, a répliqué Pip.

J'ai immédiatement remarqué le ton plus froid de sa voix. Finie l'époque où elle était troublée en présence de Rooney, elle ne bafouillait plus comme l'autre fois dans notre chambre. Elle ne rougissait plus et elle ne se recoiffait plus.

Après ce qu'elle avait vu dans notre cuisine, Pip était désormais sur la défensive.

Ça m'a fait de la peine. Mais c'est ce que Pip faisait quand elle craquait pour une personne qui ne pouvait pas l'aimer : elle annihilait ses sentiments à la force de sa volonté.

Ça la protégeait.

— Tu vas me dénoncer à la société protectrice des plantes ? a demandé Rooney avec un sourire malicieux.

Elle semblait grandement apprécier d'avoir quelqu'un avec qui se chamailler, comme s'il s'agissait d'une pause bienvenue dans le fait d'être toujours sympa et pétillante.

Pip a rejeté la tête en arrière.

— Peut-être que je fais partie de la société protectrice des plantes et que je suis là incognito.

— Ce n'est pas un super camouflage. Tu es tout à fait du genre à avoir au moins six cacti dans ta bibliothèque.

Ç'a été le mot de trop pour Pip, parce qu'elle a répondu avec hargne :

— Je n'en ai que trois, en fait, et on dit cactus en français, pas cacti…

— Euh… (Les filles ont été interrompues par Jason, qui, si ça n'avait pas déjà été le cas, avait clairement mal au crâne.) Alors, tu vas t'inscrire au TED ou… ?

— Oui, j'ai répondu du tac au tac, rien que pour mettre fin à la joute verbale étrangement agressive entre Pip et Rooney.

— Je ne vois même plus l'intérêt, a argué Rooney avec un soupir dramatique. L'asso Shakespeare n'existe plus. Une histoire de manque d'adhérents.

— Tu ne peux pas t'inscrire ailleurs ? a proposé Pip, mais Rooney l'a regardée comme si elle venait de suggérer le truc le plus idiot qui soit.

Jason n'a même pas pris la peine de poursuivre la conversation et il s'est avancé devant la liste d'inscription au TED. Je l'ai suivi et il m'a tendu le stylo.

— Je ne pensais pas que tu voudrais t'inscrire, a-t-il dit, vu comme tu as vomi pour *Les Misérables*.

— J'aime toujours le théâtre, ai-je répondu. Et je dois m'inscrire ailleurs qu'à l'asso d'anglais.

— Mais tu pourrais choisir un truc qui ne t'a pas fait *vomir*.

— Je préfère vomir entourée d'amis que m'inscrire à une asso où je serais triste et seule.

Jason a marqué une pause avant d'ajouter :

— Je crois que ça avait l'air plus profond dans ta tête.

J'ai fini d'écrire mon adresse et j'ai reposé le stylo en observant Jason. Il semblait vraiment un peu inquiet pour moi.

— J'ai envie de le faire, ai-je dit. Je… Je veux vraiment essayer et… tu vois. Rencontrer de nouvelles personnes et… vivre une bonne expérience universitaire.

Jason a marqué une nouvelle pause. Puis il a hoché la tête, l'air compréhensif.

— Ouais. Ça se tient.

Nous nous sommes écartés pour laisser Pip et Rooney noter leurs e-mails sur la liste tout en poursuivant une dispute sans importance pour savoir quelle asso du TED il fallait rejoindre ; chacune d'elles semblait déterminée à prouver que son choix était le bon et que l'autre avait complètement tort. Après plusieurs minutes, Jason a fini par décider d'y mettre un terme en suggérant d'allant chercher des pizzas au stand Domino's qui distribuait des parts gratuites.

— Je fais encore un tour, a répondu Rooney. (Son regard est passé de Pip à moi.) Je vous retrouve à l'entrée dans genre vingt minutes ?

J'ai hoché la tête.

— Nickel.

Rooney est revenue à Pip et a lancé comme si Jason n'existait même pas :

— Ça vous tente qu'on se retrouve au bar de St John ce soir ? C'est trop cool ! C'est un minuscule bar en sous-sol…

La plupart des gens n'auraient pas su dire ce qui arrivait à Pip, mais je la connaissais depuis plus de sept ans, et elle avait *ce regard*. Les yeux légèrement plissés. Et les épaules rentrées.

La raison de tout cela : Pip était décidée à haïr Rooney.

— Ouais, on y sera, a-t-elle répondu, les bras croisés.

— Youpi, a lancé Rooney avec un grand sourire. Trop *hâte*.

Rooney est retournée vers les stands des associations. Pip, Jason et moi nous sommes dirigés vers celui de Domino's. Les yeux de Pip ne quittaient pas l'arrière de la tête de Rooney, tandis que Jason lui demandait :

— Putain, c'était quoi, ça ?

Shakespeare et plantes vertes

Une occasion pour mes trois seuls amis de tisser des liens était clairement une bonne idée, mais qui était plus ou moins contrebalancée par le plaisir que semblait prendre Rooney à agacer Pip, tandis que Pip était exaspérée par la seule présence de Rooney dans nos vies, et que je savais déjà que je n'étais pas fan de boîtes et de bars.

Felipa Quintana
LES ONDES, GEORGIA. LES ONDES.

Georgia Warr
Comment ça ?

Felipa Quintana
ELLES SONT NÉGATIVES
J'aurais dû m'en rendre compte quand je l'ai rencontrée
Elle est pleine d'ondes négatives

Georgia Warr
Rooney est plutôt sympa en fait
Tu dis ça uniquement parce que tu l'as vue rouler une pelle à quelqu'un ? Le *slut-shaming* n'est pas autorisé dans ce groupe

Felipa Quintana
BIEN SÛR QUE NON. Elle peut rouler des pelles à qui elle veut tant qu'elle veut, je n'ai aucun problème avec les gens qui aiment ça
J'ai juste un mauvais pressentiment
... Elle s'est moquée de mes cactus

Jason Farley-Shaw
Sans transition
On se retrouve où et à quelle heure ???
Je ne sais pas où se trouve le bar de St John !!!

Georgia Warr
Je passerai vous prendre dans la chambre de Pip
J'ai peur qu'elle arrive seule et qu'elle fasse une scène en apercevant Rooney

Jason Farley-Shaw
Oh, bien vu. C'est malin.

Felipa Quintana
Allez vous faire METTRE tous les deux

— Je suis parfaitement capable d'aller dans un bar sans faire une scène parce que je n'aime pas *une* personne, a lancé Pip en m'ouvrant la porte ce soir-là.

J'avais beau avoir reçu des instructions précises, j'ai quand même dû l'appeler pour qu'elle me guide dans les couloirs sinueux du Château. Et comme si ça ne suffisait pas niveau chaos pour un vendredi soir, la chambre de Pip était clairement en lice pour le titre de *chambre la plus bordélique de Durham*. Il y avait plus de vêtements au sol qu'il ne semblait y en avoir dans son placard ouvert, des livres de chimie ennuyeux et des feuilles s'entassaient sur son bureau, et ses draps étaient roulés en boule dans un coin, à plusieurs mètres du lit.

— Mais bien sûr, ai-je répondu en tapotant la tête de Pip.

— Ne sois *pas* condescendante, Georgia Warr. Tu as apporté ma veste en jean ?

— Ta veste en jean ? (Je me suis tapé le front. Je voyais très précisément l'endroit de ma chambre où elle se trouvait – sur le dossier de ma chaise de bureau.) Oh, non, désolée, j'ai complètement oublié.

— Pas grave, a-t-elle répliqué. (Elle a jeté un coup d'œil nerveux à sa tenue.) Je comptais la porter ce soir, mais... tu crois que ça le fait sans ? Ou alors je pourrais peut-être porter un bomber.

Son look lui allait vraiment très bien, en fait – elle portait une chemise rayée à manches longues rentrée au niveau des hanches dans un jean skinny noir déchiré, et ses cheveux étaient coiffés avec soin. En plus, elle était vraiment *elle-même*, ce qui était le plus important selon moi.

Pip avait toujours été assez peu sûre de son look. Mais maintenant qu'elle s'habillait comme elle l'avait toujours voulu et qu'elle avait coupé ses cheveux, elle dégageait un genre d'assurance que je ne pouvais même pas espérer atteindre – du genre « Je sais exactement qui je suis ».

— Ça te va trop bien, ai-je répondu.

Elle a souri.

— Merci.

J'avais décidé de porter une tenue un peu plus décontractée que lors de ma dernière « tentative de "sortir" » – un jean taille haute et un crop top ajusté – mais j'avais quand même un peu l'impression de porter un déguisement. Mon style habituel avec mon pull confortable n'était pas vraiment adapté aux bars et aux boîtes.

Jason est arrivé quelques minutes plus tard, avec sa veste Teddy Bear sur son habituel combo jean/T-shirt. Après un coup d'œil par terre, il s'est immédiatement mis à ramasser des vêtements pour les plier.

— Sérieux, Pip. Apprends à ranger.

— C'est très bien comme ça. Je sais où tout se trouve.

— Peut-être, mais tu changeras d'avis quand des araignées écloront sous tes sweats.

— *Beurk*, Jason. Ne parle pas d'éclosion.

Nous avons rapidement rangé la chambre de Pip avant de partir. Il n'y avait que cinq minutes de marche du Château à St John – nous devions traverser Palace Green, passer à côté de la cathédrale et remonter une ruelle adjacente – et, pendant ce temps, j'ai décidé d'interroger Pip pour connaître la raison exacte de son histoire de « mauvaises ondes ».

— Je ne craque *pas* sur elle, a-t-elle répondu du tac au tac, ce qui confirmait qu'elle avait clairement un crush sur Rooney. Je ne craque *pas* sur des filles hétéros. C'est terminé.

— Donc tu as décidé qu'elle était ton ennemie jurée parce que... ?

— Tu sais quoi ? (Pip a croisé les bras, s'enveloppant dans son bomber.) C'est le genre de personne qui se croit meilleure que *tout le monde*, simplement parce qu'elle sort en boîte et dans des bars, qu'elle a une plante verte géante et qu'elle aime *Shakespeare*.

— Tu aimes Shakespeare et tu as des plantes, a argué Jason. Pourquoi ne pourrait-elle pas aimer Shakespeare et les plantes ?

Pip s'est contentée de lui lancer un regard agacé.

Jason m'a jeté un coup d'œil, sourcils levés. Nous savions tous les deux que Pip se trouvait des excuses débiles pour ne pas aimer Rooney afin de détourner ses sentiments. Mais nous savions aussi qu'il valait mieux la laisser faire parce que, franchement, c'était sans doute le meilleur plan.

Nous avions vu Pip craquer pour plusieurs filles hétéros. Ce n'était pas marrant pour elle. Plus vite elle passerait à autre chose, mieux ça vaudrait.

— Tu aurais pu refuser de venir ce soir, ai-je fait remarquer.

— En fait, non, a répliqué Pip, sinon elle aurait *gagné*.

Jason et moi sommes restés silencieux un moment, puis j'ai dit :

— Elle m'a donné des conseils.

Pip a froncé les sourcils.

— Des conseils ? À quel sujet ?

— Ben... Tu sais que je me sentais mal à propos de, genre... (Punaise. C'était toujours tellement gênant d'en parler.) Tu te rappelles qu'à la soirée après le bal de promo je me sentais mal de ne jamais avoir embrassé personne, et... tu vois. Rooney m'aide à essayer de me lancer.

Pip et Jason m'ont dévisagée.

— *Quoi ?* (Pip a secoué la tête, incrédule.) Tu ne... Pourquoi elle te fait faire ça ? Tu n'as pas à faire ces conneries... juste... *Sérieux*. Tu dois aller à ton rythme, meuf. Pourquoi elle te force ?... Quoi ? Elle essaie de te convaincre de te mettre avec des gens dans les bars ? Si *elle* veut faire ça, très bien, mais ce n'est pas ton genre.

— Elle ne me force pas ! Elle m'aide simplement à m'ouvrir un peu, et genre... à saisir les occasions qui se présentent.

— Mais tu ne devrais pas avoir besoin de forcer ces trucs ! Ce n'est pas ce que tu *es*, a-t-elle répété, les sourcils froncés.

— Ben, et si c'est ce que je *veux* être ? ai-je craché.

Je me suis immédiatement sentie mal. Pip et moi ne nous disputions jamais.

Pip a fermé son clapet. Elle ne semblait pas avoir de réponse.

Enfin, elle a fini par dire :

— Je n'aime pas Rooney parce qu'elle rompt la dynamique de notre groupe d'amis. Et elle est vraiment agaçante, surtout avec moi.

Je n'ai même pas pris la peine de lui répondre.

Jason se lissait les cheveux, l'air gêné.

— Euh… C'est bien que tu te sois fait une amie, cela dit, Georgia.

— Ouais, ai-je confirmé.

J'ai senti mon portable vibrer dans mon sac et je l'ai sorti pour regarder.

Rooney Bach

Je suis au bar !

Hé, peut-être qu'on pourrait te brancher avec quelqu'un ce soir…

Je lui ai envoyé une émoticône pouce levé.

Énergie chaotique

Rooney avait réussi à mettre la main sur toute une table pour nous au bar de John, ce qui méritait une médaille parce qu'il était *blindé*. Le bar était une minuscule cave du collège, super ancienne et très étouffante. Je pouvais presque sentir la sueur des gens dans l'air alors que nous nous frayions un chemin parmi la foule pour rejoindre la table.

Rooney s'était mise sur son trente-et-un pour la soirée : combinaison, talons, cheveux bouclés. Elle avait sans doute d'autres projets après avoir traîné avec nous à l'heure très enfantine de vingt et une heures. Et elle semblait s'être liée d'amitié avec un vaste groupe de gens assis à la table voisine en nous attendant.

— Mes chéris, a lancé Rooney avec un faux accent bourgeois traînant alors que nous nous asseyions, se détournant de ses nouveaux amis. Vous êtes tous *si* beaux. (Elle a regardé directement Pip.) Donc ton truc, ce sont les rayures, Felipa ?

Pip a plissé les yeux en entendant son prénom en entier.

— Tu m'as traquée sur Facebook ?

— Instagram, en fait. J'ai beaucoup aimé la photo où tu étais déguisée en crayon pour Halloween.

Ça a tiré un sourire suffisant à Pip.

— Tu as dû remonter *très* loin alors.

Jason et moi avons dû supporter plusieurs minutes de chamailleries agaçantes entre Pip et Rooney avant de pouvoir prendre part à la conversation. Pendant ce temps, j'ai observé les gens, parcourant la pièce pour regarder nos camarades. Il y avait des gens qui sortaient juste comme ça, certains avaient fait un effort vestimentaire, d'autres portaient leur jean et leur sweat habituels. Il y avait des gens en robe de soirée – beaucoup, à vrai dire, mais ça restait la semaine de rentrée, donc ça se tenait.

— Alors, comment êtes-vous devenus amis ? a demandé Rooney.

— L'école, ai-je répondu. Et nous étions tous dans la même troupe de théâtre.

— Oh mais *oui*, c'est vrai ! Vous êtes tous des théâtreux ! J'avais oublié ! (Le visage de Rooney s'est éclairé.) C'est génial. On peut aller à la réunion de bienvenue tous ensemble la semaine prochaine !

— C'est dommage que ton association ait fermé, a compati Jason.

— Ouais ! L'asso Shakespeare. J'étais *tellement* déterminée à en faire partie, mais… elle n'existe plus. C'est sans aucun doute un crime contre la Grande-Bretagne.

— Alors, comme ça, tu aimes Shakespeare ? a demandé Pip.

Elle semblait presque *sceptique*.

Rooney a hoché la tête.

— Ouais ! *J'adore*. Et toi ?

Pip a hoché la tête à son tour.

— Ouais. J'ai joué dans quelques pièces au lycée.

— Pareil. J'étais dans *Roméo et Juliette*, *Beaucoup de bruit pour rien*, *La Comédie des erreurs* et *Hamlet*, au lycée.

— On a fait *Roméo et Juliette*, *Le Songe d'une nuit d'été* et *La Tempête*.

— Donc j'ai plus d'expérience ? a lancé Rooney.

Impossible de manquer sa lèvre qui se retroussait. On aurait dit qu'elle cherchait à provoquer une dispute.

La mâchoire de Pip a été prise d'un tic nerveux.

— Faut croire, a-t-elle répondu.

J'ai croisé le regard de Jason, et la façon dont ses yeux se sont écarquillés m'a confirmé que je ne me faisais pas de films. Il voyait la même chose que moi.

Rooney et Pip, deux genres très différents d'énergie chaotique, entraient en collision sous mes yeux. Je me sentais dépassée.

— Alors, Georgia et toi, vous êtes genre meilleures amies maintenant ? a demandé Pip avec un petit gloussement.

Je m'apprêtais à refuser d'être entraînée dans cette affaire quand Rooney a répondu :

— Je dirais qu'on est déjà plutôt bonnes amies, a-t-elle annoncé en souriant et en me regardant. Pas vrai ?

— C'est vrai, ai-je confirmé, car il n'y avait vraiment rien d'autre à dire.

— On vit ensemble après tout, a poursuivi Rooney, donc, oui. Pourquoi ? Tu es jalouse ?

Pip a rougi légèrement.

— Je me demandais simplement s'il faudrait qu'on se batte pour le titre de meilleure amie ultime de Georgia.

— Je ne suis même pas en lice ? a fait remarquer Jason, mais les filles l'ont ignoré.

Rooney a siroté une longue gorgée de bière avant de se pencher vers Pip.

— Tu ne m'as pas l'air taillée pour le combat.

— C'est une allusion à ma taille ?

— Je dis ça, je dis rien. Je pense que tu serais naturellement désavantagée par rapport à bon nombre de gens.

— Oh, mais j'ai l'avantage de la colère des gens petits.

Rooney a affiché un sourire suffisant.

— Je peux pas comprendre.

— Hé, ai-je dit en haussant le ton. (Pip et Rooney se sont toutes deux tournées vers moi.) On est censés s'amuser et apprendre à se connaître.

Elles m'ont regardée avec des yeux ronds.

— Ce n'est pas ce qu'on fait ? a demandé Rooney.

— J'ai besoin d'un *verre*, a annoncé Jason d'une voix vive en se levant.

Je me suis levée aussi, lui pressant le bras en signe de soutien, et nous avons laissé Rooney et Pip à leur étrange compétition de chamailleries.

Je savais que compter sur l'alcool pour se libérer du stress n'était pas génial. Niveau goût, je n'aimais même pas tellement ça. Malheureusement, j'avais grandi dans un endroit où presque tous les gens de mon âge buvaient, et j'avais intégré le fait de boire comme étant « normal », comme bien d'autres choses, même si, bien souvent, ce n'était pas du tout ce dont j'avais envie.

Jason a commandé un cidre, et moi une double vodka-limonade, ainsi que deux bières pour Pip et Rooney.

— Je sais que ce n'est pas la première fois qu'elle lutte contre ses sentiments par la colère, a dit Jason d'un air sombre alors que nous attendions nos boissons au bar. Mais je ne l'ai pas vue comme ça depuis Kelly Thornton, en troisième.

— C'est clairement pire, ai-je répliqué en me rappelant l'histoire avec Kelly. (Une querelle à rallonge à propos d'un crayon volé, qui s'était achevée quand Pip avait jeté une pomme à moitié mangée à la tête de Kelly, ce qui lui avait valu deux semaines de retenue.) Je veux juste qu'on soit tous amis.

Jason a pouffé et m'a donné un petit coup d'épaule.

— Ben, tu m'as moi. On est relativement sans histoires.

J'ai regardé Jason. Ses grands yeux bruns et son doux sourire m'étaient familiers. Nous n'avions jamais eu de souci. Pour le moment, du moins.

— Ouais, ai-je confirmé. Relativement.

Seule pour toujours

Je me suis retrouvée ivre en un temps record. Peut-être parce que j'avais sauté le dîner pour lire une fanfiction en mangeant un bagel dans mon lit, ou peut-être parce que j'avais bu l'équivalent de six shots en quarante-cinq minutes mais, quoi qu'il en soit, à vingt-deux heures, je me sentais vraiment détendue et heureuse, ce qui était clairement le signe que je n'étais pas dans mon état normal.

Là encore, je ne plaide pas en faveur de ce genre de choses. Mais, sur le moment, je ne savais pas comment gérer ce qui avait été une longue semaine stressante ni la perspective de bien d'autres semaines stressantes à venir les trois années suivantes.

Je suppose qu'il est juste de dire que je ne profitais pas de mon *expérience universitaire* jusque-là.

Nous sommes ensuite allés en ville. Rooney avait insisté. J'aurais bien protesté, mais je voulais voir si c'était plus sympa de sortir en boîte avec ses amis. Peut-être que ça me plairait plus en compagnie de Pip et Jason.

Pip et Rooney étaient, au minimum, un peu pompettes et elles monopolisaient la conversation. Jason restait plutôt silencieux, ce qui n'était pas inhabituel, et ça n'a pas semblé le déranger que je lui prenne le bras pour tenter de moins tanguer en marchant alors que nous arrivions dans le centre de Durham.

Rooney se disputait avec Pip quand elle ne se tournait pas vers moi, ses longs cheveux dans le vent d'octobre, pour crier : « On doit te dénicher un HOMME, Georgia ! On doit te trouver un HOMME ! »

Le mot « homme » me dégoûtait parce que j'imaginais un type bien plus âgé – personne de notre âge n'était déjà un *homme*, si ?

— Je finirai par en trouver un ! ai-je crié en retour, même si je savais que c'était des conneries, que rien n'était sûr dans la vie et que je n'avais pas le temps « d'y voir plus clair » parce que je pourrais avoir une rupture d'anévrisme à tout moment et mourir sans être tombée amoureuse, sans même avoir compris qui j'étais et ce que je voulais.

— Tu n'es pas obligée de trouver un homme, Georgia, a lancé Pip d'une voix pâteuse une fois que nous faisions la queue au bar.

Ce n'était pas la boîte collante et humide de l'autre jour. Celle-ci était classe, moderne et n'avait pas sa place dans la partie historique de Durham. On y jouait de la musique indie-pop cool – Pale Waves, Janelle Monáe, Chvrches – et nous étions entourés de gens qui dansaient sous les néons. J'avais un peu mal à la tête mais je voulais essayer d'en profiter. Je voulais me dépasser.

— Je sais, ai-je répondu.

Par chance, Rooney, en pleine conversation avec Jason, ne pouvait pas m'entendre. Jason avait l'air un peu dépassé.

— J'ai déjà accepté le fait que je ne trouverais jamais personne, a annoncé Pip, et il m'a fallu un moment pour que mon cerveau intègre tout ce que cela impliquait.

— Quoi ? Qu'est-il arrivé au « Tu finiras par trouver quelqu'un comme tout le monde » ?

— C'est une règle pour hétéros, a répliqué Pip. (Ça m'a fait taire un moment. Chaque fois qu'elle me l'avait dit… y avait-elle seulement cru pour elle-même ?) Ça ne s'applique pas à moi.

— Qu… ne dis pas ça. Il y avait juste peu de filles ouvertement lesbiennes au lycée. Tu n'avais pas beaucoup de choix.

Pip avait embrassé deux filles depuis notre rencontre – l'une d'elles n'arrêtait pas de nier que c'était arrivé, et l'autre avait dit à Pip qu'elle ne l'aimait pas de cette façon, qu'elle pensait simplement que c'était une blague entre copines.

Pip a baissé les yeux sur la surface collante du bar.

— Ouais, mais, genre… Je ne sais même pas comment on fait pour, euh… avoir un rencard. Genre comment ça *arrive*.

Je ne savais pas quoi lui dire. Ce n'était pas comme si je connaissais la réponse, et quand bien même, nous étions toutes les deux trop éméchées pour avoir une conversation sensée.

— Quelque chose ne va pas chez moi ? m'a-t-elle soudain demandé en me regardant droit dans les yeux. Est-ce que je… suis vraiment chiante… est-ce que tout le monde me trouve juste vraiment chiante ?

— Pip… (J'ai passé un bras autour de ses épaules.) Mais non… Non, bien sûr que non. Punaise. Pourquoi tu crois ça ?

— Je sais pas, a-t-elle marmonné. Je me disais juste qu'il y avait bien une bonne raison pour que je sois toujours seule.

— Tu n'es pas toujours seule puisque je suis là. Je suis ta meilleure amie.

Elle a soupiré.

— *D'accord*.

Je l'ai serrée contre moi, puis nos boissons sont arrivées.

— Et vu que je suis ta meilleure amie, penses-tu pouvoir essayer de *ne pas* mépriser Rooney avec chaque fibre de ton être ? Au moins pour ce soir ?

Pip a siroté une gorgée de cidre.

— Je vais *essayer.* Je ne peux rien promettre.

Il allait falloir s'en contenter.

Dès que nous avons vidé nos boissons, Rooney s'est mise à danser. Elle semblait également en bons termes avec diverses personnes dans la boîte et elle n'arrêtait pas de disparaître pour aller discuter. Je me sentais mal de penser ça mais, en réalité, ça ne me dérangeait pas parce que ça me laissait du temps seule avec mes meilleurs amis.

Et il s'est avéré que sortir en boîte *était* légèrement plus sympa avec des gens qu'on connaît et qu'on aime. Pip a réussi à nous pousser à faire nos habituels pas de danses ridicules et, alors, j'avais le sourire, je riais et je me sentais presque *heureuse.* Rooney s'est même jointe à nous, et Pip est parvenue à garder ses yeux affûtés comme des poignards sans dégainer. Hormis la peur des étudiants plus âgés amassés autour de nous et la menace omniprésente que Rooney tente de m'arranger le coup avec un type, j'aurais sincèrement passé un bon moment.

Malheureusement, il ne s'est écoulé que trente minutes avant que Rooney intervienne.

Jason, Pip et moi étions assis sur des canapés en cuir quand Rooney est apparue avec un type que je ne connaissais pas. Il portait une chemise Ralph Lauren, un chino pêche et des chaussures bateau.

— Hé ! m'a hurlé Rooney pour couvrir la musique. Georgia !

— Ouais ?

— Voici Miles !

Elle a désigné le type. Je l'ai regardé. Il a souri d'une façon qui m'a immédiatement agacée.

— Salut ? ai-je lancé.

— Viens danser avec nous ! a dit Rooney, la main tendue.

— Je suis fatiguée, ai-je répondu, parce que c'était le cas.

— Je pense que Miles et toi allez vraiment bien vous entendre ! a insisté Rooney.

Son stratagème sautait aux yeux.

Et je n'avais pas envie de jouer le jeu.

— Peut-être plus tard ! ai-je répliqué.

Miles ne semblait pas s'en formaliser, mais le sourire de Rooney a légèrement décliné. Elle s'est approchée de moi pour qu'il ne puisse pas nous entendre.

— Laisse-lui une chance ! a-t-elle insisté. Tu peux l'embrasser pour *voir*.

— Ça va comme ça, a tranché la voix de Jason.

Je n'avais pas remarqué qu'il écoutait.

— J'essaie seulement d'aider…

— Je sais, a poursuivi Jason. Mais Georgia n'en a pas envie. Ça se voit sur son visage.

Rooney l'a longuement regardé.

— Je vois, a-t-elle répondu. Intéressant.

Miles était déjà reparti voir des amis, aussi Rooney s'est tournée vers Pip, qui écoutait la conversation, l'air sévère.

— Quintana ? On danse ?

Sa façon de le dire sonnait comme une provocation en duel et, bien sûr, Pip a accepté. Elle est partie danser avec Rooney comme si elle avait quelque chose à prouver. Rooney n'était pas suffisamment sobre pour comprendre ce que Pip cherchait à démontrer : Rooney ne l'atteignait pas. Mais à l'évidence, si. Je me suis replongée dans le canapé avec Jason et nous avons regardé les filles danser.

On aurait presque pu croire que Pip s'amusait si elle n'avait pas affiché une grimace digne de Mr Darcy chaque fois que Rooney s'approchait trop près d'elle. Les lumières clignotaient autour d'elles et, toutes les quelques secondes, elles disparaissaient derrière des corps en mouvement et des visages souriants – puis elles réapparaissaient un peu plus proches l'une de l'autre, au fil de la musique. Rooney dominait Pip, principalement à cause de ses bottes à talons géants, mais elle mesurait déjà quelques centimètres de plus en temps normal. Quand Rooney a passé ses bras autour d'elle, j'ai soudain eu peur qu'elles tombent et que Pip se mette à protester, mais qu'on l'ignore et qu'elle comprenne qu'elle s'était mise dans cette situation toute seule et qu'elle devait assumer.

L'espace d'un instant, j'ai cru que Rooney allait se pencher pour l'embrasser, mais non.

Pip m'a jeté un coup d'œil, et je me suis contentée de sourire, puis j'ai cessé de les regarder. Elles n'allaient pas s'entretuer. Avec un peu de chance.

Jason et moi mangions un paquet de chips que Jason s'était procuré au bar et nous discutions, ce qui m'a rappelé les jours de répétition en costume au lycée quand on n'avait pas besoin de nous pour une scène. Comme Pip tenait toujours un premier rôle, elle était occupée toute la journée, mais Jason et moi pouvions nous éclipser derrière un rideau pour grignoter et regarder des compilations TikTok sur mon portable, en essayant de ne pas rire trop fort.

— La maison te manque ? a demandé Jason.

J'ai réfléchi.

— Je ne sais pas. Et toi ?

— Je ne sais pas, a-t-il répondu avant de basculer la tête en arrière en fermant les yeux. Enfin, j'ai un peu le mal du pays, je crois. (Il a pouffé.) Mes pères me manquent, même s'ils m'appellent tous les jours. Et j'ai déjà regardé le film *Scooby-Doo* quatre fois. Pour me réconforter. Mais le lycée, c'était l'enfer. Ça ne me manque pas.

— Hmm.

La fac n'était pas mieux pour l'instant. Du moins, pour moi.

— Quoi ?

— J'aime être *ici*, ai-je dit.

— À la fac ?

— Non, ici. Avec toi.

Jason a rouvert les yeux avant de se tourner vers moi. Il souriait.

— Moi aussi.

— GEORGIA ! a hurlé Rooney d'une voix stridente en revenant de la piste de danse en titubant. Tu as trouvé un HOMME !

— Non, ai-je répondu. C'est mon ami Jason. Tu te souviens ?

— Je sais bien, a-t-elle continué en s'accroupissant devant nous. Je sais exactement ce qui se passe ici. (Elle m'a pointée du doigt.) *Toi.* (Elle a désigné Jason.) Et *lui.* (Elle a tapé dans ses mains.) Un sacré méli-mélo de sentiments.

Je me suis contentée de secouer la tête et j'ai senti Jason s'écarter un peu de moi avec un rire nerveux. De quoi parlait-elle ?

Rooney a tapoté l'épaule de Jason.

— C'est cool. Mais tu devrais le dire à Georgia.

Il n'a pas répondu. Je l'ai observé pour voir s'il savait de quoi parlait Rooney mais son visage ne laissait rien paraître.

— Je ne pige pas, ai-je dit.

— Tu es très intéressant, a lancé Rooney à Jason. Et aussi très ennuyeux parce que tu ne *fais* jamais rien.

— Je vais aux toilettes, a lâché Jason en se levant.

Il affichait une expression que je n'avais vue chez lui que lorsqu'il était ivre – un profond agacement. Mais il n'était pas ivre. Il était sincèrement énervé. Il s'est éloigné de nous.

— C'était vraiment méchant, ai-je lancé à Rooney.

Je crois que j'étais franchement énervée moi aussi.

— Tu as conscience que Jason craque pour toi ?

Ces mots m'ont frappée comme la foudre.

Tu as conscience que Jason craque pour toi ?

Jason. Un de mes meilleurs amis au monde. Nous nous connaissions depuis plus de quatre ans, nous avions traîné ensemble un nombre incalculable de fois, je le connaissais comme ma poche. Nous pouvions tout nous dire.

Mais il ne m'avait pas parlé de *ça*.

— Quoi ? ai-je croassé, le souffle coupé.

Rooney a ri.

— Tu plaisantes ? Son crush est tellement évident que ça fait peine à voir.

Comment était-ce *possible* ? J'excellais dans l'art de déceler les sentiments romantiques. Je savais toujours quand les gens flirtaient avec moi, ou ensemble. J'ai *toujours* su quand Pip et Jason craquaient pour quelqu'un.

Comment avais-je pu manquer ça ?

— C'est vraiment un type adorable, a poursuivi Rooney d'une voix plus douce en s'asseyant à côté de moi sur le canapé. Tu n'avais vraiment pas pensé à lui ?

— Je…

J'allais commencer à dire à Rooney que je ne l'aimais pas de cette façon, mais… savais-je à quoi ressemblaient des sentiments romantiques ? J'avais cru avoir un crush pour Tommy pendant sept ans et il s'était avéré que ce n'était rien.

Jason *était* un type vraiment adorable. Je l'aimais…

Et soudain, l'idée tourbillonnait dans ma tête et je ne pouvais pas m'empêcher de *me poser la question*. C'était peut-être comme dans toutes ces comédies romantiques américaines que j'avais passé mon adolescence à regarder ; peut-être que Jason et moi étions faits pour être ensemble comme les deux protagonistes de *30 ans sinon rien* ou d'*Easy Girl*, peut-être qu'« il avait toujours été là », peut-être que je n'avais pas capté mes sentiments parce que je me sentais tellement bien en sa présence que je l'avais simplement catalogué comme meilleur ami alors qu'il aurait pu être un petit ami.

Peut-être que si je lui tendais la main, que je *me forçais un peu* – peut-être que Jason était l'amour de ma vie.

— Qu… qu'est-ce que je fais ? ai-je murmuré.

Rooney a remis les mains dans ses poches.

— Je n'en suis pas encore sûre. Mais… (Elle s'est levée ; ses cheveux tombaient en cascade sur ses épaules comme une cape de super-héroïne.) Je crois qu'on va réussir à résoudre ton petit problème de *ne jamais avoir embrassé personne.*

Immature

Cette nuit-là, j'ai été tirée de mon rêve quand Rooney est rentrée dans notre chambre. Elle nous avait dit de retourner au collège sans elle. Je ne la voyais pas très bien sans mes lunettes, mais elle semblait avancer sur la pointe des pieds comme un personnage de cartoon. Elle a allumé la bouilloire pour se faire son thé post-soirée, et quand elle a ouvert son placard, plusieurs cintres sont tombés dans un vacarme assourdissant. Elle s'est figée en disant « Oh non ».

J'ai mis mes lunettes juste à temps pour la voir se tourner vers moi avec une expression coupable.

— *Désolée*, a-t-elle chuchoté trop fort.

— Pas grave, ai-je marmonné d'une voix enrouée de sommeil.

J'ai regardé mon portable. 5 h 21. Comment ? Comment un humain pouvait rester éveillé, sans parler de rester en boîte, aussi longtemps ? J'avais commis l'erreur de me coucher tard pour des soirées fanfictions de plus de deux cent mille caractères mais il suffisait de rester au lit à lire.

— Je savais pas qu'il y avait des endroits qui fermaient si tard.

Rooney a gloussé.

— Oh, non, il n'y en a pas. J'étais chez un type.

J'ai froncé les sourcils, un peu perdue. Puis j'ai compris. Elle venait de coucher avec un type.

— Oh, ai-je répondu. Cool.

Je trouvais vraiment ça cool. J'étais toujours un peu envieuse des gens super ouverts sexuellement qui avaient suffisamment confiance en eux pour coucher avec les personnes qui leur plaisaient. Je ne pouvais même pas m'imaginer me sentir suffisamment à l'aise pour laisser quelqu'un m'embrasser, encore moins aller chez un parfait inconnu et me déshabiller.

Elle a haussé les épaules.

— C'était pas top, à vrai dire. Un peu décevant. Mais bon. Pourquoi pas ? Tout le monde est chaud cette semaine.

J'étais curieuse de savoir en quoi le type avait été décevant mais ça semblait un peu indiscret.

Rooney a alors poussé un petit cri dramatique. Elle s'est retournée et a chuchoté : « J'ai oublié d'arroser Roderick », avant de s'empresser de remplir une tasse et de courir vers sa plante pour y verser l'eau.

— Tu crois que… ai-je commencé avant de m'interrompre.

Le sommeil me donnait envie d'être sincère.

Je n'aimais pas être sincère.

— Quoi ? a-t-elle demandé après avoir fini de s'occuper de Roderick.

Elle est retournée à son lit et a ôté ses chaussures d'un geste vif.

— Tu crois que je suis immature ? ai-je demandé, les yeux rougis, le cerveau pas tout à fait en éveil.

— Pourquoi je penserais ça ?

Elle a commencé à ouvrir la fermeture Éclair de sa combinaison.

— Parce que je n'ai jamais couché avec personne ni embrassé qui que ce soit ni… rien de tout ça. Et je ne… sors pas avec des gars et… tu vois.

Je ne suis pas toi. Je ne fais pas ce que tu fais.

Elle m'a regardée.

— *Tu* crois que tu es immature ?

— Non. Mais je crois que des tas de gens pensent ça de moi.

— Ils te l'ont dit ?

J'ai repensé à la soirée post-bal de promo.

— Ouais, ai-je répondu.

Rooney a ôté sa combinaison et s'est assise sur son lit en sous-vêtements.

— C'est affreux.

— Alors… C'est le cas ?

Rooney a marqué une pause.

— Je trouve ça génial que tu n'aies pas ressenti de pression pour le faire jusque-là. Tu ne t'es pas forcée à faire ce dont tu n'avais pas envie. Tu n'as pas embrassé quelqu'un par simple peur de manquer quelque chose. Je pense que c'est l'une des choses les plus matures que j'aie entendues, en fait.

J'ai fermé les yeux et j'ai envisagé de lui raconter ce qui s'était passé avec Tommy. J'avais failli aller au bout.

Mais quand j'ai rouvert les yeux, je l'ai trouvée en train de regarder sa photo avec Beth aux cheveux de sirène. Beth devait être une très bonne amie. C'était la seule photo que Rooney avait accrochée au mur.

Puis elle a tourné la tête pour me faire face et m'a dit :

— Alors, tu vas tenter de sortir avec Jason ?

Tout a ressurgi et c'est tout ce qu'il fallait.

Une suggestion.

Rooney disant : « Tu ne sauras jamais si tu n'essaies pas. »

Rooney disant : « Il est vraiment mignon. Tu es sûre que tu ne l'aimes pas au moins un peu ? Vous vous entendez *vraiment* très bien. »

Rooney disant : « Franchement, vous vous comportez comme si vous étiez faits l'un pour l'autre. »

C'est tout ce qu'il fallait pour que je me dise…

Ouais.

Peut-être.

Peut-être que je pourrais tomber amoureuse de Jason.

On adore les drames

La réunion de présentation du Théâtre étudiant de Durham avait lieu quatre jours plus tard – le mardi de ma deuxième semaine à l'université – à l'intérieur de l'Assembly Rooms Theatre. Rooney avait quasiment dû m'y traîner après une semaine passée dans notre chambre, épuisée par cinq jours de sociabilisation intensive, mais je n'arrêtais pas de me rappeler que je devais le faire, que je *voulais* le faire, me lancer et vivre des expériences. Et Jason et Pip seraient là, donc ça ne serait pas si terrible.

Presque tous les sièges étaient déjà occupés, vu qu'un tas de gens voulaient faire partie du TED. Mais Rooney et moi avons repéré Pip, assise seule, vers le fond des fauteuils d'orchestre, donc nous sommes allées la rejoindre. Stratégiquement, j'aurais sans doute dû m'asseoir entre Rooney et Pip, mais Rooney s'est retrouvée à marcher devant moi entre les rangées de sièges, ce qui a donné lieu à d'étranges salutations entre elles.

Quelques instants plus tard, Jason est arrivé en sueur. Il haletait.

Je me suis demandé si je devais trouver ça attirant, cette sueur post-entraînement.

— La… place… est prise ?

J'ai secoué la tête.

— Nan. (Je me suis tue le temps qu'il décolle son T-shirt de son torse et qu'il enlève sa veste Teddy Bear.) Tu vas bien ?

Il a hoché la tête.

— J'ai… couru depuis la… bibliothèque… et je vais mourir.

— Au moins, tu es à l'heure.

— Je sais. (Il s'est tourné et m'a regardée avec un sourire chaleureux.) Bonjour.

J'ai souri en retour.

— Salut.

— Alors, tu es sûre de vouloir faire ça ?

— Ouais. Et même si ce n'était pas le cas, je crois que j'aurais eu la pression avec ces deux-là.

J'ai désigné Rooney et Pip qui s'ignoraient toujours.

— C'est clair. (Il a croisé les jambes, puis, sans me laisser l'occasion d'ajouter quoi que ce soit, il a fouillé dans son sac à dos. Après un moment, il a tiré un paquet familial de pop-corn salé qu'il m'a tendu.) Pop-corn ?

J'ai plongé la main pour en prendre une poignée.

— Salé. Tu es un héros.

— On a tous un rôle à jouer dans cette chienne de vie.

J'allais acquiescer quand les lumières se sont éteintes, comme si nous allions voir une vraie pièce, et la première réunion du Théâtre étudiant de Durham de l'année a commencé.

La présidente s'appelait Sadie et elle avait la voix la plus claire et la plus engageante que j'aie jamais entendue. Elle a expliqué le fonctionnement du TED, qui était incroyablement complexe, l'idée fondamentale étant que chaque association au sein du TED recevait un certain budget pour une production de son cru, créée intégralement par les élèves de cette asso. Rooney a pris des tonnes de notes pendant que Sadie donnait des explications.

La réunion a duré une heure, et Jason et moi avons partagé du pop-corn pendant tout ce temps. Est-ce que ça voulait dire quelque chose ? C'était ça, flirter ? Non. Non, c'était seulement ce que font les amis, pas vrai ? C'était simplement Jason et moi, comme d'habitude.

Je croyais avoir *pigé* ce genre de choses. Je *comprenais* le flirt. Mais, dès qu'il était question de Jason, je ne savais pas quoi penser.

Quand la réunion s'est enfin terminée, Rooney et Pip ont rejoint la file des nouveaux qui avaient une question à poser à la présidente, Sadie. Elles ont marché ensemble sans se regarder.

Jason et moi sommes restés à nos places à nous remémorer nos anecdotes les plus amusantes de notre troupe de théâtre. *Hairspray*, quand le directeur musical avait téléchargé une version pirate de la bande originale et que toutes les chansons sonnaient faux. *Dracula*, quand Pip avait glissé sur du faux sang et arraché les rideaux de la scène. *Roméo et Juliette*, quand Jason et moi avions peint les décors et étions restés coincés sur le balcon pendant deux heures parce que tout le monde nous avait oubliés et était parti manger.

Peut-être était-ce à cause de cette heure passée parmi des théâtreux exubérants.

Peut-être était-ce parce que je ressentais vraiment quelque chose pour Jason.

Quoi qu'il en soit, ça m'a donné suffisamment confiance pour dire :

— Hé, je me disais… on devrait… faire un truc.

Il a levé les sourcils, intrigué.

— Un truc ?

Punaise. Pourquoi je faisais ça ? *Comment* je faisais ça ? Étais-je possédée par l'esprit de quelqu'un qui avait une once de confiance en soi ?

— Ouais, ai-je poursuivi. Je sais pas. Aller voir un film, ou… (Une petite minute. Quels trucs sympas font les gens quand ils sortent ensemble ? Je me suis creusé la cervelle, mais toutes les fanfictions que j'avais lues s'étaient soudain effacées de ma mémoire.) Manger… de la nourriture.

Jason me fixait.

— Georgia, qu'est-ce que tu fais ?

— Je… on pourrait… passer du temps ensemble.

— On passe déjà du temps ensemble.

— Je veux dire, rien que tous les deux.

— Pourquoi rien que tous les deux ?

Il y a eu un silence.

Puis il a semblé comprendre.

Ses yeux se sont écarquillés. Il s'est un peu écarté de moi, avant de se rapprocher.

— Est-ce que tu… (Il a poussé un tout petit gloussement incrédule.) On dirait que tu me demandes de sortir avec toi, Georgia.

J'ai fait une drôle de tête.

— Euh. Ben, ouais.

Jason n'a rien dit pendant un moment.

Puis, il m'a demandé :

— Pourquoi ?

Ce n'était pas vraiment la réaction que j'attendais.

— J'ai juste… (Une pause.) Je crois… Je sais pas. J'en ai envie. De sortir avec toi. Si tu veux aussi.

Il continuait à me fixer.

— Si tu ne veux pas, ce n'est pas grave. On peut oublier.

Je sentais mes joues s'empourprer. Pas parce que j'étais particulièrement troublée par Jason mais parce que j'étais en vrac et que tout ce que je faisais était une erreur tragique.

— D'ac, a-t-il répondu. Ouais. Faisons… Faisons ça.

— Ouais ?

— Ouais.

Nous nous sommes regardés. Jason était un mec attirant, et c'était aussi un mec bien. C'était clairement le genre de personne que je devrais aimer. Que je *pourrais* aimer. Il avait tout du petit ami idéal.

J'aimais sa personnalité. J'aimais sa personnalité depuis des années.

Donc je pourrais tomber *amoureuse* de lui. En faisant un petit effort. Carrément.

★

Jason avait dû filer en cours, me laissant un peu sous le choc de ce que je venais de réussir à faire, mais j'ai été rapidement distraite par des éclats de voix à l'avant de l'auditorium. Les voix de Rooney et de la présidente du TED, Sadie.

Il n'y avait quasiment plus personne dans le théâtre, donc je suis descendue à l'endroit où se trouvaient Rooney et Pip, juste devant la scène, avec Sadie. Pip était assise au premier rang, à observer la conversation – ou la dispute, je n'en étais pas encore sûre.

— Nous n'avons les fonds que pour une nouvelle association cette année, a répondu fermement Sadie. Et ils sont déjà utilisés par l'association de mime.

— *L'association de mime* ? s'est étranglée Rooney. Tu plaisantes ? Depuis quand le *mime* est plus important que *Shakespeare* ?

Sadie l'a regardée comme si elle était vraiment très lasse de gérer des gens comme elle.

— Et nous n'apprécions pas le snobisme au TED.

— Je ne suis pas *snob*, je… (Rooney a pris une inspiration, tentant visiblement de ne pas hurler.) Je ne comprends simplement pas pourquoi tu t'es débarrassée de l'asso Shakespeare pour commencer !

— Parce qu'elle n'avait pas assez de membres pour continuer, a répliqué Sadie froidement.

Je me suis assise à côté de Pip au premier rang. Elle s'est penchée vers moi pour me chuchoter :

— Je voulais seulement demander quelle pièce les nouveaux allaient jouer cette année.

— C'est quoi ?

— Aucune idée pour l'instant. Elles n'ont toujours pas fini.

— Et si je finançais l'association moi-même ? a demandé Rooney.

Sadie a levé un sourcil.

— Je t'écoute.

— Je… Je n'ai pas besoin de l'argent du TED. Je veux juste monter une pièce de Shakespeare.

Elle semblait sincèrement *désespérée*. Je n'avais pas compris que c'était aussi important pour elle, à vrai dire.

— As-tu la moindre idée de ce que ça coûte, de monter une pièce ?

— Euh… non, mais…

— Louer le théâtre ? Les costumes ? Le décor ? L'espace de répétitions ? Le tout avec le temps et les ressources du TED ?

— Ben, non, mais je…

Sadie a poussé un nouveau soupir.

— Il te faut cinq membres pour compter comme association, a-t-elle annoncé. Et nous vous louerons le théâtre pour *une* représentation.

Rooney a fermé la bouche, cligné des yeux, puis elle a dit :

— Attends, vraiment ?

— Je ne vais pas te mentir, je fais ça uniquement pour que tu arrêtes de m'ennuyer. (Sadie a tiré un bloc-notes d'une pile de tracts qu'elle avait sur scène.) Qui sont les membres ?

— Rooney Bach, a annoncé Rooney avant de nous regarder, Pip et moi.

Nous n'avons même pas eu le temps de protester.

— Felipa Quintana, a poursuivi Rooney.

— Attends, non, a lancé Pip.

— Georgia Warr.

— Hein, quoi ? me suis-je étranglée.

— Et Jason Farley-Shaw.

— Est-ce que c'est légal ? s'est insurgée Pip.

— Qui est le cinquième ? a demandé Sadie.

— Euh…

Rooney hésitait. J'imaginais qu'elle allait invoquer un de ses nombreux amis, mais elle semblait incapable de penser à qui que ce soit.

— Euh, je crois qu'on n'a pas encore de cinquième membre.

— Eh bien, tu ferais mieux d'en trouver un fissa, d'accord ? Nous te finançons en partie. J'ai besoin de savoir que tu es sérieuse.

— Je vais trouver.

— Monte une production de qualité suffisante d'ici la fin de l'année et j'envisagerai de te financer pleinement l'an prochain. Ça te paraît raisonnable ?

— Euh. Oui. Ouais. (Rooney a décroisé les bras.) M… merci.

— De rien. (Sadie a bu une longue gorgée dans sa bouteille en plastique – du genre à me laisser croire qu'elle ne contenait pas que de l'eau.) Je crois que tu n'as pas conscience du travail que ça demande, de monter une pièce. Elle doit être de *bonne* qualité, d'accord ? Certaines de nos pièces sont jouées au Fringe, à Édimbourg.

— Elle le sera, a confirmé Rooney en hochant la tête. Promis.

— Très bien. (Sadie m'a regardée dans les yeux quand elle a continué, impassible.) Bienvenue au Théâtre étudiant de Durham. On adore les drames.

— Je ne comprends pas pourquoi tu ne peux pas faire un effort et jouer dans ma pièce, a craché Rooney à Pip alors que nous retournions au collège. Tu allais faire quoi ? Adhérer à l'association de mime ?

— J'allais faire la pièce des nouveaux, comme n'importe quel élève de première année, a craché Pip. Ils jouent *L'importance d'être Constant*, bon sang. Un classique.

— Shakespeare est très important pour moi, OK ? C'est l'une des rares choses que j'aimais au lycée…

— Et donc je suis censée tout laisser tomber à cause de ta petite histoire larmoyante ? Sérieux, on n'est pas dans *X Factor*.

Je marchais un peu en retrait alors que Pip et Rooney se prenaient le bec. Elles parlaient de plus en plus fort, et les gens autour de nous commençaient à se retourner pour voir la scène.

Pip a resserré son bomber autour d'elle et elle s'est passé une main dans les cheveux.

— Je comprends que tu aies pu être une espèce de star dans ton école, mais moi aussi, et tu n'as pas le droit de débarquer et de prétendre que tu es meilleure que moi simplement parce que tu aimes Shakespeare.

Rooney a croisé les bras.

— Ben, *je* trouve ça bien plus remarquable de monter une pièce de Shakespeare qu'une petite comédie à la con.

— *Une petite comédie à la con* ? Oh putain, excuse-toi tout de suite auprès d'Oscar Wilde !

Rooney s'est arrêtée, et nous aussi. J'envisageais de me jeter dans le café le plus proche. Elle s'est légèrement rapprochée de Pip avant de changer d'avis et de reculer à nouveau, maintenant une distance de sécurité entre elles.

— Toi, tu n'es là que pour *t'amuser*. Ben, moi, je suis là pour faire quelque chose qui compte.

Pip a secoué la tête.

— *Sérieux*, de quoi tu *parles*, meuf ? C'est une association de théâtre. Pas un parti politique.

— Rah, tu es trop *agaçante.*

— Toi aussi !

Il y a eu un moment de silence.

— Allez, viens dans mon association, a demandé Rooney. Il me faut cinq membres.

Pip l'a regardée sans changer d'expression.

— Tu vas faire quelle pièce ?

— Je ne sais pas encore.

— Ça peut être une comédie ? Ne compte pas sur moi si c'est pour monter une pièce historique chiante.

— Ce sera une comédie ou une tragédie. Pas de pièce historique.

Pip a froncé les sourcils.

— Je vais y réfléchir, a-t-elle annoncé.

— Ouais ?

— Ouais. Mais je ne t'aime toujours pas.

Rooney a affiché un grand sourire.

— Je sais.

Pip s'est dirigée vers le Château, nous laissant seules, Rooney et moi, dans la rue pavée près de la cathédrale.

— Qu'est-ce qui vient de se passer ? lui ai-je demandé.

Rooney a expiré longuement. Puis elle a souri.

— On monte une pièce.

Compétences en drague

J'avais bel et bien demandé à un de mes meilleurs amis de sortir avec moi, et il n'y avait absolument aucun moyen de revenir en arrière, ce qui signifiait que j'allais sans doute devoir sortir avec Jason Farley-Shaw.

Il a fini par m'envoyer un message à ce sujet le lendemain de la réunion du TED.

Jason Farley-Shaw
Hé ☺ alors ce ciné/nourriture ?

Je l'ai reçu alors que Rooney et moi étions en plein cours d'introduction à la poésie et, au lieu d'écouter le maître de conférence parler d'une voix monocorde de Keats, j'ai passé l'heure à analyser ce message. Je ne l'ai pas ouvert, mais je pouvais tout lire depuis mon écran d'accueil. Je ne voulais pas l'ouvrir, parce que je ne voulais pas qu'il sache que je l'avais lu, parce que s'il savait que je l'avais lu, j'allais devoir répondre pour qu'il ne croie pas que je l'ignore et, sans vraiment savoir pourquoi, l'idée de poursuivre ce flirt incroyablement nouveau et bizarre avec Jason me donnait envie d'abandonner mes études pour devenir l'apprentie plombier de mon frère.

Le smiley très ordinaire et l'unique point d'interrogation ne ressemblaient *en rien* à Jason, ce qui suggérait que lui aussi avait bien trop réfléchi à cette conversation. Comment devais-je répondre ? Devais-je suivre les règles de grammaire et de politesse ? Ou devais-je simplement lui envoyer des memes comme d'habitude ? Comment était-ce censé se passer ?

Pour être parfaitement honnête, je n'avais aucune envie de sortir avec lui.

Mais j'avais envie *d'avoir envie* de sortir avec lui.

Et c'était le cœur de mon problème.

— Pourquoi tu regardes ton portable comme si tu tentais de le faire exploser par la pensée ? a demandé Rooney quand que nous retournions à notre chambre après le cours.

J'ai décidé d'être franche. Rooney saurait sans doute comment aborder la question.

— Jason m'a écrit, ai-je annoncé.

— Oh ! (Elle a lâché son sac par terre et a roulé sur son lit en jetant ses Converse et en défaisant sa queue-de-cheval.) Super. Il dit quoi ?

Je lui ai tendu mon portable.

— Je lui ai plus ou moins demandé de sortir avec moi hier.

Rooney a bondi de son lit.

— Tu as fait QUOI ?

J'ai marqué une pause.

— Euh... Je lui ai demandé de sortir avec moi. Fallait pas ?

Elle m'a fixée un long moment.

— Je ne te comprends vraiment pas, a-t-elle fini par dire.

— ... OK.

Elle s'est rassise, pressant ses doigts contre ses lèvres.

— Bon, ben... c'est bien. C'est une bonne chose. (Elle a inspiré.) Comment c'est *arrivé* ?

— Je sais pas, j'y ai seulement réfléchi après ce que tu as dit et... Enfin, j'imagine que je me suis dit... genre, j'ai *compris* que... (J'ai croisé les bras.) Voilà.

— Voilà quoi ?

— Je l'apprécie.

— Romantiquement parlant ?

— Hmm.

— Sexuellement ?

J'ai fait un drôle de bruit, comme si je m'étranglais, parce que je m'étais soudain imaginer coucher avec Jason.

— Qui pense au sexe si vite ?

Rooney a étouffé un rire.

— Moi.

— Bref, je l'aime vraiment beaucoup.

C'est vrai. Je l'aimais beaucoup. Sans doute.

— Oh, je *sais* bien. Ça m'a sauté aux yeux dès que je l'ai rencontré. (Elle a soupiré joyeusement.) C'est comme dans un film.

— Je ne sais pas quoi répondre, ai-je annoncé. Aide-moi.

J'étais un peu gênée. Ce n'était pas compliqué, bon sang. C'était des compétences en drague niveau douze ans.

Rooney a cligné des yeux. Puis elle a quitté son lit pour me rejoindre et m'a fait signe de me décaler. J'ai obéi, elle s'est affalée sur la couette à côté de moi, en me prenant le portable des mains. Elle a ouvert le message sans que je puisse l'en empêcher.

Je l'ai regardée le lire.

— Bon, a-t-elle dit avant d'écrire un message qu'elle a envoyé pour moi.

Georgia Warr

Carrément ! T'es dispo dans la semaine ?

— Oh, ai-je commenté.

Elle m'a remis le portable dans les mains.

Je m'attendais à ce qu'elle demande pourquoi je n'avais pas réussi à accomplir une tâche aussi simple. Je m'attendais à ce qu'elle rie gentiment de me voir paniquer autant pour ça.

Elle m'a longuement regardée et je m'attendais à ce qu'elle demande : « C'était si difficile ? », « Pourquoi tu ne pouvais pas le faire toi-même ? », « Tu veux parler à Jason au moins ? », « Tu paniques parce que tu craques pour lui ou parce que tu ne sais ni ce que tu fais, ni pourquoi tu le fais ni si tu veux le faire ? », « Tu paniques parce que si tu n'y arrives pas, tu pourrais même ne jamais réussir à vouloir le faire ? »

Mais elle a simplement souri et répondu :

— Pas de souci.

Sorti tout droit d'un roman d'amour

Jason et moi avons fixé notre rendez-vous au samedi suivant, ce qui me laissait cinq jours entiers pour paniquer.

Heureusement, ma deuxième semaine à l'université était une bonne source de distraction.

Rooney et moi nous retrouvions désormais face à du *vrai travail universitaire* – de vrais cours, des travaux dirigés et dix livres à lire en entier en quatre semaines. Et nous nous adaptions également à notre nouvelle vie à deux. Nous allions toujours en cours ensemble et nous déjeunions ensemble, mais elle aimait aller au bar le soir ou sortir en boîte avec d'autres amis, tandis que je préférais rester au lit avec des biscuits et une fanfiction. Parfois, Rooney me parlait de ses idées pour sa pièce de Shakespeare, discutant avec fougue de la façon dont elle organiserait les décors, les costumes ou la mise en scène et, d'autres fois, nous discutions seulement de tout et de rien. Les programmes télé. Les ragots de la fac. Nos vies d'avant.

Je ne comprenais pas vraiment pourquoi Rooney m'avait choisie. Clairement, elle aurait pu avoir n'importe qui – que ce soit comme ami, partenaire, plan cul, ou même pour se chamailler. Mais, malgré sa capacité à être amie avec n'importe qui et le fait qu'elle ait déjà une cinquantaine de connaissances, c'était avec moi qu'elle mangeait, qu'elle arpentait Durham et qu'elle passait du temps quand elle ne faisait pas la fête.

C'était sans doute seulement parce qu'elle m'avait sous la main. C'est naturel entre colocataires.

Mais quoi qu'il en soit, ça allait. J'allais *bien*. Je n'étais peut-être pas la personnalité mondaine que j'espérais devenir en arrivant à l'université, mais vivre avec Rooney n'était *pas si mal*, et j'avais même réussi à décrocher un rendez-vous. Un vrai rendez-vous romantique.

Les choses s'annonçaient bien.

Il s'est avéré qu'il n'y avait rien d'intéressant à faire à Durham à part manger, boire et aller au cinéma. À moins de vraiment aimer regarder de vieux bâtiments. Mais même ça, ça devenait lassant après être passé devant chaque jour en allant au Tesco.

Je voulais trouver quelque chose de vraiment sympa à faire avec Jason, comme du patin à glace, du bowling ou aller dans un de ces bars cool qui font aussi mini-golf. Mais Jason a immédiatement suggéré le petit café qui sert des glaces sur Saddler Street, et je n'avais rien de mieux à proposer, donc j'ai accepté. En plus, la glace, c'est sympa.

— Tu pars à ton rendez-vous ? a demandé Rooney alors que je m'apprêtais à quitter notre chambre le samedi après-midi, environ dix minutes avant l'heure convenue.

Elle a détaillé ma tenue de haut en bas.

— Oui ? ai-je répondu en me regardant.

Je m'étais contentée de mes vêtements habituels – un jean mom, un pull en laine court et ma veste. Je trouvais que ça m'allait plutôt bien, en fait, dans mon style confortable de libraire. Nous allions simplement manger des glaces, bon sang.

— Tu es mignonne, a lancé Rooney, et j'ai senti qu'elle le pensait vraiment.

— Merci.

— Tu as hâte ?

Je ne m'étais pas vraiment réjouie. Je me disais que c'était à cause du stress. Tout le monde stresse pour un premier rendez-vous. Et j'étais *très* nerveuse. Je savais que j'avais besoin de me détendre et d'être moi-même, et si je ne sentais pas l'étincelle après un moment, c'est que nous n'étions pas faits l'un pour l'autre.

Mais je savais également que c'était ma chance de découvrir vraiment la romance et d'être une personne qui vit des expériences amusantes et originales et ne mourra pas seule.

Aucune pression, j'imagine.

— Pistache, a commenté Jason en voyant mon choix de parfum alors que nous nous installions. (Il portait à nouveau sa veste Teddy Bear, que j'adorais pour son côté familier et confortable.) J'avais oublié que tu étais un gremlin dégoûtant en matière de glaces.

Le café était mignon, minuscule et décoré de couleurs pastel et de fleurs. J'admirais Jason de l'avoir choisi. Il sortait tout droit d'un roman d'amour.

J'ai jeté un œil à son choix de parfum.

— Vanille ? Alors qu'ils ont cookies ?

— Ne dénigre pas la vanille. C'est un classique.

Il a enfourné une pleine cuillère avec un grand sourire.

J'ai levé les sourcils.

— J'avais oublié à quel point tu étais basique.

— Je ne suis pas basique !

— C'est un choix basique. C'est tout ce que je dis.

Nous sommes restés à notre petite table dans le bar à glaces à discuter pendant une heure.

Nous avons passé une grande partie du temps à parler de l'université. Jason a expliqué que ses cours d'histoire étaient déjà un peu chiants, et je me suis lamentée à cause de la longueur de ma liste de lectures. Jason a reconnu que le combo alcool et sorties en boîte n'était pas vraiment son style, et j'ai répondu que je ressentais la même chose. Nous avons passé un long moment à parler de la déception monumentale que nous avions ressentie à propos de la semaine d'accueil – vendue comme la meilleure semaine de toute la vie universitaire pour n'être qu'une semaine sans fin, à boire, à sortir dans des clubs répugnants et à échouer à se faire de vrais amis.

La conversation a fini par se tarir un peu, parce que nous nous connaissions depuis des années et que nous avions déjà eu des dizaines, voire des centaines, de conversations intimes. Nous étions déjà au stade où le silence n'était plus bizarre. Nous nous *connaissions.*

Mais nous ne savions pas comment faire ça.

Être romantiques.

Sortir ensemble.

— Bon, c'est bizarre, pas vrai ? a dit Jason.

Nous avions fini nos glaces depuis longtemps.

J'étais appuyée sur une main, le coude sur la table.

— Qu'est-ce qui est bizarre ?

Jason a baissé les yeux. Un peu embarrassé.

— Ben… le fait qu'on… tu sais… fasse ça.

Oh. Ouais.

— C'est… (Je ne savais pas vraiment quoi dire.) J'imagine. Un peu.

Jason baissait les yeux pour ne pas me regarder.

— J'y ai pensé toute la semaine et je… Enfin, je n'imaginais même pas que tu pourrais m'aimer de cette façon.

Moi non plus. Mais une fois encore je n'avais pas la moindre idée de ce que ça faisait d'« aimer de cette façon ». Si ça devait arriver, ce serait sans doute avec lui.

Sa voix a décliné, et il a eu un sourire gêné, comme s'il ne voulait pas que je voie à quel point il était nerveux.

— Tu fais ça uniquement à cause de ce qu'a dit Rooney quand on est sortis tous ensemble l'autre soir ?

Je me suis redressée un peu.

— Non, non… enfin, peut-être un peu ? Je crois que le fait qu'elle le dise m'a fait, euh… comprendre que j'en avais envie. Alors… je crois que j'ai commencé à y réfléchir après ça, et… ouais. Ça m'a semblé… Ça m'a semblé être une bonne chose.

Jason a hoché la tête, et j'espérais avoir été claire.

Je n'avais qu'à être honnête. Jason était mon meilleur ami. Je voulais faire en sorte que ça marche et aller à mon rythme.

J'aimais Jason. Je savais que je pouvais être franche.

— Tu sais que je n'ai jamais fait ça, ai-je poursuivi.

Il a hoché la tête à nouveau. Compréhensif.

— Je sais.

— Je… veux y aller doucement.

Il a rougi un peu.

— Ouais. Bien sûr.

— Je t'apprécie, ai-je dit. (Du moins, je le croyais. Ça pourrait être le cas si j'essayais, si j'*encourageais* ce sentiment, si je faisais semblant qu'il était vrai jusqu'à ce qu'il le *devienne*.) Enfin, je… crois que je pourrais… J'ai envie d'essayer, et je ne veux rien regretter sur mon lit de mort.

— D'ac.

— C'est juste que je ne sais pas vraiment ce que je fais. Genre. En théorie, oui, mais en pratique… non.

— D'ac. Pas de souci.

— OK.

Je crois que je rougissais moi aussi. Mes joues me semblaient chaudes. Était-ce parce que j'étais troublée par Jason ou parce que c'était gênant, de discuter de cette histoire ?

— Ça ne m'embête pas d'y aller doucement, a répondu Jason. Genre, toutes mes expériences romantiques jusque-là ont été un peu pourries.

Je connaissais tout des expériences romantiques de Jason. Je savais pour son premier baiser avec une fille qu'il pensait apprécier ; le baiser avait été tellement atroce que ça l'avait dégoûté de recommencer. Et j'étais au courant pour la petite amie qu'il avait eue pendant cinq mois alors que nous étions en terminale – Aimee, qui faisait partie de notre troupe de théâtre. Aimee était agaçante dans le genre « Jason est à moi et je n'aime pas qu'il traîne avec qui que ce soit d'autre », et Pip et moi ne l'avions jamais aimée, mais Jason était heureux au départ, alors nous avions soutenu sa relation.

Ou, du moins, jusqu'à ce que nous découvrions qu'Aimee faisait tout un tas de commentaires à Jason sur le fait qu'il n'avait pas le droit de traîner avec certaines personnes et qu'il fallait qu'il cesse de parler aux autres filles – y compris Pip et moi. Jason a enduré ça pendant des *mois* jusqu'à ce qu'il comprenne que c'était une connasse, en fait.

Jason a eu sa première fois avec elle, et ça m'énerve qu'il ait vécu cette expérience avec une telle personne.

— Ce ne sera pas pourri, ai-je commencé avant de reformuler. Ce… ne sera pas pourri, si ?

— Non, a-t-il répondu. Clairement pas.

— On ira lentement.

— Ouais. C'est tout nouveau.

— Ouais.

— Et si ça ne marche pas… a commencé Jason avant de sembler changer d'avis.

Je vais être honnête : je n'étais même pas sûre d'en pincer pour Jason. Il était super sympa, marrant, intéressant et attirant, mais je ne savais pas si je ressentais autre chose que de l'amitié platonique.

Mais je ne le saurais jamais à moins d'insister. À moins d'essayer.

Et si ça ne marchait pas, Jason comprendrait.

— … nous serons toujours amis, ai-je conclu. Quoi qu'il arrive.

— Oui.

Jason s'est appuyé contre sa chaise en croisant les bras, et, sérieux, j'étais contente de faire ça avec lui et pas avec une personne au hasard qui ne me connaissait pas, qui ne comprenait pas, qui attendrait des choses de moi et qui penserait que j'étais bizarre de ne pas vouloir…

— Il reste une chose dont on devrait sans doute discuter, a annoncé Jason.

— Quoi ?

— Que va-t-on dire à Pip ?

Il y a eu un silence. Je n'avais franchement pas pensé à ce que Pip pourrait ressentir.

Quelque chose me disait qu'elle ne serait pas ravie que ses deux meilleurs amis se mettent ensemble et altèrent grandement la dynamique de notre groupe.

— On devrait le lui dire, ai-je répondu. Le moment venu.

— Ouais. D'accord.

Jason semblait soulagé que je dise ça. Qu'il n'ait pas à devoir le suggérer.

— Mieux vaut être honnête.

— Ouais.

Quand nous avons quitté le café, nous nous sommes fait un câlin pour nous dire au revoir, et ça ressemblait à un câlin normal pour nous. Un câlin normal entre Jason et Georgia, le genre de câlin que nous nous faisions depuis des années.

Il n'y a pas eu de moment bizarre où nous avons eu l'impression de devoir nous embrasser. Nous n'en étions pas encore à ce stade, j'imagine.

Ça viendrait plus tard.
Et ça m'allait bien.
C'était ce que je *voulais*.
Je croyais.
Ouais.

L'étincelle

Quand Rooney est rentrée cette nuit-là, elle voulait tous les détails de mon rendez-vous avec Jason. Ça ne m'aurait pas dérangée s'il n'avait pas été 4 h 38.

— Alors, ça s'est bien passé ? a-t-elle demandé après que je lui ai fait un résumé, roulée dans ma couette comme un burrito.

— Ouais ? ai-je répondu.

— Tu en es sûre ? a-t-elle insisté.

Elle était assise sur son lit, une tasse de thé dans une main, une lingette démaquillante dans l'autre.

J'ai froncé les sourcils.

— Pourquoi ?

— C'est juste que… (Elle a haussé les épaules.) Tu n'as pas l'air très enthousiaste.

— Oh, ai-je répondu. Enfin… C'est juste que…

— Quoi ?

— Je ne suis pas encore sûre de mes sentiments pour lui. Je sais pas.

Rooney a marqué une pause.

— Eh ben, s'il n'y a pas d'étincelle, il n'y a pas d'étincelle.

— Non, enfin, on s'entend vraiment bien. Genre, je l'aime en tant que personne.

— Ouais, mais y a-t-il l'étincelle ?

Comment étais-je censée le savoir ? C'était quoi, cette putain d'*étincelle* ? À quoi ressemblait cette *étincelle* ?

Je croyais comprendre tous ces trucs romantiques – *les papillons*, *l'étincelle* et le fait de *savoir* qu'on aimait quelqu'un.

Mais je commençais à me demander si ces choses existaient vraiment.

— … Peut-être ? ai-je dit.

— Eh bien, tu ferais aussi bien de voir où ça te mène, alors. Quand on sait, on sait.

Ça m'a donné envie de hurler. Je ne savais pas *comment* savoir.

Franchement, si j'avais déjà eu le moindre sentiment pour des filles, je me *serais* demandé si j'étais bien hétéro. Peut-être que le problème, c'était les *garçons* en général.

— Ça te fait quoi quand *tu* as l'étincelle ? ai-je demandé. Genre… ce soir. Tu… J'imagine que tu étais avec un type.

Son expression s'est figée instantanément.

— C'est différent.

— Attends… En quoi ? Pourquoi ?

Elle s'est levée et s'est retournée pour attraper son pyjama.

— C'est juste différent. Ça n'a rien à voir avec cette situation.

— Je demande seulement…

— Moi qui couche avec un type au hasard, ce n'est pas comme toi qui sors avec ton meilleur ami. Ce sont deux scénarios complètement différents.

J'ai cligné des yeux. Elle avait sans doute raison.

— Alors pourquoi tu couches avec des types au hasard ? ai-je demandé.

J'avais à peine posé la question que j'ai compris à quel point c'était brusque et indiscret. Mais je *voulais* savoir. Ce n'était pas comme si je la jugeais – franchement, j'aurais aimé avoir son assurance. Mais, vraiment, je ne comprenais pas comment elle faisait. *Pourquoi* elle en avait envie. Pourquoi aller chez un inconnu se déshabiller au lieu de rester à la maison, en sécurité, à se masturber confortablement ? Le résultat était sans doute le même.

Rooney s'est retournée. Elle m'a lancé un long regard indéchiffrable.

— Franchement ? a-t-elle demandé.

— Ouais, ai-je répondu.

— C'est juste que j'*aime* le sexe, a-t-elle expliqué. Je suis célibataire et j'aime le sexe, donc je le fais. C'est amusant parce que ça fait du bien. Je ne ressens pas d'« étincelle » parce qu'il n'est pas question de romance. C'est juste physique, sans prise de tête.

J'ai senti qu'elle disait la vérité. Qu'il n'y avait rien de plus.

— Bref, a-t-elle poursuivi, il y a des choses *bien* plus importantes auxquelles nous devons penser là tout de suite.

— Comme quoi ?

— Comme l'association Shakespeare. (Rooney a fini de se mettre en pyjama, elle a attrapé sa trousse de toilette et s'est dirigée vers la porte de notre chambre.) Dors.

— D'ac.

Et c'est ce que j'ai fait. Mais pas avant d'avoir passé un moment à penser à l'étincelle. Comme à une chose qui sortirait d'un conte de fées. Mais je n'arrivais pas à imaginer ce que ça faisait. Était-ce un sentiment physique ? Était-ce seulement une intuition ?

Pourquoi ne l'avais-je jamais sentie ? *De ma vie* ?

Le dimanche de cette deuxième semaine, Rooney et moi étions tranquillement dans notre chambre quand on a toqué à la porte. Quand Rooney a ouvert, au moins trente de ses connaissances sont entrées avec des ballons, des canons à confettis et des serpentins, puis un gars s'est mis à genoux devant tout le monde et a demandé à Rooney d'être sa femme de collège.

Rooney a crié en lui sautant dessus, le serrant bien trop fort dans ses bras, avant d'accepter. Et voilà. J'ai regardé toute la scène depuis mon lit, vraiment amusée. C'était plutôt mignon.

Une fois que tout le monde avait disparu, j'ai aidé Rooney à ramasser les restes de confettis et de serpentins. Ça a pris une heure entière.

Elle est sortie plusieurs soirs cette semaine-là, et elle rentrait toujours avec une *histoire* – un plan cul, une escapade ivre ou un ragot universitaire. Et j'écoutais toujours, fascinée et, étonnamment, jalouse. Une partie de moi rêvait de cette excitation mais, en même temps, l'idée d'une nuit pareille me remplissait d'horreur. Je savais que je ne voulais pas *vraiment* coucher avec un inconnu sous l'effet de l'alcool, aussi amusant que cela puisse paraître de l'extérieur. Je n'en avais pas besoin, de toute façon, maintenant que j'avais mon truc avec Jason.

J'avais voulu *être* Rooney quand je l'avais rencontrée. Je croyais devoir la copier.

À présent, je n'étais plus si sûre de pouvoir le faire.

Une présentation courte mais passionnante par Rooney Bach

Rooney m'a longuement regardée alors que nous étions assises face à face dans le café de l'union des étudiants le mercredi de notre troisième semaine à l'université. Puis elle a sorti son MacBook de son sac.

— Que se passe-t-il ? ai-je demandé.

— Oh, tu vas voir. Tu vas *voir.*

Elle m'avait traînée ici après le cours du matin sur l'âge épique mais avait refusé de me dire pourquoi, soi-disant pour faire monter la pression. Ça a seulement réussi à m'agacer.

— J'imagine que c'est pour l'asso Shakespeare, ai-je dit.

— Tu as raison.

Bien que m'inscrire à l'association Shakespeare n'ait pas vraiment été mon idée, j'étais sincèrement excitée d'en faire partie. Ça me donnait l'impression de me lancer, d'essayer quelque chose de nouveau et, avec un peu de chance, ça donnerait lieu à une année de répétitions amusantes, à rencontrer de nouvelles personnes et à profiter de mon *expérience universitaire.*

Mais il semblait désormais que l'association ne serait composée que de quatre personnes, que je connaissais toutes et, à défaut d'un nombre de membres suffisant, nous n'aurions sans doute même pas la possibilité de fonctionner comme une vraie association, de toute façon.

— Tu as choisi la pièce que nous allons monter ?

— Encore mieux.

Elle a arboré un grand sourire.

Avant que j'aie la chance de lui demander ce qu'elle entendait par là, Pip est arrivée, Kånken à l'épaule, un livre de chimie géant sous le bras et avec sa chemise ample qui flottait autour d'elle.

Elle a remonté ses lunettes et s'est assise à côté de moi.

— Je pensais que tu allais trouver une excuse pour te défiler. Comme quitter la fac ou t'enfuir pour élever des chèvres.

— Hé ! (J'ai pris une mine déçue.) J'ai envie d'être là ! J'ai envie de vivre des expériences universitaires cool et de me fabriquer des souvenirs !

— Du genre vomir quatre fois en un soir ?

— Je suis sûre que c'était juste cette fois-là.

Rooney, nous ignorant toutes les deux, a regardé sa montre.

— Il ne manque plus que Jason.

Pip et moi l'avons regardée, incrédules.

— Tu as vraiment convaincu Jason ? a dit Pip. Il ne m'a pas dit qu'il avait accepté.

— Je sais y faire, a répondu Rooney. Je suis très persuasive.

— Plutôt très agaçante.

— Aucune différence.

C'est alors que Jason, le quatrième membre de notre troupe Shakespeare, est entré dans le café de l'union et s'est assis à côté de Rooney en ôtant sa veste Teddy Bear. En dessous, il portait une tenue de sport, avec un sweat orné du logo du club d'aviron de l'université.

— Bonjour, a-t-il lancé.

Pip a froncé les sourcils.

— Mec, depuis quand tu as rejoint le *club d'aviron* ?

— Depuis la foire de rentrée. Tu étais juste à côté de moi quand je me suis inscrit.

— Je ne pensais pas que tu *irais* vraiment. Ils ne s'entraînent pas genre à six heures du mat' tous les jours ?

— Pas tous les jours. Seulement les mardis et les jeudis.

— Pourquoi t'infliger ça ?

Jason a lâché un rire, mais je sentais qu'il s'agaçait un peu.

— Parce que j'avais envie de tester quelque chose de nouveau. C'est si terrible ?

— Non, non. Désolée. (Pip lui a donné un petit coup de coude.) C'est cool.

Rooney a tapé dans ses mains avec force, mettant un terme à leur conversation.

— Votre attention, s'il vous plaît. (Elle a tourné son MacBook.) La présentation va commencer.

— La quoi ? s'est étonnée Pip.

— Punaise, ai-je commenté.

Sur l'écran apparaissait la première diapositive d'un PowerPoint.

Un medley Shakespeare :
Une présentation courte mais passionnante
par Rooney Bach

— Courte… mais passionnante… ai-je répété.

— Je vois, a dit Pip.

— Que se passe-t-il ? a demandé Jason.

Rooney a cliqué sur la diapositive suivante.

Première partie : Le principe

a) Un medley de diverses scènes shakespeariennes (rien que les bonnes – PAS de pièce historique)
b) Nous jouons tous différents rôles dans différentes scènes de différentes pièces

c) Toutes les scènes explorent le thème de l'AMOUR et sont très profondes et pleines de sens

Ça a effectivement piqué mon intérêt. Celui de Jason et de Pip aussi apparemment, puisqu'ils se sont tous les deux penchés pour regarder diverses images apparaître à l'écran : Leonardo DiCaprio et Claire Danes traumatisés dans leur film *Roméo + Juliette*, suivis de David Tennant et Catherine Tate se prélassant dans leur production du West End de *Beaucoup de bruit pour rien*, puis l'image d'une personne avec un masque d'âne qui sortait sûrement du *Songe d'une nuit d'été*.

— J'ai décidé, a expliqué Rooney, qu'au lieu de faire une seule pièce nous allions jouer les meilleures parties de plusieurs d'entre elles. Rien que les bonnes, évidemment. (Un coup d'œil à Pip.) Pas de pièce historique. Seulement des comédies et des tragédies.

— Ça m'embête de le dire, a commenté Pip, mais l'idée est cool, en fait.

Rooney a rejeté sa queue-de-cheval en arrière avec un air triomphant.

— Merci de reconnaître que j'ai raison.

— Attends, ce n'est pas ce que j…

Jason l'a interrompue.

— Donc nous allons jouer des tas de rôles différents ?

Rooney a hoché la tête.

— Oui.

— Oh. Cool. Ouais, ça a vraiment l'air sympa.

J'ai levé un sourcil. J'aurais cru qu'il préférerait rejoindre l'asso de comédie musicale, à vrai dire. Il avait toujours préféré les comédies musicales aux pièces de théâtre.

Jason a haussé les épaules.

— Je veux être dans un spectacle cette année et, tu sais, si on auditionne pour le spectacle des nouveaux ou l'asso de comédie musicale, soit on va se faire recaler tellement il y a de gens qui veulent en faire partie, soit on va être relégué à un rôle minuscule. Tu te rappelles, en troisième, quand j'avais dû jouer un arbre dans *Le Songe d'une nuit d'été* ?

J'ai hoché la tête.

— Une expérience passionnante pour toi.

— Je n'ai pas particulièrement envie de perdre une année de ma vie à venir en répète pour rester statique et bouger occasionnellement les bras. (Jason a regardé Rooney.) Au moins, là, on sait qu'on aura des premiers rôles et un nombre décent de répliques. En plus, on sera entre amis. Ça va être *marrant*. (Il s'est tapé la cuisse avant de s'adosser contre son siège.) J'en suis.

Rooney était rayonnante.

— J'aurais dû t'embaucher pour faire la présentation.

— Sérieux ! a lancé Pip en croisant les bras. J'arrive pas à croire que tu te sois déjà mis Jason dans la poche.

— C'est grâce à mon charme et à mon intelligence.

— Va te faire.

Rooney est passée à la diapositive suivante.

Deuxième partie : Le plan

a) Je déciderai des pièces et des scènes que nous jouerons
b) Je mettrai en scène
c) Répétition hebdomadaire jusqu'à notre représentation en mars (PRÉSENCE OBLIGATOIRE)

— Attends, a craché Pip, en passant sa main entre ses boucles. Qui a fait de toi la *cheffe suprême* de l'asso Shakespeare ?

Rooney lui a lancé un sourire narquois.

— Je crois que c'est moi, en fait, vu que c'était mon idée.

— Oui, ben… (Pip a rougi un peu.) Je… Je crois qu'on devrait avoir notre mot à dire sur qui met en scène.

— Oh, vraiment ?

— Oui.

Rooney s'est penchée par-dessus la table pour regarder Pip bien en face.

— Et qu'est-ce que tu as à dire ?

— Je… (Pip s'est éclairci la gorge, sans être vraiment capable de garder le contact visuel.) Je veux mettre en scène avec toi.

Le sourire de Rooney s'est figé. Elle n'a rien dit pendant un moment. Puis…

— Pourquoi ?

Pip a tenu bon.

— Parce que j'en ai envie.

Ce n'était pas la vraie raison. Je savais exactement pourquoi Pip faisait ça.

Elle voulait surpasser Rooney. Ou au moins être son égale.

— C'est ma condition, a-t-elle imposé. Si tu veux que j'en fasse partie, je veux codiriger.

Rooney a pincé les lèvres.

— Bien.

Le sourire de Pip s'est agrandi. Elle avait gagné ce round.

— On continue, a lancé Rooney en cliquant sur la diapositive suivante.

Troisième partie : Le cinquième membre

a) Trouver la personne
b) L'appâter
c) L'asso Shakespeare est reconnue comme association à part entière
d) VICTOIRE

— *L'appâter* ? ai-je dit.

— Beurk, a ajouté Pip.

Jason a gloussé.

— On dirait qu'on tente de convaincre les gens de rejoindre une secte.

— Oui, ben… a soufflé Rooney. Je ne savais pas comment le formuler. Il nous faut simplement une cinquième personne, a-t-elle poursuivi. Vous pouvez demander autour de vous et voir si quelqu'un est intéressé ? Rien de tout ça n'a d'importance si nous n'arrivons pas à recruter une cinquième personne. Je vais chercher aussi.

Nous avons tous trois accepté de demander aux personnes que nous connaissions, même si je ne savais pas vraiment à qui je pourrais demander, puisque tous mes amis étaient assis à cette table avec moi.

— Tu as vraiment tout prévu, a commenté Pip.

Rooney a souri.

— Ça t'impressionne ?

Pip a croisé les bras.

— Non… non, pas vraiment, non. Tu as fait le minimum syndical pour une metteuse en scène…

— Avoue. Tu es impressionnée.

Jason s'est raclé la gorge.

— Alors… répète cette semaine ?

Le sourire de Rooney s'est élargi. Elle a tapé des mains sur la table, attirant l'attention de la plupart des gens dans la salle.

— *Oui !*

Nous nous sommes tous mis d'accord sur la date et l'heure, puis Pip et Jason ont dû partir – Pip au labo, et Jason en TD. Dès qu'ils ont quitté le café, Rooney s'est jetée sur moi pour me faire un câlin. Je suis restée assise sans rien faire.

C'était notre tout premier câlin.

Je m'apprêtais à lever les bras pour lui rendre son étreinte quand elle s'est écartée et s'est rassise en refaisant sa queue-de-cheval. Son visage a réaffiché son expression habituelle : un sourire sans effort.

— Ça va être génial, a-t-elle lancé.

Notre troupe était composée de deux actrices stars qui voulaient toutes deux être aux commandes, d'une fille qui vomissait chaque fois qu'elle montait sur scène et d'un garçon qui était peut-être l'amour de ma vie.

Ça allait être un désastre absolu, mais ça n'arrêtait aucun d'entre nous.

Joindre les mains

— C'est parfait, a lancé Rooney pile au moment où Jason entrait dans la pièce et se prenait le cadre de la porte dans la tête, si fort qu'il a poussé un cri de chat effarouché.

À sa décharge, Rooney avait *essayé* de réserver une salle digne de ce nom pour notre première répétition de l'asso Shakespeare. Elle avait tenté de réserver une des immenses salles dans les bâtiments universitaires près de la cathédrale où des tas d'associations de musique et de théâtre répétaient. Elle avait également voulu réserver une salle de cours dans le bâtiment Elvet Riverside où nous avions nos cours et nos TD et où nous passerions nos examens de fin d'année.

Mais Sadie ne répondait pas aux e-mails de Rooney et, sans l'accord du TED, Rooney n'était pas autorisée à réserver de salles pour l'association Shakespeare.

J'ai suggéré de nous contenter de répéter dans notre chambre, mais Rooney avait insisté pour trouver un vrai espace de travail. « Pour se mettre dans l'ambiance », avait-elle dit.

Et c'est ainsi que nous avons fini dans une pièce délabrée de la chapelle de la fac, vieille de plusieurs siècles, avec un plafond si bas que Jason, qui mesure un mètre quatre-vingt-dix, devait se baisser un peu pour marcher. La moquette était usée et délavée, et il y avait des affiches de l'école du dimanche en décrépitude aux murs, mais c'était calme et gratuit, ce qui était tout ce dont nous avions vraiment besoin.

Pip était sur FaceTime avec ses parents quand elle est entrée dans la salle. Elle parlait espagnol bien trop vite pour que mon niveau bac me permette de suivre. Elle avait l'air exaspérée tandis que sa mère ne cessait de l'interrompre.

— Ça fait une heure qu'elle leur parle, a expliqué Jason en se frottant la tête.

Je me suis assise sur la chaise à côté de lui. Les parents de Pip s'étaient toujours montrés surprotecteurs, de façon très attendrissante. Je n'avais pas parlé à mes parents depuis une semaine.

— À qui tu parles ? a demandé Rooney en s'approchant de Pip pour jeter un œil par-dessus son épaule.

— *C'est qui, nena ?* ai-je entendu le père de Pip demander. *Tu t'es enfin trouvé une petite amie ?*

— NON ! a glapi Pip du tac au tac. Car... Carrément pas !

Rooney a fait coucou aux parents de Pip avec un grand sourire.

— Bonjour ! Je m'appelle Rooney !

— Écoutez, je dois y aller, a craché Pip dans son portable.

— Qu'est-ce que tu étudies, Rooney ?

Elle s'est penchée un peu plus vers le téléphone et de fait un peu plus vers Pip.

— Littérature anglaise ! Et Pip et moi sommes ensemble dans l'association Shakespeare.

Pip s'est mise à se recoiffer, sans doute pour mettre de la distance entre son corps et celui de Rooney.

— Je file ! Bisous ! *¡Chau!*

— Oh, a dit Rooney alors que Pip raccrochait. Tes parents sont trop chou. Et ils m'aiment bien !

Pip a soupiré.

— Ils vont me demander de tes nouvelles chaque fois maintenant.

Rooney a haussé les épaules en s'éloignant.

— Ils voient bien que je ferais une bonne petite amie. Je dis ça, je dis rien.

— Et pourquoi donc ?

— Mon charme et mon intelligence, évidemment. On en a déjà parlé.

Je m'attendais à ce que Pip riposte, mais non. Elle a rougi un peu avant de rire, comme si elle trouvait Rooney vraiment drôle. Rooney s'est tournée, sa queue-de-cheval voltant dans l'air, une expression indéchiffrable sur le visage.

Il nous a fallu vingt minutes pour effectivement commencer à répéter, en grande partie parce que Pip et Rooney n'arrêtaient pas de se prendre la tête. D'abord à propos de qui allait interpréter Roméo et Juliette, puis de quelle partie de *Roméo et Juliette* nous allions jouer, et enfin de la façon dont nous allions la présenter.

Même après s'être mises d'accord pour que Jason et moi soyons Roméo et Juliette, Pip et Rooney ont passé quinze minutes de plus à arpenter la pièce, planifier la scène et être en complet désaccord sur absolument tout, jusqu'à ce que Jason décide qu'il fallait intervenir.

— Ça ne marche pas, a-t-il lancé. Vous ne codirigez pas.

— Euh, *si*, a rétorqué Pip.

— On a quelques divergences artistiques mineures, a ajouté Rooney. Mais à part ça, tout roule.

J'ai étouffé un rire. Pip m'a lancé un regard furieux.

Rooney a mis une main sur sa hanche.

— Si Felipa pouvait faire quelques *compromis*, les choses seraient un peu plus simples.

Pip s'est élevée au niveau de Rooney. Du moins, elle a essayé sans vraiment y parvenir, et ce malgré son avantage capillaire, car Rooney mesurait plusieurs centimètres de plus qu'elle.

— Tu n'as *pas* le droit de m'appeler Felipa, a-t-elle craché.

— Ça ne sent pas bon, ai-je marmonné à Jason.

Il a acquiescé.

— Et si on improvisait ? a proposé Jason. Laissez-nous tenter la scène et on avisera.

Les deux metteuses en scène ont accepté à contrecœur, et tout allait bien l'espace d'un instant.

Jusqu'à ce que je me rende compte que j'allais jouer une scène de *Roméo et Juliette* avec Jason Farley-Shaw.

J'adorais jouer. J'adorais me glisser dans la peau d'un personnage et faire semblant d'être quelqu'un d'autre. J'adorais dire des choses et adopter des comportements que je n'aurais jamais eus dans la vraie vie. Et je savais aussi que j'étais douée pour ça.

C'était *le public* qui me rendait nerveuse, à savoir Pip et Rooney dans le cas présent. Et avec la pression supplémentaire de *jouer une scène romantique avec Jason, mon meilleur ami avec qui je sortais quasiment*, rien d'étonnant à ce que j'aie été *très* nerveuse de jouer cette scène.

Jason et moi avions nos exemplaires de *Roméo et Juliette* en main – enfin, le mien était plutôt dans mes bras parce que j'utilisais ma gigantesque anthologie d'Oxford de Shakespeare – et il avait la première réplique. Pip et Rooney nous regardaient, avec un siège d'écart entre elles.

— *Si d'une main trop indigne j'ai profané la sainteté de l'autel*, a commencé Jason, *voici la douce expiation de ma faute : mes lèvres, pèlerins rougissants, sont prêtes à adoucir par un tendre baiser la rude impression de ma main*[2].

Bon. Ambiance. Je suis un premier rôle romantique.

— *Bon pèlerin*, ai-je dit, me concentrant sur les mots dans le livre en tentant de ne pas trop me prendre la tête, *vous faites injure à votre main…*

— Ça va, Georgia ? est intervenue Pip. Tu pourrais t'éloigner un peu plus de Jason ? Pour bien souligner le *désir*.

---

2. Tous les extraits de *Roméo et Juliette* ont été traduits par François Guizot dans l'édition des *public domain books* pour Kindle.

— Et puis tu pourrais ensuite te rapprocher un peu de lui pendant que tu parles, a ajouté Rooney. C'est genre votre première rencontre et vous êtes déjà *obsédés* l'un par l'autre.

Pip l'a regardée.

— Ouais. Bonne idée.

Le sourcil de Rooney s'est légèrement arqué quand elle lui a rendu son regard.

— Merci.

J'ai suivi leurs instructions et j'ai continué.

— *Qui n'a montré en ceci qu'une dévotion pleine de convenance ; car les saints ont des mains que peuvent toucher celles des pèlerins ; et joindre les mains est le baiser du pieux voyageur en terre sainte.*

— Faut clairement que vos mains se touchent là, a lancé Rooney.

Jason m'a tendu une main, que j'ai touchée avec la mienne. J'ai senti une vague nerveuse déferler en moi.

— *Les saints n'ont-ils pas des lèvres ?* a répondu Jason en me regardant droit dans les yeux, *et les pieux voyageurs aussi ?*

J'ai senti que je rougissais. Pas parce que j'étais troublée ni à cause de la romance de la scène. Mais parce que j'étais *mal à l'aise.*

— *Oui, pèlerin*, ai-je répliqué, *des lèvres qu'ils doivent employer à prier.*

— Georgia, a lancé Pip, je peux être franche ?

— Ouais ?

— C'était censé être une réplique super sexy, mais on dirait que tu as envie de chier.

J'ai laissé échapper un petit rire.

— Oh.

— Je sais que ce n'est qu'une lecture mais, genre… sois romantique ?

— J'essaie.

— Vraiment ?

— Sérieux. (J'ai fermé le livre d'un coup sec, franchement un peu agacée. Je n'étais pas mauvaise actrice. Jouer était une des rares choses dans lesquelles j'*excellais* en réalité.) Tu es trop dure.

— On peut reprendre au début ?

— OK.

Jason et moi avons recommencé, et j'ai rouvert mon livre.

Bon. J'étais *Juliette*. J'étais amoureuse. Je venais de rencontrer ce garçon interdit super canon qui m'obsédait. Je pouvais *le faire*.

Nous avons relu le texte jusqu'à arriver à la partie sur les lèvres, la main de Jason tenant la mienne.

— *Oh ! s'il en est ainsi, chère sainte*, a dit Jason, *permets aux lèvres de faire l'office des mains : elles te prient, exauce leur prière, de peur que ma foi ne se change en désespoir.*

Jason donnait son *maximum*. Sérieux, j'étais mal à l'aise.

— *Les saints ne bougent pas, bien qu'ils exaucent la prière qui leur est faite.*

— *Alors ne bougez pas, tandis que je vais recueillir le fruit de ma prière.*

Jason m'a soudain regardée un peu bizarrement, puis il s'est tourné vers Rooney et Pip en disant :

— J'imagine qu'on s'embrasse là.

Rooney a tapé dans ses mains, ravie.

— *Oui.*

— Carrément, a confirmé Pip.

— Rien qu'un petit bisou.

— Je sais pas. Je pense que ça pourrait être un vrai baiser.

Rooney a agité les sourcils.

— Oooh. Felipa est *à fond*.

— Je préférerais, a rétorqué Pip, que tu ne m'appelles pas comme ça.

Pip détestait qu'on l'appelle Felipa. Depuis que je la connaissais, elle s'était toujours fait appeler Pip. Elle avait toujours dit qu'elle préférait un nom à consonance plus masculine, et – même si les membres de sa famille l'utilisaient – « Felipa » ne lui correspondait pas.

Sentant le changement de ton dans la voix de Pip, le sourire de Rooney s'est figé.

— D'ac, a-t-elle répondu avec plus de sincérité que je n'en avais entendu jusqu'ici quand elle s'adressait à Pip. Bien sûr. Désolée.

Pip a ébouriffé ses cheveux et s'est éclairci la gorge.

— Merci.

Elles se fixaient.

Puis Rooney a dit :

— Et si je t'appelais plutôt *Pipelette* ?

Pip a immédiatement semblé sur le point d'entrer en éruption, mais Jason a parlé avant qu'une vraie dispute éclate.

— Bon, ce baiser.

— Vous n'avez pas à le faire tout de suite, s'est empressée d'ajouter Pip.

— Non, a approuvé Rooney. Aux prochaines répètes mais pas maintenant.

— D'ac, ai-je répondu, et j'ai reculé un peu, soulagée.

Évidemment, je n'avais pas envie d'embrasser Jason devant des gens. Et je ne voulais pas que mon premier baiser ait lieu dans le cadre d'une pièce de théâtre.

C'était sans doute la raison pour laquelle je me sentais aussi bizarre. C'était sans doute la raison pour laquelle je ne jouais pas aussi bien que possible à ce moment.

C'était sans doute la raison pour laquelle jouer Juliette, un des rôles les plus romantiques de l'histoire littéraire, me donnait un peu la nausée.

— Ce n'était pas… genre… bizarre, si ? m'a chuchoté Jason alors que nous rangions nos affaires vingt minutes plus tard.

— Quoi ? Non. Non, ce n'était… c'était pas mal. Super. C'était super. Tu étais super. On va être super.

Tu en fais trop, Georgia.

Il a soupiré de soulagement.

— OK. D'ac.

J'ai réfléchi un instant puis, avant de pouvoir m'arrêter, j'ai dit :

— Je n'ai pas envie que notre premier baiser soit pour un rôle.

Jason a cessé d'empiler des chaises, figé. Rien qu'une seconde. Ses joues se sont empourprées.

— Euh, non. Non, clairement pas.

— Ouais.

— Ouais.

Quand nous nous sommes retournés, j'ai vu Pip nous regarder de l'autre côté de la pièce, ses yeux se sont étrécis suspicieusement. Mais avant qu'elle puisse dire quoi que ce soit, Rooney a pris la parole :

— L'un de vous a fait passer le mot pour tenter de trouver notre cinquième membre ?

— Je n'ai pas d'autres amis, ai-je répondu du tac au tac, comme si tout le monde n'en avait pas déjà conscience.

Jason est sorti de la pièce pour pouvoir enfin se tenir debout.

— Je peux demander à mes amis du Château, mais… Je ne suis pas sûr qu'ils soient du genre à aimer le théâtre.

— J'ai déjà demandé à mes amis du Château, a ajouté Pip. Ils ont dit non. (Elle s'est tournée vers Rooney.) Tu n'as pas genre cinquante meilleurs amis ? Tu peux pas trouver quelqu'un ?

Rooney s'est soudain décomposée et, pendant un court instant, elle semblait sincèrement en colère. Puis c'est passé. Elle a roulé les yeux et répondu :

— Je n'ai pas cinquante amis.

Mais elle n'a rien ajouté de plus.

J'étais bien obligée d'être d'accord avec Pip. C'était un peu étrange que Rooney, qui sortait faire la fête au moins deux fois par semaine et passait la plupart des soirs restants dans un bar de la fac, ne puisse pas convaincre une seule personne de nous rejoindre.

— Et ton mari de collège ? ai-je suggéré.

Ils devaient au moins être amis.

Rooney a secoué la tête.

— Je ne pense pas qu'il aime vraiment le théâtre.

Peut-être qu'elle n'était pas aussi proche de ces gens que je le croyais.

Alors que nous nous disions au revoir dans le froid automnal de la rue pavée, je me suis demandé pourquoi tout cela avait autant d'importance pour Rooney. Au point de faire tous ces efforts – lancer une nouvelle association, mettre en scène, monter sa propre pièce.

Nous nous connaissions désormais depuis quelques semaines. Je savais qu'elle était une fêtarde ouverte sexuellement et une fan de Shakespeare qui savait sourire pour qu'on l'apprécie.

Mais quant à savoir *pourquoi* elle faisait toutes ces choses ?

Je n'en avais pas la moindre idée.

Le sujet qui fâche

GEORGIA WARR, FELIPA QUINTANA

Felipa Quintana
ROONEY

Georgia Warr
Je m'appelle Georgia, en fait

Felipa Quintana
Je veux juste savoir comment une personne aussi canon peut être aussi agaçante, sérieux

Georgia Warr
Ah bien
Va-t-on enfin parler du sujet qui fâche ?

Felipa Quintana
Quel sujet qui fâche ???

Georgia Warr
Ton gigantissime crush sur Rooney Bach

Felipa Quintana
Euh attends un peu là
Enfin elle est OBJECTIVEMENT canon
Je craque pas pour elle

Georgia Warr
Aldkjhgsldkfjghlkf

Felipa Quintana
JE CRAQUE PAS POUR LES FILLES HÉTÉROS

Georgia Warr
Mdr

Felipa Quintana
On s'entretuerait si on sortait ensemble
Ce qui n'arrivera pas parce qu'elle est hétéro
Et ce n'est pas ce que je ressens pour elle
Et elle est super agaçante et elle veut toujours avoir raison
Et je suis condamnée à être une lesbienne solitaire pour toujours

Georgia Warr
Tu t'enfonces et tu creuses encore

Felipa Quintana
SANS TRANSITION
J'ai une question

Georgia Warr
Balance, meuf

Felipa Quintana
Peut-être que je… me fais des films, mais… y a un truc entre Jason et toi ???
Il m'a dit que vous vous étiez vus juste tous les deux l'autre jour et genre
Jsp on aurait presque dit que c'était un rencard ou un truc du genre hahaha

Georgia Warr
Tu trouverais ça bizarre ? Si on sortait ensemble ?

Felipa Quintana
Jsp
Ça ferait un changement

Georgia Warr
Ben je crois que je sais pas vraiment ce qui se passe pour le moment

Felipa Quintana
T'as des sentiments pour lui ??

Georgia Warr
Je sais pas vraiment.
Peut-être ?
On a décidé de voir venir

Felipa Quintana
Hmm
D'ac

GEORGIA WARR, JASON FARLEY-SHAW

Georgia Warr
Je viens juste de dire à Pip qu'on se voyait potentiellement

Jason Farley-Shaw
Oh MERDE d'ac !
Wouah
Qu'est-ce qu'elle a dit ?

Georgia Warr
Elle a juste dit « Hmm d'ac »

Jason Farley-Shaw
Oh mince, elle est fâchée

Georgia Warr
Je pense pas qu'elle soit fâchée
Elle est sans doute juste étonnée

Jason Farley-Shaw
C'est de bonne guerre j'imagine !!
C'est une évolution un peu soudaine

Georgia Warr
Elle va s'en remettre pas vrai ?

J'veux dire, elle va gérer ?

Jason Farley-Shaw
Ouais
Carrément

GEORGIA WARR, ROONEY BACH

Georgia Warr
Hé, œuf au plat t'es où ??

Rooney Bach
Sortie !!!! ☺

Georgia Warr
Tu rentres ce soir ?
J'ai des trucs à te dire

Rooney Bach
Ooooooh des TRUCS
Quels trucs ? j'adore les trucs

Georgia Warr
Ben
Jsp quoi faire avec Jason
Donc j'invoque ton assistance
Sauf si tu veux rester en dehors de ça, pas de stress haha

Rooney Bach
Nan les gens sont juste chiants et bourrés et je suis pas d'humeur à me taper quelqu'un
Œuf au plat en chemin

Georgia Warr
Dépêche-toi, petit œuf

La lettre X

— Voilà, a lancé Rooney alors que j'envoyais mon message.

Georgia Warr
Aloooors tu veux qu'on se revoie ce week-end ?

Nous étions côte à côte appuyées contre ma tête de lit, Rooney toujours en tenue de soirée, et moi en pyjama de Noël, bien qu'on ne soit que début novembre.

— Qu'est-ce que je fais au rencard ? ai-je demandé en regardant le message dans l'attente que Jason le voie.

Elle a siroté sa tasse de thé post-sortie.

— Ce que tu veux.

— Mais on doit s'embrasser au deuxième rendez-vous ?

— Vous ne *devez* rien du tout.

Je me suis tournée vers Rooney mais nous étions si proches que je me suis retrouvée avec une mèche de boucles brunes dans les yeux.

— *Tu* embrasserais le deuxième soir ?

Rooney a réprimé un rire.

— Je ne sors avec personne.

— Mais ça t'est déjà arrivé.

Elle est restée silencieuse un moment.

— Possible, a-t-elle fini par répondre. Mais, en général, je préfère me contenter du sexe.

— Oh.

— Comprends-moi bien, ce serait sans doute *sympa* d'être en couple. Et parfois, je rencontre des gens et je me dis que peut-être… (Elle s'est arrêtée en pleine phrase, puis a quitté mon lit pour rejoindre le sien.) C'est… en fait, je craque toujours pour les mauvaises personnes. Alors à quoi bon ?

— Oh.

Elle n'a rien dit de plus, et ça me semblait impoli d'insister pour avoir des détails. Au lieu de ça, elle a enfilé son pyjama, et je l'ai clairement vue jeter un coup d'œil à sa photo avec Beth aux cheveux de sirène.

Peut-être que Beth était son ex-petite amie. Ou un ancien crush. Je n'avais aucune preuve que Rooney aimait les filles mais ce n'était pas impossible.

— Il n'y a rien de mal à se contenter du sexe, a-t-elle lancé une fois dans son lit.

— Je sais, ai-je répondu.

— Les relations, ce n'est juste pas mon truc, j'imagine. Elles ne finissent jamais bien.

— D'ac.

Elle a soudain bondi de son lit en marmonnant « *Roderick* » et elle a couru pour l'arroser. Roderick avait un peu perdu de sa superbe, pour être honnête – Rooney semblait oublier de l'arroser assez fréquemment. Après avoir fini, elle s'est endormie en cinq minutes, alors que je suis restée éveillée, à fixer le plafond bleuté et à parcourir mon portable, stressée à l'idée d'embrasser Jason lors de notre deuxième rendez-vous.

Et si je n'aimais vraiment *pas* les mecs et que c'était *la raison* pour laquelle il m'était difficile de m'y retrouver dans cette affaire ?

Dès que cette pensée a jailli dans ma tête, j'ai dû mener l'enquête. J'ai ouvert Safari sur mon téléphone et j'ai tapé : « Suis-je lesbienne ? »

Une série de liens sont apparus, principalement des quiz inutiles qui, je le savais déjà, ne m'aideraient pas et ne seraient pas adaptés. Mais une chose a attiré mon attention – *le test de l'échelle de Kinsey*.

J'ai commencé à me documenter sur le sujet. Wikipédia expliquait que c'était une échelle d'orientation sexuelle qui allait de zéro « strictement hétérosexuel » à six « strictement homosexuel ».

Curieuse et frustrée, j'ai passé le test, tentant de répondre aux questions à l'instinct, sans trop réfléchir. Quand j'ai eu fini, j'ai cliqué sur « soumettre mes réponses » puis j'ai attendu.

Et à la place d'un nombre, c'est la lettre X qui est apparue.

Vous n'indiquez aucune préférence sexuelle. Veuillez revoir vos réponses.

J'ai lu et relu ces lignes.

J'avais… mal répondu au test.

Je devais avoir mal répondu au test.

Je suis revenue aux questions et j'ai cherché quelles réponses je pouvais modifier, sans rien trouver d'incorrect, j'ai donc décidé de fermer le navigateur.

C'était sans doute simplement un test défectueux.

Monsieur Confiance-en-lui

« Tu es jolie ! » a été une des premières choses qu'il m'a dites quand il m'a vue devant le cinéma Gala le samedi après-midi.

— Oh, euh, merci, ai-je répondu en baissant les yeux.

J'avais opté pour une salopette kaki avec un pull Fair Isle, même si une grande partie de ma tenue était cachée par mon manteau géant parce que Durham plongeait déjà en dessous des dix degrés et que je ne supportais pas bien le froid.

Jason, quant à lui, portait sa veste Teddy Bear et un jean noir, ce qui était plus ou moins son look toute l'année.

— Je me disais, a-t-il lancé alors que nous entrions dans le bâtiment, c'est sans doute une très mauvaise idée d'aller au cinéma pour un… euh, pour une sortie.

Il avait failli dire « rencard ». Alors, il savait que c'en était un lui aussi.

C'était *parti.*

J'ai gloussé.

— Ouais. Retrouvons-nous pour nous ignorer pendant deux heures.

— En gros. Enfin, ça a l'air plutôt relaxant à vrai dire.

— C'est vrai.

— Je pense que le mariage idéal se fera entre deux personnes qui trouveront agréable de rester de longs moments sans rien dire.

— Du calme, ai-je rétorqué. On n'est pas encore mariés.

Il a eu un rire quelque peu scandalisé. Super. Je pouvais flirter. Je *réussissais haut la main.*

Nous en étions à trente minutes de film quand l'alarme incendie s'est déclenchée.

Jusqu'alors, les choses se passaient plutôt bien. Jason n'avait pas tenté de me prendre la main, de passer son bras autour de moi ou, Dieu merci, de m'embrasser. Nous étions seulement deux amis qui regardaient un film au cinéma.

À l'évidence, je ne voulais pas qu'il fasse ces choses parce que ça aurait été terriblement cliché et presque un peu minable.

— Bon, et maintenant ? a-t-il demandé alors que nous étions dans le froid devant le cinéma.

Personne ne semblait savoir si l'incendie était réel, mais rien n'indiquait que nous allions pouvoir retourner dans la salle. Un membre du personnel venait de sortir pour distribuer des coupons de cinéma.

J'ai resserré mon manteau. Cet après-midi ne se déroulait pas comme je l'aurais espéré. J'avais imaginé que nous allions rester assis côte à côte, en silence, pendant deux heures, à regarder un chouette film avant de rentrer à la maison.

Mais nous ne pouvions pas mettre fin au rendez-vous maintenant. Ç'aurait été bizarre. Indigne d'un rendez-vous.

— Euh… On pourrait rentrer au collège prendre le thé ou un truc du genre ? ai-je suggéré.

Cela semblait être ce que faisaient les gens qui voulaient sociabiliser à la fac. Un thé dans la chambre.

Une petite seconde. La chambre. Était-ce une bonne idée d'aller dans une chambre ? Ou est-ce que ça signifiait que…

— Ouais ! a dit Jason en souriant, les mains dans les poches. Ouais, ça me va. Tu veux venir chez moi ? On pourrait regarder un film dans ma chambre ?

J'ai hoché la tête aussi.

— Ouais, ça me va.

Bien.

Tout allait bien.

Je pouvais le faire.

Je pouvais être normale.

Je pouvais aller dans la chambre d'un garçon lors d'un rendez-vous et faire ce que cela impliquait. Flirter. S'embrasser. Coucher ensemble, peut-être.

J'étais courageuse. Je n'avais pas à tergiverser. Je pouvais faire tout cela.

En fait, je n'aime pas le thé, ce qu'évidemment Jason sait, et il m'a automatiquement préparé un chocolat chaud.

Il avait sa propre chambre, comme Pip et la plupart des étudiants de Durham, ce qui signifiait qu'elle était petite. Elle faisait probablement un tiers de celle que je partageais avec Rooney, avec un lit simple. La déco était plus ou moins la même cependant – un vieux tapis croûteux, des murs en parpaings jaunis et des meubles IKEA. Ses draps étaient bleu uni. Il avait un ordinateur portable et des livres sur sa table de chevet, et quelques paires de chaussures étaient soigneusement alignées sous le radiateur.

Pourtant, ce n'est pas la première chose que j'ai remarquée. C'est son mur qui m'a sauté aux yeux.

Il était entièrement blanc mis à part un cadre avec une photo de Sarah Michelle Gellar et Freddie Prinze Jr. dans *Scooby-Doo 2 : Les monstres se déchaînent.*

Je l'ai dévisagé.

Jason m'a regardée pendant ce temps.

— J'ai quelques questions, ai-je lancé.

— C'est compréhensible, a-t-il répondu en hochant la tête avant de s'asseoir sur son lit. Euh, tu te souviens d'Edward ? De mon ancienne école ? C'est lui qui me l'a offert.

Il a fini sa phrase comme si l'histoire était terminée.

— Continue, l'ai-je encouragé.

— Bon… D'accord. Tu vas devoir t'asseoir si je dois tout t'expliquer.

Il a tapoté la place près de lui sur le lit.

Ça m'a rendue un peu nerveuse. Mais ce n'était pas comme s'il y avait un autre endroit où s'asseoir dans la pièce, et il ne l'avait pas fait de façon particulièrement aguicheuse donc je pensais que ça allait.

Je me suis assise près de lui, au bord du lit, ma tasse de chocolat chaud dans les mains.

— Bon, tout le monde sait que je suis à fond sur Scooby-Doo.

— C'est clair.

— Et aussi sur Sarah Michelle Gellar et Freddie Prinze Jr.

— Eh ben… ouais, bien sûr.

— Bon. Alors, dans mon ancien bahut, genre, avant que je change en première, j'étais plus ou moins connu comme le type qui n'avait jamais embrassé personne.

— Quoi ? me suis-je écriée. Tu ne m'as jamais raconté ça.

— Ben, tu sais que j'ai quitté ce lycée parce que, genre… (Il a fait une grimace.) Des tas de mecs là-bas… Enfin, c'était un lycée pour garçons et les gens se faisaient la misère pour chaque petit truc.

— Ouais.

Jason nous en avait déjà un peu parlé. Les gens de son ancien lycée étaient globalement méchants, et il ne voulait plus se retrouver dans ce genre d'environnement.

— Donc ils s'en sont tous pris à moi parce que je n'avais jamais embrassé personne. Et je me suis fait beaucoup charrier. Rien de sérieux, mais, ouais, c'était fréquent. Tout le monde trouvait ça bizarre.

— Mais tu as embrassé des gens depuis, ai-je rétorqué. Genre… tu as déjà eu une petite amie.

— C'était bien après. Avant ça, c'était *le truc* pour lequel les gens s'en prenaient à moi. Et tu sais… les gens disaient que c'était parce que j'étais moche, que j'avais de l'acné, que j'aimais les comédies musicales et des conneries dans ce style. Ces trucs-là ne m'atteignent plus aujourd'hui, mais c'était le cas quand j'étais plus jeune.

— Oh, ai-je répondu. (Mais ma voix semblait soudain rauque.) C'est affreux.

— Quand on est partis, en seconde, Ed m'a donné ce cadre. (Il a désigné la photo.) Sarah et Freddie. Et Ed m'a dit : « C'est un porte-bonheur qui va t'aider à trouver une petite amie. » On adorait tous les deux les films *Scooby-Doo*, et c'était une blague récurrente que Sarah Michelle Gellar et Freddie Prinze Jr. étaient, genre, au top de la romance, parce qu'ils sont en couple à la ville et à l'écran. Chaque fois que quelqu'un qu'on connaissait se mettait en couple, on demandait : « Mais êtes-vous au niveau de Sarah et Freddie ? » Je… ouais. Bon. Ça a l'air bizarre quand je tente de l'expliquer.

— Non, c'est marrant, ai-je répliqué. J'espère juste qu'ils ne vont pas divorcer prochainement.

Il a hoché la tête.

— Ouais. Ça gâcherait un peu le truc.

— Ouais.

— Bref, il me l'a donné et j'ai eu mon premier baiser une semaine plus tard, a pouffé Jason. Enfin, c'était un baiser pourri, mais… je m'étais débarrassé de ça. Donc maintenant c'est un porte-bonheur.

Jason racontait son histoire comme si c'était une anecdote rigolote et que j'étais censée rire. Mais ce n'était pas drôle.

C'était carrément triste, ouais.

Je me rappelle l'histoire de son premier baiser avec une fille qu'il n'aimait pas tellement. Il nous avait dit, à Pip et moi, que ce n'était pas génial mais qu'il était heureux de l'avoir fait. Pourtant, entendre toute cette histoire de la bouche de Jason m'a fait comprendre ce qui s'était réellement passé.

Il s'était senti obligé d'avoir son premier baiser. Comme les gens le harcelaient parce qu'il n'avait jamais embrassé qui que ce soit, il s'était forcé à le faire, et c'était nul.

Des tas d'adolescents faisaient ça. Mais, venant de Jason, ça m'a vraiment mise très très en colère.

Je savais ce que ça faisait, de se sentir mal de n'avoir jamais embrassé quelqu'un.

Et de s'y sentir obligé pour faire comme tout le monde.

Parce que c'était bizarre de ne pas le faire.

Parce que c'était ça, être humain.

C'est ce que tout le monde disait.

Il a regardé la photo.

— Ou peut-être pas. Faut dire que mes expériences romantiques jusqu'alors n'ont pas été… géniales. (Il a détourné les yeux.) Un premier baiser pourri et ensuite… Aimee.

— Ouais, Aimee était la lie de l'humanité.

— Je crois que, si je suis resté si longtemps avec elle, c'est parce que j'avais peur d'être célibataire et, genre… de redevenir cette personne. Les gens m'avaient fait la misère pendant des années parce que j'étais… Je sais pas, *impossible à aimer* ou un truc du style. Si je rompais avec Aimee, je pensais que j'allais rester impossible à aimer pour toujours. (Sa voix s'est éteinte.) Je croyais sincèrement que je ne méritais pas mieux.

— Tu mérites mieux, ai-je répondu du tac au tac.

Je savais que c'était vrai parce que je l'aimais. Je n'étais peut-être pas *amoureuse* de lui, pas encore, mais je l'aimais.

— Merci, a-t-il répondu. Enfin, je veux dire… Maintenant, je le sais.

— D'ac, Monsieur Confiance-en-lui.

Il a ri.

— J'aimerais juste le dire à mon moi de seize ans.

J'étais une hypocrite.

Je faisais exactement ce que Jason s'était forcé à faire durant toutes ces années. Vivre des expériences, des baisers, des relations – tout ça par peur d'être différent. Il avait peur d'être le type qui n'avait jamais embrassé personne.

Exactement comme moi. Et j'allais finir par lui faire du mal.

Peut-être que je devrais simplement le lui dire. Lui dire que nous devrions arrêter, mettre un terme à tout ça, rester seulement amis.

Mais peut-être que, si je tenais le coup un tout petit peu plus longtemps, nous pourrions tomber amoureux et j'arrêterais de me détester.

Avant que j'aie la chance de dire un mot, Jason s'était déjà décalé vers la tête de lit et avait ouvert son portable.

— Bref. Ce film ? (Il a tapoté la place près de lui et a tiré une couverture.) Tu peux choisir puisque j'ai choisi au ciné.

Je me suis approchée de lui pour parcourir la liste des films. Il a tiré la couverture sur nos jambes. Et si c'était les prémices du sexe ? Ou seulement d'un baiser ? C'était censé être le bon moment pour commencer à s'embrasser, pas vrai ? Les gens qui sortaient ensemble ne se contentaient pas de rester assis devant un écran. Ils le regardaient dix minutes avant de se rouler des pelles. Allais-je devoir faire ça ? Rien que d'y penser, j'avais envie de pleurer.

J'avais choisi le film et nous le regardions en silence. Je n'arrêtais pas de gigoter. Je ne savais pas quoi faire. Je ne savais pas ce que je *voulais*.

— Georgia ? m'a demandé Jason après vingt minutes. Tu… Ça va ?

— Hmm…

Je paniquais. Je paniquais à pleine balle. J'appréciais Jason et je voulais passer un bon moment à regarder un film avec lui. Mais je ne voulais rien de plus. Et si mon orientation sexuelle n'était que la lettre X, comme me l'avait annoncé l'échelle de Kinsey ?

— En fait, je ne me sens pas très bien.

Jason s'est redressé.

— Oh non ! Qu'est-ce qui ne va pas ?

J'ai secoué la tête.

— Rien de grave, j'ai juste… J'ai juste un peu mal à la tête à vrai dire.

— Tu veux qu'on en reste là ? Tu devrais aller faire une sieste.

Punaise. Jason était tellement gentil.

— Ça te dérange pas ? ai-je demandé.

Il a hoché la tête, sérieux.

— Pas du tout.

Quand je suis partie, j'ai ressenti un immense soulagement pendant un bref instant.

Mais juste après, je me suis détestée.

Sunil

Je ne suis même pas rentrée à St John.

Je suis sortie du collège du Château en me disant que j'irais au Tesco acheter de la nourriture réconfortante pour la soirée. Mais je me suis retrouvée assise sur les marches, incapable de bouger.

J'étais vraiment en train de faire n'importe quoi.

J'allais finir par faire du mal à Jason.

Et j'allais finir seule. Pour toujours.

Si je n'arrivais pas à avoir des sentiments pour un type qui était charmant, gentil, marrant, séduisant, *mon meilleur ami*… Comment pourrais-je un jour aimer qui que ce soit ?

Ça ne se passait pas ainsi dans les films. Dans les films, deux amis d'enfance finissaient par comprendre que, malgré tout, ils étaient faits l'un pour l'autre depuis le début, que leur connexion allait au-delà de la simple attirance, puis ils se mettaient en couple et vivaient heureux pour toujours.

Pourquoi ça ne se passait pas comme ça ?

— Georgia ? a lancé une voix dans mon dos.

Je me suis retournée, surprise qu'une personne dont je ne reconnaissais pas immédiatement la voix sache qui j'étais. Puis surprise de voir qu'il s'agissait de Sunil, mon parent de collège, qui avait l'assurance d'un membre de Queer Eye.

— Sunil, ai-je répondu.

Il a gloussé. Il portait un épais manteau color block par-dessus un costume noir classique.

— En effet, a-t-il dit.

— Qu'est-ce que tu fais au Château ?

— Répétition de musique, a-t-il répondu avec un sourire chaleureux. Je suis dans l'orchestre des étudiants et je devais voir deux ou trois trucs avec les autres violoncellistes.

Il s'est assis à côté de moi sur les marches.

— Tu joues du violoncelle ?

— En effet. C'est plutôt sympa, mais l'orchestre, c'est stressant. Le chef ne m'aime pas parce que Jess et moi sommes tout le temps en train de bavarder.

— Jess… du stand de l'asso des fiertés ? Elle en fait partie aussi ?

— Ouais. Elle joue de l'alto, donc elle n'était pas là aujourd'hui. Mais on fait plus ou moins tout ensemble.

Je trouvais ça mignon, pourtant, je luttais pour ressentir la moindre émotion positive. Je me suis donc simplement forcée à sourire, ce qui s'est évidemment soldé par un échec.

— Ça va ? a-t-il demandé en levant les sourcils.

J'ai ouvert la bouche pour répondre que oui, j'allais parfaitement bien, mais je me suis mise à rire comme une hystérique.

Je crois que je n'avais jamais été aussi proche de pleurer devant quelqu'un.

— Oh non, a dit Sunil, le regard paniqué. Ça ne va clairement pas.

Il a attendu que je dise quelque chose.

— Je vais bien, ai-je répliqué.

Si j'avais été une poupée, ça aurait été une de mes phrases préenregistrées.

— Oh *non*. (Sunil a secoué la tête.) C'est le pire mensonge que j'aie entendu de ma vie.

Ça m'a vraiment fait rire pour le coup.

Sunil a attendu encore pour voir si j'allais développer mais je n'ai rien dit de plus.

— Tu n'es pas venue à la soirée en boîte de l'asso des fiertés, a-t-il poursuivi en se tournant un peu vers moi.

— Oh, euh, non. (J'ai à peine haussé les épaules.) Euh… les soirées en boîte, ce n'est pas vraiment mon truc.

J'avais reçu le mail qui en parlait, bien sûr. C'était deux semaines plus tôt. *L'asso des fiertés vous accueille ! Venez faire la fête avec votre nouvelle famille de QUILTBAG !* J'avais dû googler QUILTBAG mais, tout en le faisant, je savais que je n'irais pas. Même si j'avais aimé boire et sortir en boîte, je n'y serais pas allée. Ce n'était pas ma place. Je ne savais pas si j'étais une QUILTBAG ou pas.

Il a hoché la tête.

— Tu sais quoi ? Pareil.

— Vraiment ?

— Ouais. Je ne tiens pas l'alcool. Ça me donne des tremblements et je suis *tellement* un poids plume. Je préférerais largement une soirée film queer ou un thé queer, tu sais ?

Alors qu'il parlait, j'ai baissé les yeux sur sa veste et j'ai vu qu'il portait encore ses pin's. Je me suis focalisée sur le violet, noir, gris et blanc. Sérieux, je devais chercher ce qu'il signifiait. Je voulais vraiment savoir.

— En parlant de l'asso des fiertés, a-t-il dit en désignant son costard, je suis en route pour le dîner d'automne. Le reste de l'équipe est en train de tout installer et j'*espère* qu'il n'y a pas eu de catastrophe.

Je ne sais pas quelle mouche m'a piquée mais je me suis soudain entendue demander :

— Je peux venir ?

Il a levé un sourcil.

— Tu veux venir ? Tu n'as pas répondu au mail.

J'avais également reçu cet e-mail. Je ne l'avais pas effacé. J'avais parfaitement imaginé ce que ça ferait de participer à un truc du genre, d'avoir l'assurance de faire partie de quelque chose.

— Je pourrais… aider à installer ? ai-je suggéré.

J'appréciais Sunil. Vraiment. Je voulais passer un peu plus de temps avec lui.

Je voulais voir à quoi ressemblait l'asso des fiertés.

Et je voulais oublier ce qui venait de se passer avec Jason.

Il m'a regardée un long moment, puis il a souri.

— Tu sais quoi ? Pourquoi pas. Une personne supplémentaire ne sera pas de trop pour gonfler les ballons.

— Tu en es sûr ?

— Ouais !

Soudain, j'ai senti que j'allais me dégonfler. J'ai baissé les yeux sur ma salopette et mon pull en laine.

— Je ne suis pas habillée pour un dîner.

— Tout le monde se tape de la façon dont tu es habillée, Georgia. C'est l'association des fiertés.

— Mais tu as l'air sexy, et moi, j'ai l'air de m'être habillée en cinq minutes pour arriver à l'heure en cours.

— Sexy ?

Il a ri comme si ce mot lui évoquait une blague avec lui-même, puis il s'est levé et m'a tendu la main.

Je ne savais pas quoi dire ou faire d'autre, donc j'ai accepté.

Ça manque un peu de drapeaux

Sunil m'a tenu la main tout le long du trajet à travers Durham. J'avais le sentiment un peu étrange, mais néanmoins réconfortant, de me promener avec un de mes parents. Je suppose que c'était un peu le cas.

Il ne semblait pas avoir besoin de parler. Nous avons simplement marché. Parfois, il balançait ma main. À mi-chemin, je me suis demandé ce que je faisais. Je voulais être en boule dans mon lit, à lire la fanfiction Jimmy/Rowan dans l'AU Spiderman que j'avais commencée la veille. Je n'étais pas censée être à ce dîner. Je ne méritais pas d'être à ce dîner.

Je devais des explications à Jason.

Je devais lui expliquer ce qui clochait chez moi.

Je devais m'excuser.

— Nous y voilà, a annoncé Sunil en souriant.

Nous avions atteint une porte rouge qui menait à l'un des nombreux bâtiments dickensiens de Durham. J'ai regardé la boutique attenante.

— Chez Gregg ?

Sunil a réprimé un rire.

— Oui, Georgia. Notre dîner a lieu chez Gregg.

— Ce n'est pas moi qui m'en plaindrai. J'adore les feuilletés aux saucisses.

Il a ouvert la porte, dévoilant un étroit couloir menant à un escalier avec un panneau : Big's Digs : Bar-Restaurant.

— Nous avons loué Big's pour la soirée, a annoncé gaiement Sunil en me conduisant en haut des marches jusque dans le restaurant. Les soirées en boîte sont sympas, c'est sûr, mais j'ai insisté pour que nous ayons aussi des dîners cette année. Tout le monde n'aime pas les boîtes.

L'endroit n'était pas gigantesque, mais c'était beau. Il s'agissait d'un des vieux bâtiments de Durham, donc le plafond était bas, orné de poutres en bois et baigné d'une lumière douce et chaude. Toutes les tables avaient été arrangées en carrés nets, dressées de nappes blanches, de bougies, de couverts étincelants et de centres de table colorés qui mettaient en avant toutes sortes de drapeaux des fiertés – j'en reconnaissais certains, d'autres non. Quelques ballons multicolores flottaient aux coins de la pièce et des banderoles couraient le long des fenêtres. Tout au fond, surplombant la pièce, s'étendait un grand drapeau arc-en-ciel.

— Ça manque un peu de drapeaux, a lancé Sunil en fronçant les sourcils.

Je n'arrivais pas à savoir s'il plaisantait.

Nous n'étions pas seuls dans la pièce – un petit groupe mettait la touche finale aux décorations. J'ai rapidement repéré l'autre élève de troisième année que j'avais rencontrée sur le stand, Jess, même si ses tresses étaient coiffées en chignon. Elle portait une robe avec de minuscules chiens. Elle a fait un signe de la main, a bondi vers Sunil et a passé son bras autour de lui.

— Sérieux, *enfin*, a-t-elle lancé.

— Comment ça se passe ?

— Bien, à vrai dire, on se dispute juste pour savoir s'il faut des cartons pour placer les gens ou non.

— Hmm. Les gens vont vouloir s'asseoir avec leurs amis, à mon avis.

— C'est ce que je pense. Mais Alex croit que ça va semer le chaos.

Tandis qu'ils parlaient des cartons, je me tenais légèrement derrière Sunil, comme un bambin collé à la jambe de son parent lors d'une réunion de famille. Les étudiants qui s'affairaient semblaient tous être en troisième année. Certains portaient des tenues vives et excentriques – sequins, costumes à motifs et hauts talons – tandis que d'autres portaient des robes et des costards plus ordinaires. Je me sentais complètement en décalage avec ma salopette, quoi qu'en ait dit Sunil.

— Oh, et j'ai amené Georgia pour qu'elle nous aide à installer, a annoncé Sunil en interrompant mes pensées.

Il m'a pressé légèrement les épaules.

Jess m'a souri. J'ai senti que je commençais à paniquer – allait-elle demander pourquoi j'étais là ? Quelle était mon orientation sexuelle ? Pourquoi je n'étais venue à aucun événement ?

— Tu sais gonfler les ballons ? a-t-elle demandé.

— Euh, ouais.

— Ah, *super*, parce que je n'y arrive pas du tout, et Laura se plaint de devoir le faire alors qu'elle a mal à la gorge.

Et sur ce elle m'a tendu un paquet de ballons.

Sunil était parti aider à régler les derniers détails de la soirée, et je me suis très vite demandé si je n'avais pas commis une terrible erreur en venant et si j'allais être obligée de parler à des tas de gens que je ne connaissais pas du tout. Mais Jess semblait contente que je m'incruste. J'avançais dans les ballons tandis qu'elle discutait avec ses amis et ses connaissances, et j'ai même pu apprendre à la connaître un peu et lui poser des questions sur l'orchestre, sur l'alto et sur son amitié avec Sunil.

— Je n'avais pas vraiment d'amis ici avant de le rencontrer, a-t-elle dit une fois que nous avons eu fini d'accrocher les derniers ballons. Nous avons été placés l'un à côté de l'autre à l'orchestre et nous nous sommes immédiatement extasiés sur ce que nous portions. Et nous sommes inséparables depuis. (Elle a souri en regardant Sunil qui parlait avec des nouveaux à l'air timide.) Tout le monde aime Sunil.

— Normal, il est super sympa, ai-je répondu.

— Y a pas que ça, c'est également un très bon président. Il a gagné l'élection de l'asso des fiertés avec une majorité écrasante. Tout le monde en avait vraiment marre du président l'an dernier… Il ne voulait pas d'autres idées que les siennes. Oh, quand on parle du loup.

Jess a bondi vers Sunil et lui a soufflé discrètement :

— Lloyd est là. Pour info.

Elle a désigné l'entrée.

Sunil a jeté un œil vers la porte où se tenait un blond tout fin avec un costard en velours. Une expression que je n'avais encore jamais vue chez lui a parcouru ses traits – l'agacement.

Lloyd a regardé dans sa direction, sans un sourire, puis il s'est dirigé vers une table à l'autre bout de la pièce.

— Lloyd déteste Sunil, a expliqué Jess alors que Sunil reprenait sa conversation avec le groupe de nouveaux. Donc, c'est un peu compliqué.

— Des histoires ? ai-je demandé.

Jess a hoché la tête.

— Je confirme.

Que ce soit par pitié ou par pure gentillesse – je n'en étais pas sûre –, on m'avait gardé une place à côté de Sunil pour le dîner. Vers vingt heures, la pièce était bondée et pleine de vie, et le personnel servait les boissons et les entrées.

Entre chaque plat, Sunil faisait l'effort d'aller de table en table pour parler aux gens, en particulier aux nouveaux.

Ils semblaient sincèrement ravis de le rencontrer. C'était beau à voir.

J'ai réussi à discuter un peu avec les autres personnes à ma table mais j'ai été soulagée que Sunil revienne pour le dessert, et j'ai pu vraiment lui parler. Il m'a raconté qu'il étudiait la musique, ce qui était sans doute une erreur selon lui, mais il aimait ça. Il venait de Birmingham, ce qui expliquait le très léger accent que je n'avais pas réussi à identifier. Il n'avait pas la moindre idée de ce qu'il allait faire après Durham, bien que ce soit sa dernière année d'études.

Je lui ai parlé de notre association Shakespeare et du fait que ça allait sans doute être un désastre.

— J'ai fait un peu de théâtre au lycée, a annoncé Sunil quand je lui ai expliqué qu'il nous fallait un cinquième membre. (Il s'est mis à raconter la fois où il avait joué un rôle mineur dans une représentation de *Wicked* avant de conclure.) Je pourrais peut-être jouer dans ta pièce. Le théâtre me manque.

Je lui ai dit que ce serait génial.

— Mais je suis tellement occupé, a-t-il poursuivi. J'ai juste… tellement de choses à faire tout le temps.

Et à en juger par son air fatigué, il n'exagérait pas, alors je lui ai dit que ce n'était pas grave s'il ne pouvait pas.

Mais il a répondu qu'il allait y réfléchir.

Je n'avais pas rencontré beaucoup de gens ouvertement queers jusque-là. Il y avait un groupe au lycée avec qui Pip traînait de temps en temps, mais ils étaient maximum sept ou huit. Je ne sais pas à quoi je m'attendais. Il n'y avait pas de type de personne particulier, pas de genre ou de look particulier. Mais ils étaient tous tellement sympas. Certains groupes d'amis se détachaient, mais en général les gens étaient heureux de parler à tout le monde.

Ils étaient seulement *eux-mêmes*.

Je ne sais pas comment l'expliquer.

Personne ne faisait semblant. Personne n'avait rien à cacher.

Dans ce petit restaurant dissimulé dans les vieilles rues de Durham, les gens queers pouvaient simplement venir et *être eux-mêmes*.

Je ne pense pas avoir compris ce que ça pouvait représenter avant ce moment.

Après le dessert, les tables ont été mises de côté et les gens se sont vraiment mêlés les uns aux autres. Les lumières ont été tamisées et la musique allumée, et presque tout le monde s'est levé pour discuter, rire et boire. J'ai rapidement compris que mes réserves de sociabilisation avaient été complètement vidées par ce qui m'avait franchement donné l'impression d'être le jour le plus long de ma vie. Et j'avais bu suffisamment d'alcool pour être dans cet état étrange où tout ressemblait à un rêve. J'ai donc trouvé un siège vide dans un coin et je me suis calée là avec mon portable et un verre de vin pendant une demi-heure, à parcourir Twitter et Instagram.

— On se cache, mon enfant de collège ?

J'ai levé la tête, surprise, mais ce n'était que Sunil, un verre de limonade à la main. Il avait l'air d'une célébrité avec son costard et ses cheveux soigneusement tirés en arrière. J'imagine qu'ici c'était une célébrité.

Il s'est assis sur la chaise à côté de moi.

— Comment vas-tu ?

J'ai hoché la tête.

— Bien ! Ouais. C'est très sympa.

Il a souri et a parcouru la pièce du regard. Des gens heureux qui s'amusaient.

— Oui. C'est un succès.

— Tu avais déjà organisé ce genre de choses ?

— Jamais. Je faisais partie de l'équipe dirigeante l'an dernier, mais l'organisation de ce genre d'événements n'étaient pas de mon ressort. Il n'y avait que des tournées de bars et des soirées en boîte.

J'ai fait la moue. Sunil l'a vu et s'est mis à rire.

— Ouais. Exactement.

— C'est stressant ? D'être président ?

— Parfois. Mais ça vaut le coup. Ça me permet de sentir que ce que je fais est important. Et que je fais *partie* de quelque chose d'important. (Il a soupiré.) Je… J'ai fait des trucs dans mon coin pendant longtemps. Je sais ce que ça fait, d'être complètement seul. Alors j'essaie de m'assurer que… aucune personne queer n'ait à ressentir ça dans cette ville.

J'ai hoché la tête à nouveau. Je pouvais le comprendre.

— Je ne suis pas un super-héros, ni rien. Je n'en ai pas envie. Un tas de nouveaux me voient comme ça, un genre d'ange queer envoyé pour régler tous leurs problèmes, mais ce n'est pas ce que je suis, loin de là. Je ne suis qu'un humain. Mais j'aime penser que j'ai un impact positif, même minime.

J'ai soudain eu la sensation que Sunil avait traversé beaucoup d'épreuves avant de devenir cette personne – confiante, éloquente, sage. Il n'avait pas toujours été ce président d'association sûr de lui. Mais quoi qu'il ait traversé, il avait réussi. Il avait survécu. Et il rendait le monde meilleur.

— Mais je suis tout le temps très fatigué, a-t-il dit avec un petit rire. Je crois que parfois j'oublie… de prendre soin de moi. Juste… de regarder une série ou, je sais pas. Faire un gâteau. Je fais rarement ce genre de choses. Parfois, j'aimerais pouvoir passer un peu plus de temps à faire des choses sans aucun but. (Il a croisé mon regard.) Et là, je raconte ma vie !

— Ça ne me dérange pas ! ai-je bafouillé.

Ça ne me dérangeait vraiment pas. J'aimais les conversations intimes et j'avais l'impression d'apprendre véritablement à connaître Sunil. Je savais qu'en tant que parent de collège il était censé être mon mentor à Durham, mais je voulais aussi le connaître mieux. Je voulais que nous devenions amis.

C'est à ce moment que j'ai entendu une voix.

— Georgia ?

J'ai levé les yeux, bien que ce ne soit pas nécessaire, parce que je connaissais cette voix presque aussi bien que la mienne.

Pip, vêtue d'un costard noir pas si différent de celui de Sunil, me fixait avec une expression déconcertée.

— Qu'est-ce que tu fais là ?

Pip

J'ai regardé Pip. Elle m'a regardée. Sunil a regardé Pip. Puis il m'a regardée. Je fixais mes mains, luttant pour trouver quoi faire ou comment expliquer pourquoi j'assistais à un dîner de l'asso des fiertés alors que j'étais censée sortir avec Jason et que Pip n'avait aucune raison de penser que je n'étais pas hétéro.

— Je suis tombée sur Sunil, ai-je dit.

Mais j'ignorais comment continuer.

— Je suis son parent de collège, a expliqué Sunil.

— Ouais.

— Donc… (Pip souriait bizarrement.) Tu as juste… décidé de venir ?

Il y a eu un silence.

— En fait, a expliqué Sunil en se redressant, j'ai demandé à Georgia de venir nous aider. Nous n'étions pas assez nombreux pour tout préparer. (Il s'est tourné vers moi avec un sourire qui semblait un poil sinistre. Sans doute parce qu'il mentait à mort.) Et en échange je vais jouer dans sa pièce.

— Oh ! (Pip s'est immédiatement animée, les yeux écarquillés.) Merde ! Oui ! On a vraiment besoin d'un cinquième membre !

— Tu en fais partie, toi aussi ?

— Ouais ! Bon, on m'a plus ou moins obligée, mais oui.

À peine avais-je intégré le fait que Sunil venait de se porter volontaire pour jouer dans notre pièce qu'il avait été appelé par un autre groupe d'étudiants, m'avait tapoté l'épaule et nous avait dit au revoir.

Pip a croisé mon regard à nouveau. Elle semblait toujours un peu perdue.

— On… va au bar ?

J'ai hoché la tête. J'avais bu trop de vin et j'avais besoin d'eau.

— Ouais.

Il nous a fallu près de vingt minutes pour arriver au bar parce que les gens n'arrêtaient pas de venir parler à Pip.

Elle s'était fait un grand nombre d'amis ici, à l'asso des fiertés, ce qui n'aurait pas dû m'étonner. Elle avait toujours été douée pour se faire des amis, mais elle était sélective et, dans notre ville d'origine, il y avait vraiment peu de gens avec qui elle voulait passer du temps. Il y avait les autres filles de notre classe quand nous étions plus jeunes, et elle avait quelques potes queers à la fin du lycée. Mais il n'y avait pas d'asso des fiertés dans notre école. Le Kent rural n'offrait pas de zones queers, ni même de boutiques ou de boîtes comme les grandes villes.

Elle m'avait fait son coming out à quinze ans. Ce n'était pas un coming out dramatique, drôle ou émouvant, comme dans les films ou à la télé. « Je crois que je préfère les filles », voilà ce qu'elle m'avait dit alors que nous faisions les boutiques de la rue principale en quête de nouveaux sacs pour les cours. Il y avait eu quelques signes. Nous parlions des élèves de l'école pour garçons. Je lui avais dit que je ne comprenais pas vraiment l'engouement des autres filles. Pip avait approuvé.

Nul besoin de préciser que Pip avait globalement traversé une période pourrie. Et, bien qu'elle ait eu des tas d'autres connaissances avec qui elle aurait pu se lier d'amitié, elle venait toujours me voir pour parler de choses difficiles. J'ignore si c'est parce qu'elle me faisait confiance ou si c'était uniquement parce que j'étais une oreille attentive.

Peut-être un peu des deux. L'un dans l'autre, j'étais devenue un pilier pour elle. J'avais été heureuse de l'être, et je l'étais toujours.

J'étais heureuse de lui donner ça.

— Vraiment désolée, a-t-elle dit une fois que nous étions enfin assises au bar et que nous avions commandé deux verres de jus de pomme, aucune de nous n'étant particulièrement d'humeur à continuer à boire de l'alcool.

Elle souriait.

— Non, c'est faux. (J'ai souri à mon tour.) Tu es extrêmement populaire.

— Bon, je suis démasquée. (Elle a croisé les jambes, dévoilant des chaussettes rayées sous son pantalon.) Je suis désormais extrêmement populaire et j'adore ça. T'inquiète, Jason et toi êtes toujours mes préférés.

J'ai tourné la tête en direction des petits groupes de membres de l'asso des fiertés, certains restaient debout à discuter, d'autres dansaient, d'autres s'étaient assis dans un coin avec des boissons et se chuchotaient des choses intimes.

— Je suis aussi allée à l'asso AmLat, a annoncé Pip. Ils avaient leur dîner de bienvenue il y a quelques jours.

— Oh ! C'était comment ?

Pip a hoché la tête avec excitation.

— Génial, en fait. Ma mère m'a carrément forcée à y aller, alors que je n'étais pas super jouasse. Je ne savais pas vraiment ce qu'on y *faisait* en fait. Mais c'était vraiment sympa de s'y faire des amis. Et franchement, ils font *trop* de trucs. Genre, j'ai rencontré cette Colombienne, et elle m'a parlé de la petite réunion qu'ils ont organisée en décembre dernier pour le día de las velitas. (Elle a souri.) Ça m'a donné l'impression de… Je sais pas. Ça m'a rappelé quand je vivais à Londres.

Chez nous, Pip s'était parfois sentie seule sans que Jason et moi ne puissions rien y faire. Elle disait souvent qu'elle aurait aimé que sa famille ne quitte jamais Londres, parce qu'au moins, là-bas, elle avait ses grands-parents et une grande communauté autour d'elle. Quand elle s'était installée dans notre minuscule patelin du Kent, à dix ans, cette communauté avait disparu. Pip était la seule *latina* de notre âge.

Entre ça et la découverte de son homosexualité, Pip avait définitivement tiré la courte paille en matière de gens dans son entourage auxquels elle pourrait s'identifier et avec lesquels tisser des liens profonds du fait d'expériences de vie partagées.

— J'avais oublié le bien que ça faisait d'être entourée par tant de *latinx*, tu vois ? a-t-elle poursuivi. Notre lycée était tellement *blanc*. Et même ici, à Durham… Durham en général est tellement blanche. Même l'asso des fiertés est majoritairement blanche !

Elle a désigné d'un geste l'espace autour d'elle et, quand j'ai regardé, j'ai compris à quel point elle avait raison – à l'exception de Sunil, Jess et une poignée d'autres, la plupart des visages dans la salle étaient blancs.

— Je sentais à quel point ça m'affectait d'être juste… tout le temps avec des blancs. Genre, en étant lesbienne et *latina*, je… ne connaissais *personne* comme moi. Ça avait beau faire du bien d'avoir enfin quelques amis queers à la fin du lycée, ils étaient tous blancs, donc je ne pouvais pas pleinement m'identifier à eux. (Elle s'est mise à glousser.) Mais j'ai rencontré ce type gay à l'asso AmLat, et on a eu une discussion super longue sur le fait d'être homo et *latinx*, et je te jure que je ne me suis jamais sentie aussi comprise de toute ma *vie*.

Je me suis surprise à sourire. Parce que ma meilleure amie *s'épanouissait* ici.

— Quoi ? a-t-elle demandé en me voyant sourire.

— Je suis juste heureuse pour toi, ai-je répondu.

— Sérieux, t'es trop niaise.

— Je peux pas m'en empêcher. Tu es l'une des très rares personnes au monde qui comptent pour moi.

Pip rayonnait comme si elle était très satisfaite.

— Ben, je suis une lesbienne très populaire qui a du succès. C'est un honneur de me connaître.

— *Du succès* ? J'ai levé un sourcil. C'est nouveau.

— Primo, comment oses-tu ? (Pip s'est adossée à son tabouret avec une expression suffisante.) Deuxio, oui, j'ai peut-être fricoté avec une fille à la soirée en boîte de l'asso des fiertés.

— Pip ! (Je me suis redressée avec un grand sourire.) Pourquoi tu ne m'as rien dit ?

Elle a haussé les épaules, mais elle était clairement très contente d'elle.

— Ce n'était rien de sérieux. Mais je voulais l'embrasser… on en avait envie toutes les deux, donc, ben… on l'a fait.

— Elle était comment ?

On était toujours assises au bar et Pip m'a raconté sa rencontre avec cette fille de deuxième année du collège Hatfield qui étudiait le français et portait une jupe mignonne, et m'a dit que ça ne voulait rien dire mais que ça avait été marrant, sympa, un peu fou et tout ce qu'elle attendait de l'université.

— C'est trop bête, mais ça m'a juste… ça m'a juste donné de l'espoir. Rien qu'un peu. (Pip a soupiré.) Genre… Je ne finirais peut-être pas seule. Genre je pourrais avoir la chance d'être… d'être vraiment moi-même ici. Avoir la sensation qu'être moi-même est une *bonne* chose. (Elle a ri puis a écarté des boucles de ses yeux.) Je ne sais pas si j'avais déjà ressenti le fait d'être moi-même comme… une bonne chose.

— À qui le dis-tu, ai-je répondu en plaisantant, mais j'imagine que je le pensais plus ou moins.

— Ben, si tu envisages de devenir lesbienne un jour, dis-le-moi. Je pourrais rapidement t'arranger un coup avec quelqu'un. J'ai des contacts maintenant.

J'ai pouffé.

— Si seulement la sexualité fonctionnait comme ça.

— Comment ? Par choix ?

— Ouais. Je crois que je choisirais d'être lesbienne si je pouvais.

Pip n'a rien dit pendant un moment, et je me suis demandé si je n'avais pas dit quelque chose de bizarre ou d'offensant. C'était la vérité, pourtant. J'aurais choisi d'être lesbienne si j'avais pu.

Je savais qu'aimer les filles pouvait être difficile en étant soi-même une fille. C'était souvent le cas, au moins au début. Mais c'était aussi beau. Tellement beau, sérieux.

Aimer les filles en étant une fille, c'était le *pouvoir*. C'était la *lumière*. L'espoir. La joie. La passion.

Parfois, il fallait un peu de temps aux filles qui aiment les filles pour le découvrir. Mais une fois qu'elles l'avaient compris, elles avaient des ailes.

— Tu sais, a dit Pip, les hétéros ne pensent pas ce genre de conneries.

— Oh. Vraiment ?

— Ouais. Penser ce genre de conneries, c'est genre la première étape pour comprendre qu'on est lesbienne.

— Oh. Ah.

J'ai ri, mal à l'aise. J'étais toujours plus ou moins sûre de ne pas être lesbienne. Ou, si je l'étais, j'étais vraiment refoulée. Ou peut-être que j'étais seulement un X sur l'échelle de Kinsey. Rien.

Sérieux. Je regrettais de ne pas avoir commandé plus d'alcool.

Nous sommes restées silencieuses un moment, aucune de nous ne voulant vraiment aborder le sujet. En général, Pip était du genre super curieuse quand nous nous mettions à parler de *choses intimes*, mais elle savait sans doute qu'il y avait certaines choses pour lesquelles ce n'était pas cool d'être curieux.

J'aurais voulu qu'elle soit curieuse.

J'aurais voulu trouver les mots pour parler de tout cela à ma meilleure amie.

— Alors, Jason et toi ? a demandé Pip.

Et j'ai pensé « Oh non ».

— Euh, ouais ? ai-je répondu.

Pip a gloussé.

— Vous vous êtes déjà embrassés ?

Je me suis sentie rougir un peu.

— Euh, non.

— Bien. Je n'arrive pas à vous imaginer. (Elle a plissé les yeux, le regard au loin.) Ce serait comme… je sais pas. Voir mon frère et ma sœur s'embrasser.

— Ben, on va sans doute finir par le faire à un moment ou à un autre, ai-je répondu.

Clairement. Nous allions clairement le faire.

Pip m'a regardée à nouveau. Je n'arrivais pas à déchiffrer son expression. Était-elle agacée ? Trouvait-elle seulement ça bizarre ?

— Tu ne t'es jamais vraiment intéressée à qui que ce soit, a-t-elle expliqué. Je veux dire, ce truc avec Tommy… c'était… Tu as juste fabriqué ce crush. Par hasard.

— Ouais, ai-je confirmé.

— Mais tu… tu aimes Jason maintenant ?

J'ai cligné des yeux.

— Quoi ? Tu ne me crois pas ?

Elle s'est penchée un peu, avant de reculer.

— Je n'en suis pas sûre.

— Pourquoi pas ?

Elle ne voulait pas le dire. Elle savait que ce serait irrespectueux de le dire, de *supposer* des choses à propos de mon orientation sexuelle, mais nous le pensions toutes les deux.

Nous pensions toutes les deux que je n'aimais sans doute pas les hommes.

J'ignorais quoi répondre parce que j'étais un peu d'accord.

Je voulais dire à Pip que je n'étais sûre de rien et que je me sentais tout le temps bizarre, au point de me détester, étant une gamine qui savait tout de la sexualité grâce à Internet mais qui n'était même pas capable de savoir vaguement ce qu'elle était, ni d'arriver à une estimation approximative, quand tout le monde semblait trouver ça tellement facile. Et ceux qui ne trouvaient pas ça facile traversaient la période difficile au lycée et, à mon âge, ils avaient déjà eu leur premier baiser, leur première fois et étaient déjà tombés amoureux.

Tout ce que j'ai réussi à dire, c'est :

— Je ne sais pas vraiment ce que je ressens.

Pip sentait que je ne lui disais pas tout ce que j'avais en tête. Comme toujours.

Elle m'a pris la main et l'a tenue dans la sienne.

— C'est pas grave, ma pote, a-t-elle dit. Ça va aller.

— Désolée, ai-je marmonné. Je suis… naze pour l'expliquer. Ça sonne faux.

— Je suis toujours là pour parler, meuf.

— D'ac.

Elle m'a attirée pour un câlin de côté, mon visage pressé contre son col.

— Sors avec Jason un temps si tu veux. Mais… ne lui fais pas de mal, d'ac ? Il se comporte comme s'il était serein, mais il est très sensible après toute cette merde avec Aimee.

— Je sais. Je ne lui ferai pas de mal. (J'ai levé la tête.) Ça ne te gêne vraiment pas ?

Son sourire était forcé et peiné, et il m'a presque brisé le cœur.

— Bien sûr que non. Je t'aime.

— Je t'aime aussi.

Mirage

J'ai décidé de partir juste après. Pip se retrouvait sans arrêt entraînée dans des conversations avec des gens que je ne connaissais pas, et je n'avais plus la force de parler à de nouvelles personnes. Jess était occupée avec d'autres gens, et Sunil était introuvable.

J'ai regardé mon portable. Il n'était que 22 h 20. Je me suis demandé si Jason allait bien.

Il était sans doute encore dans sa chambre, tout seul, à se demander si j'avais vraiment mal à la tête ou si je ne l'aimais tout simplement pas.

Je ne voulais plus penser à l'amour.

Alors que je sortais du restaurant et que je descendais l'étroit escalier, j'ai entendu des voix étouffées. Je me suis arrêtée, remarquant qu'une des voix était celle de Sunil.

— C'est moi, le président maintenant, disait-il, et si ça t'agace *autant* tu n'es plus obligé de venir aux événements de l'association.

— Quoi, tu essaies de me virer là ? a répondu la seconde voix. *Classique*. Je ne devrais même pas être surpris.

— Et là, tu tentes encore de provoquer une dispute. (Sunil a poussé un long soupir.) Tu n'en as jamais *assez*, Lloyd ? Parce que moi, si.

— Je suis en droit d'exprimer mes inquiétudes à propos de l'association. Tu as changé tous les événements qu'on faisait et, là, tu intègres bien trop de gens !

— J'intègre bien trop de… Tu *vis* sur quelle planète ?

— J'ai vu les putains de flyers que tu distribuais à la foire de rentrée ! *Asexuel*, *bigenre* et je ne sais quoi. Tu vas intégrer n'importe quelle personne qui croit avoir une identité sexuelle imaginaire trouvée sur le Net ?

Il y a eu un bref silence, puis Sunil a repris la parole. Sa voix était plus dure.

— Tu sais quoi, Lloyd ? Oui. Oui, c'est ce que je vais faire. Parce que l'asso des fiertés est inclusive, ouverte, aimante, et que *ce n'est plus toi qui la diriges*. Et parce qu'il y a encore de tristes petits gays cis dans ton genre qui semblent voir l'existence même d'autres personnes queers comme une menace envers leurs droits civiques, même quand il s'agit de nouveaux qui viennent ici pour la première fois, dont certains n'ont visiblement jamais assisté à un événement queer de toute leur vie, juste pour trouver un endroit où ils peuvent se détendre et être eux-mêmes. Et je ne sais pas si tu en as conscience, Lloyd, parce que je sais que tu ne reconnais aucun drapeau des fiertés autre que le putain d'arc-en-ciel, mais il s'avère que moi aussi j'ai une *identité sexuelle imaginaire trouvée sur le Net*. Et tu sais quoi ? Je suis le président. Alors tire-toi de ma soirée.

J'ai entendu des pas s'éloigner et la porte claquer.

J'ai attendu un moment, mais il n'y avait pas moyen de faire semblant de ne pas avoir entendu leur conversation, alors je suis descendue. Sunil a levé les yeux à mon approche. Il était adossé au mur, les doigts serrant fermement ses bras.

— Oh, Georgia, a-t-il dit en s'efforçant de sourire. (Mais j'ai dû avoir l'air coupable parce qu'il a immédiatement continué.) Ah. Tu as entendu ce qu'on disait.

— Désolée, ai-je répondu en atteignant la dernière marche. Ça va ? Tu… (J'ai lutté pour trouver un moyen de l'aider.) Tu veux quelque chose à boire ?

Sunil a gloussé.

— Tu es mignonne. Je vais bien.

— Ça… avait l'air d'être… un sale type.

— Oui. Je confirme. Ce n'est pas parce qu'on est homo qu'on ne peut pas être un bigot.

— Je pense que tu l'as plus ou moins démoli, cela dit.

Il a ri à nouveau.

— Merci. (Il a décroisé les bras.) Tu rentres chez toi ?

— Ouais. C'était très sympa.

— Tant mieux. Super. Tu es la bienvenue quand tu veux.

— Merci. Et… merci pour ce que tu as dit à Pip pour… Tu sais, la raison de ma présence.

Il a haussé les épaules.

— Ce n'était rien.

— Tu n'es pas obligé de jouer dans notre pièce.

— Oh, mais si, je vais carrément jouer dans votre pièce.

Je suis restée bouche bée.

— Tu… vraiment ?

— Grave. J'ai bien besoin de faire un truc comme ça… un truc *amusant*. Donc, j'en suis. (Il a fourré les mains dans ses poches.) Si tu veux bien.

— Ouais ! Ouais, on a besoin de cinq membres pour que l'association soit reconnue de toute façon.

— Dans ce cas, c'est bon alors. Envoie-moi les détails.

— Ouais, carrément.

Il y a eu un silence.

J'aurais pu partir. Il aurait été logique que je rentre.

Pourtant, je me suis surprise à parler.

— J'avais plus ou moins un rencard aujourd'hui, ai-je expliqué. Quand tu es tombé sur moi.

Sunil a levé un sourcil.

— Oh, vraiment ?

— Mais ça… ne s'est pas très bien passé.

— Oh. Pourquoi ? C'était quelqu'un d'horrible ?

— Non, c'était… Le type est vraiment adorable. C'est moi, le problème. Je suis bizarre.

Sunil a marqué une pause.

— Et en quoi tu es bizarre ?

— J'ai juste… (J'ai ri nerveusement.) Je ne pense pas pouvoir ressentir quoi que ce soit.

— Peut-être que ce n'est pas la bonne personne pour toi.

— Non, ai-je répliqué. Il est merveilleux. Mais je ne ressens jamais rien pour personne.

Une autre longue pause.

Je ne savais même pas comment expliquer les choses correctement. On aurait dit un truc que j'avais inventé. Un rêve dont je n'arrivais pas vraiment à me rappeler.

Et un mot.

Un mot que Lloyd avait prononcé avec tant de méchanceté, mais que Sunil avait défendu.

Un mot qui avait éveillé quelque chose en moi.

J'avais enfin fait le lien.

— Euh… (J'étais reconnaissante d'être un peu pompette. J'ai désigné son pin's – celui noir, gris, blanc et violet.) C'est… le drapeau quand, euh… on est asexuel ?

Sunil a écarquillé les yeux. L'espace d'un instant, il a semblé sincèrement choqué que je ne sois pas certaine de la signification de son pin's.

— Oui, a-t-il répondu. L'asexualité. Tu sais ce que c'est ?

Bon, j'avais clairement *entendu* ce mot. J'avais vu certains en parler en ligne, et de nombreuses personnes l'avaient précisé dans leur biographie sur Twitter ou Tumblr. Parfois, j'étais même tombée sur une fanfiction avec un personnage asexuel. Mais j'avais rarement entendu quelqu'un utiliser ce mot dans la vraie vie, ou même à la télé ou dans des films. J'imaginais que c'était lié au fait de ne pas aimer le sexe. Mais je n'en étais pas sûre.

— Euh… pas vraiment, ai-je répondu. J'en ai *entendu parler*. (Je me suis immédiatement sentie gênée par cet aveu.) Tu n'es vraiment pas obligé de perdre ton temps à me l'expliquer, je peux juste… Je peux aussi aller voir sur le Net…

Il a souri à nouveau.

— C'est bon. J'aimerais t'expliquer. Internet peut parfois être un peu confus.

Je me suis tue.

— L'asexualité signifie que je ne suis sexuellement attiré par aucun genre.

— Donc… (J'ai réfléchi.) Ça signifie… que tu ne veux coucher avec personne ?

Il a gloussé.

— Pas nécessairement. Certaines personnes asexuelles ressentent ça. D'autres, non.

Là, j'étais perdue. Sunil s'en est aperçu.

— C'est normal, a-t-il dit. (Et j'ai vraiment eu l'impression que c'était normal que je ne comprenne pas.) L'asexualité signifie que je ne suis sexuellement attiré par aucun genre. Donc je ne regarde ni les hommes, ni les femmes, ni qui que ce soit en me disant *wouah, j'ai envie de faire des trucs sexy*.

J'ai réprimé un rire.

— Y a vraiment des gens qui pensent ce genre de trucs ?

Sunil a souri, mais son sourire était triste.

— Peut-être pas en ces termes mais, oui, la plupart des gens pensent ce genre de trucs.

Ça m'a secouée.

— Oh.

— Donc, je n'éprouve pas ces sentiments. Même s'il s'agit d'une personne avec qui je sors. Même si c'est un mannequin ou une célébrité. Même si, de base, d'un point de vue objectif, je peux dire qu'iel est conventionnellement attirant·e. Je n'éprouve pas ce sentiment d'attraction.

— Oh, ai-je répété.

Il y a eu un silence. Sunil m'a regardée, réfléchissant à ce qu'il allait dire ensuite.

— Certains asexuels aiment quand même le sexe, pour des tas de raisons différentes, a-t-il poursuivi. Je crois que c'est pour ça que les gens trouvent ça déroutant. Mais certains asexuels n'aiment pas du tout le sexe, et certains sont neutres à ce sujet. Certains asexuels ressentent tout de même une attirance romantique… Ils veulent être en couple, ou même embrasser des gens, par exemple. Mais d'autres ne veulent pas du tout de relation romantique. C'est un spectre très, très large avec des tas de sentiments et d'expériences différentes. Et il n'y a aucun moyen de dire ce qu'une personne en particulier éprouve, même s'iel se décrit ouvertement comme asexuel·le.

— Et… (Je savais que c'était un peu intrusif mais il *fallait* que je demande.) Tu veux quand même être en couple, toi ?

Il a hoché la tête.

— Oui, je m'identifie également comme gay. Gay asexuel.

— Au… Aussi ?

— Le terme technique est homoromantique. Je veux quand même être en couple avec des garçons et des gens masculins. Mais le sexe m'indiffère, parce que je n'ai jamais regardé un homme ou autre en ressentant d'attirance sexuelle. Les hommes ne m'excitent pas. Personne ne m'excite.

— Donc, l'attirance romantique *diffère* de l'attirance sexuelle ?

— Pour certaines personnes, ce sont deux choses différentes, oui, a répondu Sunil. C'est pour ça que certains trouvent ça utile de définir ces deux aspects de l'attirance.

— Oh.

Je ne savais pas quoi en penser. Je ressentais ça comme *un tout* – pas comme deux choses différentes.

— Jess… Elle est aromantique, ce qui signifie qu'elle ne ressent aucune attirance *romantique* pour qui que ce soit. Elle est aussi bisexuelle. Ça ne la gênera pas que je t'en parle. Elle trouve des tas de gens attirants physiquement, mais elle ne tombe amoureuse de personne.

« Ce n'est pas triste ? » Voilà ce que je voulais demander. « Comment peut-elle aller bien ? » Et comment pourrais-*je* aller bien dans ce cas ?

— Elle est heureuse, a ajouté Sunil, comme s'il lisait dans mes pensées. Il lui a fallu un peu de temps, mais… Enfin, tu l'as rencontrée. Elle est *heureuse* comme elle est. Ce n'est peut-être pas le rêve hétéronormé qu'elle avait en grandissant, mais… savoir qui tu es et t'*aimer*, c'est bien mieux, je trouve.

— Ça fait… beaucoup, ai-je dit d'une voix faible et un peu rauque.

Sunil a à nouveau hoché la tête.

— Je sais.

— *Vraiment* beaucoup.

— Je sais.

— Pourquoi les choses sont obligées d'être si compliquées ?

— Ah, la sagesse éternelle des paroles d'Avril Lavigne !

Je ne savais pas quoi ajouter. Je suis restée plantée là, à digérer.

— C'est marrant, a dit Sunil après un moment. (Il a baissé les yeux comme s'il se rappelait une vieille blague.) Très peu de gens savent ce que sont l'asexualité et l'aromantisme. Je crois que, parfois, j'ai tellement la tête dans l'asso des fiertés que j'oublie qu'il existe des gens qui n'ont… même jamais entendu ces mots. Ou pas la moindre idée que c'est un vrai truc.

— Je… Je suis désolée, ai-je répondu du tac au tac.

L'avais-je offensé ?

— Oh non, tu n'as pas à être désolée. Ce n'est pas dans les films. C'est rarement dans les émissions télé et, quand ça l'est, c'est une minuscule intrigue secondaire que la plupart des gens ignorent. Quand on en parle dans les médias, c'est pour troller à mort. Certaines personnes queers détestent le concept même d'aro ou d'ace parce qu'iels pensent que ce n'est pas naturel ou que c'est *faux*… Enfin, tu as entendu Lloyd. (Sunil m'a souri tristement.) Je suis heureux que tu te sois montrée curieuse. C'est toujours bien d'être curieux.

Pour être curieuse, je l'étais, là.

Et j'étais aussi terrifiée.

Enfin, ce n'était pas moi. Asexuelle. Aromantique.

Je voulais toujours coucher avec quelqu'un, un jour. Une fois que j'aurais trouvé la bonne personne. Ce n'était pas parce que je n'avais jamais aimé qui que ce soit que ça n'arriverait jamais… si ?

Et je voulais tomber amoureuse. Je le voulais vraiment.

Ça finirait par arriver un jour.

Donc ça ne collait pas.

Putain. Je n'en savais rien.

J'ai un peu secoué la tête pour tenter de dissiper l'ouragan de confusion qui menaçait de se former dans ma tête.

— Je devrais… rentrer à la maison, ai-je bredouillé avec la soudaine impression de vraiment déranger Sunil. (Il voulait sans doute seulement passer une bonne soirée, mais j'étais là à demander un cours sur l'orientation sexuelle.) Enfin… au collège. Désolée… Euh, merci pour les explications sur… tout ça.

Sunil m'a fixée un long moment.

— De rien, a-t-il dit. Je suis vraiment content que tu sois venue, Georgia.

— Ouais, ai-je marmonné. Merci.

— L'asso des fiertés est là pour toi, a-t-il dit. D'ac ? Personne n'était là pour moi avant… avant que je rencontre Jess. Et si je ne l'avais pas connue… (Il a laissé sa phrase en suspens, une expression que je n'arrivais pas à déchiffrer a parcouru son visage. Puis, il a repris son sourire calme et familier.) Je veux juste que tu saches que des gens sont là pour toi.

— D'ac, ai-je répondu d'une voix rauque.

Puis je suis partie.

Le moins qu'on puisse dire, c'est que des tas de choses tourbillonnaient dans ma tête sur le chemin du retour.

Soit j'allais faire du mal à Jason, soit nous allions rester ensemble jusqu'à ce que la mort nous sépare. Pip s'épanouissait – elle n'avait peut-être plus besoin de moi. Pourquoi ne pouvais-je pas éprouver de sentiment pour quelqu'un ? Étais-je comme Sunil et Jess ? Ces mots dont la plupart des gens n'avaient jamais entendu parler ?

Pourquoi ne pouvais-je pas tomber amoureuse ?

Je suis passée à côté des boutiques et des cafés, du département d'histoire et du collège Hatfield, des étudiants bourrés et des locaux qui titubaient, et de la cathédrale, doucement illuminée dans l'obscurité, et ça m'a fait repenser que j'avais pris ce chemin avec Jason quelques heures plus tôt, que nous avions ri et que j'avais presque pu imaginer que j'étais une personne complètement différente.

Quand je suis arrivée dans ma chambre, les gens du dessus couchaient à nouveau ensemble. Martèlement continu contre le mur. Je détestais ça. Puis, je me suis sentie mal, parce qu'il s'agissait peut-être de deux personnes qui s'aimaient.

Finalement, c'était ça, le problème avec la romance. C'était si simple de l'idéaliser parce qu'elle était partout. Dans la musique, à la télé et dans les photos filtrées sur

Instagram. Elle était dans l'air vif et plein de possibilités nouvelles. Elle était dans les feuilles qui tombaient, les portes en bois branlantes, les pavés usés et les champs de pissenlits. Elle était dans les mains qui se touchent, les lettres griffonnées, les draps froissés et l'heure dorée. Un doux bâillement, un rire matinal, des chaussures alignées près de la porte. Des regards qui se croisent sur la piste de danse.

Je pouvais tout voir, tout le temps, tout autour, mais, dès que je m'approchais, je découvrais qu'il n'y avait rien.

Ce n'était qu'un mirage.

Troisième partie

Je n'en aime aucune

— GEORGIA, a dit – ou plutôt crié – une voix alors que j'arrivais à la répétition de l'asso Shakespeare plusieurs jours plus tard.

C'était notre première répétition dans une salle adaptée. Nous nous trouvions dans l'un des nombreux bâtiments anciens près de la cathédrale de Durham qui ne contenaient que des salles de classe disponibles à la location pour les activités associatives. J'imaginais que ce bâtiment ressemblait à la plupart des écoles privées – en bois et bien plus grand que nécessaire.

Le cri en question, je commençais à bien le connaître.

Rooney est apparue à la porte d'une salle de classe, vêtue d'une combinaison bordeaux qui semblait extrêmement tendance sur elle mais qui, si je l'avais portée, m'aurait donné l'air de travailler dans une station de lavage de voiture.

Elle m'a prise par les deux bras et m'a entraînée dans la salle. L'intérieur était quasiment vide à l'exception d'une table installée à l'autre bout sur laquelle étaient assis Pip et Jason. Jason semblait réviser ses cours tandis que Pip fixait Rooney, le regard dédaigneux.

— Je meurs, Georgia, a dit Rooney. Vraiment. Je vais exploser.

— Du calme, s'il te plaît.

— Non, je te jure. J'étais debout à six heures du mat' pour prévoir le reste du spectacle.

— Je sais. On vit ensemble.

Depuis que j'avais informé Rooney que Sunil se joignait à nous, elle s'était un peu emballée sur les préparatifs pour la pièce – elle veillait tard pour faire des plans, planifier les répétitions hebdomadaires pour le reste de l'année et tous nous bombarder de messages dans notre chat commun, que Pip avait nommé « Dab d'une nuit d'été ». Rooney avait passé plusieurs heures à se disputer avec elle à cause de ce nom.

— On doit avoir fini les premières scènes avant le bal de Bailey, a poursuivi Rooney. Ça nous permettra de tenir le cap.

— C'est dans quelques semaines à peine.

— *Exactement.*

Le bal de Bailey – le prochain bal à St John, début décembre – n'avait absolument rien à voir avec notre association, mais Rooney avait tout de même décidé de s'en servir comme objectif. Sans doute dans le seul but de nous faire peur pour nous pousser à assister aux répétitions.

— Et si Sunil ne voulait pas venir finalement ? (Elle s'est mise à chuchoter.) Et s'il trouvait l'idée pourrie ? Il est en *troisième année.* Il *sait des choses.*

— Il n'est vraiment pas du genre à critiquer une pièce étudiante, à vrai dire.

C'est alors que Sunil est entré dans la pièce, vêtu d'un chino sombre avec une rayure rouge de chaque côté, un polo cintré et une veste en jean. A priori, il ne semblait pas mourir de froid malgré les rudes températures du Nord en novembre.

Il a souri en approchant, et j'ai ressenti une désagréable vague de culpabilité à l'idée qu'il soit là uniquement parce que je le lui avais demandé.

Pip et Jason se sont joints à nous pour le saluer.

— Tu es le seul que je n'ai pas encore rencontré, a dit Sunil à Jason en tendant la main.

Jason l'a serrée. Il semblait intimidé. Il était sans doute impressionné par cet air cool que Sunil dégageait en permanence.

— Salut. Je suis Jason.

— Salut ! Moi, c'est Sunil. Tu es vraiment grand, Jason.

— Euh… J'imagine.

— Félicitations.

— Merci…

Rooney a vivement tapé dans ses mains.

— Bon ! C'est parti !

Jason et Sunil ont été envoyés à l'autre bout de la pièce pour parcourir une scène du *Songe d'une nuit d'été* tandis que Pip, Rooney et moi étions en cercle par terre avec nos exemplaires de *Beaucoup de bruit pour rien.*

Beaucoup de bruit pour rien est sans doute une des meilleures pièces de Shakespeare parce que l'intrigue est exactement celle d'une fanfiction *enemies-to-lovers*, avec un tas de confusions et de malentendus. Le principe est le suivant : Béatrice et Bénédick se *détestent* et, comme leurs amis trouvent ça hilarant, ils décident de les piéger pour qu'ils tombent amoureux, et ça fonctionne bien mieux que prévu.

Du génie.

J'avais à nouveau été choisie par Pip et Rooney pour jouer un des premiers rôles romantiques – Bénédick. Pip jouait Béatrice. Nous étions assises pour lire la scène et j'espérais m'en sortir mieux cette fois-ci. Peut-être que ça n'avait été bizarre qu'avec Jason. Maintenant, je jouais avec Pip dans une scène bien plus amusante.

— *Je m'étonne que le seigneur Bénédick ne se rebute point de parler*, a dit Pip d'une voix traînante en roulant les yeux. *Personne ne prend garde à lui.*

J'ai pris mon air le plus sarcastique pour répondre :

— *Ah ! ma chère madame Dédaigneuse ! Vous vivez encore ?*

— Moins de colère, je pense, a commenté Rooney. Genre, Bénédick la taquine. Il trouve ça hilarant.

J'adorais les romances *enemies-to-lovers*. Mais je luttais pour me *mettre dedans*. J'aurais préféré regarder quelqu'un d'autre jouer la scène.

J'ai laissé Pip lire sa réplique suivante avant de poursuivre, en tentant cette fois de prendre un air moins agacé.

— *La courtoisie est donc un renégat ? Mais tenez pour certain que, vous seule exceptée, je suis aimé de toutes les dames*, ai-je dit. *Et je voudrais que mon cœur se laissât persuader d'être un peu moins dur ; car franchement je n'en aime aucune.*

— Hmm, a commenté Rooney.

— Écoute, ai-je rétorqué. C'est la première fois qu'on le lit.

— Pas grave. Ce rôle n'est peut-être pas pour toi.

Ça *et* Juliette ? Étaient-ce seulement les rôles romantiques que je ne pouvais pas faire ? Clairement pas – j'avais joué des tas de rôles romantiques par le passé à l'école et au théâtre jeunesse et je m'en sortais bien.

Pourquoi je psychotais sur ces rôles maintenant ?

— Hé ! a aboyé Pip à Rooney. Arrête d'insulter Georgia !

— Je suis la metteuse en scène ! Je dois être franche !

— Euh, je suis *aussi* metteuse en scène et je trouve que tu te comportes comme une pétasse !

— Y a embrouille, a commenté Jason à l'autre bout de la pièce.

Quand je me suis tournée, j'ai vu Sunil lever un sourcil dans sa direction, puis ils se sont tous les deux mis à ricaner.

— Si tu trouves Georgia *siii* nulle… a commencé Pip.

— Ce n'est pas ce qu'elle a dit mais OK, ai-je dit.

— Alors, montre-nous, Rooney Bach. Si tu n'as pas de mal à être lesbienne pour une scène.

— Oh, je n'ai aucun mal à *être lesbienne*, Pipelette, a rétorqué Rooney, qui semblait sous-entendre une chose complètement différente, ce que Pip a remarqué, et qui l'a fait un peu reculer de surprise.

— Bien, alors, a répondu Pip.

— Bien, a ajouté Rooney.

— Bien.

Rooney a jeté son exemplaire de *Beaucoup de bruit pour rien* par terre.

— *Bien.*

Je suis allée m'asseoir avec Sunil et Jason pour regarder Pip et Rooney jouer la première dispute de Béatrice et Bénédick. Je prédisais que ça serait absolument hilarant ou totalement chaotique. Voire les deux.

Rooney s'est dressée avec un rire méprisant envers Pip.

— *Et je voudrais que mon cœur se laissât persuader d'être un peu moins dur ; car franchement je n'en aime* aucune.

Elle ne regardait même pas son texte. Elle le connaissait par cœur.

Pip a ri et s'est tournée, comme si elle s'adressait à un spectateur.

— *Grand bonheur pour les femmes ! Sans cela, elles seraient importunes par un* pernicieux *soupirant.* (Elle s'est tournée vers Rooney, les yeux plissés.) *Je remercie Dieu et la froideur de mon sang ; je suis là-dessus de votre humeur. J'aime mieux entendre mon chien japper aux corneilles, qu'un homme me jurer qu'il m'*adore.

La bouche de Rooney a convulsé. C'était choquant de voir à quel point sa façon de faire cela sur scène était la même que quand elle ne jouait *pas.*

Elle s'est légèrement approchée de Pip ; comme pour souligner l'avantage lié à sa taille.

— *Que Dieu vous maintienne toujours dans ces sentiments !* (Elle a posé une main sur l'épaule de Pip et l'a pressée.) *Ce seront quelques honnêtes gens de plus dont le visage échappera aux égratignures qui les attendent.*

— *Si c'était des visages comme le vôtre*, a rétorqué Pip du tac au tac avec un mouvement de tête et un sourire insolent, *une égratignure ne pourrait les rendre pires.*

Comment connaissaient-elles déjà cette scène par cœur ?

Rooney s'est penchée, son visage n'était qu'à quelques centimètres de celui de Pip.

— *Eh bien !* a-t-elle soufflé d'une voix basse, *vous êtes une excellente institutrice de perroquets.*

Pip a pris une brusque inspiration.

— *Un oiseau de mon babil vaut mieux qu'un animal du vôtre.*

Et Rooney, cette folle, a posé son regard sur la bouche de Pip.

— *Je voudrais bien que mon cheval eût la vitesse de votre langue*, a-t-elle murmuré, *et votre longue haleine.*

Le silence qui a suivi était fracassant. Jason, Sunil et moi les regardions, fascinés. L'air dans la pièce était plus qu'électrique – il y avait le *feu.*

Nous avons attendu que l'instant se termine, et c'est Pip qui a finalement rompu le sort. Elle est sortie de son personnage, le visage rougi.

— Et voilà comment on fait, les enfants, a-t-elle lancé en saluant.

Nous avons applaudi.

Rooney s'est détournée pour refaire sa queue-de-cheval, étrangement silencieuse.

— Donc c'est vous qui allez jouer Bénédick et Béatrice, pas vrai ? a demandé Jason.

Pip m'a lancé un regard.

— Ben, si ça ne dérange pas Georgia…

— Non, bien sûr que non, ai-je répondu. C'était super.

Peut-être un peu *trop*, à en croire les joues rouges de Pip.

— Quoi ? a-t-elle demandé en regardant Rooney toujours occupée à défaire et à renouer sa queue-de-cheval. La scène était trop sexy pour toi ?

— Rien n'est trop sexy pour moi, a-t-elle riposté.

Mais elle ne s'est pas retournée. Elle se cachait.

Pip a eu un sourire en coin. Je savais qu'elle pensait avoir gagné.

Nous avons passé le reste de la répétition à aider Rooney et Pip à préparer la scène, ajoutant quelques accessoires avant de revoir le texte plusieurs fois. Elles semblaient chaque fois plus troublées, à mesure qu'elles augmentaient le nombre de contacts visuels et physiques dans la scène.

Au bout des deux heures, Sunil, Jason et moi avons empilé les chaises, puis nous sommes allés attendre à la porte pendant que Pip et Rooney se prenaient le bec, au milieu de la salle, pour des répliques à la fin de la scène. Jason a enfilé sa veste Teddy Bear.

— Alors, a-t-il lancé à Sunil, des regrets ?

Sunil a ri.

— Non ! C'était sympa. Je suis vraiment content d'avoir été témoin de… (Il a fait un geste vague vers Pip et Rooney.) *ça*.

— On est vraiment désolés pour elles, ai-je dit.

Il a ri à nouveau.

— Non, franchement. C'était sympa. C'est vraiment un changement bienvenu dans le chaos général et les histoires de l'asso des fiertés. Et le stress de troisième année. (Il a fourré les mains dans ses poches et a haussé les épaules.) Je sais pas, je crois… Je crois que j'avais besoin de faire ce genre de choses. L'université a été stressante. Genre, quand j'étais nouveau, j'étais… dans une très mauvaise passe, puis j'ai passé toute ma deuxième année à faire des choses pour l'asso des fiertés, et… ben, évidemment ça a continué cette année. Je passe de bons moments avec l'orchestre, mais c'est super stressant aussi. Je ne crois pas avoir déjà vraiment pris le temps de faire quelque chose uniquement… parce que c'est *fun*. Vous voyez ? (Il a levé les yeux, comme s'il était surpris que nous soyons toujours en train de l'écouter.) Désolé, je raconte ma vie, là.

— Non, ça va, ai-je répondu mais ça ne semblait pas suffisant. On… est très heureux que tu sois là.

Jason lui a tapoté l'épaule.

— Ouais, il faut que tu viennes manger une pizza avec nous un de ces jours. Pour souder l'équipe.

Sunil lui a souri.

— Ça marche. Merci.

Nous avons dit au revoir à Sunil qui devait se rendre à un TD, et Jason et moi nous sommes appuyés de chaque côté de la porte en attendant Pip et Rooney.

Jason s'est mis à feuilleter son exemplaire de la pièce.

— *Beaucoup de bruit pour rien* est vraiment une bonne pièce. Cela dit, je ne comprends pas l'intérêt des relations où les gens sont méchants l'un envers l'autre au départ.

— C'est seulement pour faire monter la tension jusqu'au moment inévitable du sexe torride, ai-je répondu en repensant avec affection à certaines de mes fanfictions *enemies-to-lovers* préférées. Ça rend le sexe plus excitant.

— J'imagine que ça fait une bonne histoire. (Jason a tourné les pages.) C'est marrant de voir combien de choses tournent autour du sexe. Je crois que je n'en ai même pas besoin dans une relation.

— Attends. Vraiment ?

— Genre, c'est sympa, mais… je ne pense pas que ce soit un motif de rupture, si l'autre personne n'en a pas autant envie. Ou pas du tout, en fait. (Il a levé les yeux de son livre.) Quoi ? C'est bizarre ?

J'ai haussé les épaules.

— Non, c'est juste une façon cool de voir les choses.

— Si tu aimes vraiment quelqu'un, je pense simplement que tu n'en as pas grand-chose à… *faire* de ce genre de trucs. Je sais pas. Je crois que tout le monde a été plus ou moins conditionné pour être obsédé par le sexe, alors qu'en fait… tu sais, c'est juste un truc que font les gens pour s'amuser. Tu n'en as même plus besoin pour faire des bébés. Ce n'est pas comme si tu allais mourir sans.

— Mourir sans quoi ? a demandé Pip qui n'était soudain plus qu'à quelques mètres de nous, en train d'enfiler son bomber.

Jason a refermé son livre d'un coup sec.

— Sans pizza.

— Oh oui, on peut aller en manger une, là ? Je vais *mourir* si je n'ai pas de pizza, là, maintenant.

Ils ont quitté la pièce ensemble, en discutant, tandis que j'attendais Rooney qui nouait ses lacets.

Y avait-il une troisième possibilité dans ma relation avec Jason ? Pourrions-nous être ensemble et simplement… ne pas coucher ensemble ?

Je suis restée dans l'entrée à tenter d'imaginer les choses. Pas de sexe, mais une romance quand même. Une *relation*. Embrasser Jason, lui tenir la main. Être *amoureux*.

J'avais passé beaucoup de temps à penser à ce que je ressentais par rapport à l'amour, mais pas tellement par rapport au *sexe* – j'avais simplement supposé que le sexe en faisait automatiquement partie. Mais ce n'était pas obligatoire. Sunil m'avait expliqué que certaines personnes ne voulaient pas de sexe mais étaient parfaitement heureuses en couple.

Peut-être que j'aimais *vraiment* Jason sur le plan romantique – je ne voulais simplement pas coucher avec lui.

Fantasme

Évidemment, j'ai passé le reste de la journée à penser au sexe. Ce n'était même pas agréable. Seulement *confus.*

Je n'avais pas vraiment réfléchi au sexe avant la soirée du bal de promo. C'est à ce moment-là que j'avais commencé à me demander si j'étais *bizarre* de ne pas avoir fait toutes les choses que les autres prétendaient avoir faites – sexe inclus.

Tout le monde sait que le concept de virginité est complètement débile et qu'il a été inventé par des misogynes, mais ça ne m'empêchait pas d'avoir l'impression que, en gros, je manquais quelque chose de génial. Mais était-ce vraiment le cas ? Sunil avait dit que le sexe le laissait *indifférent.* Je n'avais jamais entendu quelqu'un parler de sexe ainsi avant. Comme si c'était un plat à emporter qui n'était pas mal mais que vous ne choisiriez pas.

Tout ce que j'avais ressenti à propos du sexe jusqu'à présent, c'était la honte de ne pas l'avoir fait.

Cette nuit-là, dans mon lit, j'ai décidé que je devais parler à quelqu'un qui s'y connaissait un peu. Rooney.

Je me suis tournée pour lui faire face à l'autre bout de la pièce. Elle pianotait sur son MacBook, son corps caché en grande partie par la couette.

— Rooney ? ai-je lancé.

— Hmm ?

— Je pensais à… tu sais… mon truc avec Jason.

Ça a immédiatement attiré son attention. Elle s'est redressée un peu, a fermé son MacBook et dit :

— Ouais ? Vous vous êtes embrassés ?

— Euh… ben, non, mais…

— Vraiment ? (Elle a levé les sourcils, comme si elle trouvait ça clairement bizarre.) Comment ça se fait ?

Je ne savais pas quoi répondre.

— Ne te prends pas la tête, a-t-elle dit avec un revers de la main. Ça viendra. Quand ce sera le bon moment, ça *arrivera*.

Ça m'a agacée. S'embrasser était vraiment aussi *vague* ?

— J'imagine, ai-je répondu avec l'impression de devoir être franche. Je… ne sais même pas si… tu sais, si je suis attirée par les hommes en fait ou… un truc du genre.

Rooney a cligné des yeux.

— Vraiment ?

— Ouais.

— D'ac, a répondu Rooney. (Elle hochait la tête mais la surprise se lisait sur son visage.) D'ac.

— Je n'en suis pas sûre, cela dit. J'ai beaucoup réfléchi à, euh… ben, à ce que je ressentais à propos des… trucs physiques.

Il y a eu une pause puis elle a demandé :

— Le sexe ?

J'aurais dû me douter qu'elle serait directe.

— Ben, ouais.

— D'ac. (Elle a à nouveau hoché la tête.) Ouais. C'est bien. L'attirance sexuelle, c'est justement pour savoir avec qui tu veux coucher. (Elle a marqué une pause pour réfléchir, puis elle s'est tournée pour me faire face.) Bon. On va tirer les choses au clair.

— Qu'est-ce que tu veux dire ?

— Je veux dire : creusons un peu pour voir si tu es attirée par Jason ou pas.

Je ne savais absolument pas où cette conversation allait mener et j'avais peur.

— Première question. Tu te touches ?

J'avais eu raison d'avoir peur.

— Oh punaise.

Elle a levé les mains en l'air.

— Tu n'es pas obligée de répondre, mais je pense que ça peut être un bon moyen de voir si tu aimes vraiment Jason.

— Je suis trop mal à l'aise.

— Ce n'est que moi. Je t'ai entendue péter au lit.

— *Ça*, ça m'étonnerait.

— Oh si. C'était bruyant.

— Oh *punaise.*

Je savais que je pouvais mettre un terme à la conversation si je le voulais vraiment. C'était un peu malvenu de sa part de me demander des choses aussi personnelles alors que nous ne nous connaissions que depuis un mois et demi. Mais je *voulais* parler de ce genre de choses à quelqu'un. Et je *pensais* qu'en parler m'aiderait à y voir plus clair.

— Bon, a poursuivi Rooney. La masturbation.

Je n'étais pas du genre à penser que c'était un « truc de mec ». J'étais sur Internet depuis suffisamment longtemps pour savoir que la masturbation concernait tous les genres.

— Tout… tout le monde se masturbe, non ? ai-je marmonné.

— Hmm, non, je ne crois pas. (Rooney s'est tapoté le menton.) J'avais une amie qui disait qu'elle n'aimait pas ça.

— Oh. Très bien.

— Donc j'imagine que tu le fais.

En effet. Je n'allais pas mentir. Je savais qu'il n'y avait aucune raison d'avoir honte, bien sûr, mais c'était quand même atroce d'en parler.

— Ouais, ai-je répondu.

— D'ac. Alors, à quoi tu penses quand tu te masturbes ?

— Rooney. Putain.

— Allez ! On fait une étude scientifique pour déterminer ton attirance. Oh punaise, on devrait demander de l'aide à Pip ! Elle étudie les sciences !

Je n'avais pas spécialement envie que Pip soit impliquée dans cette conversation déjà suffisamment étrange.

— Oh non.

— Tu penses à des hommes ? Des femmes ? Les deux ? Peu importe, ou… ?

La réponse honnête serait : Peu importe. Vraiment n'importe quoi.

Mais je savais que ça allait encore compliquer les choses. Et voilà pourquoi : d'ordinaire, je me masturbais simplement dès que j'étais d'humeur à lire une fanfiction *hot*. Ça me semblait un moyen sympa et sûr de m'exciter et de passer un bon moment. Donc je pensais simplement aux personnages de la fiction que je lisais. Quelle que soit la combinaison de genres impliquée – je n'étais pas exigeante tant que c'était bien écrit.

Il n'était pas question de corps et de parties génitales, dans mon cas. C'était une histoire d'alchimie. Mais ça n'avait rien d'inhabituel, selon moi.

Les gens n'étaient pas *vraiment* excités simplement en regardant des seins ou des abdos. Si ?

— Georgia, a insisté Rooney. Allez. Je réponds si tu réponds.

— Très bien, ai-je dit. Je… Le genre n'a pas d'importance.

— Sérieux ! Pareil ! (Rooney a fait un geste entre nous.) Sœurs de fantasme !

— Ne dis plus jamais ça.

— Non, mais c'est cool de savoir que je ne suis pas la seule. (Elle a resserré la couette autour d'elle.) Genre, je sais que je ne sors qu'avec des gars, mais… tu vois. C'est marrant de penser à d'autres choses.

J'étais peut-être bi ou pan, alors. Nous l'étions peut-être toutes les deux. Si le genre n'avait pas d'importance pour nous, c'était logique, pas vrai ?

— Mais je dois quand même imaginer des scénarios spécifiques, a-t-elle poursuivi. Genre, je ne peux pas simplement m'imaginer faire n'importe quoi avec n'importe qui. Je crois que j'ai quand même des… préférences. Mais pas limitées au genre.

Une des choses qu'elle venait de dire m'a frappée.

— Attends, ai-je commencé. Je… Enfin, je ne *m*'imagine avec aucun genre.

Elle a marqué une pause.

— Oh. Quoi ?

Ce que j'essayais de dire a fait tilt dans mon cerveau.

— Ce n'est pas *moi* que j'imagine en train d'avoir des rapports, ai-je poursuivi.

Rooney a froncé les sourcils avant de glousser. Puis, comprenant que je ne plaisantais pas, elle a froncé les sourcils une nouvelle fois.

— À quoi tu penses alors ? À d'autres gens ?

— … Ouais.

— Genre… des gens que tu connais ?

— Beurk, non. Sérieux. Plutôt… des gens imaginaires, dans ma tête.

— Hmm. (Rooney a poussé un long soupir.) Alors… tu ne t'imagines pas coucher avec Jason ?

— Non ! me suis-je écriée. (L'idée de coucher avec Jason me paniquait.) Les gens ne… Les gens ne font pas vraiment ça, si ?

— Quoi, fantasmer sur leur crush ?

Elle l'avait à peine dit que j'ai compris à quel point c'était évident. Bien sûr que les gens le faisaient. Je l'avais vu des dizaines de fois dans les films, à la télé ou dans des fanfictions.

— Ça va être plus difficile que prévu, a commenté Rooney.

— Oh.

— Bon, alors. Deuxième question. Devant quelle célébrité tu t'es touchée pour la dernière fois ?

J'ai cligné des yeux.

— Les gens ne font *clairement* pas ça.

— Pas quoi ?

— Se toucher devant des photos de célébrités.

— Euh, si. J'ai un dossier de photos d'Henry Cavill torse nu sur mon PC.

J'ai ri.

Je n'y croyais pas.

— Quoi ? a-t-elle demandé.

Je pensais vraiment qu'elle plaisantait.

— Je croyais que c'était seulement dans les films. Tu… regardes juste des abdos et c'est parti ?

— Ben… ouais. (Rooney semblait un peu contrariée.) Quoi ? C'est pas normal ?

Je n'avais aucune idée de ce qui était normal. Peut-être que rien n'était normal.

— Je ne comprends simplement pas l'attrait. Genre… les abdos ne sont que des bosses d'estomac.

Rooney a éclaté de rire.

— Bon. D'ac. Troisième question…

— Comment peut-il y avoir d'autres quest…

— Les rêves érotiques. Que s'est-il passé dans ton dernier rêve érotique ?

Je l'ai fixée.

— Sérieux ?

— Oui !

Je m'apprêtais à dire que je n'avais jamais fait de rêve érotique mais ce n'était pas tout à fait vrai. J'avais fait un rêve quelques années plus tôt dans lequel je devais coucher avec un type de ma classe pour réussir mes examens. Il attendait sur mon lit, nu, et je n'arrêtais pas d'entrer et de sortir de ma chambre, complètement habillée, incapable de trouver le courage de le faire. Ce n'était pas un cauchemar, mais ça me donnait la même sensation. Comme quand vous essayez de fuir un démon mais que vos jambes sont figées, comme prises dans la boue, et que le démon vous rattrape mais que vous n'arrivez pas à bouger et que vous êtes sur le point de mourir.

À la réflexion, je ne suis pas sûre que ça compte comme rêve érotique.

— Je n'en fais pas, ai-je répondu.

Rooney m'a dévisagée.

— Quoi… Jamais ?

— Tout le monde fait des rêves érotiques ?

— Ben, je sais pas, là. (Rooney semblait presque aussi perdue que moi.) Je partais du principe que c'était un truc que tout le monde faisait, mais… Bah, j'imagine que non.

Je regrettais presque de lui en avoir parlé. Pour quelqu'un qui avait autant d'expérience, Rooney ne semblait pas comprendre le sexe mieux que moi. Prenant une décision sur le vif, j'ai attrapé mon portable.

— Je vais écrire à Pip.

— *Oui.* S'il te plaît. Je veux savoir ce qu'elle pense.

J'ai regardé Rooney.

— Tu as vraiment envie de savoir ce que Pip pense du sexe, hein ?

Rooney a bafouillé.

— Euh… non, en fait, non. Je… Je veux juste une autre opinion et elle est la plus à même de raconter sa vie.

Georgia Warr

Mes excuses pour le message tardif mais j'ai une question, chère amie

Felipa Quintana

Mieux vaudrait que ça ne concerne pas le nom du groupe parce que je défendrai « Dab d'une nuit d'été » jusqu'à la mort

Georgia Warr

Je respecte le dab, ce n'est pas ça

Booooooooon

Rooney et moi sommes en pleine conversation sur le sexe

Felipa Quintana

OOOH

Bon, j'en suis

Georgia Warr

Ma question est la suivante...

Fais-tu des rêves érotiques ?

Felipa Quintana

Mdr WOUAH

Georgia Warr

T'es pas obligée de répondre si c'est trop personnel haha

Mais je t'ai vue faire pipi à de multiples reprises

On se connaît sans doute trop bien à ce stade

Pour info, Rooney est là et elle veut connaître tes réponses

Felipa Quintana

Wouah ! salut Rooney

Ouais, j'ai fait des rêves érotiques

Pas des tooooonnes

Mais c'est arrivé

Enfin c'est plutôt normal non ??

— Elle dit qu'elle a fait des rêves érotiques, ai-je rapporté à Rooney.

— Demande-lui pour la masturbation, a-t-elle soufflé à travers la chambre.

— Rooney.

— C'est pour la science !

Georgia Warr

C'est plus ou moins ce qu'on essaie de déterminer

Autre question : quand tu te touches est-ce que c'est TOI que tu imagines en pleine action ? Et si oui… avec quel genre ?

Rooney dit que le genre n'a pas d'importance pour elle

Felipa Quintana

SÉRIEUX Georgia ! c'est quoi cette conversation ? OMG

Attends, Rooney s'imagine avec des filles ??????

Georgia Warr

Ouais

Felipa Quintana

D'ac………… D'ac. Intéressant

Bon, déjà, ouais, je pense à moi. Jsp à quoi d'autre je penserais ??

À moins de se branler devant un porno, j'imagine… mais même là, ce serait au moins un peu à propos de toi et de tes fantasmes

Et évidemment je ne pense qu'à des filles haha… l'idée d'être avec un mec me dégoûte

Enfin je suis carrément lesbienne. On le sait

C'est intéressant cela dit

— Elle dit que c'est elle qu'elle imagine, ai-je répété.

Rooney a hoché la tête, même si elle s'était mise à se recoiffer pour que je ne puisse pas lire son expression.

— Ouais. Enfin, c'est ce que font la plupart des gens, je pense.

Georgia Warr

Je ne dirai rien à Rooney pour celle-ci, c'est juste une question pour moi

TU fantasmes sur d'autres personnes ? Genre de vraies personnes ? Genre si tu as un crush ou que tu rencontres quelqu'un de vraiment canon, tu fantasmes dessus ????

Felipa Quintana

Georgia comment ça se fait que tu veuilles savoir tout ça ?

Tu vas bien ??

Est-ce que tu COUCHES avec Jason ?

Oh sérieux je sais pas si je veux savoir

Georgia Warr

Du calme, je ne couche avec personne

J'essaie juste de comprendre des trucs

Felipa Quintana

D'ac

Ouais, je pense que ça m'arrive

Pas à chaaaque personne canon que je rencontre mais si je craque vraiment pour quelqu'un…

Enfin, parfois je peux juste pas m'en empêcher j'imagine haha

— Qu'est-ce que tu lui dis ? a demandé Rooney.

Je fixais l'écran de mon portable.

Puis je l'ai balancé à l'autre bout du lit.

— C'est une blague, sérieux, ai-je laissé échapper.

Rooney s'est arrêtée.

— Quoi ?

Je me suis redressée et j'ai repoussé la couette.

— Tout le monde me fait une putain de BLAGUE.

— Qu'est-ce que tu…

— Les gens sont vraiment là à… penser au sexe tout le temps et ils n'arrivent pas à s'*en empêcher* ? ai-je hoqueté.

Les gens en ont *tellement* envie qu'ils en rêvent ? Put... Je craque. Je croyais que tous les films exagéraient, mais vous êtes vraiment tous là en quête de parties génitales et d'embarras. C'est forcément une vaste blague.

Il y a eu un long silence.

Rooney s'est raclé la gorge.

— J'imagine qu'on n'est pas sœurs de fantasme.

— Putain, Rooney.

La conversation avait pris une direction qu'aucune de nous n'attendait.

Je ne m'étais jamais imaginée en pleine action. Alors que c'était le cas de la plupart des gens. *J*'étais différente. Pourquoi ne l'avais-je pas compris plus tôt ?

Imaginer des personnages de fanfiction en train de le faire ? Super. Parfait. Sexy. Mais m'imaginer *moi* avec qui que ce soit – garçon, fille, n'importe –, ça ne m'intéressait pas.

Non, c'était pire que ça. Sérieux, ça me coupait immédiatement toute envie.

Était-ce ce dont Sunil m'avait parlé ? Était-ce ce qu'il ressentait ?

— Je ne sais pas vraiment quoi dire ou comment t'aider, a dit Rooney. (Puis, avec plus de sincérité que ce à quoi elle m'avait habituée, elle a continué :) Ne fais rien sans en avoir envie, d'ac ?

— ... D'ac.

— Avec Jason, je veux dire. (Elle semblait soudain si sérieuse, et j'ai compris à quel point il était rare de voir une telle expression sur son visage.) Ne fais rien qui te mettrait mal à l'aise. S'il te plaît.

— Ouais. D'ac.

Felipa Quintana

Hé, tu es sûre que ça va ? C'était une conversation étrange

Georgia Warr
Je vais bien
Désolée
C'était bizarre

Felipa Quintana
Ça me dérange pas !!! J'aime ce qui est bizarre
J'espère avoir aidé ??

Georgia Warr
Oui

La musique du décompte des chiffres et des lettres

— Bon… J'imagine que c'est un vrai rencard, alors, ai-je dit à Jason pendant que nous mangions.

Notre troisième rendez-vous avait lieu dans un café qui servait des pancakes. Il était situé au sommet d'une colline, à dix minutes de marche du centre de Durham, et il était si minuscule que je me sentais claustrophobe. C'était sans doute la raison pour laquelle j'étais si mal à l'aise, d'après mon analyse.

Ma phrase a semblé troubler Jason un moment, mais il a fini par sourire.

— J'imagine que oui.

Il avait fait un effort ce jour-là, tout comme moi. Ses cheveux étaient plus soyeux que d'habitude, et il portait un sweat Adidas à la mode avec son habituel jean noir.

— Les deux autres fois comptaient ? ai-je demandé.

— Hmm… Je ne sais pas. Peut-être la deuxième ?

— Oui. Nous faire virer du cinéma et moi qui suis prise de migraine, ça semble être un bon premier rendez-vous.

— À raconter aux petits-enfants.

Il l'avait à peine dit qu'il semblait gêné, incapable de savoir si cette blague était adaptée. J'ai ri pour le mettre à l'aise.

Nous avons discuté en mangeant nos pancakes. Nous avons parlé de la pièce, de nos cours, du bal de Bailey qui approchait et pour lequel j'avais réussi à décrocher des invitations pour Pip et lui. Nous avons parlé de politique, de la décoration de nos chambres et du nouveau jeu

Pokémon qui sortirait bientôt. Punaise, c'était si facile de parler à Jason.

C'est tout ce dont j'avais besoin pour faire taire mes doutes. Pour arrêter de penser à cette conversation avec Rooney et Pip. Pour oublier Sunil et ce qu'il m'avait dit.

Jason et moi avons ri d'une petite blague. Et je me suis dit… peut-être. Peut-être que ça pourrait marcher si j'essayais encore.

— Tu sais ce que Rooney a dit ? ai-je demandé à Jason une fois de retour au collège.

Nous étions dans la cuisine de son étage, et Jason m'avait déjà préparé un chocolat chaud. Il touillait le sucre dans son thé.

— Quoi ?

Sur le chemin du retour, j'avais pris la décision de tenter ma chance. Malgré la conclusion de Rooney à notre conversation, j'avais besoin de traiter cette situation avec pragmatisme – j'allais devoir m'efforcer à aimer Jason. Mais je pouvais y arriver, pas vrai ? J'en étais capable.

— Elle trouvait ça bizarre qu'on ne se soit pas encore embrassés.

Bon, ce n'était pas *exactement* ce qu'elle avait dit juste avant notre grande conversation sur le sexe. Mais c'est ce qu'elle sous-entendait.

Jason a cessé de remuer son thé. L'espace d'un instant, son visage était indéchiffrable.

Puis il s'est remis à touiller.

— Ah ouais ? a-t-il demandé avec un léger tic nerveux.

— Je crois qu'elle a eu bien plus de relations que nous, cela dit, ai-je répondu avec un gloussement bizarre.

— Ah ouais ? a répondu Jason, à nouveau indéchiffrable.

— Ouais.

Merde. Étais-je en train de rendre les choses bizarres ? Je rendais les choses bizarres.

— Ben… (Jason a tapoté la cuillère sur le côté de sa tasse.) C'est… Enfin, tout le monde fait ces trucs à son rythme. On n'a pas besoin de se précipiter.

J'ai hoché la tête.

— Ouais. C'est vrai.

Bon. Ça allait. Nous n'avions pas besoin de nous embrasser ce jour-là. Je pourrais retenter le coup un autre jour.

Le soulagement s'est emparé de moi.

Non. Une petite seconde.

Je ne pouvais pas abandonner aussi facilement, si ?

Merde.

Pourquoi c'était si difficile, putain ?

Rooney avait dit que ça *arrivait* tout simplement. Mais si je ne faisais rien, rien n'allait arriver. Si je n'essayais pas, je serais comme ça pour toujours.

Jason a fini de préparer son thé. Nous avions décidé de passer un moment dans sa chambre devant un film – ça semblait être la chose à faire en cette fin de dimanche après-midi.

Mais, alors que je m'apprêtais à ouvrir la porte, quelqu'un l'a poussée vers moi, si vite que j'ai trébuché et que j'ai bousculé Jason et sa tasse de thé brûlant.

Nous ne sommes pas tombés, mais il y avait du thé *partout.*

La personne qui a ouvert la porte a immédiatement reculé en disant « Désolé, je reviendrai plus tard ». Je n'avais été que légèrement éclaboussée, et je portais encore mon manteau de toute façon. Je me suis tournée vers Jason qui s'était assis sur une chaise pour constater les dégâts.

Son pull était trempé. Mais ça ne semblait pas le déranger – paniqué, il fixait sa main couverte de thé. Du thé brûlant qu'il venait de préparer.

— Oh punaise, ai-je lancé.

— Ouais, a-t-il répondu en fixant sa main.

— Ça fait mal ?

— Euh… un peu.

— De l'eau froide ! me suis-je immédiatement exclamée.

J'ai attrapé son poignet et je l'ai entraîné vers l'évier, j'ai ouvert le robinet puis j'ai tenu sa main sous l'eau.

Jason regardait dans le vide, médusé. Nous avons attendu, le temps que l'eau glacée fasse son œuvre.

Après un moment, il a dit :

— Je me réjouissais de boire ce thé.

J'ai poussé un soupir de soulagement. S'il faisait des blagues, ce n'était sans doute pas si grave.

— Les taches de thé partent bien ? (Il a regardé le tissu maculé avant de pouffer.) Je vérifierai.

— Je suis vraiment désolée, ai-je bafouillé, comprenant que c'était sans doute ma faute.

Jason m'a donné un petit coup de coude.

Nous étions très proches devant l'évier.

— Ce n'était pas ta faute. Ce type qui est entré, il vit à mon étage. Je te jure qu'il ne regarde jamais où il va. Je lui ai foncé dedans genre cinq fois.

— Tu… Ça va ? Pas besoin d'aller aux urgences ni rien ?

— Je crois que ça va. Je devrais sans doute encore rester là quelques minutes cela dit.

Nous nous sommes tus à nouveau, écoutant le bruit de l'eau qui coulait.

Puis Jason a dit :

— Euh, tu n'es pas obligée de me tenir la main si tu n'en as pas envie.

Je tenais toujours son poignet pour maintenir sa main sous le robinet. Je l'ai rapidement lâché, avant de comprendre que c'était peut-être une tentative de séduction et qu'il voulait que je continue à lui tenir la main… ou peut-être que ce n'était pas ce qu'il voulait et que ça ne voulait rien dire ? Je n'en étais pas sûre. C'était trop tard.

J'ai tourné la tête et j'ai vu qu'il me regardait. Il a rapidement détourné les yeux, avant de les replonger dans les miens presque immédiatement.

On aurait dit qu'une sirène retentissait soudain partout autour de moi.

Comme une alarme qui vous réveille avec tant de force qu'il vous est impossible d'arrêter de trembler pendant trente minutes.

En y repensant, c'était presque hilarant.

Dès que quelqu'un tentait de m'embrasser, je passais immédiatement en mode combat-fuite.

Ses yeux se sont focalisés sur mes lèvres, puis ils sont remontés. Il n'était pas comme Tommy. Il tentait vraiment de voir si j'en avais envie. Il cherchait un *signe*. Avais-je envoyé des signaux ? Peut-être que ça aurait été plus simple pour lui de demander, mais comment poser la question sans avoir l'air niais ? Et franchement, je suis contente qu'il ne l'ait pas fait, car qu'aurais-je répondu ?

Non. J'aurais répondu non, puisqu'il s'avérait que je ne pouvais mentir à personne d'autre qu'à moi-même.

Alors qu'il s'approchait, rien que d'une fraction de centimètre, j'ai imaginé que la musique du décompte des *Chiffres et des lettres* se lançait.

Je voulais essayer.

Je *voulais* avoir envie de l'embrasser.

Mais je ne voulais pas vraiment l'embrasser.

Mais peut-être que je devais quand même le faire.

Mais je n'en avais pas envie.

Mais peut-être que je ne le saurais pas avant d'avoir essayé.

Mais je savais que je savais déjà.

Je savais déjà ce que je ressentais.

Et Jason le sentait.

Il a reculé, visiblement gêné.

— Euh… désolé. Mauvais timing.

— Non, me suis-je entendue dire. Vas-y.

Je voulais qu'il le fasse. Je voulais qu'il arrache le pansement. Qu'il remette l'os en place. Qu'il me répare.

Mais je savais déjà qu'il n'y avait rien à réparer.

Je serais toujours comme ça.

Il a croisé mon regard, interrogatif. Puis il s'est penché et il a pressé ses lèvres contre les miennes.

Lavage de cerveau

J'ai eu mon premier baiser avec Jason Farley-Shaw au mois de novembre de ma première année universitaire, devant l'évier de la cuisine d'un collège.

J'avais beau être romantique, je n'avais pas vraiment réfléchi à ce à quoi ressemblerait mon premier baiser. En y repensant, ça aurait sans doute dû me mettre la puce à l'oreille sur le fait que je n'avais pas vraiment envie d'embrasser qui que ce soit ; mais des années de films, musique, télé, de pression des pairs et mon désir de grande histoire d'amour m'avaient lavé le cerveau au point de me faire croire que ça allait être fantastique si je tentais le coup.

Ça n'avait rien de fantastique.

En fait, j'ai détesté. Je crois que j'aurais été moins mal à l'aise si on m'avait mise au défi de chanter dans les transports en commun.

Ce n'était pas la faute de Jason. Je n'avais évidemment personne à qui le comparer mais, objectivement, il embrassait parfaitement. Il n'allait ni trop loin ni trop fort. Il n'a pas mis les dents ou, pire encore, la langue.

Je savais le genre de sentiments qu'un baiser était *censé* éveiller. J'avais lu des centaines, voire des *milliers* de fanfictions à ce stade. Embrasser quelqu'un qu'on aime était censé vous faire tourner la tête, vous vriller l'estomac, augmenter votre rythme cardiaque, et vous étiez censé aimer ça.

Je n'ai rien ressenti de tout ça. Je n'ai ressenti qu'un profond effroi au creux de l'estomac. J'ai détesté sa proximité. J'ai détesté la sensation de ses lèvres sur les miennes. J'ai détesté le fait qu'il ait envie de faire ça.

Ça n'a duré que quelques secondes.

Mais ces secondes ont été vraiment gênantes pour moi.

Et, à en croire son expression, pour lui aussi.

— Tu as l'air d'avoir trouvé ça vraiment atroce, me suis-je entendu dire.

À ce stade, je ne savais pas quoi dire à part la vérité.

— Toi aussi, a répliqué Jason.

— Oh.

Jason a détourné les yeux avec une expression peinée. Il a ouvert la bouche, puis l'a refermée.

— Bon, j'ai merdé, ai-je dit.

Il a immédiatement secoué la tête.

— Non, c'est ma faute. Désolé. Merde. Ce n'était pas le bon moment.

J'avais envie de rire. J'aurais aimé pouvoir lui expliquer à quel point c'était ma faute.

Peut-être que je *devrais* essayer.

Mais Jason a fini par parler le premier.

— Je crois que tu ne ressens rien pour moi, a-t-il dit.

Alors qu'il me regardait, on aurait dit qu'il parlementait. Qu'il me suppliait de lui dire le contraire.

— Je… Je n'en savais rien, ai-je répondu. Je pensais que si… si *j'essayais,* ça pourrait marcher… Je voulais seulement voir si je *pouvais* tomber amoureuse et, genre, tu étais la personne pour qui je pensais pouvoir craquer, si j'essayais.

En le disant, j'ai pris toute l'ampleur de ce que j'avais fait.

— Donc… tu t'es servi de moi pour faire ton expérience, a dit Jason en regardant ailleurs. Alors que tu savais pertinemment que j'avais des sentiments pour toi.

— Je ne voulais pas te faire de mal.

— Ben, c'est raté. (Il a ri.) Comment as-tu pu penser que tu pouvais agir comme ça *sans* me blesser ?

« Je suis désolée. » C'est tout ce que je trouvais à dire.

— Sérieux. (Son rire était terriblement triste.) Comment tu as pu me faire ça ?

— Ne dis pas ça, ai-je répondu d'une voix rauque.

Jason a éteint le robinet et étudié sa main, en la comparant à l'autre. Elle semblait bien plus rouge qu'elle n'aurait dû l'être.

— Bon. Je crois que ça va aller.

— Tu en es sûr ?

— Ouais. Je devrais aller la bander, juste par sécurité.

— Oh. Ouais, bien sûr. (Je restais plantée là, mal à l'aise.) Tu veux que je t'accompagne ?

— Non.

Merde. Tout partait en vrille.

— Je suis vraiment désolée, ai-je dit, sans savoir si je m'excusais pour la brûlure ou pour le baiser.

Sans doute les deux.

Jason secouait la tête. On aurait presque dit qu'il s'en voulait, mais rien de ce qui s'était passé cet après-midi-là n'était sa faute.

— Je… Je dois y aller.

Il s'est dirigé vers la porte.

— Jason, l'ai-je appelé, mais il ne s'est pas arrêté.

— Je vais avoir besoin que tu me laisses tranquille quelque temps, OK, Georgia ?

Puis, il était parti.

Jason ne méritait pas ça.

Jason était…

Jason avait vraiment des sentiments pour moi.

Il méritait une personne capable de lui rendre la pareille.

Futur imaginaire

Ce n'était pas seulement le fait d'avoir blessé Jason. Ce n'était pas non plus le fait d'être obligée d'accepter que j'avais une orientation sexuelle dont quasiment personne n'avait entendu parler et que j'allais devoir expliquer à ma famille et à tout le monde. C'était le fait de savoir, avec certitude, que je ne tomberais jamais amoureuse de qui que ce soit.

J'avais passé toute ma vie à croire que l'amour m'attendait. Que j'allais le trouver et que je serais enfin pleinement *heureuse.*

Mais je devais désormais accepter que ça n'arriverait jamais. Ni romance. Ni mariage. Ni sexe. Rien de tout ça.

Il y avait tant de choses que je ne ferais jamais. Que je n'aurais même jamais *envie* de faire ou pour lesquelles je ne me sentirais jamais *à l'aise.* Tant de choses que j'avais tenues pour acquises, comme emménager dans mon premier appart' avec mon ou ma partenaire, ma première danse à mon mariage ou avoir un bébé avec quelqu'un. Avoir quelqu'un qui veillerait sur moi en cas de maladie, avec qui regarder la télé le soir ou partir en vacances en couple à Disneyland.

Et le pire dans tout ça, c'était que, même si j'avais rêvé de ces choses, je savais qu'elles ne me rendraient jamais heureuse de toute façon. L'idée était belle. Mais la réalité me rendait malade.

Comment pouvais-je être aussi triste d'abandonner ces choses que je ne voulais pas vraiment ?

Je me sentais pathétique d'être triste pour ça. Je me sentais coupable, sachant qu'il y avait des gens comme moi qui étaient *heureux* d'être comme ça.

J'avais l'impression d'être en deuil. Je faisais le deuil de cette fausse vie, de ce futur imaginaire que je ne vivrais jamais.

Je n'avais aucune idée de ce que serait désormais ma vie. Et ça m'effrayait. Ça m'effrayait tellement.

Monde en miroir

Je n'ai rien dit à Pip.

Je ne voulais pas la décevoir, elle aussi.

Le lendemain de mon rendez-vous avec Jason, je me suis demandé s'il allait en parler à Pip et si elle allait m'en vouloir. Mais elle m'a envoyé un lien vers une vidéo TikTok super marrante cet après-midi-là, ce qui signifiait clairement que Jason ne lui avait rien raconté.

Le lendemain, Pip m'a écrit pour me demander si je voulais la retrouver pour étudier à la bibliothèque parce qu'elle détestait travailler seule dans sa chambre, et j'ai accepté. Jason, m'a-t-elle expliqué, ne pouvait pas venir à cause de son entraînement d'aviron. Nous n'avons pas beaucoup discuté sur place – j'avais un devoir sur l'âge de la chevalerie, et elle travaillait sur un devoir de chimie qui semblait dix fois plus difficile que mon essai sur « Le destin dans *Perceval* de Chrétien de Troyes ». J'étais heureuse que nous ne parlions pas beaucoup. Parce que, si elle m'avait posé des questions sur Jason, je n'aurais pas pu mentir.

Il était presque vingt et une heures quand nous avons terminé, nous avons donc décidé de prendre des fish and chips et de retourner dans ma chambre pour rattraper *Killing Eve*.

Ça aurait sans doute été une soirée normale. Ça m'aurait sans doute remonté un peu le moral après tout ce qui s'était passé.

Si nous n'avions pas trouvé Rooney en larmes en entrant dans la chambre.

Roulée sous les draps, elle tentait clairement de cacher qu'elle était bouleversée mais elle échouait lamentablement, trahie par ses reniflements bruyants. J'ai d'abord pensé que

Rooney n'était *jamais* dans notre chambre à cette heure-ci. Puis je me suis demandé : *Pourquoi pleure-t-elle ?*

Pip s'était figée à côté de moi. Il n'y avait aucune échappatoire. Nous voyions que Rooney pleurait. Elle savait que nous savions. Il n'y avait aucun moyen de faire comme si de rien n'était.

— Hé ! ai-je lancé en entrant pour de bon dans la pièce.

Pip restait plus ou moins sur le seuil, tentant visiblement de se décider à partir ou à rester, mais alors que je me tournais vers elle pour lui dire de s'en aller, elle est entrée et a fermé la porte.

— Je vais bien, a répondu une voix larmoyante.

Pip a ri, mais elle a semblé le regretter instantanément.

En entendant la voix de Pip, Rooney a jeté un œil entre les couvertures. En la voyant, ses yeux se sont plissés.

— Tu peux partir ? a-t-elle demandé, immédiatement moins larmoyante et plus *Rooney*.

— Euh… (Pip s'est éclairci la gorge.) Je ne me moquais pas. J'ai seulement ri parce que tu as dit que tu allais bien, ce qui est clairement faux. Enfin, tu es littéralement en train de pleurer. Non pas que ce soit *drôle*. C'était juste un peu *bête*…

Le visage de Rooney, strié de larmes, s'est fait plus dur.

— Va-t'en.

— Euh… (Pip a fouillé dans son sac de fish and chips et elle en a tiré une grosse boule de serviettes en papier. Elle a trottiné vers le lit de Rooney, les a posées au bord de la couette puis est revenue vers la porte toujours en trottinant.) Voilà.

Rooney a regardé les serviettes. Puis Pip. Et, pour une fois, elle n'a rien dit.

— Je, euh… (Pip s'est passé une main dans les cheveux, en détournant les yeux.) J'espère que tu vas vite aller mieux.

Et si tu as besoin d'autres mouchoirs, euh… Je peux aller t'en chercher.

Il y a eu un silence.

— Je crois que j'en ai assez, merci, a répondu Rooney.

— Cool. J'y vais alors.

— Cool.

— Tu… Tu vas bien ?

Rooney l'a fixée longuement.

Pip n'a pas attendu sa réponse.

— Ouais. Non. Désolée. J'y vais.

Elle a fait demi-tour et a pratiquement quitté la chambre en courant. Dès que la porte s'est refermée, Rooney s'est lentement assise, elle a pris une des serviettes pour se tamponner les yeux.

Je me suis posée sur mon lit, laissant tomber mes sacs sur les draps.

— Tu vas bien ? ai-je demandé.

Ça lui a fait lever les yeux. Son maquillage avait coulé sur ses joues, sa queue-de-cheval était défaite, et elle portait des vêtements qu'elle mettait habituellement pour sortir – un top bardot et une jupe serrée.

Il y a eu un silence.

Puis elle s'est remise à pleurer.

Bon. J'allais devoir gérer la situation. D'une manière ou d'une autre.

Je me suis dirigée vers la bouilloire qu'elle gardait branchée sur son bureau. Je l'ai remplie à l'évier de notre chambre, puis je l'ai mise à chauffer. Rooney aimait le thé. La première chose qu'elle faisait en rentrant dans notre chambre, c'était toujours se préparer une tasse de thé.

Pendant que j'attendais que l'eau bouille, je me suis assise avec précaution au bord de son lit.

J'ai soudain remarqué qu'il y avait quelque chose à mes pieds – la photo de Rooney et de Beth aux cheveux de sirène. Elle avait dû tomber. Je l'ai ramassée et je l'ai posée sur sa table de chevet.

Quel était le problème ? La pièce, peut-être ? Elle en parlait quatre-vingts pour cent du temps.

C'était peut-être une peine de cœur. Peut-être qu'elle s'était disputée avec un mec. Ou peut-être que c'était une histoire de famille. Je ne savais rien de la famille de Rooney ou de sa vie d'avant, en réalité.

J'ai toujours détesté qu'on me demande si je vais « bien ». Il n'y a que deux réponses possibles. Soit il faut mentir et dire : « Je vais bien. » Soit il faut raconter sa vie au point que ça en devient gênant.

Donc au lieu de reposer la question à Rooney, je lui ai demandé :

— Tu veux que je t'apporte ton pyjama ?

L'espace d'un instant, je me suis demandé si elle m'avait entendue.

Puis, elle a hoché la tête.

J'ai attrapé son pyjama à l'autre bout du lit. Elle portait toujours des pyjamas boutonnés assortis avec des motifs mignons.

— Tiens, ai-je dit en le lui tendant.

Elle a reniflé. Puis, elle l'a pris.

Pendant qu'elle se changeait, je suis allée finir de lui préparer du thé. Quand je suis revenue, elle avait revêtu sa tenue de nuit et a accepté la tasse que je lui tendais.

— Merci, a-t-elle marmonné en buvant immédiatement.

Les amateurs de thé ne doivent plus avoir la moindre sensation sur la langue, je suis sûre.

J'ai lié mes doigts bizarrement sur mes cuisses.

— Tu… veux en parler ? ai-je demandé.

Elle a grogné, ce qui valait tout de même un peu mieux que des pleurs.

— C'est… un non ? ai-je demandé.

Elle s'est remise à boire.

Il y a eu une longue pause.

J'allais abandonner et retourner dans mon lit quand elle a dit :

— J'ai couché avec un gars.

— Oh, ai-je répondu. Qu… récemment ?

— Ouais. Genre y a une heure ou deux. (Elle a soupiré.) Je m'ennuyais.

— Oh. Ben… Cool.

Elle a lentement secoué la tête.

— Non. Pas vraiment.

— Ce… c'était nul ?

— Je l'ai juste fait pour combler un trou.

J'y ai réfléchi.

— Je suis peut-être vierge, ai-je dit, mais je pensais *plus ou moins* que c'était justement le but, de combler un trou.

Rooney a gloussé.

— *Sérieux*. Tu n'as quand même *pas* fait cette blague.

Je l'ai regardée. Elle souriait.

— Tu faisais référence à un autre trou ? ai-je demandé. Moins vaginal ?

— *Oui*, Georgia. Je ne parle pas de mon putain de *vagin*.

— D'ac. C'était juste pour être sûre. (Une pause.) Je croyais que tu étais ouverte sexuellement et tout. Il n'y a pas de mal à avoir un plan cul.

— Je sais bien, a-t-elle répondu, puis elle a secoué la tête. Je le pense toujours. Je ne dis pas que le fait d'avoir un plan cul fait de moi une mauvaise personne, parce que ce serait faux. Et j'aime vraiment le sexe. Mais, ce soir… c'était juste… (Elle a siroté son thé, ses yeux se sont à nouveau emplis de larmes.) Tu vois quand tu manges trop de gâteau et que ça te rend malade ? C'était un peu pareil. Je pensais que ça allait être sympa, mais ça m'a juste fait me sentir… seule.

— Oh.

Je ne voulais pas être indiscrète donc j'ai gardé le silence.

Rooney a bu le reste de son thé à grosses goulées.

— Tu veux regarder YouTube ? a-t-elle demandé.

Ça m'a surprise.

— Euh… ouais.

Elle a posé sa tasse, s'est redressée, a soulevé la couette et s'est glissée en dessous. Elle s'est décalée sur le côté et a tapoté la place près d'elle pour me faire signe de la rejoindre.

— Enfin… tu n'es pas obligée, a répondu Rooney en sentant que j'hésitais. Tu as cours demain matin ?

Je n'avais rien de prévu. J'avais une journée entièrement libre et sans la moindre interaction le lendemain.

— Nan. Je dois manger mon fish and chips de toute façon.

J'ai récupéré mon dîner puis je me suis allongée à côté d'elle. Ça me semblait à la fois bien et mal – un monde en miroir. Le même que dans mon lit mais tout était inversé.

Elle a souri, a remonté sa couette fleurie sur nous et s'est blottie contre moi pour se mettre à l'aise, puis elle a pris son ordinateur sur sa table de chevet.

Elle a ouvert YouTube. Je ne suivais pas vraiment de YouTubeurs – j'utilisais uniquement YouTube pour des bandes-annonces, des vidéos de fan et des compilations TikTok. Mais Rooney était abonnée à des dizaines et des dizaines de chaînes. Ça m'a surprise. Elle ne semblait pas du genre à aller sur YouTube.

— Il y a ce YouTubeur super marrant que je regarde beaucoup, a-t-elle annoncé.

— OK, ai-je répondu. Tu veux des frites ?

— Oh, oui.

Elle a trouvé la chaîne et a parcouru les vidéos jusqu'à tomber sur celle qu'elle voulait. Puis nous sommes restées dans son lit à la regarder, tandis que Rooney piochait dans mes frites.

C'était une vidéo amusante, pour être honnête. Ce YouTubeur et ses amis jouaient à un étrange jeu de chant. Je n'arrêtais pas de pouffer, ce qui faisait rire Rooney, et avant que je m'en rende compte nous avions déjà regardé vingt bonnes minutes de vidéo. Elle a immédiatement trouvé une autre vidéo qu'elle voulait me montrer ; j'étais heureuse qu'elle le fasse. En plein milieu, elle a posé la tête sur mon épaule, et… Je sais pas. C'était sans doute la première fois que je la voyais aussi calme.

Nous avons encore regardé des vidéos débiles pendant près d'une heure jusqu'à ce que Rooney ferme son ordinateur et le pose à côté, puis qu'elle se remette au lit. Je me suis demandé si elle s'était endormie et, si tel était le cas, si je devais retourner dans mon lit parce que je n'allais clairement pas réussir à dormir aussi près d'une autre personne, mais Rooney s'est mise à parler.

— J'avais un petit ami, a-t-elle raconté. Pendant longtemps. De mes quatorze à mes dix-sept ans.

— Wouah. Vraiment ?

— Ouais. On a rompu quand j'étais en première.

J'avais imaginé que Rooney avait toujours été Rooney. Qu'elle avait toujours été une personne insouciante, passionnée, qui aimait s'amuser sans se prendre la tête avec les engagements.

Une relation de *trois ans* ?

Ce n'était pas ce à quoi je m'attendais.

— Avec lui… c'était vraiment horrible, a-t-elle poursuivi. Je… C'était une très mauvaise relation sous… bien des aspects, et… ça m'a vraiment… dégoûtée d'être en couple.

Je ne lui ai pas demandé de développer. J'imaginais très bien ce qu'elle voulait dire.

— Je n'ai plus aimé qui que ce soit depuis, a-t-elle marmonné à nouveau. J'avais peur. Mais je pourrais… être en train de retomber amoureuse.

— Ouais ?

— Je ne veux… vraiment pas que ça arrive.

— Pourquoi ?

— Ça finira mal. (Elle a secoué la tête.) Et elle me déteste de toute façon.

J'ai immédiatement su qu'elle parlait de Pip.

— Je ne pense pas qu'elle te déteste, ai-je répondu gentiment.

Rooney n'a rien dit.

— Et puis, tu n'as que dix-huit ans, tu as tout le temps… ai-je commencé à dire mais je ne savais pas comment poursuivre.

À quoi pensais-je en disant ça ? Qu'elle allait *sans doute* trouver la relation parfaite un jour ? Je savais bien que ce n'était pas vrai. Ni pour moi ni pour personne.

C'était un truc que les adultes disaient tout le temps. *Tu verras quand tu seras plus vieux. On ne sait jamais ce qui pourrait arriver. Tu penseras différemment un jour.* Comme si nous, les adolescents, nous en savions si peu sur nous-mêmes que nous pouvions nous réveiller un matin en étant des personnes complètement différentes. Comme si la personne que nous étions *actuellement* n'avait aucune importance.

L'idée même que les gens grandissent, tombent amoureux et se marient toujours était un vaste mensonge. Combien de temps me faudrait-il pour l'accepter ?

— J'ai dix-neuf ans, a-t-elle répondu.

J'ai froncé les sourcils.

— Attends, c'est vrai ? Tu as pris une année sabbatique ?

— Non. Mon anniversaire était la semaine dernière.

J'étais encore plus perdue.

— Quoi ? Quand ?

— Jeudi dernier.

Jeudi dernier. Je m'en rappelais à peine – les jours de fac se mêlaient tous en un courant infini de cours, de repas et de nuits de sommeil.

— Tu… n'as rien dit, ai-je répliqué.

— Non. (Elle a ri, en partie étouffée par son oreiller.) J'ai imaginé ce qui arriverait si les gens savaient que c'était mon anniversaire. J'aurais fini par sortir encore avec une poignée de gens que je ne connaissais pas vraiment, et ils auraient tous fait semblant d'être mes amis, m'auraient chanté joyeux anniversaire et auraient pris des selfies faussement joyeux pour Instagram avant qu'on se sépare pour coucher avec des gens différents, et j'aurais fini dans le lit d'un inconnu à me détester après une partie de jambes en l'air médiocre.

— Si tu me l'avais dit, on aurait fait… tout sauf ça.

Elle a souri.

— On aurait fait quoi ?

— Je sais pas. On serait restées ici à manger des pizzas. J'aurais pu te forcer à regarder *Mes meilleures amies*.

Elle a grogné.

— C'est un film pourri.

— Ce n'est pas le meilleur mais la romance est absolument parfaite. Ils mangent *des bâtonnets de carotte* en voiture.

— Le rêve.

Nous sommes restées silencieuses un petit moment.

— Tu… n'aimes plus le sexe pour le sexe, ai-je dit en comprenant ce qu'elle avait tenté d'expliquer un peu plus tôt.

Ce n'était pas comme si le sexe lui avait fait du mal ou que ça faisait d'elle une mauvaise personne – loin de là.

— Tu veux…

Ce n'était même pas qu'elle voulait une relation. Pas vraiment. Elle voulait ce qu'une relation pouvait lui *apporter.*

— Tu veux que quelqu'un te connaisse, ai-je dit.

Elle est restée silencieuse un moment. J'attendais qu'elle me dise que je me trompais sur toute la ligne.

Au lieu de ça, elle a dit :

— Je me sens juste seule. Je me sens tellement seule tout le temps.

Je ne savais pas quoi répondre, mais ce n'était pas un problème, parce qu'elle s'est endormie quelques minutes plus tard. J'ai regardé par-dessus sa tête et j'ai vu que Roderick avait sérieusement fané – Rooney oubliait complètement de l'arroser. J'ai fixé le plafond et je l'ai écoutée respirer à côté de moi, mais je ne voulais pas quitter le lit, parce que, même si je n'arrivais pas à dormir et que j'étais parano à l'idée de lui baver dessus ou de rouler sur elle par accident, Rooney avait a priori besoin de moi. Peut-être parce que, malgré tous ses amis et ses connaissances, personne ne la connaissait aussi bien que moi.

Si elle ne peut vous aimer

Jason s'est tout de même montré à notre répétition de l'asso Shakespeare la semaine suivante.

Je pensais qu'il ne viendrait pas. Je lui avais à nouveau écrit pour m'excuser, pour tenter de lui expliquer, bien que je sois nulle pour articuler mes moindres pensées et mes sentiments.

Il avait lu mon message mais n'avait pas répondu.

J'avais passé presque tous mes cours de la semaine la tête en l'air, sans prendre assez de notes, à me demander comment sauver notre amitié du chaos que j'avais créé. Jason était amoureux de moi. J'en avais profité pour comprendre mon orientation sexuelle, tout en sachant que je ne l'aimais pas en retour. Égoïste. J'étais tellement égoïste.

Il semblait épuisé quand il est entré dans la salle en tenue complète d'aviron, un lourd sac à dos pendu à ses épaules. Sa veste Teddy Bear manquait à l'appel. J'avais tellement l'habitude de le voir avec qu'il semblait presque vulnérable sans.

Il est passé à côté de moi, sans un regard, mâchoires serrées, et il s'est assis à côté de Pip qui parcourait la scène du jour.

Sunil est arrivé un peu plus tard. Il portait un pantalon à carreaux avec une veste noire en peau de mouton et un bonnet.

Il a jeté un œil à Jason avant de dire :

— Tu as l'air épuisé.

Jason a grogné.

— Aviron.

— Ah, oui. C'est comment, les entraînement de six heures du mat' ?

— Froid et humide.

— Tu pourrais abandonner, a suggéré Pip.

Elle semblait un peu espérer cette perspective.

Jason a secoué la tête.

— Nan, j'aime vraiment ça. Je me suis fait des tas d'amis là-bas. (Il m'a jeté un bref regard.) Il y a juste eu trop de trucs.

Je me suis détournée. Il n'y avait aucun moyen d'arranger les choses.

Dans le pur respect de la tradition, Jason s'est vu assigner le rôle d'un homme sévère plus âgé. Cette fois, il s'agissait du duc Orsino dans *La Nuit des rois*, une autre comédie romantique de Shakespeare.

La Nuit des rois était un gigantesque triangle amoureux bordélique. Viola fait naufrage en Illyrie et, comme elle n'a pas d'argent, elle se déguise en un garçon appelé Césario pour obtenir l'emploi de servant du duc Orsino. Le duc étant amoureux d'une noble d'Illyrie, Olivia, il envoie Viola lui exprimer son amour pour elle. Malheureusement, au lieu d'accepter les sentiments du duc, Olivia tombe amoureuse de Viola, déguisée en Césario, un homme. Et, double malheur, Viola tombe amoureuse du duc. Ce n'est pas *techniquement* gay mais, soyons honnêtes, cette pièce est terriblement gay.

Sunil s'était déjà porté volontaire pour incarner Viola, en disant : « Donnez-moi tous les rôles qui jouent avec les genres, s'il vous plaît. »

Pip et moi nous sommes pelotonnées contre le mur, mon manteau sur les jambes. Il faisait terriblement froid dans notre salle de répétition géante ce jour-là.

— Voyez la scène ensemble, a lancé Rooney. Je dois aller me chercher du thé sinon je vais vraiment mourir.

— Prends-moi un café ! a crié Pip alors que Rooney s'éloignait.

— Franchement, je préférerais encore marcher sur un clou ! a crié Rooney en retour, et j'ai été très surprise de voir que Pip a *ri* au lieu de s'agacer, mâchoires serrées, comme à son habitude.

Jason et Sunil étaient incroyables. Ayant déjà beaucoup joué Shakespeare par le passé, Jason était bien entraîné, et Sunil était doué aussi, bien que sa carrière d'acteur se soit limitée à un rôle secondaire dans une production scolaire de *Wicked*. Jason était en mode « *Encore une fois, Césario* » et Sunil « *Mais, seigneur, si elle ne peut vous aimer* » et cette lecture a été très fructueuse dans l'ensemble.

Je suis restée à regarder la scène, et ça m'a presque changé les idées, me faisant oublier tout ce qui s'était passé ces derniers mois. Je pouvais vivre dans le monde de Viola et Orsino un instant.

— *Je suis tout ce qui reste de filles dans la maison de mon père*, a dit Sunil. (Une des dernières lignes de la scène.) *Et de frères aussi*. (Il a levé les yeux vers Pip et moi avec un sourire, sortant un instant de son personnage.) Cette réplique est tellement cool. Nouvelle bio Twitter.

Sunil semblait réellement apprécier de faire partie du spectacle. Peut-être plus que n'importe lequel d'entre nous, à vrai dire. Lui et Jason sont allés travailler la scène de leur côté et, n'ayant rien à faire, je suis restée contre le mur, les genoux calés sous le menton à attendre que Rooney rentre de son opération thé.

— Georgia ?

J'ai levé les yeux en entendant la voix et j'ai découvert Pip à côté de moi, son exemplaire de *La Nuit des rois* à la main, ouvert.

— J'ai eu une idée, a-t-elle annoncé. À propos de ce que tu pourrais faire dans le spectacle.

Je n'étais absolument pas d'humeur à jouer aujourd'hui. Je n'étais même pas sûre de jouer aussi bien que je le croyais, de toute façon.

— D'ac, ai-je répondu.

— Il y a un autre personnage dans *La Nuit des rois* qui a un assez gros rôle thématique… Le bouffon.

J'ai étouffé un rire.

— Tu veux que je joue le bouffon ?

— Ben, c'est juste son nom dans le texte. Il tient plus du fou du roi. (Pip a désigné la scène en question. Le bouffon avait quelques répliques qui amenaient la scène sur laquelle travaillaient actuellement Jason et Sunil.) J'ai pensé que ça pourrait être vraiment cool que tu fasses un bout de cette partie avant la scène Viola-Orsino.

J'ai lu les répliques, sceptique.

— Je sais pas. (Je l'ai regardée.) Je… Mon jeu était plutôt nul ces derniers temps.

Pip a froncé les sourcils.

— Meuf. Ce n'est pas vrai. Ces rôles… n'étaient pas *faits* pour toi. Tu n'es absolument pas *nulle.*

Je n'ai pas répondu.

— Et si tu essayais ? Je te promets de te soutenir. Et je balancerai quelque chose sur Rooney si elle dit quoi que ce soit de négatif à ton sujet.

Comme pour illustrer son propos, Pip a enlevé sa botte et l'a levée en l'air.

Ça m'a fait rire.

— Bon. D'accord. Je vais essayer.

— Me revoilà !

Rooney est entrée au galop, parvenant, je ne sais comment, à ne pas renverser ses boissons chaudes. Elle s'est affalée près de nous, a posé son thé par terre et tendu un café à Pip.

Pip l'a fixée.

— Attends, tu m'en as vraiment pris un ?

Rooney a haussé les épaules.

— Ouais.

Pip a levé les yeux vers Rooney, sincèrement surprise, et avec une expression proche de l'affection sur son visage.

— Merci.

Rooney l'a regardée à son tour, puis elle a semblé devoir se forcer à détourner la tête.

— Alors, comment se passe la scène ? Il ne reste plus que deux semaines avant le bal de Bailey, on doit la boucler d'ici là.

— J'ai eu une idée, a lancé Pip. On pourrait ajouter le bouffon.

Je m'attendais presque à ce que Rooney proteste immédiatement mais, au lieu de ça, elle s'est assise près de Pip et s'est penchée vers elle pour pouvoir lire son exemplaire de *La Nuit des rois*. Pip a fait une grimace légèrement paniquée avant de se détendre, non sans se recoiffer très rapidement.

— Je pense que c'est une bonne idée, a confirmé Rooney.

— Ouais ? a demandé Pip.

— Ouais. Ça t'arrive parfois d'en avoir.

Pip a souri.

— Parfois ?

— Parfois.

— Ça compte beaucoup. (Pip lui a donné un petit coup de coude.) Venant de toi.

Et je suis prête à jurer que je n'avais jamais vu Rooney rougir autant.

Ça faisait longtemps que je n'avais pas été seule en scène. Bon, je n'étais pas techniquement sur scène, mais la façon dont les quatre autres étaient assis face à moi, à me regarder, tandis que je me tenais debout devant eux, faisait cet effet.

Dans *La Nuit des rois*, le bouffon, dont le nom était Feste en réalité, apparaissait périodiquement soit pour apporter une légère note comique, soit pour chanter une chanson en rapport avec les thèmes de l'histoire. Juste avant la scène de Jason et Sunil, Feste entonne un chant « Viens, ô mort » à propos d'un homme qui meurt, possiblement d'un cœur brisé à cause d'une femme qui ne l'aime pas, et il veut être enterré seul parce qu'il est trop triste. C'est plus ou moins une façon sophistiquée de dire qu'un amour non réciproque est difficile à vivre.

Nous avons tous décidé que je devrais le réciter comme un monologue plutôt que le chanter, et heureusement. Mais j'étais tout de même nerveuse.

Je pouvais le faire. Je voulais *prouver* que je pouvais le faire.

— *Viens, ô mort ! viens*, ai-je commencé, et j'ai senti mon souffle coincé dans ma gorge.

Je peux le faire.

— *Qu'on me couche sous un triste cyprès.* (J'ai gardé une voix douce.) *Fuis, fuis, souffle de ma vie ; Une beauté cruelle m'a donné la mort.*

Et j'ai lu le reste de la chanson. Et j'ai tout ressenti. J'ai simplement… tout ressenti. Le deuil. La mélancolie. Le fantasme d'une chose qui n'arrivera jamais.

Je n'avais jamais vécu d'amour non réciproque. Ça ne m'arriverait jamais. Et Feste, le bouffon, ne parlait même pas de lui – il racontait l'histoire d'un autre. Mais je l'ai tout de même senti.

— *Ah ! Couchez-moi là, Où l'amant, triste et fidèle, ne trouve jamais mon tombeau, Pour y pleurer.*

Il y a eu une pause avant que je referme le livre et que je lève les yeux vers mes amis.

Ils me fixaient tous, captivés.

Puis, Pip s'est mise à applaudir.

— OUI, putain. Carrément. Je suis géniale. Tu es géniale. Cette pièce va être *géniale.*

Rooney s'est jointe aux applaudissements. Sunil aussi. Et j'ai vu Jason s'essuyer les yeux très discrètement.

— Ça allait ? ai-je demandé, même si ce n'était pas vraiment ce que je voulais demander.

Est-ce que j'ai bien joué ? Est-ce que je vais m'en sortir ?

Tout dans ma vie était sens dessus dessous, mais me restait-il au moins ça ? Avais-je encore une chose qui me rendait heureuse ?

— C'était mieux que ça, a répondu Pip avec un grand sourire.

Et j'ai pensé : « Bon, d'accord. » Je me détestais pour un tas de raisons mais il me restait au moins ça.

Deux colocataires

Durant les deux semaines entre la répétition et le bal de Bailey, nous avons eu trois autres répétitions, durant lesquelles nous avons complètement dépassé l'objectif de Rooney. Au lieu d'une scène, nous avons finalisé les trois – *Beaucoup de bruit pour rien* avec Pip et Rooney, *La Nuit des rois* avec Jason, Sunil et moi, et *Roméo et Juliette* avec Jason et Rooney, vu que nous avions décidé que je n'étais pas le meilleur choix pour Juliette. Nous avions même eu le temps pour la soirée pizza promise à Sunil. Lui et Jason semblaient devenir rapidement amis, plongés dans une conversation sur les comédies musicales qu'ils avaient vues, et Rooney et Pip avaient réussi à regarder un film entier sans se lancer la moindre remarque sarcastique. À un moment, elles étaient même assises épaule contre épaule, à partager gentiment un paquet de tortillas.

Malgré tout ce qui se passait en coulisses, ça avançait. Nous montions vraiment un spectacle.

Heureusement que je pouvais me raccrocher à ça. Sinon, j'aurais sans doute passé deux semaines au lit parce que la découverte de mon orientation sexuelle avait suscité une toute nouvelle forme de haine envers moi, pour laquelle je n'étais pas prête. Je croyais que c'était censé me rendre fière ou que sais-je. Ce n'était clairement pas le cas.

Il y avait également quelque chose qui n'allait pas chez Rooney. Quelque chose avait changé après cette nuit où nous l'avions trouvée en larmes. Elle avait cessé de sortir et préférait passer ses soirées à regarder des vidéos sur YouTube, des émissions de télé ou simplement à dormir. Je m'étais habituée à son pianotage frénétique durant nos cours d'anglais, mais il avait cessé, et je la surprenais souvent immobile, le regard au loin, n'écoutant pas les cours.

Parfois, elle semblait aller bien. Parfois, elle était la Rooney « normale », qui dirigeait le spectacle d'une poigne de fer, était la personne la plus pétillante de la pièce, discutait avec douze personnes différentes au dîner dans la cafétéria du collège. Elle était au top quand Pip était là – se prenant la tête et plaisantant avec elle, s'illuminant comme avec personne d'autre – mais même avec elle, je remarquais parfois que Rooney se détournait, mettait de la distance physique entre elles, comme si elle ne voulait même pas que Pip la voie. Comme si elle avait peur de ce qui pourrait arriver si elles se rapprochaient trop.

J'aurais pu m'assurer qu'elle allait bien, mais j'étais trop prise par mes propres sentiments, et elle ne s'assurait pas non plus que j'allais bien, parce qu'elle était trop prise par ses propres sentiments. Je ne lui en voulais pas, et j'espérais qu'elle non plus.

Nous étions simplement deux colocataires aux prises avec des choses dont il était difficile de parler.

Le bal de Bailey

— Si tu m'envoies les photos de toi dans ta robe, a dit maman sur Skype l'après-midi du bal de Bailey, je les imprimerai pour les envoyer à tous les grands-parents !

J'ai soupiré.

— Ce n'est pas comme le bal de promo. Je ne pense pas qu'il y ait de photo officielle.

— Bon, assure-toi au moins d'avoir *une* photo en pied dans ta robe. Je l'ai achetée, j'ai besoin de la voir portée.

Maman m'avait acheté ma robe pour le bal de Bailey, même si c'est moi qui l'avais choisie. En réalité, je ne comptais pas la prendre parce qu'elle était trop chère, mais quand je lui avais envoyé les liens vers des robes potentielles en discutant sur Messenger, elle m'avait proposé de la payer. C'était très sympa de sa part et, à vrai dire, ça m'a bien plus donné le mal du pays que tout ce que j'avais vécu jusqu'alors à la fac.

— Aucun garçon ne t'a demandé de l'accompagner au bal ?

— Maman. Ça ne se fait pas dans les universités britanniques. C'est un truc d'écoles américaines.

— Eh bien, ça aurait été sympa, pas vrai ?

— Tout le monde y va avec ses amis, maman.

Elle a soupiré.

— Tu vas être tellement *belle*, a-t-elle roucoulé. Assure-toi de te coiffer joliment.

— Promis, ai-je répondu.

Rooney avait déjà proposé de me coiffer.

— On ne sait jamais… Tu pourrais rencontrer ton futur mari ce soir !

J'ai ri avant de pouvoir m'en empêcher. Deux mois plus tôt, j'aurais rêvé d'une parfaite rencontre magique à mon premier bal universitaire.

Mais à présent ? C'est pour moi que je m'habillais.

— Ouais, ai-je répondu en me raclant la gorge. On ne sait jamais.

Rooney me coiffait en silence avec un épais boucleur, les sourcils froncés par la concentration. Elle savait faire ces grosses boucles aériennes qu'on voit toujours dans les émissions américaines, mais que j'étais incapable de reproduire.

Rooney s'était déjà coiffée. Elle avait écarté les cheveux de son front et les avait parfaitement lissés. Sa robe cintrée était rouge sang avec une longue fente. Elle ressemblait à une James Bond girl qui s'avérerait méchante par la suite.

Elle a insisté pour me maquiller – elle avait toujours été fan de relookings m'a-t-elle expliqué – et je l'ai laissée faire, vu qu'elle était bien meilleure que moi. Elle a mélangé des dorés et des bruns sur mes yeux, a choisi un rouge à lèvres rose pâle, a étoffé mes sourcils avec une petite brosse et dessiné un trait d'eye-liner bien plus net que tous ceux que j'avais réussi à faire seule.

— Voilà, a-t-elle dit après ce qui m'avait semblé durer des heures, mais qui avait sans doute duré une vingtaine de minutes. Terminé.

Je me suis regardée dans la glace. J'étais parfaite.

— Wouah. C'est… wouah.

— Va te regarder dans le grand miroir ! Tu dois voir l'effet avec la robe. Tu as l'air d'une princesse.

J'ai fait ce qu'elle disait. La robe sortait tout droit d'un conte de fées – longue jusqu'au sol, couleur rose chiffon avec un bustier en sequins. Elle n'était pas super confortable – je portais *énormément* de ruban adhésif – mais avec mes cheveux bouclés et mon maquillage irisé, je ressemblais à une princesse et je me sentais comme telle.

Peut-être que je pourrais même apprécier cette soirée. Des choses bien plus folles s'étaient déjà produites.

Rooney s'est tenue à côté de moi face au miroir.

— Hmm. Ça jure un peu, cela dit. Rouge et rose.

— Je pense que c'est pas mal. Je ressemble à un ange et toi à une diablesse.

— Oui. Je suis l'anti-toi.

— Ou alors, *je* suis l'anti-*toi*.

— Serait-ce le résumé de toute notre amitié ?

Nous nous sommes regardées et avons éclaté de rire.

Le thème du bal de Bailey avait été un gros sujet de spéculations au collège St John pendant des semaines, et j'étais une des rares personnes à ne pas l'avoir deviné avant le soir du bal. C'était sans doute parce que la seule amie que j'y avais était Rooney, qu'elle avait refusé de me répondre quand je lui avais posé la question, et que ça ne m'intéressait pas suffisamment pour lui tirer les vers du nez.

A priori, il y avait déjà eu une année « cirque », « Alice au pays des merveilles », « conte de fées », « Années folles », « Hollywood », « Vegas », « mascarade » et « sous les étoiles ». Je me demandais vraiment s'ils ne commençaient pas à être à court d'idées.

Le thème ne sautait pas aux yeux lorsqu'on traversait les couloirs du collège vers la réception. Le foyer avait été décoré avec des fleurs, et l'escalier changé en ce qui semblait être le mur d'un château, avec des tourelles et un balcon. À l'intérieur du réfectoire, sur des tables rondes, étaient disposés des centres de table fleuris, mais également des fioles de poison artisanales et des couteaux en bois.

J'ai enfin compris en entendant *I'm Kissing You* de Des'ree – une chanson qui figurait en bonne place dans un certain film de Baz Luhrmann de 1996.

Le thème était *Roméo et Juliette*.

Nous avons retrouvé Pip et Jason devant les portes de St John. Jason m'a fait un drôle de signe de tête, sans rien dire.

Ils étaient tous les deux canon. Jason portait un costume classique qui épousait ses larges épaules à la perfection, au point qu'on aurait pu croire qu'il avait été fait sur mesure. Pip avait bouclé ses cheveux plus que d'habitude et elle portait un pantalon cigarette noir avec une veste de costume vert forêt. Elle l'avait associée à de grosses bottes Chelsea en faux serpent qui s'accordaient parfaitement avec la couleur de ses lunettes en écaille de tortue.

Les yeux de Rooney ont détaillé le corps de Pip de haut en bas.

— Ça te va bien, a-t-elle commenté.

Pip a lutté pour ne pas faire pareil avec Rooney dans sa robe de James Bond girl. Elle gardait les yeux fermement rivés sur son visage.

— Toi aussi.

Le dîner a semblé durer des plombes, bien que ce ne soit que le début de ce qui allait être la nuit la plus longue de ma vie.

Rooney, Jason, Pip et moi devions partager notre table avec quatre autres personnes mais, par chance, il s'agissait d'amis et de connaissances de Rooney. Alors que tout le monde discutait, j'ai fait ce que je faisais toujours, à savoir rester silencieuse mais attentive, souriant et hochant la tête quand les gens parlaient, sans vraiment savoir comment m'intégrer à la moindre conversation.

Je ne m'étais jamais sentie aussi mal.

Je voulais partir, mais je ne pouvais pas.

Je ne voulais pas me trouver à une fête où Jason me détestait et où Rooney et Pip vivaient ce que je n'aurais jamais.

Sunil, en costard bleu layette, et Jess, qui portait une robe couverte de sequins vert menthe, se sont arrêtés pour nous saluer, parlant surtout à Rooney, qui était très bavarde après trois verres de vin. Alors qu'ils s'apprêtaient à repartir, Sunil m'a fait un clin d'œil, ce qui m'a fait me sentir mieux pendant deux minutes, puis les gobelins ont repris le contrôle de mon cerveau.

Voilà qui j'étais. Je ne connaîtrais jamais l'amour romantique, tout ça à cause de mon orientation sexuelle – une partie fondamentale de mon être que je ne pouvais pas changer.

J'ai bu du vin. *Beaucoup* de vin. C'était gratuit.

— Plus que *huit heures* ! a crié Pip alors que nous faisions la queue pour sortir du réfectoire après le dessert.

J'avais beaucoup trop mangé et, pour être franche, j'étais déjà ivre.

J'ai secoué la tête.

— Je ne tiendrai pas jusqu'à six heures du mat'.

— Oh, mais *si*. Tu vas y arriver. Je vais m'en assurer.

— Voilà qui semble incroyablement menaçant.

— Je te donnerai une pichenette sur le front si tu commences à t'endormir.

— Pitié, ne fais pas ça.

— Oh, mais si !

Elle a tenté de faire une démonstration, mais j'ai esquivé en riant. Pip savait toujours comment me remonter le moral, même quand elle ignorait que je n'allais pas bien.

Le bal de Bailey n'était pas limité à une salle – il s'étendait sur tout le rez-de-chaussée du bâtiment principal et sous un chapiteau en extérieur. Le réfectoire a rapidement été transformé en salle de bal avec, bien sûr, un groupe qui jouait et un espace bar. Il y avait plusieurs salles à thème où on servait à boire et à manger, du toastie à la glace en passant par le thé et le café, et une salle de cinéma diffusait toutes les adaptations de *Roméo et Juliette* par ordre chronologique. Les couloirs que nous n'avions pas encore vus étaient tellement décorés qu'on ne distinguait plus les murs – ils étaient couverts de fleurs, de lierre, de tissus, de guirlandes lumineuses et d'armoiries géantes « Capulet » et « Montaigu ». Pour un soir seulement, nous étions dans un autre monde, hors des règles de l'espace et du temps.

— On commence par quoi ? a demandé Pip. Salle de ciné ? Chapiteau ? (Elle s'est retournée, puis a froncé les sourcils, confuse.) Rooney ?

Je me suis tournée aussi et j'ai découvert Rooney à quelques pas de nous, appuyée contre le mur. Elle était clairement ivre, mais elle regardait Pip comme si elle avait *peur* ou qu'elle était nerveuse, du moins. Puis elle a caché son trouble derrière un grand sourire.

— Je vais voir mes autres amis ! a-t-elle lancé par-dessus le bruit de la foule et la musique.

Puis elle a disparu.

— Ses autres amis ? a répété Jason, perplexe.

— Elle connaît tout le monde, ai-je expliqué, mais je n'étais plus sûre que ça sonne juste.

Elle connaissait beaucoup d'autres gens, mais je commençais à comprendre que nous étions ses seuls vrais *amis*.

— Ben, qu'elle se casse, alors, si c'est comme ça, a lancé Pip, mais le cœur n'y était pas.

Jason a roulé les yeux.

— Pip.

— Quoi ?

— Hmm… Tu n'as pas besoin de continuer. On sait tous les deux que tu craques sur elle.

— Quoi ? Pip a relevé la tête d'un coup. Quoi… *non*, non, c'est faux ! Enfin… *si*, je l'apprécie en tant que *personne*… Du moins, je l'admire en tant que *metteuse en scène* et pour sa créativité, mais sa personnalité est *très* intense donc je ne dirais pas que je l'*aime bien*, juste que j'*apprécie* qui elle est et ce qu'elle *fait*…

— Mais elle te plaît, ai-je déclaré. Ce n'est pas un crime.

— *Non*. (Pip a croisé les bras sur sa veste.) *Non*, absolument pas, Georgia, elle… elle est objectivement *extrêmement* canon et oui, dans une situation ordinaire elle serait parfaitement mon type, et je *sais* que tu le sais mais… Enfin, elle est *hétéro* et elle me *déteste* donc, même si c'était le cas, à quoi ça servirait…

— Pip ! ai-je répliqué, exaspérée.

Elle a fini par la fermer. Elle savait qu'elle ne pouvait plus rien dire pour le cacher.

— Je crois que je devrais aller la chercher, ai-je poursuivi.

— Pourquoi ?

— Pour voir si elle va bien.

Comme ni Pip ni Jason n'ont protesté, je suis partie à la recherche de Rooney.

Je pressentais que, si elle continuait à boire, elle allait faire quelque chose qu'elle allait regretter.

Capulet contre Montaigu

Rooney était introuvable. Des centaines d'étudiants affluaient dans le collège, au point qu'il devenait difficile de traverser les couloirs, sans parler de repérer quelqu'un dans la foule de gens qui discutaient, riaient, chantaient, dansaient. Elle était là, quelque part, ça ne faisait aucun doute. Rooney semblait agir comme un personnage de jeu vidéo dans un monde de personnages non-joueurs.

Je suis restée un moment sous le chapiteau, espérant qu'elle allait se montrer, mais dans tous les cas je ne l'aurais probablement pas trouvée. C'était plein à craquer parce que c'était là qu'avaient lieu toutes les activités amusantes – un photomaton, des stands de pop-corn et de barbe à papa, un taureau mécanique, et l'attraction principale : « Capulet contre Montaigu », qui ressemblait à un château gonflable avec deux plates-formes sur lesquelles deux étudiants se battaient en duel avec des épées gonflables jusqu'à ce qu'un des adversaires tombe. J'ai regardé quelques personnes jouer, et j'avais vraiment envie d'essayer, mais j'ignorais où se trouvait Rooney, et ça m'aurait un peu gênée de lui demander. Je crois que j'avais peur qu'elle refuse.

J'ai pris un autre verre au bar, dont je n'avais pas besoin parce que j'étais déjà ivre et que j'errais en trébuchant entre la salle de bal et les autres pièces. Plus je buvais, plus je pouvais prendre de la distance et ne plus me soucier d'être seule, dans tous les sens du terme.

C'était difficile à oublier, cela dit, vu que toutes les chansons diffusées parlaient d'amour. À l'évidence, c'était volontaire – le thème était *Roméo et Juliette*, bon sang – mais ça m'a quand même agacée.

Tout me rappelait la soirée post-bal de promo. Les lumières clignotantes sur la piste de danse, les chansons d'amour, les rires, les costards et les robes.

À cette fête, j'avais eu l'impression que ce monde était le mien et qu'un jour j'allais en faire partie.

Ce n'était plus le cas désormais.

Je n'en ferais jamais partie. Flirtant. Tombant amoureuse. Heureuse pour l'éternité.

Je suis allée me réfugier dans le salon de thé, mais, là encore, je me suis retrouvée seule face à un couple qui s'embrassait dans un coin. Je les détestais. J'ai tenté de les ignorer et de boire mon vin en parcourant Instagram.

— *Georgia.*

Une voix incroyablement forte a brisé l'atmosphère relaxante de la pièce, faisant sursauter tout le monde. Je me suis tournée vers la porte et j'ai vu Pip dans sa veste verte, une main sur la hanche et un gobelet sans doute plein d'alcool dans l'autre.

Elle a souri, penaude face à l'attention soudaine.

— Euh, désolée. Je ne savais pas que c'était la salle de repos.

Elle s'est avancée sur la pointe des pieds avant de s'accroupir près de moi, en renversant un peu de sa boisson par terre.

— Où est Rooney ? a-t-elle demandé.

J'ai simplement haussé les épaules.

— Oh. Ben, je suis venue te provoquer en duel, Capulet contre Montaigu.

— Le truc du château gonflable ?

— C'est bien plus qu'un château gonflable, ma pote. C'est un test ultime d'endurance, d'agilité et de force mentale.

— Ça ressemble comme deux gouttes d'eau à un château gonflable, si tu veux mon avis.

Elle m'a pris le poignet et m'a forcée à me lever.

— Viens l'essayer ! Jason a dit qu'il avait déjà besoin d'une sieste, alors il est rentré au Château.

— Attends… Il est parti ?

— Ouais. T'en fais pas, tu sais qu'il est nul pour veiller tard.

J'ai immédiatement culpabilisé – c'était à cause de moi que Jason était dans cet état – et, quand j'ai tenté de me lever, le monde s'est mis à tourner autour de moi, m'envoyant presque face contre terre.

Pip a froncé les sourcils.

— Sérieux. Tu as bu tant que ça ?

— Oh, a lancé Pip en entrant dans le chapiteau.

Au départ, je pensais qu'elle faisait référence à l'état du chapiteau. Quand j'y étais allée plus tôt dans la soirée, il était brillant, attrayant, coloré et nouveau. Là, on aurait dit un champ de foire décrépit. Le sol était collant, parsemé de pop-corn écrasé. Les stands étaient plus calmes, et le personnel qui les gérait semblait fatigué.

Mais Pip ne faisait référence à rien de tout ça, ce que j'ai compris quand Rooney s'est approchée de nous dans sa robe de James Bond girl.

Chose impossible, elle portait toujours ses talons et elle avait dû retoucher son maquillage parce qu'elle semblait radieuse. Le teint éclatant, les contours aussi aiguisés qu'un couteau, elle a souri à Pip et l'a dévisagée avec ses grands yeux noirs.

Elle était à l'évidence bien bourrée aussi.

— Excuse-moi, a-t-elle lancé avec un sourire narquois. Qui t'a invitée ? Tu n'es pas étudiante à St John.

Pip a souri de même, jouant immédiatement le jeu.

— Je me suis infiltrée. Je suis experte en la matière.

— Où étais-tu ? ai-je demandé à Rooney.

— Oh, tu sais, a-t-elle répondu. (Elle a pris une voix qui lui donnait l'air d'une riche héritière.) J'étais simplement *dans les parages*, ma chérie.

— On allait se battre dans le château gonflable, a expliqué Pip. Tu peux te joindre à nous. Quelqu'un va se faire démolir.

Rooney lui a souri avec un air légèrement menaçant.

— Eh bien, j'adore démolir les gens.

— OK, me suis-je retrouvée à dire.

Si j'avais été sobre, j'aurais sans doute laissé les choses se faire, mais j'étais ivre, fatiguée et lassée de ces deux-là et, chaque fois qu'elles se regardaient avec cette passion féroce oscillant entre amour et agacement, j'avais envie de mourir parce que ça ne m'arriverait jamais. J'ai regardé Pip, dont le nœud papillon était de travers et les lunettes trop avancées sur son nez, et Rooney, dont le fond de teint ne masquait pas le rose de ses joues.

Puis j'ai regardé le stand « Capulet contre Montaigu » devant lequel elles se tenaient.

— Je crois que vous devriez y aller d'abord, ai-je lancé en désignant l'attraction. L'une contre l'autre. Histoire de régler ça une bonne fois pour toutes. Par pitié.

— J'en suis, a lancé Rooney en croisant le regard de Pip avec ses yeux acérés.

— Je… d'ac, a bafouillé Pip. Bien. Mais je ne vais pas y aller mollo avec toi.

— Ai-je l'air d'aimer qu'on y *aille mollo* avec moi ?

Les yeux de Pip ont dérivé le long de la robe de Rooney avant de remonter rapidement.

— Non.

— Dans ce cas.

Ça devenait absolument insupportable, je suis donc allée voir le type qui gérait la machine et je lui ai dit :

— Ces deux-là veulent y aller.

Il a hoché la tête, fatigué, avant de désigner les deux plates-formes.

— Montez.

Les filles n'ont pas parlé pendant qu'elles grimpaient dans le château gonflable, Rooney envoyant valser ses talons, et montaient sur les plates-formes. C'était visiblement plus difficile qu'elles ne l'avaient prévu – le pantalon skinny de Pip était à peine plus pratique que la robe moulante de Rooney – mais elles y sont arrivées, et le gars leur a tendu à chacune ce qui ressemblait à une frite de piscine.

— Vous avez trois minutes, a-t-il lancé d'une voix monotone en désignant le compteur affiché au fond du château gonflable. Le but est de faire tomber l'autre personne de sa plate-forme avant la fin. Vous êtes prêtes ?

Rooney a hoché la tête avec l'intense concentration d'une joueuse de tennis à Wimbledon.

— Oh que oui, a répondu Pip en s'agrippant à sa frite.

Le type a soupiré. Puis il a appuyé sur un bouton au sol et un bip a retenti trois fois. Un décompte.

Trois. Deux. Un.

C'est parti.

Rooney a directement visé la jugulaire. Elle a sauvagement tenté de frapper Pip, qui l'a vue venir et a paré l'assaut avec sa frite, non sans vaciller sur sa plate-forme. Les plates-formes étaient rondes et ne devaient pas mesurer plus de cinquante centimètres de diamètre. Ça ne durerait sans doute pas très longtemps.

Pip a ri.

— On ne déconne pas, alors ?

Rooney a souri.

— Non, j'essaie de *gagner*.

Pip a poussé sa frite en avant dans le but de faire reculer Rooney, mais Rooney a tourné le buste, formant presque un angle droit.

— Très bien, la *gymnaste*, a lancé Pip.

— Danseuse, en fait, a crié Rooney. Jusqu'à quatorze ans.

Elle a donné un nouveau coup de frite en direction de Pip, mais Pip l'a bloqué.

Et les choses sérieuses ont commencé.

Rooney frappait de part et d'autre, mais les réflexes de Pip semblaient affûtés par l'alcool, ce qui défiait la logique. Rooney tapait à gauche, Pip parait, Rooney tapait à droite, Pip esquivait. Pip a donné un coup à l'épaule à Rooney pour la pousser, et l'espace d'un instant j'ai cru que c'était terminé, mais Rooney a retrouvé l'équilibre avec un sourire sournois, et la bataille a continué.

— Tu es *trop marrante* avec ton air concentré, a-t-elle lancé en riant.

Elle a imité l'expression renfrognée de Pip.

— Euh, pas autant que ton air quand j'aurai gagné, a riposté Pip.

Mais un sourire s'esquissait sur son visage aussi.

Il y a eu d'autres coups et d'autres assauts et, à un moment, on aurait dit un combat de sabres laser. Rooney a failli tomber quand Pip l'a poussée sur le côté, mais elle s'est rattrapée à la dernière seconde en se servant de sa frite comme d'une béquille, ce qui a fait tellement rire Pip qu'elle a failli tomber toute seule.

C'est alors que j'ai compris qu'elles *s'amusaient.*

C'est aussi à ce moment que tout l'alcool m'est monté à la tête et que j'ai eu la sensation que j'allais m'écrouler.

J'ai marché d'un pas mal assuré, aussi prudemment que possible, vers le côté du chapiteau pour m'asseoir contre le tissu et regarder le grand final.

Je n'ai pas pu m'empêcher de remarquer que Rooney, malgré son air sans pitié avec ses grands assauts sauvages, évitait stratégiquement le visage de Pip pour ne pas frapper ses lunettes. Pip, quant à elle, voulait du sang.

— Pourquoi es-tu aussi *souple* ? a-t-elle crié alors que Rooney évitait un autre coup.

— Ce n'est qu'un de mes nombreux atouts !

— *Nombreux* atouts ? Au pluriel ?

— Je crois que tu les connais tous, Pipelette.

Pip a donné un coup de frite, mais Rooney l'a bloqué.

— Tu es vraiment *insupportable*.

Rooney a souri en retour.

— C'est vrai, et tu *aimes* ça.

Pip a poussé ce qui ne pouvait être décrit que comme un cri de guerre. Elle a mis un coup à Rooney, puis un autre, et un troisième, la faisant légèrement reculer à chaque assaut et, au quatrième, Rooney est tombée de la plate-forme dans le château gonflable, un bref cri accompagnant sa chute.

— OUI ! a vociféré Pip en levant sa frite en signe de victoire.

Le type qui gérait le château gonflable a arrêté le décompte en désignant vaguement Pip.

— Victoire de la fille à lunettes.

Pip a sauté de la plate-forme et s'est mise à bondir à côté de Rooney, l'empêchant de se relever.

— On est en difficulté, ma pote ?

Rooney a tenté de se relever mais a fini par retomber alors que Pip bondissait à côté d'elle.

— Sérieux, *arrête*…

— Je croyais que tu étais danseuse ! Où est ta coordination ?

— On ne dansait pas dans des *châteaux gonflables* !

Pip a finalement ralenti puis arrêté de bondir, avant de tendre la main à Rooney pour l'aider à se relever. Rooney l'a regardée, et j'ai vu qu'elle envisageait d'accepter son aide, pour finalement refuser et se relever seule.

— Bien joué, a-t-elle lancé, un sourcil levé.

Puis elle s'en est allée – ou plutôt, elle a traversé le château gonflable comme elle pouvait et a roulé par-dessus bord pour rejoindre la terre ferme.

— Tu n'es pas mauvaise perdante, si ? lui a crié Pip en descendant elle aussi de la machine.

Rooney a nié avec tant de force que je l'ai entendue à l'autre bout du chapiteau.

— Oh, a souri Pip. Mais si. J'aurais dû m'en douter.

Rooney s'est mise à fourrer ses pieds dans ses talons. Elle voulait sans doute retrouver son avantage de taille significatif sur Pip.

— Hé ! (Pip a haussé la voix pour l'interpeller.) Pourquoi tu me détestes autant ?

Rooney s'est arrêtée.

— Ouais, c'est ça ! a poursuivi Pip en levant les bras. Je l'ai dit ! Pourquoi tu me détestes ? On est toutes les deux bourrées donc autant crever l'abcès ! Je te dérange parce que j'étais la meilleure amie de Georgia avant ?

Rooney n'a rien dit, mais elle a fini de mettre ses talons et s'est levée en déployant toute sa hauteur.

— Ou tu détestes uniquement la personne que je suis ?

Rooney s'est retournée et a craché :

— Tu es vraiment stupide. Et tu aurais dû me laisser gagner.

Il y a eu un silence.

— J'ai parfois le droit d'avoir ce que *je* veux, a répliqué Pip avec un calme déconcertant. J'ai parfois le droit de gagner.

Je n'ai pas eu le temps d'analyser cette phrase parce que Rooney était sur le point d'exploser. Elle a serré les poings, et j'ai senti qu'une vraie dispute se préparait, gênante à regarder et alimentée par l'alcool. Je devais l'empêcher. Je devais y mettre fin avant que les choses empirent. C'était les deux seules amies qu'il me restait.

Je me suis donc levée, tant bien que mal, ce qui était une tâche ardue avec ma robe.

J'ai ouvert la bouche pour parler. Pour tenter de mettre un terme à tout ça. Peut-être même pour tenter de les aider.

Mais ce qui s'est passé, c'est que le sang m'est monté à la tête. Des étoiles ont clignoté devant mes yeux, mon audition s'est brouillée.

Et je me suis évanouie.

Abattue

Quand j'ai repris connaissance, j'ai découvert Pip qui me tapotait le visage un peu trop fort.

— Oh mince, oh mince, oh mince, bredouillait-elle.

— Pitié, arrête de me gifler, ai-je marmonné.

Rooney était là aussi, son agacement avait complètement disparu, remplacé par une expression de profonde inquiétude.

— Merde, Georgia. Tu as bu tant que ça ?

— Je… quatorze.

— Quatorze quoi ?

— Quatorze verres.

— Non, impossible.

— Bon, je n'arrive pas à me rappeler à quel point j'ai bu.

— Alors pourquoi tu as dit quatorze ?

— Ça me semblait être un bon nombre.

Nous avons été interrompues par des étudiants qui jetaient un œil par-dessus les épaules de Pip et Rooney et demandaient poliment si j'allais bien. J'ai constaté que j'étais toujours allongée par terre, ce qui était embarrassant, donc je me suis rassise et j'ai rassuré tout le monde en disant que ça allait et que j'avais seulement un peu trop bu, ce qui les a fait rire, et ils ont repris le cours de leur soirée. Si je n'avais pas été ronde comme une queue de pelle, j'aurais été profondément gênée mais, par chance, je l'étais, et la seule chose qui me traversait l'esprit, c'était à quel point j'avais envie de vomir.

Rooney a passé son bras autour de ma taille pour m'aider à me relever, ce qui a semblé agacer Pip.

— On devrait aller se poser dans la salle de cinéma, a suggéré Rooney. On a encore six heures à tuer. On peut te faire dessoûler.

Six heures ? La dernière chose que je voulais, là, c'était être sobre.

— *Noooon*, ai-je marmonné. (Mais soit Rooney m'a ignorée soit elle ne m'a pas entendue.) Laisse-moi partir. Je vais bien.

— Clairement pas, et on va passer la prochaine demi-heure sur un fauteuil-poire à boire de l'eau, que ça te plaise ou non.

— Tu n'es pas ma mère.

— Ben, ta vraie mère me remercierait.

Rooney me soutenait alors que nous traversions les couloirs fleuris et scintillants du collège, Pip sur les talons. Personne n'a rien dit jusqu'à ce que nous atteignions la porte de la salle de cinéma et qu'une voix forte dans notre dos s'écrie :

— *PIP* ! Oh punaise ! Salut !

Dans mon état embrumé, j'ai jeté un œil derrière moi. La voix était celle d'un type qui menait un grand groupe de gens que je ne reconnaissais pas, sans doute parce qu'ils étaient dans le collège de Pip.

— Viens avec nous, a poursuivi le type. On va danser.

Pip s'est dandinée, mal à l'aise.

— Oh… euh…

Elle s'est tournée vers moi.

Je ne savais pas vraiment quoi dire mais, par chance, Rooney a parlé pour moi.

— Vas-y. Je m'occupe d'elle.

J'ai hoché la tête en signe d'approbation, en levant un pouce tremblant.

— D'ac, bon… euh… je vous retrouve ici dans genre une heure ? a dit Pip.

— Ouais, a approuvé Rooney.

Puis, nous nous sommes retournées, et Pip est partie.

— Tiens, m'a dit Rooney en me tendant un grand verre d'eau et un toastie enveloppé dans une serviette alors qu'elle se posait à côté de moi sur un fauteuil-poire.

Je les ai acceptés, docile.

— C'est à quoi ? ai-je demandé en désignant le toastie.

— Fromage et Marmite.

— Choix risqué, ai-je répondu en croquant à pleines dents. Et si j'avais détesté la Marmite ?

— C'était la seule garniture qui restait donc tu vas faire avec et le manger.

Par chance, j'adorais la Marmite, mais, même si ça n'avait pas été le cas, je l'aurais sans doute quand même mangé car j'étais soudain *affamée*. La nausée était passée, et mon estomac semblait douloureusement vide. J'ai donc grignoté le toastie alors que nous regardions le film projeté à l'écran.

Nous étions seules dans la pièce. Au loin, nous entendions les basses de la musique dans la salle de bal, qui était sans nul doute l'endroit où se trouvaient la plupart des gens. Nous entendions également des conversations venant de la pièce en face, où on servait du thé et des toasties gratuits, et, à l'occasion, des rires et des voix fortes passaient devant la porte quand des étudiants poursuivaient leur soirée ensemble, faisant tout pour tuer le temps jusqu'à la fin du bal, à l'aube. Ça ne ressemblait plus à un bal – on aurait dit une gigantesque soirée pyjama où personne ne voulait être le premier à se coucher.

Le film était la meilleure adaptation de *Roméo et Juliette* – celle de Baz Luhrmann dans les années quatre-vingt-dix avec Leonardo DiCaprio. Nous n'avions pas loupé grand-chose – Roméo arpentait la plage avec mauvaise humeur –, nous avons donc commencé à regarder le film sans rien dire.

Nous sommes restées ainsi, absorbées, pendant les quarante-cinq minutes suivantes.

— Où es-tu allée ? a été la première chose que j'ai dite.

Rooney n'a pas détourné les yeux de l'écran.

— Je suis juste là…

— Non… tout à l'heure. Tu es partie, tu avais disparu.

Il y a eu une pause.

— Je traînais avec des gens. Désolée. Je… ouais. Désolée. (Elle m'a regardée.) Tu allais bien, pourtant, non ?

Je me rappelais à peine ce que j'avais fait entre le dîner et la bataille dans le château gonflable. J'avais traversé la salle de danse, je m'étais assise dans le salon de thé, j'avais exploré le chapiteau sans tester aucun des stands.

— Ouais, ça allait, ai-je répondu.

— Bien. Tu as dansé avec Jason ?

Oh. Il y avait ça aussi.

— Nan, ai-je répondu.

— Oh. Comment ça se fait ?

Je voulais tout lui raconter.

J'allais tout lui raconter.

Était-ce l'alcool ? La griserie du bal ? Le fait que Rooney commençait à me connaître mieux que n'importe qui, tout ça parce qu'elle dormait à deux mètres de moi chaque nuit ?

— Jason et moi, ça ne va pas le faire, ai-je répondu.

Elle a hoché la tête.

— Ouais, je… je crois que j'avais cette impression, mais… je pensais que vous sortiez toujours ensemble.

— Non. J'ai mis un terme à notre relation.

— Pourquoi ?

— Parce que…

J'avais les mots sur le bout de la langue. « Parce que je suis aromantique et asexuelle. » Mais ça ne sortait pas. Ils sonnaient toujours faux dans ma tête, comme des mots secrets, des mots chuchotés qui n'avaient pas leur place dans le monde réel.

Ce n'est pas que je pensais que Rooney réagirait mal – elle n'aurait pas de réaction de dégoût ou de colère. Ce n'était pas son genre.

Mais je pensais qu'elle réagirait bizarrement. Qu'elle serait perdue. Un : « Euh, d'ac, c'est quoi ce putain de truc ? » Elle hocherait poliment la tête une fois que je lui aurais expliqué, mais elle penserait : « Oh punaise, Georgia est vraiment bizarre. »

D'une certaine façon, ça semblait presque aussi horrible.

— Parce que je n'aime pas les garçons, ai-je répondu.

À peine l'avais-je dit que j'ai compris mon erreur.

— *Oh*, a commenté Rooney. Oh mince. (Elle s'est redressée et a hoché la tête, digérant l'information.) C'est pas grave. Sérieux. Enfin, je suis contente que tu t'en sois *rendu compte*. Félicitations ? (Elle a ri.) Ça a l'air *carrément* mieux de ne pas être attiré par les mecs. Les filles sont bien plus sympas. (Puis, elle a pris une expression peinée.) Oh *mince*. J'ai dépensé *tellement de temps et d'énergie* à tenter de te caser avec Jason. Pourquoi tu n'as rien *dit* ?

Avant que j'aie le temps de répondre, elle s'est interrompue.

— Non, désolée, c'était débile. Bien sûr, tu tentais de comprendre tout ce merdier. C'est bon. Enfin, c'est à ça que *sert* l'université, non ? Faire des expériences et comprendre qui on est en réalité. (Elle m'a fermement tapoté la cuisse.) Et tu sais ce que ça veut dire ? Maintenant, on va essayer de te trouver une chouette *fille* ! Oh punaise. Je connais tellement de filles mignonnes qui vont t'apprécier.

Il *faut* que tu sortes avec moi la semaine prochaine. Je peux te présenter des tas de filles.

Durant tout son monologue, j'ai senti que je rougissais de plus en plus. Si je ne disais rien, j'allais péter un plomb, jouer le jeu de ce nouveau mensonge et devoir encore traverser toute cette histoire de tentative de rencard.

— Je n'ai pas vraiment envie de faire ça, ai-je répliqué en jouant avec la serviette de mon toastie.

— Oh. OK, ouais. Bien sûr. C'est pas grave.

Rooney a siroté son verre d'eau et passé un moment à regarder l'écran.

Puis elle a continué.

— Tu n'es pas obligée de sortir avec quelqu'un tout de suite. Tu as *tout* ton temps.

Tout mon temps. J'avais envie de rire.

— Je ne pense pas, ai-je répliqué.

— Pas quoi ?

— Que je vais sortir avec quelqu'un. De toute ma vie. Je n'aime pas non plus les filles. Je n'aime personne.

Les mots ont retenti dans toute la pièce. Il y a eu une longue pause.

Puis, Rooney a ri.

— Tu es *bourrée*, a-t-elle répondu.

Je l'étais, un peu, mais ce n'était pas le propos.

Et elle avait ri. Ça m'a agacée.

C'était la réaction que j'attendais. C'était la réaction que j'attendais de la part de tout le monde.

Un rire étrange, plein de pitié.

— Je n'aime pas les mecs, ai-je insisté. Et je n'aime pas les filles. Je n'aime personne. Donc je ne sortirai jamais avec qui que ce soit.

Rooney n'a rien dit pendant un moment.

Puis elle a repris la parole.

— Écoute, Georgia. C'est peut-être ce que tu ressens en ce moment, mais… ne perds pas *espoir*. Tu traverses peut-être une étape difficile, je sais pas, genre, le stress de l'entrée à l'université ou que sais-je, mais… tu *vas* rencontrer quelqu'un un jour. Comme tout le monde.

« Non, c'est faux », voilà ce que je voulais répondre.

Pas tout le monde.

Pas moi.

— C'est un vrai truc, ai-je répondu. C'est… c'est une vraie orientation sexuelle. Quand tu n'aimes personne.

Je n'arrivais pas à dire les vrais mots, cela dit.

Ça n'aurait sans doute pas aidé pour autant.

— D'ac, a répondu Rooney. Mais comment tu *sais* que tu es… ça ? Comment tu sais que tu ne rencontreras jamais quelqu'un qui te plaira ?

Je l'ai fixée.

Évidemment, elle ne comprenait pas.

Rooney n'était pas l'experte en romance que j'imaginais. J'étais presque sûre d'en savoir plus qu'elle à ce stade.

— Je n'ai jamais eu de crush de toute ma vie, ai-je répondu. (Mais ma voix était faible, et je n'avais même pas *l'air* d'être sûre de moi, encore moins d'être sûre de qui j'étais.) Je… j'aime l'idée, mais… la réalité…

J'ai laissé la phrase en suspens, sentant une boule dans ma gorge. Si je tentais de lui expliquer, je savais que j'allais me mettre à pleurer. Tout était encore tellement nouveau. Je n'avais encore jamais tenté d'expliquer les choses à qui que ce soit.

— Tu as déjà embrassé une fille ?

Je l'ai regardée. Elle m'observait calmement. Presque avec un air de *défi*.

— Non, ai-je répondu.

— Alors comment tu peux savoir que tu n'aimes pas ça ?

Au fond, je savais que c'était une question injuste. On n'avait pas *besoin* d'essayer quelque chose pour savoir qu'on n'aimait pas ça. Je n'aimais pas sauter en parachute. Je n'avais clairement pas besoin d'essayer pour en être sûre.

Mais j'étais ivre. Et elle aussi.

— Je sais pas, ai-je répondu.

— Peut-être que tu devrais tester avant de… Tu sais… rejeter complètement l'idée que tu pourrais trouver quelqu'un.

Rooney a ri à nouveau. Elle ne *voulait* pas être méchante. Mais c'est le sentiment que j'avais.

Je savais qu'elle voulait seulement m'aider.

Et ça ne faisait qu'empirer les choses.

Elle essayait d'être une bonne amie, mais elle disait tout ce qu'il ne fallait pas, parce qu'elle n'avait pas la moindre idée de ce que ça faisait d'être à ma place.

— Peut-être, ai-je marmonné en m'enfonçant dans le fauteuil-poire.

— Pourquoi tu n'essaies pas avec moi ?

Attends.

Quoi ?

— Quoi ? ai-je dit, en tournant la tête pour lui faire face.

Elle s'est tournée sur le côté de sorte que tout son corps se retrouve face au mien, puis elle a levé les deux mains en signe de reddition.

— Je veux seulement t'aider. Je ne t'aime absolument pas de cette façon, *ne le prends pas mal*, mais tu pourrais voir si c'est une chose qui pourrait te plaire. Je veux t'aider.

— Mais… ce n'est pas ce que je ressens pour toi, ai-je répliqué. Même si *j'étais* lesbienne, je ne ressentirais pas forcément quelque chose uniquement parce que tu es une fille.

— Ouais, peut-être pas, a-t-elle répondu en soupirant. C'est juste que je n'ai pas envie de te voir abandonner sans *essayer.*

Elle m'agaçait, et j'ai compris que c'était parce que je n'étais absolument pas en train d'« abandonner ».

C'était de l'acceptation.

Et peut-être, je dis bien peut-être, que ça pourrait être une bonne chose.

— Je n'ai pas envie que tu aies l'impression que tu vas être triste et seule pour toujours ! a-t-elle expliqué, et c'est à ce moment que j'ai un peu craqué.

Voilà ce que j'allais être ? Triste et seule ? Pour toujours ?

Étais-je condamnée parce que j'osais m'interroger sur cette partie de moi ?

Étais-je en train d'accepter une vie de solitude ?

Dès que ces questions m'ont frappée, elles ont réveillé tous les doutes que je pensais avoir fait taire.

Peut-être que ce n'était qu'une phase.

Peut-être que j'abandonnais.

Peut-être que je devais continuer d'essayer.

Peut-être, peut-être, peut-être.

— Bon, d'accord, ai-je répondu.

— Tu veux essayer ?

J'ai soupiré, abattue, *fatiguée.* J'étais tellement fatiguée de tout ça.

— Ouais. Vas-y.

Ça ne pouvait pas être pire qu'avec Jason, si ?

Et elle s'est penchée vers moi.

C'était différent. Rooney était habituée à des baisers plus longs et plus profonds, d'un tout autre style.

Elle menait la danse. Je tentais de l'imiter.

J'ai détesté.

J'ai détesté, tout comme j'avais détesté le baiser avec Jason. Je détestais que son visage soit si proche du mien. Je détestais sentir ses lèvres bouger contre les miennes. Je détestais son souffle sur ma peau. Mes yeux n'arrêtaient pas de s'ouvrir pour tenter d'estimer le moment où ça allait finir, tandis qu'elle posait une main à l'arrière de ma tête pour m'attirer à elle.

J'ai tenté de m'imaginer le faire avec quelqu'un d'autre, mais c'était un mirage. Plus j'essayais de visualiser ce scénario, plus vite il se désagrégeait.

Jamais je n'aimerais ça. Avec qui que ce soit.

Ce n'était pas un dégoût des baisers. Ce n'était pas la peur, la nervosité ni le fait de « ne pas avoir rencontré la bonne personne ». C'était une partie de moi. Je ne ressentais pas les sentiments d'attraction, de romance, de désir qu'éprouvaient les autres.

Et ça ne m'arriverait jamais.

Je n'avais vraiment pas besoin d'embrasser des gens pour le comprendre.

Rooney, de son côté, y allait à fond. J'imagine que c'est ce qu'elle faisait avec tout le monde. La façon dont elle m'embrassait me donnait vraiment l'impression qu'elle avait des sentiments pour moi, mais j'ai soudain compris que je la connaissais mieux que ça. Il n'était jamais question de l'autre. C'était sa façon de se sentir bien.

Je n'avais pas l'énergie suffisante pour tenter de comprendre ce que ça signifiait.

— Oh, a lâché une voix derrière nous.

Rooney s'est immédiatement écartée, et moi, confuse et un peu perturbée par cette situation, je me suis tournée pour voir de qui il s'agissait.

J'aurais dû m'en douter, vraiment.

Parce que l'univers semblait déjà avoir une dent contre moi.

Pip avait sa veste pliée sur un bras et un toastie à la main.

— Je… a-t-elle dit en laissant sa phrase en suspens. (Elle me regardait, les yeux écarquillés, puis elle a regardé Rooney avant de revenir à moi.) Je t'ai apporté un toastie, mais… (Elle l'a regardé.) Il… euh… putain de merde. (Elle nous a à nouveau regardées.) Wouah. Allez vous faire foutre !

Rooney s'est levée d'un bond.

— *Attends*, c'est pas ce que tu crois.

Le regard de Pip s'est fait plus dur.

— C'est pourtant on ne peut plus clair, a-t-elle rétorqué. Alors ne viens pas m'insulter en essayant de me mentir.

— Ce n'est pas ça, mais…

— S'il y avait un truc entre vous, vous auriez au moins pu m'en parler. (Elle a tourné les yeux vers moi, son visage était dénué d'émotions.) Tu aurais au moins pu m'en parler.

Puis elle a quitté la pièce.

Rooney n'a pas attendu pour lui courir après, et je l'ai rapidement suivie. Il fallait que je lui explique. Il fallait que Rooney lui explique.

Tout le monde devait arrêter de mentir, de jouer la comédie et de passer son temps à faire semblant.

Rooney a saisi Pip par les épaules alors qu'elle arrivait au bout du couloir et elle l'a forcée à se retourner.

— Pip, *écoute*…

— Écoute QUOI ? a-t-elle crié avant de baisser le volume alors que des étudiants qui passaient par là se retournaient par curiosité. Si vous sortez ensemble, parfait, baisez, faites-vous plaisir mais, sérieux, vous auriez au moins pu me faire l'honneur de me tenir au courant pour que je tente de mettre un frein à *mes* sentiments et que je ne sois pas complètement *dévastée* là…

Sa voix s'est brisée, et elle avait les larmes aux yeux.

Je voulais lui expliquer mais je n'arrivais pas à parler.

J'avais gâché ma relation avec Jason et, là, je ruinais aussi mon amitié avec Pip.

— Je… On… On n'est pas ensemble ! (Rooney m'a désignée vivement.) Je te jure ! C'était mon idée parce que je suis trop stupide ! Georgia tentait de comprendre des choses et j'ai tout empiré en la forçant à sortir avec Jason pour voir alors qu'elle n'en avait pas vraiment envie, et maintenant ça…

On aurait dit que les murs se brisaient autour de nous. Pip a serré les poings.

— Attends… (Elle s'est tournée vers moi.) Tu… Jason, c'était juste *pour voir* ?

— Je…

Je voulais dire non, que je pensais avoir des sentiments pour lui et que j'avais sincèrement *voulu* tomber amoureuse de lui mais… était-ce un mensonge ?

Le visage de Pip s'est décomposé. Elle a fait un pas vers moi, elle *hurlait* désormais.

— Comment tu as pu *faire ça* ? Comment tu as pu *lui faire ça* ?

J'ai reculé, sentant les larmes monter. Ne pleure pas. Ne pleure surtout pas.

— Arrête de l'accuser ! a hurlé Rooney à son tour. Elle essayait de comprendre son orientation sexuelle !

— Ben, elle n'aurait pas dû le faire avec notre meilleur ami qui sort tout juste d'une relation qui lui a donné l'impression d'être une pauvre MERDE !

Elle avait raison. J'avais merdé. J'avais tellement merdé.

Rooney a placé un bras entre Pip et moi.

— Arrête de détourner l'attention alors qu'on sait quel est le problème !

— Ah ouais ? (La voix de Pip était moins forte. Elle avait les joues striées de larmes.) Et c'est quoi alors ?

— *Tu me détestes*. Tu crois que je t'enlève Georgia et, comme tu n'as que *deux amis*, tu *as une dent contre moi* parce que tu crois que je prends ta place.

Il y a eu un silence. Pip a écarquillé les yeux.

— Tu ne sais rien du tout, a-t-elle répliqué d'une voix brisée en se retournant. Je me casse.

— Attends ! ai-je lancé.

Je disais enfin quelque chose !

Pip s'est retournée, luttant pour parler malgré ses larmes.

— Quoi ? Tu as un truc à dire ?

Non. Je n'arrivais pas à trouver les mots.

— C'est bien ce que je pensais, a-t-elle tranché. Tu n'as jamais rien à dire.

Puis elle a disparu.

Rooney s'est ruée derrière elle, et je suis restée dans le couloir. Les murs qui m'entouraient étaient décorés de fleurs en papier. Au-dessus de moi pendaient des guirlandes lumineuses clignotantes. Des étudiants passaient en riant. Ils se tenaient la main, vêtus de costumes stylés et de robes étincelantes. La chanson diffusée à ce moment était *Young Hearts Run Free* de Candi Staton.

Je détestais chacune de ces choses.

Survivante

Je marchais dans les couloirs mal éclairés à travers une foule à la voix cassée. Je suis restée à l'entrée de la salle de danse où le groupe finissait son concert sur un slow pour que les couples puissent s'enlacer. Ça m'a donné la nausée.

Rooney et Pip n'étaient nulle part, alors je suis retournée dans ma chambre. C'était la seule chose qui m'était venue en tête. Je me suis longuement regardée dans le miroir en me demandant si j'allais m'effondrer. J'aurais pu me laisser aller et me mettre à sangloter parce que j'avais merdé. J'avais *tout* fait foirer dans ma quête pour comprendre qui j'étais. Alors que Pip et Jason avaient déjà des tas de choses à gérer, je n'avais pensé qu'à moi.

Mais je n'ai pas pleuré. Je suis restée silencieuse. Je ne voulais plus rester éveillée.

J'ai dormi pendant quelques heures et, quand je me suis réveillée, j'ai entendu le martèlement des gens de la chambre du dessus qui couchaient ensemble.

C'était peut-être la goutte d'eau qui fait déborder le vase.

Est-ce que tout le monde couchait et tombait amoureux tout le temps ? Pourquoi ? En quoi était-ce juste que tout le monde puisse ressentir ça sauf moi ?

J'aurais aimé que tout le monde arrête. J'aurais aimé que le sexe et l'amour n'existent pas.

J'ai quitté ma chambre comme une furie, sans même prendre mon portable, j'ai monté les marches de l'escalier deux à deux, sans vraiment savoir ce que j'allais faire une fois sur place, mais je pourrais au moins voir à qui était la chambre et peut-être les retrouver un peu plus tard pour leur dire d'arrêter de faire autant de bruit…

Quand j'ai atteint l'endroit qui se trouvait au-dessus de ma chambre, je me suis arrêtée net.

C'était une buanderie. À l'intérieur : six machines à laver et six sèche-linge.

L'une des machines était allumée. Elle martelait le mur en rythme.

De retour dans ma chambre, j'ai constaté qu'il ne restait plus que dix minutes avant six heures – l'heure de la légendaire « photo des survivants ».

J'allais simplement jeter un œil. Voir combien de personnes avaient réussi.

La réponse était : pas tant que ça. Sur les centaines d'étudiants qui s'affairaient plus tôt dans le collège, il ne devait pas en rester plus de quatre-vingts, et ils s'étaient tous regroupés dans la salle de danse. Un photographe à l'air fatigué attendait que des étudiants ivres et en manque de sommeil se mettent en rangs. Je ne savais pas si je devais me joindre à eux ou non. J'avais un peu l'impression d'être une tricheuse, puisque je venais de passer cinq heures à dormir.

— Georgia !

Je me suis retournée, craignant de faire face à Jason, Rooney ou Pip, mais ce n'était aucun d'eux.

Sunil s'est approché de moi depuis la porte de la salle de danse. Sa cravate était défaite, sa veste bleu layette pendait à son bras, et il semblait étrangement frais pour six heures du matin.

Il a posé ses mains sur le haut de mes bras et m'a un peu secouée.

— Tu as *réussi* ! Tu as tenu jusqu'à six heures ! Je suis très impressionné. J'avais abandonné à minuit la première année.

— J'ai… fait une sieste, ai-je avoué.

Sunil a souri.

— Bien vu. Il faut être stratège dans ce genre de cas. Jess est partie faire une sieste il y a quelques heures mais elle n'a pas refait surface, donc j'imagine qu'elle a encore échoué cette année.

J'ai cligné des yeux. Je ne savais pas quoi lui dire.

— Alors, personne d'autre n'a tenu ? Rooney ? Pip ? Jason ?

— Euh… (J'ai regardé alentour. Ni Rooney, ni Pip, ni Jason n'étaient en vue. Je n'avais aucune idée d'où ils se trouvaient.) Non. Rien que moi.

Sunil a hoché la tête.

— Ah, ben. Tu pourras te vanter demain. (Il a passé son bras autour de mes épaules et nous a guidés vers la foule d'étudiants.) Tu es une *survivante* !

J'ai tenté de sourire mais ma lèvre s'est mise à trembler. Sunil n'a rien vu, occupé à nous guider.

J'ai cligné des yeux une nouvelle fois.

Puis je l'ai dit.

— Je crois que je suis… asexuelle. Et aromantique. Les deux.

Sunil a cessé de marcher.

— Ouais ? a-t-il demandé.

— Euh… ouais, ai-je répondu en fixant le sol. Euh… Je ne sais pas trop quoi faire.

Sunil est resté immobile un moment. Puis il a bougé, m'a lâchée et s'est tourné pour me faire face. Il a posé ses mains sur mes épaules puis s'est penché un peu pour que nos visages soient au même niveau.

— Il n'y a rien à *faire*, Georgia, a-t-il dit doucement. Il n'y a rien à faire du tout.

Et c'est alors que le photographe a commencé à s'impatienter et a crié à tout le monde de se mettre en place.

Sunil nous a donc fait avancer jusqu'à la mêlée, nous nous sommes pressés au troisième rang près de deux de ses amis et, alors qu'il se tournait pour discuter avec eux, à ce moment précis, j'ai compris que ce que j'avais dit était indéniablement vrai. J'en avais la certitude.

Sunil s'est retourné, a pressé mon épaule et a dit :

— Ça va aller. Tu n'as rien d'autre à faire qu'*exister.*

— Mais… et si ce que je suis, c'est juste… rien ? (J'ai expiré et cligné des yeux alors que le photographe prenait son premier cliché.) Et si je ne suis rien ?

— Tu n'es pas rien, a répliqué Sunil. Tu dois le croire.

Peut-être que je pouvais y arriver.

Peut-être que je pouvais y croire.

Quatrième partie

Des personnes très opposées

Le matin suivant le bal de Bailey, Rooney est rentrée dans notre chambre à presque midi. J'étais encore endormie mais elle a ouvert la porte si violemment qu'elle a cogné le mur, puis elle a raconté qu'elle avait dormi chez un gars, avant d'enlever ses chaussures, de passer sa robe par-dessus sa tête et de rester au milieu de la pièce à fixer Roderick la plante verte qui était plus ou moins à l'article de la mort. Puis elle s'est mise au lit.

Elle n'a pas parlé de ce qui s'était passé avec Pip ou moi.

Je n'avais pas non plus envie de lui parler, donc dès que j'ai été debout et habillée, je suis allée à la bibliothèque. Je suis montée directement au dernier étage avec ses tables derrière de longues étagères de livres sur la finance et l'entreprise. J'y suis restée jusqu'à l'heure du dîner pour finir un de mes devoirs du trimestre, sans penser à ce qui s'était passé. Je ne pensais clairement pas à ce qui s'était passé.

Quand je suis rentrée, Rooney s'est réveillée, juste à temps pour le dîner à la cafétéria du collège.

Nous y sommes allées ensemble, sans un mot, et nous avons mangé à côté d'un groupe d'étudiants que j'ai reconnus comme étant des connaissances de Rooney, mais elle n'a toujours rien dit.

Quand nous sommes retournées dans notre chambre, elle a enfilé son pyjama, s'est remise immédiatement au lit et s'est rendormie. Je suis restée éveillée, à fixer la veste de Pip dans le coin de la pièce – celle qu'elle avait laissée la semaine de la rentrée. Celle que je n'arrêtais pas d'oublier de lui rendre.

Quand je me suis réveillée le dimanche, je me suis sentie répugnante en me rendant compte que je ne m'étais pas lavée depuis le bal de Bailey.

Je me suis donc douchée. J'ai enfilé un T-shirt propre et un cardigan chaud, puis j'ai quitté la chambre, laissant Rooney au lit. Seule sa queue-de-cheval dépassait au sommet de sa couette.

Je suis retournée à la bibliothèque avec l'intention de finir un autre devoir. Les premiers DM de ma vie universitaire étaient tous à rendre la semaine suivante, avant les vacances de Noël, et j'avais encore beaucoup à faire. Mais une fois que j'étais entrée dans la bibliothèque avec ma carte du campus et que j'avais trouvé une table vacante, je suis restée assise avec mon ordinateur, à regarder mes anciennes conversations avec Pip et Jason.

J'ai commencé à écrire un message à chacun d'eux. Ça a pris deux heures.

À Jason, j'ai écrit :

Georgia Warr
Je suis vraiment vraiment désolée pour tout. Je n'ai pas bien réfléchi à la façon dont ça allait t'affecter – je ne pensais qu'à moi. Tu es une des personnes les plus importantes de ma vie et j'en ai profité sans réfléchir. Tu mérites quelqu'un qui t'adore. J'aurais sincèrement aimé ressentir ça, mais c'est impossible – je ne suis littéralement attirée par personne, quel que soit le genre. J'ai vraiment essayé, mais non. Je suis tellement désolée pour tout.

À Pip, j'ai envoyé :

Georgia Warr
Hé, je sais que tu ne me parles pas et je comprends pourquoi, mais je veux juste que tu connaisses les faits : Rooney m'a

embrassée parce que j'étais vraiment perdue avec mon orientation sexuelle et qu'elle voulait m'aider à voir si j'aimais les filles. C'était vraiment débile de notre part à toutes les deux – ça ne m'a absolument pas aidée, ce n'était pas du tout ce que je voulais, et nous étions toutes les deux ivres. On ne se plaît pas du tout et on le regrette toutes les deux. Donc je suis vraiment vraiment désolée.

Ils ont tous les deux lu le message dans l'heure. Aucun d'eux n'a répondu.

Nous avions beau vivre dans la même chambre, ma première vraie conversation avec Rooney après les événements du bal de Bailey a eu lieu le lundi avant la fin du trimestre lors d'un cours d'introduction au drame. J'étais seule au fond de la salle, à ma place habituelle, quand elle est apparue dans ma vision périphérique et qu'elle s'est assise à côté de moi.

Elle affichait son style de jour – un legging, un polo St John, ses cheveux remontés en queue-de-cheval –, son regard était vif, et elle me fixait dans l'attente que je dise quelque chose.

Je n'avais pas envie de lui parler. J'étais agacée. Je savais que ce qui s'était passé était autant ma faute que la sienne, mais j'étais en colère à cause de sa réaction quand j'avais tenté de lui expliquer mes sentiments.

Elle n'avait même pas essayé de comprendre.

— Bonjour, ai-je dit platement.

— Salut, a-t-elle répondu. Il faut que je te parle.

— Je… n'ai pas vraiment envie de te parler, ai-je répliqué.

— Je sais. Tu n'es pas obligée de dire quoi que ce soit si tu n'en as pas envie.

Mais aucune de nous n'a pu parler parce que nous avons été interrompues par le professeur, qui a commencé son cours sur *L'Anniversaire* de Pinter.

Au lieu de laisser tomber, Rooney a sorti son iPad de son sac, a ouvert l'application pour prendre des notes et l'a posé sur la table devant nous, suffisamment près pour que je voie l'écran. Elle s'est mise à taper, et j'imaginais qu'elle prenait des notes sur le cours, mais elle s'est arrêtée et a poussé l'écran vers moi.

Je suis vraiment désolée pour ce qui s'est passé au bal de Bailey. C'était entièrement ma faute et je t'ai traitée comme une merde alors que tu essayais de me dire quelque chose d'important.

Oh. OK.

Voilà qui était inattendu.

J'ai regardé Rooney. Elle a levé les sourcils et fait un signe de tête en direction de l'iPad pour m'inciter à répondre.

Qu'étais-je censée dire ?

J'ai prudemment levé les mains et je me suis mise à taper.

D'ac

Rooney a marqué une pause, puis elle a pianoté furieusement sur son clavier.

Je sais qu'on était bourrées mais ça n'excuse clairement pas la façon dont j'ai agi. Tu sais, quand les gars hétéros apprennent qu'une fille est lesbienne et qu'ils sont tous en mode « haha mais tu ne m'as pas embrassé donc comment tu peux être sûre d'être lesbienne » ? C'est plus ou moins ce que je t'ai fait !!!
Tout ce temps, je t'ai harcelée pour que tu trouves quelqu'un, que tu embrasses des gens et que tu te lances... je n'arrêtais pas de

te répéter d'essayer avec Jason et quand tu as tenté de me dire que tu ne voulais rien de tout ça je n'ai même pas écouté. Puis je me suis dit que s'embrasser serait une bonne idée parce que je crois toujours que s'embrasser résout tout !!!!!
Tu as passé des mois à tenter de comprendre ton orientation sexuelle et j'ai tout fait de travers. TOUT.
J'avais tellement d'idées préconçues sur la façon dont les gens devaient envisager la romance et le sexe et tout ça, mais… c'était juste des conneries et je suis désolée
Je suis vraiment trop bête et je suis une connasse
JE VEUX QUE TU ME DISES QUE JE SUIS UNE CONNASSE

J'ai levé un sourcil puis j'ai tapé.

D'ac t'es une connasse

Et Rooney a souri en lisant ça.

R – Merci

G – Pas de souci

Je ne m'étais pas attendue à ce qu'elle s'excuse, encore moins à ce qu'elle comprenne pourquoi ce qu'elle avait fait était blessant.

Et pourtant.

J'ai décidé d'être franche et de taper :

Donc apparemment, je suis aromantique asexuelle

Rooney m'a regardée.

Ce n'était pas l'expression de « Sérieux, c'est quoi ce truc ? » que j'attendais.

C'était un regard curieux. Curieux. Un peu inquiet, peut-être, mais pas de façon négative.

Elle voulait vraiment savoir ce qui m'arrivait.

Ouais, ça m'a perturbée aussi haha
Ça veut dire que je ne suis attirée par personne romantiquement ou sexuellement
Quel que soit le genre
J'ai plus ou moins compris ça ces derniers temps

Rooney m'a regardée taper. Puis elle a pris un moment pour réfléchir avant de répondre.

R – Wouah… Je ne savais même pas que ça existait !!! J'ai toujours cru que, genre… tu aimais les mecs ou les filles ou une sorte de combo

G – Haha ouais pareil
D'où la confusion

R – Ça n'a vraiment pas l'air facile à comprendre… Je suis fière de toi !!!!!

C'était loin d'être la réponse idéale à donner à quelqu'un qui fait son coming out. Mais c'était tellement Rooney que ça m'a fait sourire.

R – Tu le vis bien ?

G – Pour être franche, pas vraiment.
Mais
Je crois que ça va venir
Avec le temps ?
Comprendre et accepter ce que je suis, c'est genre… les premières étapes et c'est fait maintenant, non ???

Avant de taper sa réponse, Rooney a simplement posé la tête sur mon épaule quelques secondes, au lieu d'un vrai câlin qui aurait été un peu compliqué en plein cours.

R – J'imagine que je ne peux pas vraiment comprendre mais je suis là. Genre, si tu veux en parler ou juste discuter !!!

G – Vraiment ??

R – Georgia. On est amies.

G – Oh

R – Enfin, on s'est EMBRASSÉES. Plus ou moins. Platoniquement.

G – Je sais.

R – Désolée pour ça. Encore une fois. C'était vraiment atroce pour toi ????

G – Ben. C'était un peu dégueu oui

R – Oh !!

G – Sans vouloir t'offenser

R – Non ça me plaît. Tu es clairement l'anti-moi

G – Nous sommes des gens très opposés, oui

R – Très rafraîchissant

G – Ça me plaît qu'on soit comme ça

R – Succulent

G – Contenu délicieux

R - 10/10

Nous nous sommes mises à glousser et nous n'avons pas réussi à nous arrêter avant que le professeur nous dise de nous taire. Nous nous sommes alors regardées avec un grand sourire. C'était toujours la merde, j'avais fait du mal à mes deux meilleurs amis et je savais que j'avais encore beaucoup de chemin à parcourir avant même de commencer à aimer celle que j'étais, mais au moins j'avais Rooney à mes côtés, qui riait au lieu de pleurer.

Aromantique asexuelle

Internet est à la fois une bénédiction et une malédiction. Chercher « aromantique asexuel » sur Google a fait déferler une quantité d'informations pour lesquelles je n'étais préparée ni mentalement ni émotionnellement. La première fois que j'ai fait la recherche, j'ai rapidement fermé la fenêtre et je n'ai plus réessayé de toute la journée.

Mon instinct primaire me disait *c'est stupide.*

C'est faux.

C'est un truc imaginaire sur Internet qui est stupide, faux et ne me correspond absolument pas.

Et pourtant, c'était moi. Sunil et Jess n'étaient pas les seuls. Il y avait des milliers de personnes sur Internet qui s'identifiaient ainsi et qui en étaient très heureuses. En fait, les gens utilisent le terme « asexuel » en tant qu'orientation sexuelle depuis au moins 1907. Donc ce n'était même pas un « truc imaginaire sur Internet ».

Sunil avait expliqué les choses de façon plutôt concise, pour être honnête. Internet m'a informée qu'« asexuel » signifiait simplement peu voire pas d'attraction *sexuelle*, et « aromantique » signifiait peu voire pas d'attraction *romantique*. Lors d'une exploration plus poussée sur Internet, j'ai découvert que ces définitions faisaient débat parce que les expériences et le ressenti des gens pouvaient être drastiquement différents, mais à ce stade j'avais à nouveau décidé de me déconnecter.

C'était trop. Trop perturbant. Trop nouveau.

Je me demandais si Sunil avait ressenti ça à propos de sa propre asexualité et, après avoir parcouru son compte Instagram un moment, j'ai découvert qu'il avait un blog.

Il s'intitulait « Journal d'un violoncelliste à Durham » et contenait des messages à propos de tout un tas de choses – les études de musique, les activités à Durham, sa routine quotidienne, son rôle dans l'asso des fiertés et dans l'orchestre étudiant. Il avait également publié quelquefois à propos d'asexualité. Un des messages, dans lequel il écrivait qu'il avait trouvé difficile d'accepter son asexualité au départ, sortait du lot. La sexualité en général était un sujet très tabou dans la culture indienne, expliquait-il, et quand il avait cherché du soutien, il avait découvert que la communauté asexuelle – même en ligne – était incroyablement blanche. Mais, après avoir trouvé un groupe d'Indiens asexuels en ligne, il avait commencé à ressentir de la fierté pour son identité.

Sunil avait sans aucun doute eu un parcours très différent du mien, et j'étais protégée d'une grande partie des choses qu'il avait dû affronter parce que j'étais blanche et cis. Mais c'était rassurant de savoir qu'il avait lui aussi angoissé à propos de son asexualité. Les gens n'aimaient pas toujours immédiatement qui ils étaient.

J'ai rapidement trouvé le courage de poursuivre mes recherches sur Google.

Il s'est avéré que des tas de gens asexuels voulaient tout de même du sexe pour diverses raisons, mais certains se sentaient complètement neutres à ce sujet, et d'autres – ce que je pensais à la base – détestaient littéralement ça. Certaines personnes asexuelles se masturbaient quand même ; d'autres n'avaient pas du tout de libido.

Il s'est aussi avéré que des tas de gens aromantiques voulaient quand même des relations même s'ils n'éprouvaient pas ces sentiments. D'autres ne voulaient pas de partenaire romantique.

Et les gens s'identifiaient à toutes sortes de combinaisons romantiques et sexuelles – il y avait les asexuels gays, comme Sunil, les aromantiques bisexuels, comme Jess, les asexuels hétéros, les aromantiques pansexuels et bien d'autres. Certaines personnes asexuelles et aromantiques n'aimaient même pas diviser leur attirance en deux catégories, et d'autres utilisaient simplement le mot « queer » pour tout résumer. J'ai dû rechercher des mots comme « demisexuel » ou « gris-romantique », mais je n'étais pas sûre de leur signification malgré tout.

Les spectres aromantique et asexuel n'étaient pas de simples lignes droites. Il s'agissait de diagrammes en étoile avec au moins une dizaine d'axes différents.

Ça faisait beaucoup.

Genre *vraiment* beaucoup.

L'essentiel dans tout ça, c'était que je ne ressentais de sentiments sexuel et romantique pour personne. Ça n'était jamais arrivé et ça n'arriverait jamais.

Donc ça me correspondait vraiment.

Aromantique.

Asexuelle.

Je me suis répété ces mots jusqu'à ce qu'ils aient l'air réels, dans ma tête du moins. Peut-être qu'ils ne le seraient pas dans l'esprit de la plupart des gens. Mais je pouvais les rendre réels dans le mien. Je pouvais faire tout ce que je voulais, sérieux.

Je les chuchotais parfois jusqu'à ce qu'ils ressemblent à une formule magique. Je les imaginais dans mon sommeil.

Je ne sais plus exactement quand j'ai remarqué que je ne ressentais plus de souffrance mélancolique à propos de mon orientation sexuelle. L'état d'esprit « Pauvre de moi, je suis sans amour » avait simplement disparu.

Pour laisser place à la colère.

J'étais tellement en colère.

Contre *tout*.

J'étais en colère contre le destin qui m'avait distribué ces cartes. Bien que je sache qu'il n'y avait rien qui clochait chez moi – des tas de gens étaient comme ça, je n'étais pas seule, aime-toi, bref –, je ne savais pas comment arriver au stade où ça cessait de sembler être un fardeau pour devenir quelque chose de *bon*, quelque chose que je puisse *célébrer*, quelque chose que je puisse *partager avec le monde*.

J'étais en colère contre le moindre couple qui passait dans la rue. Le moindre duo qui se tenait la main, chaque fois que je voyais ce couple à notre étage flirter dans la cuisine. Chaque fois que je voyais deux personnes se câliner dans la bibliothèque ou à la cafétéria. Chaque fois qu'un des auteurs que j'aimais publiait une fanfiction.

J'étais en colère contre la terre entière de me faire détester celle que j'étais. J'étais en colère contre moi-même d'avoir laissé ces sentiments gâcher mon amitié avec les meilleures personnes au monde. J'étais en colère contre le moindre film romantique, la moindre fanfiction, les moindres âmes sœurs débiles qui m'avaient fait éprouver le besoin de rechercher la romance parfaite. C'était, sans aucun doute, à cause de tout ça que cette nouvelle identité avait tout d'un deuil, alors qu'elle aurait dû être une belle découverte.

Finalement, le fait d'être en colère contre tout ça m'énervait encore plus parce que je savais que je ne *devais* ressentir de colère pour aucune de ces choses. Mais c'était le cas, et j'essaie d'être sincère, d'ac ? D'ac.

Grand amour

Je n'ai pris pleinement conscience de la situation avec Pip et Jason que quand ils ont tous les deux quitté l'association Shakespeare en même temps. Le dernier jour du trimestre.

Ils ne l'ont même pas fait en personne.

Je n'avais pas grand espoir qu'ils assistent à notre répétition ce vendredi avant Noël, mais Rooney et moi y sommes allées quand même. Nous avons déverrouillé la salle, allumé le chauffage électrique et déplacé les tables sur le côté. Sunil est arrivé, sans être au courant de rien, avec un manteau qui tenait plus de la couverture et un sourire sur le visage. Nous ne savions pas quoi lui dire.

Dix minutes après l'heure à laquelle ils auraient dû arriver, Pip a envoyé un message dans le chat du groupe.

Felipa Quintana
Salut, donc Jason et moi avons décidé de ne plus faire la pièce, trop de travail et d'autres trucs. Trouvez d'autres gens pour nous remplacer.
Désolés

Je l'ai vu la première, puis j'ai passé mon portable à Rooney.

Elle l'a lu. Je l'ai regardée se mordre l'intérieur des joues. L'espace d'un instant, elle a semblé furieuse. Puis elle m'a rendu mon téléphone avant de se tourner pour que ni Sunil ni moi ne puissions voir à quel point elle était bouleversée.

Sunil a vu le message en dernier. Il nous a regardées avec une expression confuse et a demandé :

— Que… que s'est-il passé ?

— On… on s'est disputés, ai-je répondu parce que je ne savais pas comment expliquer dans quel genre de merdier ce petit groupe de gens s'était fourré alors que Sunil était un spectateur innocent qui voulait simplement faire partie d'une association de théâtre sympa.

Et tout ça à cause de moi.

Je me suis toujours sentie seule, je pense.

Je crois que des tas de personnes se sentent seules. Rooney. Pip. Peut-être même Jason, bien qu'il n'en ait jamais rien dit.

J'avais passé mon adolescence à me sentir seule chaque fois que je voyais un couple à une fête, ou deux personnes qui s'embrassaient devant le portail du lycée. Je m'étais sentie seule chaque fois que j'avais lu une histoire de demande en mariage mignonne sur Twitter, vu un message sur Facebook de quelqu'un qui fêtait ses cinq ans de mariage ou même simplement vu quelqu'un avec son ou sa partenaire dans sa story Instagram, assis ensemble sur un canapé avec leur chien, à regarder la télé. Au départ, je me sentais seule parce que je n'avais jamais vécu ça. Puis je me suis sentie encore plus seule quand j'ai commencé à croire que ça ne m'arriverait jamais.

Cette forme de solitude – être sans Jason et Pip – était pire.

Les amis sont automatiquement classés comme « moins importants » que les partenaires romantiques. Je n'avais jamais remis cette idée en question. Le monde fonctionnait ainsi. Je pense que j'avais toujours eu l'impression que l'amitié ne pouvait simplement pas entrer en compétition avec ce qu'un ou une partenaire offrait et que je ne connaîtrais jamais vraiment le *grand amour* avant de trouver la romance.

Mais, si cela avait été vrai, je n'aurais probablement rien ressenti de tout ça.

J'aimais Jason et Pip. Je les aimais parce que je n'avais pas besoin de me prendre la tête avec eux. J'aimais que nous puissions rester ensemble sans rien dire. J'aimais qu'ils connaissent tous mes plats préférés et qu'ils sachent instantanément si j'étais de mauvaise humeur. J'aimais le sens de l'humour absurde de Pip et sa façon d'apporter de la joie dans une pièce dès qu'elle y entrait. J'aimais que Jason sache exactement quoi dire quand nous étions bouleversées et puisse toujours nous apaiser.

J'aimais Jason et Pip. Et ils n'étaient plus là.

J'étais tellement désespérée par cette idée de grand amour que je n'avais même pas su le voir quand il se trouvait sous mes yeux.

À la maison

J'ai posé une main froide sur ma voiture, qui était aussi haut que possible dans notre allée. Elle m'avait manqué.

Il y avait trois autres véhicules et quatre de plus garés sur le trottoir, ce qui m'indiquait une chose : toute la famille s'était rassemblée chez nous. Ce n'était pas inhabituel chez les Warr à la période de Noël, mais une fête de famille le 21 décembre était un peu prématurée, et ce n'était pas exactement l'environnement dans lequel je voulais revenir après mon trimestre universitaire de l'enfer.

— Georgia ? Que fais-tu ?

Papa me tenait la porte d'entrée. Il était venu me chercher à la gare.

— Rien, ai-je répondu en enlevant la main de ma voiture.

La vingtaine de membres de ma famille qui discutaient dans le séjour ont poussé une espèce de cri de joie quand je suis entrée. C'était plutôt sympa. J'avais oublié ce que ça faisait, d'être entourée d'autant de gens qui me connaissent.

Maman m'a fait un gros câlin. Mon grand frère, Jonathan, et sa femme, Rachel, sont également venus me serrer dans leurs bras. Puis maman n'a pas perdu de temps pour me faire prendre les commandes de thé et de café et m'informer du planning heure par heure pour la semaine à venir, me précisant que ma tante, mon oncle et ma cousine Ellis resteraient ici jusqu'au lendemain de Noël. Comme une grande soirée pyjama en famille.

— Ça ne te dérange pas qu'Ellis dorme dans ta chambre, si ? a demandé maman.

La tournure des événements ne me réjouissait pas, mais j'aimais bien Ellis donc ce ne serait pas si terrible.

Ma chambre était exactement comme je l'avais laissée – livres, télé, draps à rayures – à l'exception du matelas gonflable pour Ellis. Je me suis immédiatement affalée sur mon lit. Son odeur n'avait pas changé.

Même après un trimestre, je ne me sentais pas chez moi à l'université.

— Allez, viens ! m'a lancé mamie d'une voix enrouée alors que je me pressais sur le canapé à côté d'elle. Dis-nous tout !

Par « tout », elle n'entendait clairement pas la façon dont j'avais complètement détruit le peu d'amitiés que j'avais, ni le fait que j'avais compris à contrecœur que je n'étais pas hétéro et que mon orientation sexuelle était de celles dont très peu de gens avaient vraiment entendu parler, ni que j'avais compris que le monde était tellement obsédé par l'amour romantique que je ne pouvais pas passer une heure sans me détester d'être incapable de le ressentir.

Je lui ai donc parlé, à elle et aux douze autres membres de ma famille qui écoutaient, de mes cours (« intéressants »), de ma chambre à la fac (« spacieuse ») et de ma colocataire (« très sympa »).

Malheureusement, mamie aimait fourrer son nez dans les affaires des autres.

— Et des amis ? T'es-tu fait des amis sympas ? (Elle s'est penchée vers moi en me tapotant légèrement la cuisse.) Ou as-tu rencontré de gentils *garçons* ? Je parie qu'il y a des tas de charmants jeunes hommes à Durham.

Je n'en voulais pas à mamie d'être comme ça. Ce n'était pas sa faute. Elle avait été élevée dans la croyance que le but principal dans la vie d'une fille était de se marier et de fonder une famille. C'est exactement ce qu'elle avait fait à mon âge, et je pense qu'elle se sentait vraiment accomplie grâce à ça. Très bien. Fais ce qui est bon pour toi.

Mais ça ne m'a pas empêchée d'être profondément agacée.

— En fait, ai-je répondu en faisant tout mon possible pour masquer mon irritation, ça ne m'intéresse pas vraiment de trouver un petit ami.

— Oh, ben, a-t-elle répondu en me tapotant à nouveau la cuisse, tu as tout ton temps, ma chérie. Tout ton temps.

« Mais le temps s'enfuit déjà, voulais-je crier. Ma vie s'écoule en ce moment même. »

Ma famille s'est ensuite lancée dans une conversation sur la facilité de se mettre en couple à la fac. J'ai repéré ma cousine Ellis, assise dans un coin sans rien dire avec son verre de vin, les jambes croisées. Elle a surpris mon regard, m'a fait un petit sourire et a roulé les yeux en direction du groupe qui nous entourait. Je lui ai rendu son sourire. Peut-être aurais-je au moins une alliée.

Ellis avait trente-quatre ans et avait été mannequin. Un vrai mannequin *de mode* qui faisait des défilés et des publicités dans les magazines. Elle avait arrêté au milieu de la vingtaine et s'était servi de l'argent qu'elle avait épargné pour passer quelques années à peindre, ce pour quoi elle s'était avérée très douée. Elle était artiste professionnelle depuis.

Je la voyais seulement deux fois par an, mais elle prenait toujours de mes nouvelles quand nous nous voyions, me demandait comment se passaient les cours, comment allaient mes amis, s'il y avait eu de récentes évolutions dans ma vie. Je l'aimais bien.

Je ne sais pas quand je me suis rendu compte qu'Ellis était la cible des blagues dans notre famille. Chaque fois qu'elle et mamie se trouvaient dans la même pièce, mamie parvenait à orienter la conversation sur le fait qu'elle n'était pas encore mariée et qu'elle n'avait pas fourni le moindre bébé mignon sur lequel la famille pourrait s'extasier. Maman parlait toujours d'elle comme si elle menait une espèce de vie tragique, simplement parce qu'elle vivait seule et qu'elle n'avait jamais eu de relation longue.

Je trouvais sa vie super cool. Mais je crois que je m'étais toujours demandé si elle était heureuse. Ou si elle était triste et seule, à rêver désespérément de romance, tout comme je l'avais été.

— Pas de petit ami, alors ? m'a demandé Ellis tandis que je m'affalais à côté d'elle dans la véranda ce soir-là.

— Eh non, comme c'est tragique, ai-je répondu.

— Je sens comme une pointe de sarcasme, là.

— Possible.

Ellis a souri en hochant la tête.

— Ne t'inquiète pas pour mamie. Ça fait quinze ans qu'elle me répète la même chose. Elle a seulement peur de mourir sans arrière-petits-enfants.

J'ai pouffé, bien que ce soit une chose à laquelle j'avais pensé et qui me faisait culpabiliser un peu. Je ne voulais pas que mamie meure malheureuse.

— Alors… a poursuivi Ellis. Pas de… copine non plus ?

Il m'a fallu un moment pour comprendre qu'elle n'employait pas « copine » au sens platonique du terme. Elle me demandait si j'étais lesbienne.

Respect à Ellis. Si j'avais été lesbienne, ça aurait été un moment absolument incroyable pour moi.

— Euh, non, ai-je répondu. Pas vraiment intéressée par une copine non plus.

Ellis a hoché la tête. L'espace d'un instant, j'ai cru qu'elle allait me demander autre chose, mais elle a simplement dit :

— Tu veux jouer à *Cuphead* ?

Alors nous avons allumé la Xbox et nous avons joué à *Cuphead* jusqu'à ce que tout le monde soit rentré ou couché.

Ellis

Les Warr sont une de ces horribles familles où l'ouverture des cadeaux de Noël est prohibée jusqu'à la fin de l'après-midi mais, cette année, cela ne me dérangeait pas tant que ça, j'avais d'autres choses en tête. Je n'avais rien demandé de spécial donc j'ai fini avec une grosse pile de livres, un assortiment de produits de bain, dont je ne me servirais sans doute jamais, et un sweat de la part de maman avec la phrase « Pas besoin de mec pour avoir la frite ». La famille avait beaucoup ri en le voyant.

Après les cadeaux, les grands-parents se sont assoupis dans la véranda, maman s'est lancée dans une intense partie d'échecs avec Jonathan, tandis que papa et Rachel préparaient le thé. Ellis et moi avons joué à *Mario Kart* avant que je m'éclipse dans ma chambre pour me détendre en regardant mon portable.

J'ai ouvert le chat Facebook avec Pip.

Georgia Warr

Joyeux Noël !! je t'aime, j'espère que tu as passé une bonne journée hier. Bisous

Il était toujours non lu. J'étais bourrée quand je l'avais envoyé en plein repas de Noël. Peut-être qu'elle ne l'avait pas encore vu.

J'ai regardé son compte Instagram. La famille de Pip célébrait Noël principalement la veille au soir, et elle avait publié un tas de stories. Elle avait posté une photo aux aurores – sa famille marchant dans la rue au retour de la messe de minuit.

Je me suis endormie à l'église mdr

Trente minutes plus tôt, elle avait posté une autre photo d'elle dans sa cuisine, fourrant une boule de pâte dans sa bouche.

Restes de buñuelos dans le bide !!!

J'ai songé à répondre mais je ne trouvais rien de drôle à dire.

Puisqu'elle avait posté trente minutes plus tôt, elle avait sans doute vu mon message sur son portable. Elle devait m'ignorer.

C'est qu'elle me détestait encore.

À vingt-deux heures, j'étais au lit. Dans l'ensemble, ça n'avait pas été un mauvais Noël, même si j'avais perdu mes meilleurs amis et que mon célibat devenait une blague récurrente dans la famille.

Un jour, il faudrait sans doute que je leur dise.

Je n'aime pas les garçons. Oh, tu aimes les filles, alors ? *Non, je n'aime pas non plus les filles.* Quoi ? Ça n'a pas de sens. *Si. C'est un vrai truc.* Tu n'as simplement pas encore rencontré la bonne personne. Ça viendra avec le temps. *Non, ça n'arrivera pas. Je suis comme ça.* Tu vas bien ? On devrait peut-être prendre rendez-vous chez le médecin. *Ça s'appelle être « aromantique asexuel ».* Ben, ça sonne faux, non ? Tu as entendu parler de ça sur Internet ?

Argh. Bon. Pas vraiment envie de m'aventurer dans cette conversation dans les jours à venir.

Je descendais chercher de l'eau quand j'ai entendu des éclats de voix. Au départ, je pensais que c'était seulement maman et papa qui se prenaient le bec, puis j'ai compris que les voix étaient, en fait, celles de tante Sal et d'oncle Gavin. Les parents d'Ellis. Je suis restée dans l'escalier pour ne pas les interrompre.

— Regarde Jonathan, disait tante Sal. Il a tout *compris*. Marié, sa maison, son entreprise. Sa vie est toute tracée.

— Et il a dix ans de moins que toi ! a ajouté oncle Gavin.

Oh. Ellis était là aussi.

Je n'étais pas super proche de tante Sal et d'oncle Gavin. Un peu comme Ellis – ils n'habitaient pas à proximité, donc nous ne les voyions que quelques fois par an, aux réunions de famille.

Mais ils avaient toujours semblé un peu plus stricts que mes parents. Un peu plus traditionnels.

— J'en ai conscience, a répondu Ellis.

Sa voix m'a surprise. Elle semblait si lasse.

— Ça ne te dérange pas *du tout* ? a demandé tante Sal.

— Qu'est-ce qui devrait me déranger ?

— Que Jonathan grandisse, qu'il fonde une famille, qu'il fasse des projets alors que tu es encore…

— Encore quoi ? a craché Ellis. Qu'est-ce que je fais de si terrible ?

— Pas la peine de crier, a répliqué oncle Gavin.

— Je ne crie pas.

— Tu *vieillis*, a poursuivi tante Sal. Tu es au milieu de la trentaine. Ton âge d'or sera bientôt derrière toi. Il te sera de plus en plus difficile d'avoir des enfants.

— Je ne veux pas faire de rencontres et je ne veux pas d'enfants, a rétorqué Ellis.

— Oh, allez. Pas encore.

— Tu es notre *seule* enfant, a répondu oncle Gavin. Tu sais ce que ça nous fait ? Tu es l'unique porteuse de mon nom.

— Ce n'est pas ma faute si vous n'avez pas eu d'autres enfants, a répliqué Ellis.

— Et ensuite, plus rien ? Plus d'enfant dans la famille ? Nous n'avons pas le droit d'être grands-parents ? C'est comme ça que tu nous remercies de t'avoir élevée ?

Ellis a soupiré bruyamment.

— Nous ne tentons pas de *critiquer* tes… choix de vie, a expliqué tante Sal. Nous savons que ça ne nous regarde pas, mais… nous voulons seulement que tu sois *heureuse*. Je sais que tu penses l'être pour l'instant, mais, et dans dix ans ? Dans vingt ans ? Dans quarante ? À quoi ressemblera ta vie quand tu auras l'âge de mamie, sans partenaire, sans enfants ? Qui sera là pour te soutenir ? Tu n'auras *personne*.

— Peut-être que je serais heureuse, a crié Ellis en retour. Si vous n'aviez pas passé votre temps à me mettre dans le crâne que trouver un mari et faire des enfants était la seule façon de donner de la valeur à ma vie. Peut-être que je serais heureuse, ouais.

Tante Sal s'apprêtait à l'interrompre mais Ellis l'a coupée.

— Ce n'est pas comme si je rejetais activement les gens, d'accord ? (Ellis semblait au bord des larmes.) Je n'aime personne de cette façon. Ça ne m'arrive jamais. C'est ce que je suis et, d'une manière ou d'une autre, on va tous devoir faire avec. Je peux quand même faire des choses géniales de ma vie. J'ai des amis. Et je m'en ferai de nouveaux. J'ai été mannequin à succès. Maintenant, je suis artiste, et mes tableaux se vendent très bien. J'envisage d'aller à la fac pour étudier l'art, puisque je n'ai pas pu y aller à l'époque. J'ai une très jolie maison, si vous vous donniez la peine de me rendre visite. Si vous essayiez, et je dis bien *essayer*, vous pourriez être fiers de toutes les choses que j'ai faites dans la vie et de toutes celles que je ferai encore.

Il y a eu un long silence terrible.

— Que dirais-tu, a dit tante Sal, parlant lentement comme si elle pesait ses mots, d'envisager de retenter une thérapie ? Je ne suis toujours pas certaine que nous ayons trouvé le bon thérapeute la dernière fois. Si nous continuions à chercher, nous pourrions trouver quelqu'un qui t'aiderait vraiment.

Silence.

Puis Ellis a répliqué :

— Je n'ai pas besoin qu'on me soigne. Vous n'avez pas le droit de me refaire ça.

Il y a eu un bruit de chaise qui racle le sol alors que quelqu'un se levait.

— Ell, ne fais pas ça, a dit oncle Gavin. Ne te fâche pas comme la dernière fois.

— Je suis adulte, a craché Ellis. (Il y avait une fureur contenue dans sa voix qui renforçait cette affirmation.) Et si vous ne comptez pas me respecter, alors je ne veux plus vous voir.

Tapie dans l'obscurité en haut de l'escalier, j'ai regardé Ellis s'asseoir sur la dernière marche pour mettre ses chaussures. Puis elle a pris son manteau, a calmement ouvert la porte d'entrée et est sortie.

Sans y réfléchir à deux fois, j'ai foncé dans ma chambre, attrapé ma robe de chambre et mes chaussons et je lui ai couru après.

Je l'ai trouvée dans sa voiture, vapoteuse à la bouche, mais sans intention de fumer.

J'ai cogné à la vitre, ce qui l'a fait tellement sursauter que la vapoteuse a volé.

— Putain de *merde*, a-t-elle lâché après avoir mis le contact pour ouvrir la fenêtre. Tu m'as trop fait flipper.

— Désolée.

— Qu'est-ce que tu fais dehors ?

— Je… (C'était peut-être un peu bizarre.) J'ai entendu comment tes parents te parlaient.

Ellis s'est contentée de me regarder.

— J'ai pensé que tu aimerais un peu de compagnie, ai-je continué. Je sais pas. Je peux rentrer si tu préfères.

Ellis a secoué la tête.

— Nan. C'est bon.

J'ai ouvert la portière et je suis montée. Elle avait en fait une très jolie voiture. Moderne. Bien plus chère que ma Fiat Punto ancestrale.

Il y a eu un silence alors que j'attendais qu'elle dise quelque chose. Elle a repéré sa vapoteuse, l'a soigneusement rangée dans le compartiment près du levier de vitesses, puis elle a dit :

— J'ai envie d'un McDo.

— Le jour de Noël ?

— Ouais. J'ai juste vraiment envie d'un McFlurry, là.

En y réfléchissant, j'étais partante pour des frites. Il faut croire que c'était vrai, il n'y avait « pas besoin de mec pour avoir la frite ».

Je voulais également parler à Ellis de tout ce que j'avais entendu. En particulier du « Je n'aime personne ».

— On pourrait aller au McDo, ai-je lancé.

— Ouais ?

— Ouais.

Alors Ellis a démarré la voiture et nous sommes parties.

Magie platonique

— Oh *oui*, a jubilé Ellis en plongeant sa cuillère en plastique dans son McFlurry. C'est ce qui a toujours manqué à Noël.

— Entièrement d'accord, ai-je répondu après avoir déjà mangé la moitié de mes frites.

— McDonald's. Elle ne me déçoit jamais.

— Je ne suis pas sûre que ce soit leur slogan.

— Ça devrait.

Nous étions garées sur le parking du restaurant qui était presque entièrement vide. J'avais écrit à maman et papa pour leur dire où j'étais, et papa m'avait envoyé un émoji pouce levé, donc ça ne les dérangeait sans doute pas. Être dans la voiture en pyjama et robe de chambre semblait un peu déplacé, cela dit.

Ellis m'avait parlé de sujets on ne peut plus bateau durant le trajet. Il n'y avait que quinze minutes de route, mais pendant tout ce temps je n'avais pu décrocher guère plus qu'un « Ouais » ou un « Hmm » approbateur. Je n'avais rien pu lui demander de ce que je voulais vraiment savoir.

Es-tu comme moi ? Sommes-nous pareilles ?

— Donc, ai-je pu enfin dire alors qu'elle venait de se fourrer une cuillère de glace dans la bouche, tes parents.

Elle a poussé un grognement.

— Oh, ouais. Sérieux, désolée que tu aies eu à entendre ça. C'est vraiment gênant qu'ils me traitent encore comme si j'avais quinze ans. Sans vouloir offenser les ados de quinze ans. Même les ados ne méritent pas qu'on leur parle comme ça.

— Ils semblaient… (J'ai cherché le bon mot.) Déraisonnables.

Ellis a ri.

— Ouais. Oui, c'est ça.

— Ils sont souvent sur ton dos pour ça ?

— Dès que je les vois, a répondu Ellis. Ce qui arrive de moins en moins ces temps-ci, pour être honnête.

Je n'arrivais pas à m'imaginer voir maman et papa de moins en moins. Mais c'était peut-être ce qui allait m'arriver si je ne me mariais pas et que je n'avais jamais d'enfants. J'allais simplement être exclue de ma famille. Un fantôme. Qui n'apparaîtrait qu'occasionnellement à des réunions de famille.

Si je faisais mon coming out, m'enverraient-ils en thérapie comme les parents d'Ellis ?

— Ça t'arrive de les croire ? ai-je demandé.

Ellis ne s'attendait visiblement pas à cette question. Elle a pris une profonde inspiration, les yeux rivés sur sa glace.

— Est-ce qu'il m'arrive de penser que ma vie n'a aucune valeur parce que je n'aurai jamais de partenaire ou d'enfant, tu veux dire ? a-t-elle demandé.

Dit comme ça, ça semblait encore pire. Mais je voulais savoir.

Je voulais savoir si j'allais toujours être gênée par cette partie de moi.

— Ouais, ai-je répondu.

— Bon, déjà, je peux avoir des enfants quand je veux. L'adoption existe.

— Mais, et le fait d'avoir un partenaire ?

Elle a marqué une pause.

Puis, elle a dit :

— Oui, ça m'arrive parfois.

Oh.

Alors j'allais peut-être toujours ressentir ça.

Peut-être que je ne serais jamais à l'aise avec ça.

Peut-être…

— Mais ce n'est qu'un sentiment, a-t-elle poursuivi. Et je *sais* que c'est faux.

Je l'ai regardée en clignant des yeux.

— Certaines personnes veulent un partenaire. D'autres, non. Il m'a fallu très longtemps pour comprendre que ce n'était pas ce que je voulais. En fait… (Elle a hésité. Mais rien qu'un instant.) Il m'a fallu longtemps pour comprendre que ce n'était même pas une chose que je *pouvais* vouloir. Ce n'est pas un choix. C'est une partie de moi que je ne peux pas changer.

Je retenais ma respiration.

— Comment tu t'en es rendu compte ? ai-je fini par demander, le cœur battant.

Elle a ri.

— C'est… Bon, tu es d'humeur à écouter un résumé de toute ma vie autour d'un McDo de Noël ?

— … Oui.

— Ah. OK. (Elle a pris une cuillérée de glace.) Alors… Je n'ai jamais eu de crush quand j'étais enfant. Pas de vrai, du moins. Parfois, j'ai confondu amitié et attirance ou je trouvais simplement qu'un type était vraiment cool. Mais je n'ai jamais vraiment craqué pour quelqu'un. Même des célébrités, des musiciens ou autres.

Elle a haussé les sourcils et a poussé un soupir comme s'il s'agissait d'un désagrément mineur.

— Mais en fait, a-t-elle continué, tous les gens que je connaissais avaient des crushs. Ils sortaient ensemble. Toutes mes amies parlaient de gars canon. Elles avaient toutes des petits copains. Notre famille a toujours été à fond sur l'amour – tu sais, tes parents, mes parents, nos grands-parents et tous les autres – donc c'est ce que j'avais toujours vu comme la *norme*. Je ne connaissais rien d'autre. À mes yeux, sortir avec des gens et être en couple était simplement… ce qui se faisait. C'était humain. Donc c'est ce que j'ai essayé de faire.

Essayé.

Elle avait essayé elle aussi.

— Et ça a continué jusqu'à la fin de mon adolescence puis durant ma vingtaine. En particulier quand je suis devenue mannequin, parce que *tout le monde* sortait avec tout le monde dans ce milieu. Alors, je me forçais à faire pareil, pour faire partie du groupe et ne pas être mise à l'écart. (Elle a cligné des yeux.) Mais… je détestais ça. Sérieux, j'en ai détesté chaque seconde.

Il y a eu un blanc. Je ne savais pas quoi dire.

— J'ignore quand j'ai compris que je détestais ça. Pendant longtemps, je suis sortie avec des gens et je me suis envoyée en l'air parce que *c'était ce que les gens faisaient*. Et je *voulais* me sentir comme eux. Je voulais l'excitante beauté et le plaisir de la romance et du sexe. Mais il y avait toujours ce sentiment latent de *fausseté*. De *dégoût*, presque. Ça me semblait mal d'un point de vue fondamental.

J'ai ressenti une vague de soulagement de ne pas m'être forcée à aller aussi loin.

Peut-être étais-je un peu plus forte que je le croyais.

— Et pourtant, j'essayais encore d'aimer ça. Je continuais à croire des choses comme : « Peut-être que je suis seulement exigeante. » « Peut-être que je n'ai pas trouvé le bon. » « Peut-être que j'aime les filles. » Peut-être, peut-être, peut-être. (Elle a secoué la tête.) Peut-être n'est jamais venu. Je n'en suis jamais arrivée là.

Elle s'est adossée contre le siège conducteur, le regard tourné vers la douce lumière du McDonald's.

— Il y avait la peur aussi. Je ne savais pas comment j'allais naviguer seule dans ce monde. Pas uniquement sur le moment, mais seule *pour toujours*. Sans partenaire jusqu'à la mort. Tu sais pourquoi les gens se mettent en couple ? Parce que être humain, c'est terrifiant, sérieux. Mais c'est carrément plus facile si on n'est pas seul.

C'était sans doute le cœur du problème.

De base, je pouvais accepter que j'étais comme ça. Mais je ne savais pas comment j'allais gérer ça pour le restant de mes jours. Dans vingt ans. Dans quarante. Soixante.

Puis, Ellis a dit :

— Mais je suis plus âgée désormais. J'ai compris certaines choses.

— Comme quoi ? ai-je demandé.

— Comme la façon dont l'amitié peut être tout aussi intense, belle et infinie que la romance. Comme la façon dont l'amour est partout autour de moi – il y a l'amour pour mes amis, l'amour dans mes tableaux, l'amour pour moi. Il y a même de l'amour pour mes parents là quelque part. Tout au fond. (Elle a ri, et je n'ai pas pu m'empêcher de sourire.) J'ai bien plus d'amour que beaucoup de gens en ce monde. Même si je ne me marierai jamais. (Elle a pris une grosse cuillérée de glace.) Il y a clairement de l'amour pour la glace, *ça*, je peux te le dire.

J'ai ri, et elle m'a souri.

— J'ai longtemps été désespérée d'être comme ça, a-t-elle repris, puis elle a secoué la tête. Mais ce n'est plus le cas. Enfin. *Enfin*, je ne suis plus désespérée.

— J'aimerais que ça m'arrive, ai-je répondu, les mots s'échappant de ma bouche sans que je puisse les arrêter.

Ellis a levé un sourcil curieux vers moi.

— Ah ouais ?

J'ai pris une profonde inspiration. Bon. C'était maintenant ou jamais.

— Je crois que je… suis comme toi, ai-je expliqué. Je n'aime personne non plus. Romantiquement parlant, je veux dire. Sortir avec quelqu'un et ce genre de trucs. C'est… Je ne ressens rien de tout ça. Avant, j'en avais envie… Enfin, je crois que ça m'arrive encore de le vouloir. Mais je ne peux pas le vouloir *vraiment* parce que je ne ressens pas ça pour qui que ce soit. Je ne sais pas si je suis claire.

Je me sentais rougir de plus en plus à mesure que je parlais.

Ellis n'a rien dit pendant un moment. Puis elle a avalé une autre cuillère de glace.

— C'est pour ça que tu es venue me voir, pas vrai ? a-t-elle demandé.

J'ai hoché la tête.

— Bon, a-t-elle dit. (Elle semblait saisir l'ampleur de ce que je venais d'avouer.) Bon.

— C'est une vraie orientation sexuelle, ai-je expliqué. (Je ne savais même pas si Ellis le savait.) Comme être homo, hétéro ou bi.

Ellis a gloussé.

— La sexualité du *rien*.

— Ce n'est pas rien. C'est... eh bien, ce sont deux choses différentes. Aromantique, c'est quand tu ne ressens pas d'attirance romantique, et asexuel, c'est quand tu ne ressens pas d'attirance sexuelle. Certaines personnes ne sont que l'un ou l'autre mais je suis les deux donc je suis... aromantique asexuelle.

Ce n'était pas la première fois que je prononçais ces mots. Mais chaque fois que je les disais ils devenaient un peu plus familiers.

Ellis a considéré la chose.

— Deux trucs. Hmm. Deux en un. Un gratuit pour un acheté. J'adore.

J'ai gloussé, ce qui l'a fait franchement rire, et tous les nerfs qui m'avaient comprimé la poitrine se sont détendus.

— Qui t'a parlé de ça, du coup ? a-t-elle demandé.

— Quelqu'un à la fac, ai-je répondu. (Mais Sunil n'était pas seulement quelqu'un, si ?) Quelqu'un qui compte parmi mes amis.

— Qui est aussi… ?

— Qui est asexuel aussi.

— Wouah, a dit Ellis en souriant. Ben, ça fait qu'on est trois.

— Il y en a d'autres, ai-je répliqué. Plein d'autres. Là. Dans le monde.

— Vraiment ?

— Ouais.

Ellis a regardé par la fenêtre en souriant.

— Ce serait chouette. Qu'il y en ait plein d'autres.

Nous sommes restées silencieuses un moment. J'ai terminé de manger mes frites.

Il y en avait plein d'autres comme nous.

Aucune de nous n'était seule dans cette affaire.

— Tu as… beaucoup de chance de savoir tout ça, a soudain dit Ellis. Je… (Elle a secoué la tête.) Ha. Je crois que je suis un peu envieuse.

— Pourquoi ? ai-je demandé, confuse.

Elle m'a regardée.

— J'ai juste perdu beaucoup de temps. C'est tout.

Elle a envoyé son pot de McFlurry vide sur le siège arrière et a allumé le contact.

— Je ne me sens pas chanceuse, ai-je répliqué.

— Comment tu te sens ?

— Je ne sais pas. Perdue. (J'ai pensé à Sunil.) Mon ami a dit que je n'avais rien à faire de spécial. Il a dit que tout ce que je devais faire, c'était *exister*.

— Ton ami parle comme un vieux sage.

— Ça le résume bien.

Ellis s'est dirigée vers la sortie du parking.

— Je n'aime pas ne rien faire, a-t-elle dit. C'est chiant.

— Alors, qu'est-ce que je dois faire, à ton avis ?

Elle a pris un moment pour réfléchir.

Puis elle a dit :

— Donne à tes amitiés la magie que tu donnerais à une romance. Parce qu'elles sont tout aussi importantes. En fait, pour nous, elles le sont *beaucoup* plus. (Elle m'a jeté un regard en coin.) Voilà. C'était assez sage pour toi ?

J'ai souri.

— Très sage.

— Je peux avoir des pensées profondes. Je *suis* une artiste.

— Tu devrais mettre ça dans un tableau.

— Tu sais quoi ? Peut-être bien. (Elle a levé les mains et écarté les doigts.) Je l'appellerai *Magie platonique*. Et une personne qui n'est pas comme nous... c'était quoi déjà ? Aro... ?

— Aromantique asexuelle ?

— Oui. Une personne qui n'est pas aromantique asexuelle ne comprendra pas.

— Je peux l'avoir ?

— Tu as deux milles livres ?

— Tes tableaux se vendent *deux milles livres* ?

— Carrément. Je suis plutôt douée.

— Je peux avoir une remise étudiante ?

— Peut-être. Mais seulement parce que tu es ma cousine. La remise pour cousine étudiante.

Et nous nous sommes mises à rire alors que nous atteignions l'autoroute et j'ai songé à toute la magie que je pourrais peut-être trouver, si je regardais un peu mieux.

Souvenirs

Ce n'est pas de la magie que j'ai trouvée en retournant dans ma chambre au collège l'après-midi du 11 janvier. Ce que j'ai trouvé, c'est la plupart des affaires de Rooney éparpillées par terre, son placard grand ouvert, ses draps à plusieurs mètres de son lit, Roderick arborant une inquiétante teinte marron, et le tapis turquoise inexplicablement fourré dans l'évier.

Je venais d'ouvrir ma valise quand Rooney est entrée, en pyjama, m'a regardée, a regardé le tapis dans l'évier et a dit :

— J'ai renversé du thé dessus.

Elle est restée assise sur son lit pendant que je rangeais ses affaires, essorais le tapis et coupais même la plupart des feuilles mortes de Roderick. La photo de Beth aux cheveux de sirène était encore tombée, je l'ai donc refixée au mur, sans faire de commentaire, tandis que Rooney observait la scène, placide.

Je lui ai demandé comment s'était passé Noël, mais tout ce qu'elle a répondu c'est qu'elle détestait passer du temps dans son village d'origine.

Puis elle est allée se coucher à dix-neuf heures.

Donc, ouais. Rooney n'était clairement pas au top.

Franchement, je la comprenais. La pièce n'aurait pas lieu. Son histoire latente avec Pip n'aurait pas lieu. La seule chose qu'elle avait vraiment, c'était… ben, moi, j'imagine.

Pas un super lot de consolation.

— On devrait sortir, ai-je lancé à la fin de notre semaine de reprise.

C'était le début de la soirée. Elle m'a regardée par-dessus l'écran de son ordinateur portable avant de continuer ce qu'elle faisait – regarder des vidéos sur YouTube.

— Pourquoi ?

J'étais assise à mon bureau.

— Parce que tu aimes sortir.

— Je ne suis pas d'humeur.

Rooney avait assisté à deux de nos six cours cette semaine. Et même les fois où elle avait été présente, elle s'était contentée de regarder devant elle sans se donner la peine de sortir son iPad de son sac pour prendre des notes.

C'était comme si elle ne se souciait plus de rien.

— On pourrait… on pourrait simplement aller dans un pub ? ai-je suggéré, un peu désespérée. Rien que pour boire un verre. On pourrait commander des cocktails. Ou des *frites*. On pourrait manger des frites.

Un haussement de sourcils.

— Des frites ?

— Ouais.

— Je… Ça me dirait bien.

— Exactement. On pourrait aller au pub, manger des frites, prendre un peu l'air et rentrer.

Elle m'a regardée un long moment.

Puis, elle a dit :

— D'ac.

Le pub le plus proche était bondé, évidemment, parce que c'était un vendredi soir dans une ville universitaire. Par chance, nous avons trouvé une petite table maculée de bière dans une salle du fond, et j'ai laissé Rooney la garder pendant que j'allais nous chercher une corbeille de frites à partager et un pichet de daïquiri framboise avec deux pailles en papier.

Nous nous sommes assises pour manger nos frites en silence. Je me sentais étrangement calme, en fait, sachant que j'étais techniquement de « sortie ». Tout autour de nous se trouvaient des étudiants habillés pour la soirée, prêts à passer quelques heures au bar avant de se rendre en boîte. Rooney portait un legging et un sweat et moi, un jogging et un pull en laine. Nous devions certainement sortir du lot mais, cette fois, j'étais extrêmement détendue comparé à la semaine de rentrée qui avait été infernale.

— Bon, ai-je lancé après plus de dix minutes de silence. J'ai la sensation que tu ne passes pas un super moment.

Rooney m'a fixée, le regard vide.

— J'ai bien aimé les frites.

— Je parle en général.

Elle a pris une longue gorgée de cocktail.

— Non, a-t-elle lâché. Tout est pourri.

J'ai attendu qu'elle s'ouvre, mais j'ai compris que j'allais devoir fouiner.

— Tu parles de la pièce ? ai-je demandé.

— Pas seulement. (Rooney a grogné et s'est accoudée à la table.) Noël, c'était l'*enfer*. J'ai... j'ai passé presque tout mon temps avec des copains de lycée et, genre... *il* était tout le temps là.

Il m'a fallu un moment pour comprendre de qui elle parlait en disant « il ».

— Ton ex-copain, ai-je dit.

— Il a gâché tellement de choses. (Rooney s'est mise à poignarder les fruits de notre pichet avec sa paille.) Chaque fois que je vois son visage, j'ai envie de hurler. Et il ne pense même pas avoir fait quoi que ce soit de *mal*. À cause de lui, je... Punaise. J'aurais pu être une bien meilleure personne si je ne l'avais pas rencontré. C'est à cause de lui que je suis comme ça.

Je ne savais pas quoi répondre. Je voulais lui demander ce qui s'était passé, ce qu'il avait fait, mais je ne voulais pas la forcer à revivre de mauvais moments si elle n'en avait pas envie.

Un long silence a suivi sa confidence. Quand elle a repris la parole, elle avait réussi à embrocher tous les fruits du pichet.

— J'aime vraiment beaucoup Pip, a-t-elle avoué d'une toute petite voix.

J'ai hoché la tête doucement.

— Tu le savais ? a-t-elle demandé.

J'ai à nouveau hoché la tête.

Rooney a gloussé. Elle a bu une autre gorgée.

— Comment ça se fait que tu me connaisses mieux que n'importe qui ? a-t-elle demandé.

— On vit ensemble, ai-je répondu.

Elle s'est contentée de sourire. Nous savions toutes les deux que c'était plus que ça.

— Bon… Qu'est-ce que tu vas faire ?

— Euh, rien ? a répondu Rooney. Elle me déteste.

— Ben… oui, mais elle a mal compris la situation.

— On s'est roulé une pelle. Je ne vois pas ce qu'elle pourrait mal comprendre.

— Elle croit qu'il y a un truc entre nous. C'est pour ça qu'elle est fâchée.

Rooney a hoché la tête.

— Parce qu'elle pense que je t'accapare.

J'ai eu du mal à ne pas grogner tellement c'était stupide.

— Non, parce qu'elle t'aime beaucoup aussi.

Elle aurait eu la même expression si j'avais pris un verre pour le lui éclater sur la tête.

— C'est… c'est juste que… tu te plantes complètement, a-t-elle bredouillé, en rougissant un peu.

— Je ne fais que constater.

— Je ne veux plus parler de Pip.

Nous sommes retombées un moment dans le silence. Je savais que Rooney avait ce genre d'intelligence – je l'avais vue gérer des relations de toutes sortes depuis le jour de notre rencontre. Mais quand il s'agissait de Pip, elle avait l'intelligence émotionnelle d'un grain de raisin.

— Alors, tu aimes les filles ? ai-je demandé.

Son air renfrogné s'est dissipé.

— Ouais. Peut-être. Je sais pas.

— Trois réponses diamétralement différentes.

— Je sais pas, alors. Je crois… Enfin, je me suis déjà demandé si j'aimais les filles quand j'étais plus jeune. À treize ans, j'avais un crush pour une de mes amies. Mais genre… (Elle a fait mine de hausser les épaules.) Ça arrive à toutes les filles, pas vrai ? Genre, c'est normal de craquer un peu pour des copines.

— Non, ai-je répliqué en essayant de ne pas rire. Nan. Ça n'arrive pas à toutes les filles. Exemple A, ai-je dit en me désignant.

— Bon. D'accord. (Elle a détourné les yeux.) Je crois que j'aime les filles dans ce cas.

Elle l'a dit avec une telle nonchalance, comme si elle venait de comprendre son orientation sexuelle et de faire son coming out en dix secondes. Mais je la connaissais mieux que ça. Elle avait sans doute passé un moment à s'interroger. Tout comme moi.

— Ça veut dire que je suis bi ? a-t-elle demandé. Ou… pan ? Ou quoi ?

— Ce que tu veux. Tu peux y réfléchir.

— Ouais. Je pense faire ça. (Elle fixait la table.) Tu sais, quand on s'est embrassées… je crois que je l'ai fait parce qu'une partie de moi avait toujours voulu… euh, tu sais. Être avec des filles. Et tu étais ma solution de facilité, parce que je savais que tu ne m'en voudrais pas éternellement.

Ce qui était vraiment *nul* de ma part, à l'évidence. Sérieux, je suis vraiment désolée.

— C'était vraiment nul, ai-je confirmé. Mais je suis bien placée pour savoir que ça arrive de se servir des gens sans le vouloir parce qu'on ne sait pas où on en est par rapport à son orientation sexuelle.

Nous avions toutes les deux merdé de bien des façons. Et bien que notre confusion sexuelle ne soit pas une excuse, c'était une bonne chose que nous ayons conscience de nos erreurs.

Cela signifiait peut-être que nous en ferions moins par la suite.

— Je n'ai jamais eu d'amis gay ou bi au lycée, a expliqué Rooney. Je ne connaissais personne d'ouvertement gay, en fait. Peut-être que je m'en serais rendu compte plus tôt sinon.

— Ma meilleure amie a fait son coming out à quinze ans et j'ai quand même mis des années à me trouver, ai-je rétorqué.

— C'est vrai. Wouah. C'est compliqué, cette merde.

— Ouais.

Elle a rigolé.

— Je suis à la fac depuis trois mois et je ne suis soudain plus hétéro.

— M'en parle pas, ai-je répondu.

— C'est ce que j'aime chez nous, je crois.

— Pareil, ai-je approuvé.

J'ai commandé un second pichet de cocktail – cosmopolitan – et des nachos.

Nous en étions à la moitié du pichet quand j'ai exposé mon plan à Rooney.

— Je vais faire en sorte que Jason et Pip reviennent à l'asso Shakespeare, ai-je expliqué.

Rooney a fourré un nacho dégoulinant de fromage dans sa bouche.

— Bon courage.

— Tu as le droit de m'aider.

— Quel est ton plan ?

— Ben... Je ne suis pas encore allée aussi loin. Il faudra sans doute des tonnes d'excuses.

— Plan foireux, a répliqué Rooney en engloutissant un autre nacho.

— C'est tout ce que j'ai.

— Et si ça ne marche pas ?

Si ça ne marche pas ?

J'ignorais ce qui se passerait alors.

Peut-être que c'en serait fini de Jason, Pip et moi. Pour toujours.

Nous avons terminé nos nachos – ça n'a pas pris longtemps – et le pichet de cocktail avant de nous diriger vers la porte du pub, toutes deux un peu éméchées. J'étais prête à dormir, pour être honnête, mais Rooney était passée en mode « bavarde ». J'étais contente. L'alcool et les frites n'étaient clairement pas la solution la plus saine à ses problèmes, mais, au moins, elle semblait un peu plus heureuse. Mission accomplie.

Cet état d'esprit n'a pas duré plus de trente secondes, le temps d'arriver à la porte. Parce que pile devant l'entrée, entourée de ses amis, se tenait Pip Quintana en personne.

Sur le coup, elle ne nous a pas vues. Elle s'était fait couper les cheveux, sa frange bouclée lui arrivait aux sourcils, et elle s'était habillée pour la soirée – chemise rayée, jean skinny et une veste aviateur brune qui la faisait ressembler à un des types de *Top Gun*. Avec sa bouteille de cidre à la main, elle avait du style.

J'ai presque pu sentir la vague d'horreur déferler sur Rooney alors que Pip se retournait et nous apercevait.

— Oh, a soufflé Pip.

— Salut, ai-je lancé, ne trouvant rien d'autre à dire.

Pip m'a fixée. Puis son regard a glissé vers Rooney – de sa queue-de-cheval défaite à ses chaussettes dépareillées.

— Alors, vous êtes en rencard ou… ? a demandé Pip.

Ça m'a immédiatement agacée.

— Clairement pas, ai-je craché. Je porte un jogging.

— Peu importe. Je ne veux pas vous parler.

Elle était en train de se retourner mais elle s'est figée quand Rooney a pris la parole :

— Tu peux m'en vouloir, mais ne sois pas fâchée contre Georgia. Elle n'a rien fait de mal.

C'était absolument faux – Pip avait lourdement sous-entendu qu'elle craquait pour Rooney, et je l'avais quand même embrassée. Sans parler de tout ce que j'avais fait à Jason. Mais j'appréciais son soutien.

— Oh, *va te faire* avec tes conneries de prise de responsabilité, a craché Pip. Depuis quand tu cherches à être une *bonne personne* ? (Elle s'est tournée pour lui dire bien en face.) Tu es égoïste, tu es méchante, et tu n'en as rien à foutre des sentiments des autres. Alors ne viens pas me faire croire que tu es quelqu'un de bien.

Tous les amis de Pip s'étaient mis à chuchoter, se demandant ce qui se passait. Rooney s'est avancée, mâchoires serrées et narines dilatées comme si elle était sur le point de hurler, mais elle n'en a rien fait.

Elle s'est contentée de se retourner et de descendre la rue.

Je suis restée immobile, me demandant si Pip allait me dire quoi que ce soit. Elle m'a regardée un long moment, et j'ai eu le sentiment que mon cerveau passait en revue l'intégralité de nos sept ans d'amitié, chaque fois que nous nous étions assises côte à côte en cours, chaque soirée pyjama, chaque cours d'EPS, chaque sortie ciné, chaque fois qu'elle avait fait une blague ou qu'elle m'avait envoyé un meme débile, chaque fois que j'avais failli pleurer devant elle – je ne l'avais jamais fait, je *ne pouvais pas* le faire, mais ça avait *failli* arriver.

— Je n'arrive juste pas à croire… a-t-elle dit dans un souffle. Je pensais… Je pensais que mes sentiments comptaient pour toi.

Puis elle s'est retournée, elle aussi, repartant discuter avec ses nouveaux amis, et tous ces souvenirs se sont brisés en mille morceaux.

L'amour gâche tout

Rooney a passé tout le chemin du retour à pianoter sur son téléphone. Je ne savais pas à qui elle écrivait, mais quand nous sommes arrivées à notre chambre, elle a rapidement enfilé de plus beaux vêtements, et j'ai su qu'elle allait sortir.

— Ne fais pas ça, ai-je lancé alors qu'elle atteignait la porte.

Elle s'est arrêtée et s'est tournée pour me faire face.

— Tu sais ce que j'ai compris ? a-t-elle demandé. L'amour gâche tout.

Je n'étais pas d'accord, mais je ne savais pas quoi objecter à ce genre d'affirmation. Elle est donc partie, et je n'ai rien dit. Et quand je me suis approchée de mon lit, j'ai retrouvé la photo de Beth aux cheveux de sirène par terre, en partie froissée, comme si Rooney l'avait arrachée du mur.

Tu mérites d'être heureux

Je me suis rendue seule à la soirée de janvier de l'asso des fiertés à l'union des étudiants. C'était notre troisième semaine du trimestre et j'avais tenté de pousser Rooney à m'accompagner, mais elle avait passé presque toutes ses soirées dans des boîtes en ville, rentrant à trois heures du matin avec les chaussures sales et les cheveux défaits. Il fallait que je trouve Pip, et il y avait une chance qu'elle assiste à un événement de l'asso des fiertés.

Si seulement je pouvais *lui parler*, m'étais-je dit, elle comprendrait. Si je pouvais faire en sorte qu'elle m'écoute suffisamment longtemps pour tout lui expliquer, alors les choses s'arrangeraient.

Le regret instantané que j'ai ressenti en débarquant à la soirée a presque suffi à me faire prendre mes jambes à mon cou. Nous étions dans la plus grande salle de l'union des étudiants. Au fond de la pièce se trouvait un écran sur lequel étaient projetées des photos de tous les événements de l'asso des fiertés pour le trimestre. Il y avait de la musique, les gens étaient habillés simplement ; réunis en cercles ou à table, ils discutaient et se racontaient leur vie en grignotant.

C'était une soirée. Où l'objectif était de *sociabiliser.* J'étais à un événement dont le but précis était de sociabiliser. Seule.

Bon sang, pourquoi j'étais venue ?

Non. Bon. J'étais courageuse. Et il y avait des cupcakes.

Je suis allée en prendre un. En guise de soutien moral.

Sunil, Jess et, avec un peu de chance, Pip étaient là, donc je connaissais du monde. J'ai regardé autour de moi et j'ai rapidement repéré Sunil et Jess au milieu d'un groupe, au milieu d'une conversation animée, mais, comme je ne voulais pas les déranger alors qu'ils avaient sans doute des tonnes de choses à faire et des tas de gens avec qui discuter, je les ai laissés tranquilles et j'ai continué à chercher Pip.

J'ai parcouru la pièce trois fois avant de conclure qu'elle n'était pas là.

Génial.

J'ai sorti mon portable pour regarder son compte Instagram, tout ça pour découvrir qu'elle avait posté une story à propos d'une soirée ciné avec ses amis au Château. Elle ne comptait même pas assister à l'événement.

Génial.

— Georgia !

Une voix m'a fait sursauter – celle de Sunil. Je me suis tournée et je l'ai vu s'approcher de moi, vêtu d'une grande jupe-culotte en jersey qui semblait à la fois très cool et très confortable.

— Désolé, je t'ai fait peur ?

— N–non, non !

— Je voulais seulement savoir s'il y avait du nouveau pour l'asso Shakespeare, a-t-il dit avec tant d'espoir dans la voix que ça m'a réellement fait mal au cœur. Je sais que vous vous êtes disputés, mais… ben, j'espérais seulement que, peut-être… ça s'était arrangé ou je sais pas. (Il a esquissé un petit sourire.) Je sais que c'était juste pour s'amuser un peu mais… ça me plaisait vraiment.

Mon expression suffisait sans doute, mais je lui ai quand même répondu.

— Non. C'est… c'est toujours carrément… (J'ai fait un geste.) Ça n'arrivera pas.

— Oh. (Sunil a hoché la tête comme s'il s'y était attendu, mais sa déception évidente m'a un peu donné envie de pleurer.) C'est vraiment triste.

— J'essaie d'arranger les choses, ai-je répondu du tac au tac. En fait, je suis ici parce que je voulais trouver Pip pour voir si elle pouvait revenir sur sa décision.

Sunil a parcouru la pièce du regard.

— Je ne crois pas l'avoir vue.

— Non, je ne pense pas qu'elle soit là.

Il y a eu une pause. Je ne savais pas quoi lui dire. Je ne savais pas comment arranger les choses.

— Eh bien… si je peux faire quoi que ce soit, a dit Sunil, j-j'aimerais vraiment pouvoir aider. C'était vraiment très sympa d'avoir un truc juste pour s'amuser, sans stress. Tout me stresse un peu en ce moment, entre la troisième année, l'asso des fiertés, et Lloyd qui est bien déterminé à être une source constante d'agacement.

Il a jeté un bref coup d'œil à l'endroit où l'ex-président était attablé avec un groupe de gens.

— Qu'est-ce qu'il fait ?

— Il essaie sournoisement de se refaire une place dans le comité. (Sunil a roulé les yeux.) Il pense que son avis est *vital* pour l'association parce que j'ai un point de vue *trop inclusif*. Tu y crois, toi ? *Trop inclusif* ? C'est une association pour les étudiants queers qui se cherchent, bon sang. Pas besoin de test pour y entrer.

— C'est un connard, ai-je répondu.

— Oui. Je confirme.

— Y a-t-il quoi que ce soit que je puisse faire ?

Sunil a ri.

— Oh, je ne sais pas. Renverser ton verre sur lui ? Non, je plaisante. Mais tu es mignonne. (Il a secoué la tête.) Bref… L'asso Shakespeare. Y a-t-il un moyen d'aider à résoudre le problème ? (Il semblait presque désespéré.)

Je… Ça faisait longtemps que je ne m'étais pas autant amusé.

— Ben… À moins que tu saches comment faire pour que Jason et Pip nous reparlent, à Rooney et moi, je ne pense pas qu'il y ait moyen que ça arrive.

— Je pourrais parler à Jason, a-t-il répondu du tac au tac. On discute de temps en temps sur WhatsApp. Je pourrais le faire venir à une répétition.

J'ai senti mon cœur accélérer sous le coup de l'espoir.

— Vraiment ? Tu en es sûr ?

— Je n'ai vraiment pas envie que la pièce tombe à l'eau. (Sunil a secoué la tête.) Je n'avais pas vraiment de loisirs *amusants* avant. L'orchestre, c'est stressant, et l'asso des fiertés ne compte pas comme loisir et, même si c'est sympa, ça reste du *boulot*. Cette pièce… ce n'était que du *bonheur*, tu vois ? (Il a souri avant de baisser les yeux.) Quand on a commencé à répéter, je… franchement, je m'inquiétais un peu que ce soit une perte de temps. Du temps que j'aurais dû mettre à profit pour étudier et faire des choses pour mes autres associations. Mais devenir ami avec vous tous, jouer des scènes amusantes, faire des soirées pizza et s'envoyer des messages débiles dans la conversation groupée – c'était du pur bonheur. Du bonheur à l'état brut. Et j'ai mis tellement de temps à accepter que je méritais d'être heureux. Mais c'est le cas ! Enfin ! (Il a éclaté d'un rire clair et insouciant.) Et là, je raconte ma vie !

Je me suis demandé s'il était un peu pompette avant de me rappeler que Sunil ne buvait pas d'alcool. Il se montrait seulement sincère.

Ça m'a donné envie d'être sincère aussi.

— Tu le mérites vraiment, ai-je répondu. Tu… tu m'as tellement aidée. Je ne sais pas où je serais ni ce que je ressentirais si je ne t'avais pas rencontré. Et… j'ai l'impression que tu as fait ça pour beaucoup de gens. Et que ça a parfois été difficile. Et que les gens ne se sont pas toujours souciés de savoir comment *toi*, tu te sentais. (Ça me gênait de le dire, mais je voulais qu'il le sache.) Et même si tu n'avais rien fait de tout ça… tu es mon ami. Et tu es une des plus belles personnes que je connaisse. Donc tu le mérites. Tu mérites d'être heureux. (Je n'arrivais pas à cesser de sourire.) Et j'aime quand tu racontes ta vie !

Il a ri à nouveau.

— Pourquoi sommes-nous aussi émotifs ?

— Je ne sais pas. C'est toi qui as commencé.

Nous avons été interrompus par Jess et un autre vice-président qui sont venus chercher Sunil pour qu'il aille à l'avant de la salle. Il devait faire un discours.

— Je vais lui envoyer un message, a-t-il dit en s'éloignant.

C'est à ce moment que j'ai su que je ne trouverais pas le repos tant que je n'aurais pas réuni l'asso Shakespeare. Pas seulement parce que je voulais que Pip et Jason soient à nouveau mes amis – mais aussi pour Sunil. Parce que, malgré sa vie trépidante et toutes les choses importantes qu'il avait à faire, il avait trouvé du bonheur dans notre petite pièce idiote. Et quelques mois plus tôt, au dîner d'automne de l'asso des fiertés, Sunil avait été là pour moi en temps de crise, alors même qu'il était stressé et qu'il devait gérer des connards. C'était désormais à mon tour d'être là pour lui.

Je suis restée pour écouter son discours, sur le côté de la salle, avec un cupcake et un verre de vin.

Sunil est monté sur scène, a tapoté le micro, et ça a suffi pour que les spectateurs se mettent à applaudir et à crier. Il s'est présenté, a remercié tout le monde d'être venu, puis il a pris quelques minutes pour passer en revue les événements à venir au cours du trimestre. Le film du mois serait *Moonlight*, les soirées en boîte auraient lieu les 27 janvier, 16 février et 7 mars, le cercle littéraire trans se tiendrait à la bibliothèque Bill Bryson le 19 janvier, le groupe Donjons et Dragons queer recherchait de nouveaux membres, et c'était au tour d'une personne du nom de Mickey d'organiser le dîner pour personnes queers, trans et intersexes le 20 février dans son appartement de Gilesgate.

Et il y en avait bien d'autres. Entendre parler de ces choses et voir tous ces gens enthousiasmés par ces événements m'a fait ressentir une étrange excitation. Même si je n'assisterais pas à la plupart d'entre eux. Ma seule présence ici me donnait presque l'impression de faire partie de quelque chose.

— Je crois que c'est tout pour les événements du trimestre, a conclu Sunil, donc avant que je vous laisse reprendre le cours de votre soirée, je voulais simplement vous remercier pour les quelques mois géniaux que nous avons passés au trimestre dernier.

Il y a eu une nouvelle salve d'applaudissements et d'acclamations. Sunil a souri et tapé dans ses mains lui aussi.

— Je suis heureux que ça vous ait plu ! J'étais plutôt nerveux à l'idée d'être votre président. Je sais que j'ai procédé à de gros bouleversements, comme changer les tournées des bars en dîners et introduire plus d'activités en journée, donc je vous suis vraiment reconnaissant pour votre soutien.

Il a soudain regardé au loin comme s'il pensait à quelque chose.

— Quand je suis arrivé, je n'avais pas l'impression d'avoir ma place à Durham. Moi qui espérais enfin rencontrer des gens comme moi, je me suis encore retrouvé entouré de tas de gens hétéros, blancs, cis. J'ai passé une grande partie de mon adolescence très seul. Et, à ce stade, j'y étais *habitué*. J'ai passé énormément de temps à me dire que les choses devaient être ainsi – je devais survivre seul, je devais tout faire seul, parce que personne ne pourrait jamais m'aider. J'ai passé la grande majorité de ma première année dans une très mauvaise passe… jusqu'à ce que je rencontre ma meilleure amie, Jess.

Sunil a désigné Jess, qui s'est empressée de lever une main devant son visage dans une tentative timide de se cacher. Il y a eu d'autres acclamations.

— Jess m'a conquis instantanément grâce à tous ses vêtements avec des chiens. (La foule a gloussé, et Jess a secoué la tête, son sourire dépassait derrière sa main.) C'était la personne la plus drôle et la plus pétillante que j'aie jamais rencontrée. Elle m'a encouragé à rejoindre l'asso des fiertés. Elle m'a emmené à un des premiers dîners queers racisé·e·s. Et nous avons eu tellement de conversations pour savoir comment améliorer l'association. Puis elle m'a encouragé à me présenter comme président, avec elle à mes côtés. (Il a souri.) Je pensais que c'était *elle* qui devrait être présidente, mais elle m'a répété un milliard de fois qu'elle déteste parler en public.

Sunil a souri à Jess, Jess lui a rendu son sourire, et il y avait tant d'amour dans leur regard.

Ça m'a éblouie.

— L'asso des fiertés n'existe pas uniquement pour faire des trucs queer, a poursuivi Sunil (et ça lui a valu quelques rires). Elle n'a même pas vocation à aider à trouver des plans cul.

Quelqu'un dans la foule a crié le nom de son ami·e, ce qui a provoqué d'autres rires. Sunil a ri avec eux.

— Non. Ce qui compte, ce sont les liens que nous y tissons. Amitié, amour et soutien, alors que nous tentons tous de survivre et de nous épanouir dans un monde qui semble trop souvent ne pas avoir été fait pour nous. Que vous soyez gay, lesbienne, bi, pan, trans, intersexe, non binaire, asexuel, aromantique, queer ou peu importe… bon nombre d'entre nous ici ont eu la sensation de n'être nulle part à leur place en grandissant. (Sunil a regardé une dernière fois Jess avant de revenir à la foule.) Mais nous sommes tous là les uns pour les autres. Et ce sont ces relations qui rendent l'asso des fiertés si importante et si spéciale. Ce sont ces relations qui, malgré les difficultés dans nos vies, continuent de nous apporter du bonheur chaque jour. (Il a levé son verre.) Et nous méritons tous d'être heureux.

C'était sans doute un peu mièvre. Mais c'était aussi un des discours les plus touchants que j'aie entendu de toute ma vie.

Tout le monde a levé son verre avant d'acclamer Sunil alors qu'il descendait de la scène et que Jess le serrait dans ses bras.

Voilà. C'était ça qui comptait.

L'amour dans cette étreinte. Ce regard complice.

Ils vivaient leur propre histoire d'amour.

C'est ce que je voulais. C'est ce que j'avais *eu*, autrefois, peut-être.

Je rêvais d'une romance éternelle et envoûtante. Une belle rencontre avec une personne qui pourrait changer mon monde.

Mais à ce moment-là, j'ai compris que l'amitié pouvait le faire.

En m'approchant de la sortie, je me suis retrouvée à proximité de la table de Lloyd. Il était assis avec d'autres types, à boire une bouteille de vin en affichant un air amer.

— Il est trop pathétique, à se sentir obligé de parler d'asexualité chaque fois qu'il l'ouvre, disait Lloyd. Si on ne fait pas gaffe, on va se retrouver avec n'importe quel vieil hétéro cis qui se sent vaguement opprimé.

La façon dont il l'a dit a déclenché une montée de haine au creux de mon estomac.

Et il faut croire que je me sentais courageuse.

Alors que je passais à côté de lui, j'ai laissé mon verre de vin à demi plein gracieusement en équilibre sur ma main pour qu'il vienne s'écouler dans la nuque de Lloyd.

— PU-PUTAIN de merde ?!

Le temps qu'il se retourne pour voir qui venait de renverser du vin sur lui, j'avais déjà parcouru la moitié du chemin jusqu'à la porte, un large sourire aux lèvres.

Jason

Sunil Jha
JASON EN EST

Georgia Warr
SÉRIEUX ?!

Sunil Jha
OUAIS. Il a accepté de m'accompagner par amitié pour moi
Mais il a dit qu'il n'était toujours pas sûr de revenir ☹

Georgia Warr
D'ac
Bon
J'ai une idée pour le reconquérir

— Hors de question, a répliqué Rooney après que je lui ai exposé mon idée.

J'arrosais Roderick qui était moitié moins volumineux qu'avant à cause des bouts que j'avais coupés mais qui n'était pas *tout à fait* mort, contrairement à ce que j'avais cru.

— Ça va *marcher*.

— C'est débile.

— Mais non. Il a un grand sens de l'humour.

Rooney était vautrée sur son lit, prête pour la soirée, mangeant des gressins à même le paquet, chose qui était récemment devenue son rituel pré-soirée.

— L'asso Shakespeare est finie, a-t-elle rétorqué.

Et je savais qu'elle le pensait. Elle n'aurait pas passé son temps à sortir si elle n'avait pas complètement abandonné.

— Fais-moi confiance. Je peux le faire revenir.

Rooney m'a longuement regardée. Elle a croqué bruyamment dans un gressin.

— D'ac, a-t-elle dit. Mais c'est moi qui fais Daphné.

J'ai séché les cours le jour suivant pour partir à la chasse aux costumes. Ça m'a pris toute la matinée et une bonne partie de l'après-midi. Il n'y avait qu'un magasin de costumes à Durham, dans une minuscule ruelle, mais il n'avait pas exactement ce que je cherchais, j'ai donc fini par orienter mes recherches vers les enseignes de vêtements et les boutiques de seconde main pour trouver ce qui permettrait de créer des costumes de fortune. Rooney s'est même jointe à moi après le déjeuner ; elle portait ses lunettes de soleil pour cacher les poches sous ses yeux. Elle dormait presque tous les jours jusqu'à midi ces derniers temps.

J'ai sacrifié une grosse partie de ma bourse du mois pour tout trouver, j'allais donc devoir vivre de nourriture de cafétéria pour les deux semaines à venir, mais ce sacrifice en valait la peine, parce qu'une fois que Rooney et moi sommes arrivées en avance dans notre salle de répétition et que nous avons enfilé nos costumes, j'ai su que c'était la meilleure idée que j'aie jamais eue.

— Oh, c'est le cosplay de mes *rêves*, a lancé Sunil alors que je lui remettais un pull orange vif, une jupe rouge et des chaussettes orange.

Nous avons fini de nous changer puis nous avons attendu.

Et j'ai commencé à me dire que c'était peut-être une très mauvaise idée.

Peut-être qu'il n'allait pas trouver ça drôle. Peut-être qu'il allait me voir et partir.

Il n'y avait qu'un moyen de le savoir.

— Que se passe-t-il ? a demandé Jason en entrant dans la pièce les sourcils froncés devant nos étranges accoutrements. (Il m'avait manqué. Comme ils m'avaient manqué, lui, sa veste duveteuse et son doux sourire !) Pourquoi vous êtes… qu'est-ce que vous f…

Ses yeux se sont soudain écarquillés. Il a pointé du doigt la jupe de Sunil. Mon T-shirt vert trop grand et mon pantalon brun. La petite écharpe verte de Rooney et son collant violet.

— Mais non, a-t-il lâché.

Il a laissé tomber son sac par terre.

— Mais non, *sérieux*, a-t-il répété.

— Surprise ! ai-je crié en levant les bras et la peluche de chien trouvée dans un des magasins de la grand-rue.

Rooney a fait voler ses cheveux en arrière et pris la pose de Daphné tandis que Sunil criait « J'ai un indice ! » en remontant ses lunettes de Vera.

Jason a posé les mains sur son cœur. L'espace d'une seconde, j'ai eu vraiment peur qu'il soit agacé ou contrarié. Mais il s'est alors mis à sourire. Un grand sourire qui dévoilait toutes ses dents.

— BON SANG, pourquoi… Sérieux, c'est quoi ce BORDEL ? PUTAIN ! POURQUOI VOUS ÊTES TOUS HABILLÉS COMME LE SCOOBY GANG ?

— Il y a une soirée costumée, ai-je répondu en souriant. Je… J'ai pensé que ce serait sympa.

Jason s'est approché de nous. Puis il s'est simplement mis à rire. Doucement, au départ, puis plus fort. Il a pris la peluche dans ma main pour la regarder, puis son rire a frisé l'hystérie.

— Scooby est… a-t-il haleté entre deux rires… Scooby est censé… être… un dogue allemand… et ça… c'est un carlin !

Je me suis mise à rire avec lui.

— C'est ce que j'ai trouvé de mieux ! Ne te moque pas !

— Tu as pris… (Sa respiration s'est faite plus forte.) Tu as pris un *carlin* pour jouer Scooby… mais c'est quoi… c'est quoi ce manque de respect pur et simple ?

Il s'est plié en deux, et là, nous avons pleuré de rire tandis qu'il tenait la minuscule peluche de carlin.

Il nous a fallu quelques minutes pour nous calmer, Jason essuyait ses larmes. Pendant ce temps, Rooney avait sorti du sac les derniers vêtements que nous avions achetés ce jour-là et elle les a tendus à Jason – un pull blanc, une écharpe orange et une perruque blonde.

Il les a regardés avant d'annoncer :

— C'est l'heure des pièges !

— Alors comme ça tu aimes vraiment Scooby-Doo ? a demandé Sunil à Jason plus tard ce soir-là, une fois que nous étions arrivés en boîte.

Elle était pleine à craquer d'étudiants vêtus de costumes en tous genres, des super-héros aux fouets géants.

— Plus que bien des choses en ce monde, a répondu Jason.

Nous avons dansé. *Beaucoup*. Et pour la première fois depuis notre entrée à l'université, ça m'a vraiment plu. *Tout*. La musique trop forte, le sol collant, les boissons servies dans de minuscules gobelets en plastique. Les vieux classiques qui étaient joués dans ce club, les filles bourrées avec qui nous avons sympathisé dans les toilettes à cause de notre carlin en peluche que je promenais partout, Rooney passant son bras autour de mon épaule, pompette, se balançant sur *Happy Together* des Turtles et *Walking on Sunshine* de Katrina and the Waves, Sunil prenant les mains de Jason et le forçant à danser la Macarena même s'il trouvait ça agaçant.

Tout était mieux avec mes amis. S'ils n'avaient pas été là, j'aurais détesté cette soirée. J'aurais voulu rentrer chez moi.

Je gardais un œil sur Rooney. Il y a eu un moment dans la soirée où, éméchée, elle s'est mise à discuter et à rire avec un autre groupe, des étudiants que je n'avais jamais vus, et je me suis demandé si elle allait nous abandonner comme d'habitude.

Mais quand je lui ai pris la main, elle s'est détournée d'eux et m'a regardée, son visage changeait de couleur sous les lumières, et elle a semblé se rappeler pourquoi elle était là. Elle s'est rappelé qu'elle nous avait, nous.

Et je l'ai entraînée à l'endroit où Jason et Sunil sautaient sur *Jump Around* de House of Pain, nous nous sommes mises à sauter et elle m'a souri.

Je savais qu'elle était toujours meurtrie. Moi aussi. Mais sur le moment, elle semblait heureuse. Tellement heureuse.

Dans l'ensemble, j'ai passé une des meilleures soirées de ma vie à l'université.

— Je meurs, a lancé Rooney, la bouche pleine de pizza, alors que nous traversions Durham pour retourner à nos collèges. C'est la meilleure chose que j'aie jamais eue dans la bouche.

— C'est ce qu'elles disent toutes, a répondu Jason, ce qui a fait partir Rooney dans un éclat de rire qui s'est rapidement mué en quinte de toux.

J'étais d'accord avec Rooney. Il y avait quelque chose de franchement divin dans le fait de mordre dans une part de pizza bien chaude, au milieu de la nuit, dans le froid glacial de l'hiver du Nord.

Jason et moi marchions côte à côte, Rooney et Sunil nous devançaient légèrement, en pleine conversation à propos des meilleures pizzerias de Durham.

Je n'avais pas eu l'occasion de parler à Jason seul à seul. Jusqu'à ce moment. Je ne savais pas par où commencer.

Comment m'excuser pour tout. Comment lui demander s'il y avait une chance que nous soyons à nouveau amis.

Heureusement, il a parlé le premier.

— J'aurais aimé que Pip soit là, a-t-il dit. Elle aurait adoré cette soirée.

Ce n'était pas ce que j'attendais mais, dès qu'il l'a dit, j'ai compris à quel point il avait raison.

Jason a pouffé.

— J'ai une vision très nette d'elle déguisée en Scooby-Doo, en train d'imiter sa voix.

— Oh, mais oui !

— Je peux carrément *l'entendre*. Et c'est vraiment naze.

— Elle aurait été naze.

Nous avons ri tous les deux. Comme si tout était revenu à la normale.

Mais ce n'était pas le cas.

Pas tant que nous n'en aurions pas discuté.

— Je… ai-je commencé, mais je me suis arrêtée parce que ça semblait insuffisant.

Rien de ce que je pourrais dire ne semblerait suffisant.

Jason s'est tourné pour me faire face. Nous venions d'atteindre un des nombreux ponts qui s'étirent sur le fleuve Wear.

— Tu as froid ? a-t-il demandé. Je peux te prêter ma veste.

Il a commencé à l'enlever. Sérieux. Je ne le méritais pas.

— Non, non. J'allais dire… J'allais dire que je suis désolée, ai-je répondu.

Jason a remis sa veste.

— Oh.

— Je suis désolée pour… tout. Je suis vraiment désolée pour tout. (J'ai cessé de marcher parce que je sentais les larmes me monter aux yeux et que je ne voulais pas pleurer devant lui. Je ne voulais absolument pas pleurer.) Je t'aime tellement et… essayer de sortir avec toi a été la pire chose que j'aie jamais faite.

Jason a arrêté de marcher.

— C'était plutôt naze, hein ? a-t-il dit après une pause. On était vraiment nuls pour ça.

Ça m'a fait rire malgré tout.

— Tu ne méritais pas d'être traité comme ça, ai-je continué, tentant de vider mon sac tant que j'en avais l'occasion.

Jason a hoché la tête.

— C'est vrai.

— Et je veux que tu saches que ça n'avait rien à voir avec toi… tu es… tu es parfait.

Jason a souri, tout en essayant de rejeter en arrière les cheveux de sa perruque.

— C'est vrai aussi.

— Je suis juste… Je suis juste différente. Je ne peux pas ressentir ce genre de choses.

— Ouais. (Jason a hoché la tête à nouveau.) Tu es… asexuelle ? Ou aromantique ?

Je me suis figée.

— Quoi… attends, tu sais ce que c'est ?

— Ben… J'en avais entendu parler. Et quand tu m'as écrit, j'ai fait le lien donc je suis allé regarder sur le Net et… ouais. Ça ressemblait à ce que tu décrivais. (Il a soudain eu l'air paniqué.) Je me trompe ? Je suis vraiment désolé si j'ai mal compris…

— Non, non… Tu as raison. (J'ai soupiré.) C'est… C'est ça. Euh, je suis les deux. Aro-ace.

— Aro-ace, a répété Jason. Eh ben.

— Ouais.

Il a glissé sa main dans la mienne et nous avons recommencé à marcher.

— Tu n'as pas répondu à mon message, cela dit, ai-je fait remarquer.

— Ben... J'étais vraiment contrarié. (Il a fixé le sol.) Et... Je ne pouvais pas vraiment te parler alors que j'étais... encore amoureux de toi.

Il y a eu un long silence. Je ne savais pas du tout quoi répondre.

Finalement, il a dit :

— Tu sais quand j'ai compris que j'avais des sentiments pour toi ?

Je l'ai regardé sans vraiment savoir où ça allait nous mener.

— Quand ?

— Quand tu as mouché M. Cole la fois où on répétait *Les Misérables*.

Mouché ? Je n'arrivais pas à me rappeler une fois où j'aurais *mouché* un prof, encore moins M. Cole, le metteur en scène autoritaire de nos pièces de fin de lycée.

— Je ne m'en souviens pas, ai-je répondu.

— Vraiment ? a pouffé Jason. Il me criait dessus parce que je venais de lui dire que j'allais devoir manquer la répétition de l'après-midi pour aller chez le dentiste. Tu étais là, et il s'est tourné vers toi et il a dit « Georgia, tu es d'accord avec moi, non ? Jason joue Javert, c'est un premier rôle et il aurait dû prendre son rendez-vous à un autre moment ». Et tu sais comment était M. Cole – qui n'était pas d'accord avec lui devenait officiellement son ennemi. Mais tu t'es contentée de le regarder dans les yeux et de lui dire genre « Ben, c'est trop tard pour décaler, donc à quoi bon crier sur Jason ? ». Et ça lui a tellement cloué le bec qu'il a filé dans son bureau.

Je me rappelais *bien* cet incident. Mais je n'avais pas eu l'impression d'être particulièrement virulente ou audacieuse.

J'avais simplement tenté de soutenir mon meilleur ami qui était clairement dans son droit.

— Ça m'a fait réfléchir… Georgia est peut-être un peu taiseuse et timide, mais elle s'opposerait à un prof effrayant pour défendre un de ses amis. *C'est* le genre de personne que tu es. Ça m'a confirmé que je comptais vraiment pour toi. Et j'imagine que c'est à ce moment que j'ai commencé à… tu sais, tomber amoureux.

— Tu comptes toujours autant pour moi, ai-je répondu immédiatement, bien que je ne pense pas que ce que j'avais dit à M. Cole était particulièrement courageux ou exceptionnel.

Je voulais tout de même que Jason sache que je tenais toujours autant à lui qu'il le pensait à ce moment.

— Je sais, a-t-il répondu avec un sourire. C'est en partie pour ça que j'avais besoin de m'éloigner de toi. Pour t'oublier.

— Et ça a marché ?

— Je… J'essaie. Ça va prendre du temps. Mais j'essaie.

J'ai inconsciemment enlevé ma main de la sienne. Est-ce que j'empirais les choses par ma seule présence ?

Il l'a remarqué et le silence s'est fait avant qu'il ne reprenne la parole.

— Quand tu m'as dit pourquoi tu sortais avec moi, je… Bien sûr, j'étais dévasté, a-t-il poursuivi. J'ai eu l'impression que… tu n'en avais rien à faire de moi. Mais après avoir reçu ton message, je crois que j'ai commencé à comprendre que tu étais seulement… que tu étais complètement perdue. Tu pensais sincèrement qu'on pourrait être ensemble parce que tu m'aimes vraiment. Tu n'éprouves pas de sentiment romantique, mais c'est tout aussi fort. Tu es toujours cette personne qui m'a soutenu face à M. Cole. Tu es toujours ma meilleure amie. (Il m'a jeté un bref coup d'œil.) Que toi et moi ne soyons pas en couple n'y change absolument rien. Je n'ai pas tout perdu, simplement parce qu'on ne sort pas ensemble.

Je l'ai écouté, déconcertée. J'ai mis un moment à comprendre ce qu'il voulait dire.

— Ça te va qu'on soit… qu'on soit juste amis ? ai-je demandé.

Il a souri et a repris ma main.

— Quand tu dis « juste amis », on dirait que c'est moins bien. En ce qui me concerne, je trouve ça mieux, vu comme ce baiser était atroce.

J'ai pressé sa main.

— Je confirme.

Nous avons atteint le bout du pont et traversé une ruelle pavée. Le visage de Jason plongeait et ressortait de l'obscurité alors que nous passions sous les réverbères. Quand son visage a resurgi dans la lumière, il souriait, et j'ai pensé que j'étais sans doute pardonnée.

Désolée

Sunil a observé le cadre avec la photo de Sarah Michelle Gellar et Freddie Prinze Jr. pendant plusieurs secondes avant de le tapoter en demandant :

— Quelqu'un voudrait bien m'expliquer, s'il vous plaît ?

— C'est une très longue histoire, a répondu Jason, qui était assis sur son lit.

— C'est une bonne histoire, cela dit, ai-je ajouté.

Rooney et moi étions par terre avec les oreillers de Jason en guise de dossier, et Rooney faisait une petite sieste.

— Eh bien, je suis encore plus intrigué là.

Jason a soupiré.

— Et si je vous expliquais ça une fois qu'on aura vraiment décidé ce qu'on va faire pour Pip ?

C'était une semaine après notre sortie Scooby-Doo. Avec Jason de retour dans l'asso Shakespeare, les choses s'éclairaient et nous avions même pu faire une vraie répétition.

Mais nous ne pouvions pas faire le spectacle sans Pip.

Et il n'y avait pas que ça, de toute façon. L'association était importante pour nous tous, mais notre amitié avec Pip l'était plus encore. C'était *ça* qu'il fallait sauver.

Je ne savais simplement pas comment procéder.

— On parle de Pip ? a demandé Rooney qui venait apparemment de se réveiller.

Elle sortait encore presque tous les soirs et elle rentrait au petit matin. Je ne savais pas si je *pouvais* l'en empêcher ni même si je le *devais*. Elle ne faisait rien de mal, techniquement.

J'avais seulement l'impression qu'elle ne le faisait que pour mettre tout le reste en sourdine.

— Je croyais qu'on répétait, ai-je répondu.

— Ça ne sert à rien de continuer les répétitions si Pip ne revient pas, a déclaré Jason.

Le silence s'est fait alors que nous comprenions tous qu'il avait raison.

Sunil s'est perché sur le bureau de Jason, les bras croisés.

— Bon… vous avez des suggestions ?

— Ben, je lui ai parlé et…

— Attends, tu *lui as parlé* ? a dit Rooney en se redressant.

— Ce n'est pas avec moi qu'elle s'est querellée. On est toujours amis. On est dans le même collège.

— Tu peux la faire revenir alors. Elle t'écoutera.

— J'ai essayé. (Jason a secoué la tête.) Elle est *furieuse*. Et Pip ne pardonne pas facilement. (Il nous a regardées, Rooney et moi.) Enfin… je peux le comprendre. Ce que vous avez fait, toutes les deux, était incroyablement débile.

Jason *savait pour le baiser*. Évidemment – Pip lui avait sans doute tout raconté. Je me suis sentie rougir sous le coup de l'embarras.

— Qu'avez-vous fait ? a demandé Sunil, curieux.

— Elles se sont embrassées et Pip a tout vu, a répondu Jason.

— *Oh.*

— Euh… Peut-on donner notre version des faits ? a demandé Rooney.

— M'est avis que vous étiez ivres et que c'était ton idée, a lancé Jason. Et vous l'avez immédiatement regretté.

— Bon, c'est… c'est assez juste.

— Alors, on fait quoi ? a demandé Sunil.

— Je pense simplement que Georgia et Rooney vont devoir essayer de lui parler jusqu'à ce qu'elle accepte de les écouter. Peut-être à tour de rôle, pour qu'elle n'ait pas l'impression que vous vous liguez contre elle.

— Quand ? ai-je demandé. Comment ?

— Maintenant, a répondu Jason. Je crois qu'une de vous devrait aller la trouver dans sa chambre pour s'excuser directement. Vous n'avez pas encore vraiment essayé de vous excuser en personne, si ?

Ni Rooney ni moi n'avons répondu.

— C'est bien ce que je pensais.

Une idée m'est venue.

— La veste de Pip. L'une de nous devrait aller lui rendre.

Rooney a tourné la tête vers moi.

— Oui. Ça fait genre *des mois* qu'elle est dans notre chambre.

— Tu veux que j'aille la chercher ?

Mais Rooney était déjà debout.

Une fois qu'elle est revenue de St John, la veste en jean de Pip à la main, Rooney a exigé d'être celle qui irait parler à Pip. Elle ne m'a même pas laissée discuter – elle a ouvert la porte, est sortie puis a dit :

— Par où se trouve sa chambre ?

Apparemment, Rooney culpabilisait toujours pour toute cette histoire. Même si Pip avait bien plus de raisons de m'en vouloir.

Je l'ai accompagnée sur une partie du chemin, puis je me suis arrêtée à l'angle du couloir, à quelques mètres de distance, pour pouvoir écouter la conversation. C'était le soir, et le dîner était terminé, donc, avec un peu de chance, Pip serait là.

Rooney a toqué à la porte de Pip. Je me demandais ce qu'elle allait dire.

Était-ce une très mauvaise idée ?

Trop tard.

La porte s'ouvrait.

— Salut, a lancé Rooney.

Puis il y a eu un silence.

— Qu'est-ce que tu fais là ? a demandé Pip.

Sa voix était faible. C'était étrange d'entendre Pip aussi triste. Je ne l'avais pas entendue comme ça très souvent avant… tout ça.

— Je…

Je m'attendais à ce que Rooney se lance dans un grand discours. Qu'elle fasse des excuses sincères et convaincantes.

Au lieu de quoi, elle a dit :

— Euh… ta… veste.

Il y a eu un autre silence.

— D'ac, a répondu Pip. Merci.

La porte a grincé, et j'ai jeté un œil au moment où Rooney glissait son bras pour la maintenir ouverte.

— Attends ! s'est-elle écriée.

— Quoi ? Qu'est-ce que tu veux ?

Je ne voyais pas Pip – elle se tenait trop à l'intérieur de sa chambre –, mais je sentais qu'elle commençait à s'agacer.

Rooney paniquait.

— Je… Pourquoi ta chambre est aussi bordélique ?

Ce n'était clairement pas la chose à dire.

— Tu ne peux vraiment pas t'empêcher de me faire des remarques désagréables, hein ? a craché Pip.

— Attends, désolée, ce n'est pas ce que je…

— Tu ne peux pas me laisser tranquille ? J'ai l'impression que tu me hantes ou un truc du genre.

Rooney a dégluti.

— Je voulais seulement m'excuser. Comme il se doit. Genre… En direct.

— Oh.

— Georgia est là aussi.

J'ai senti mon estomac se serrer alors que Rooney désignait ma cachette. Ce n'était pas ce qui était prévu.

Pour une personne censée en connaître un rayon sur la romance, Rooney ignorait clairement comment faire un grand geste.

Pip est sortie un peu plus de sa chambre pour jeter un œil, l'air sombre.

— Je ne veux parler à aucune d'entre vous, a-t-elle dit.

Sa voix s'est brisée, et elle s'est tournée pour rentrer.

— Attends !

Je me suis surprise à parler en m'avançant d'un pas incertain vers la chambre de Pip.

Elle était là. Ses cheveux étaient en bataille, et elle portait un sweat à capuche avec un short en jersey. Sa chambre était extrêmement bordélique, même pour elle. Elle était visiblement contrariée.

Mais elle n'était plus aussi fâchée que l'autre fois devant le pub.

Était-ce un progrès ?

— On pensait qu'il vaudrait mieux qu'une de nous te parle seule, ai-je bafouillé. Mais… euh, ouais. On est là toutes les deux. Et on est toutes les deux vraiment désolées pour… tu sais. Tout ce qui s'est passé.

Pip n'a rien dit. Elle attendait une suite, mais je ne savais pas quoi dire d'autre.

— Alors, c'est tout ? a-t-elle fini par demander. Je suis simplement censée… vous pardonner ?

— On veut seulement que tu reviennes à l'asso Shakespeare, a dit Rooney.

Mais là encore, ce n'était clairement pas la chose à dire.

Pip a ri.

— Sérieux ! J'aurais dû m'en douter. Ce n'est pas de moi qu'il est question… Tu as seulement besoin d'un cinquième membre pour ta putain d'*association Shakespeare. Punaise.*

— Non, ce n'est pas…

— J'ignore pour quelle raison ta pièce débile compte autant pour toi mais, sérieux, pourquoi je devrais m'imposer un truc avec une personne qui m'a fait croire qu'il y avait une *infime* chance qu'elle ait aussi des sentiments pour moi avant de décider de rouler une pelle à ma meilleure amie ? (Pip a secoué la tête.) J'avais raison depuis le début. Tu me détestes.

J'ai attendu la repartie inévitable de Rooney, mais rien n'est venu.

Elle a cligné des yeux plusieurs fois. Je me suis tournée pour mieux la voir et j'ai compris qu'elle était sur le point de pleurer.

— J'ai des sen… a-t-elle commencé à dire.

Mais elle s'est interrompue, le visage *décomposé.* Ses larmes se sont mises à couler et, avant qu'elle puisse ajouter quoi que ce soit, elle a brusquement fait volte-face pour partir.

Pip et moi l'avons regardée disparaître à l'angle.

— Merde, je… je ne voulais pas la faire pleurer, a marmonné Pip.

Je ne savais absolument pas quoi dire. J'avais presque envie de pleurer, moi aussi.

— On est vraiment désolées, ai-je répété. On… *Je* suis désolée. Je pensais tout ce que j'ai dit dans mon message. Ce n'était qu'une erreur bizarre sous l'effet de l'alcool. Aucune de nous n'éprouve ce genre de sentiment pour l'autre. Et je me suis excusée auprès de Jason aussi.

— Tu as parlé à Jason ?

— Ouais, on… on a parlé de tout. Je crois que ça va mieux.

Pip n'a rien répondu. Elle se contentait de fixer le sol.

— Je m'en fiche que tu ne veuilles pas revenir à l'asso Shakespeare, ai-je précisé. Je veux seulement… Je veux seulement qu'on soit à nouveau amies.

— J'ai besoin de temps. (Pip s'apprêtait à fermer la porte.) Merci de m'avoir rapporté ma veste.

Beth

Rooney avait cessé de pleurer le temps que je retourne à notre chambre.

Elle était désormais en train de se changer.

— Tu sors ? ai-je demandé en refermant la porte et en appuyant sur l'interrupteur.

Elle ne s'était même pas donné la peine d'allumer.

— Ouais, a-t-elle répondu en enfilant un top bardot.

— Pourquoi ?

— Parce que si je reste ici, a-t-elle craché, je vais passer la nuit à réfléchir à toute cette affaire et je n'en ai pas la force. Je ne peux pas rester assise à rien faire.

— Tu sors avec qui ?

— Juste des gens du collège. J'ai *d'autres amis*.

« Des amis qui ne passent jamais prendre le thé, qui ne t'accompagnent pas à une soirée ciné/pizza, et qui ne prennent même pas de tes nouvelles quand tu ne vas pas bien ? »

Voilà ce que j'avais envie de dire.

— D'ac, ai-je répondu.

★

Ses conneries habituelles, voilà ce que je me disais. C'est ainsi que je justifiais tout, à vrai dire. Les cours manqués. Dormir jusqu'en fin d'après-midi. Les sorties quotidiennes en boîte.

Je ne prenais rien de tout ça au sérieux, du moins pas *vraiment*, jusqu'à cette nuit-là quand je me suis réveillée à cinq heures du matin avec un message qui disait :

Rooney Bach
Tpeux mouvrir je suis devant le collège
Joublié clé

Il avait été envoyé à 3 h 24. Les portes du bâtiment étaient fermées entre deux et six heures du matin – il fallait une clé pour regagner le bâtiment principal.

Je me réveillais souvent au petit matin et je regardais mon portable avant de me rendormir très rapidement. Mais j'ai tellement paniqué en lisant ça que j'ai immédiatement bondi du lit pour appeler Rooney.

Elle n'a pas décroché.

J'ai mis mes lunettes, ma robe de chambre et mes chaussons, j'ai attrapé mes clés puis j'ai couru à la porte, mon esprit soudain plein de visions d'elle morte dans un caniveau, étouffée dans son vomi ou noyée dans le fleuve. J'espérais qu'elle allait bien. Elle faisait tout le temps des trucs débiles mais elle allait *toujours* bien.

Le hall principal était sombre et vide alors que je le traversais en trombe pour déverrouiller la porte avant de sortir dans l'obscurité, courant toujours.

La rue était déserte, à l'exception d'une ombre assise sur un muret de brique un peu plus loin, recroquevillée.

Rooney.

En vie. Heureusement. *Heureusement !*

J'ai couru jusqu'à elle. Elle ne portait que son top bardot et une jupe alors qu'il devait faire genre cinq degrés dehors.

— Qu'est-ce… qu'est-ce que tu *fabriques* ? ai-je demandé, ressentant une colère inexplicable envers elle.

Elle a levé les yeux vers moi.

— Oh. Bien. Enfin.

— Tu… Tu es restée *ici* toute la nuit ?

Elle s'est levée, tentant de se donner l'air nonchalant, mais je voyais bien qu'elle se tenait les bras pour essayer de contrôler un violent tremblement.

— Seulement quelques heures.

J'ai vivement ôté ma robe de chambre pour la lui donner. Elle s'est emmitouflée dedans sans demander son reste.

— Tu n'aurais pas pu appeler quelqu'un d'autre – un de tes amis ? ai-je demandé. *Quelqu'un* était forcément réveillé.

Elle a secoué la tête.

— Non, personne. Enfin, certains ont lu mes messages, mais… ils ont dû les ignorer. Puis ma batterie est morte.

J'étais tellement paniquée que je ne savais même pas quoi ajouter. Nous avons regagné le collège et nous avons marché jusqu'à notre chambre en silence.

— Tu ne peux pas juste… Tu dois être plus prudente, ai-je dit alors que nous entrions dans la chambre. Tu n'es pas en sécurité seule dehors à cette heure-ci.

Elle a enfilé son pyjama. Elle semblait épuisée.

— En quoi ça te concerne ? a-t-elle chuchoté. (Sans méchanceté. Une vraie question. Comme si elle n'arrivait vraiment pas à comprendre.) Pourquoi tu t'inquiètes pour moi ?

— Tu es mon amie, ai-je répondu, debout près de la porte.

Elle n'a rien dit de plus. Elle s'est simplement glissée dans son lit et a fermé les yeux.

J'ai ramassé ses vêtements éparpillés sur le sol et je les ai mis dans sa panière à linge, mais c'est alors que j'ai remarqué que son portable était dans la poche de sa jupe, je l'ai donc récupéré pour le mettre à recharger. J'ai même versé un peu d'eau dans le pot de Roderick. Il semblait vraiment un peu plus en forme.

Puis je me suis mise au lit en me demandant pourquoi je m'inquiétais pour Rooney Bach, la reine de l'auto-sabotage, l'experte en amour qui n'en était pas une. Parce que, oui, c'était le cas. Je m'inquiétais vraiment beaucoup pour elle, malgré nos différences et le fait que nous ne nous serions sans doute jamais parlé si nous n'avions pas été placées dans la même chambre et malgré toutes les fois où elle avait dit ce qu'il ne fallait pas ou aggravé une situation.

Je m'inquiétais pour elle parce que je l'aimais bien. J'appréciais sa passion pour l'association Shakespeare. J'aimais sa façon de s'emballer pour des choses sans grande importance, comme les tapis, les pièces de théâtre ou les mariages de collège. J'appréciais sa façon de toujours sincèrement vouloir m'aider, même si elle n'avait jamais su quoi dire ou faire et qu'elle m'avait donné des conseils encore pires que ce que j'aurais pu imaginer.

Je pensais qu'elle était une bonne personne et j'aimais l'avoir dans ma vie.

Et je commençais à comprendre qu'il était impensable pour Rooney que quelqu'un ressente ça pour elle.

J'ai été à nouveau réveillée deux heures plus tard par la sonnerie du portable de Rooney.

Nous l'avons ignorée.

Quand ça a sonné pour la seconde fois, je me suis assise et j'ai mis mes lunettes.

— Ton téléphone sonne, ai-je lancé d'une voix enrouée de sommeil.

Rooney n'a pas bougé. Elle s'est contentée de grogner.

J'ai roulé hors du lit et je me suis approchée du portable en charge sur sa table de chevet pour regarder qui l'appelait.

C'était écrit : « Beth ».

J'ai fixé l'écran. J'avais l'étrange impression de devoir savoir qui c'était, comme si j'avais déjà vu ce nom quelque part.

Puis je me suis rendu compte qu'il s'agissait du nom d'une personne qui se trouvait à moins d'un mètre de moi, sur la seule photo que Rooney avait accrochée près de son lit. Une photo un peu froissée à force de se décrocher du mur et d'être piétinée.

La photo de la Rooney à treize ans avec sa meilleure amie de l'époque. Beth aux cheveux de sirène.

J'ai répondu.

— Allô ?

— Allô ? a fait une voix.

Était-ce Beth ? La fille de la photo avec les cheveux teints en rouge et les taches de rousseur ?

Rooney et elle se parlaient-elles encore ? Peut-être que Rooney avait *vraiment* des amis qui prenaient de ses nouvelles, je ne les connaissais tout simplement pas.

Puis Beth a dit :

— J'ai manqué des appels de ce numéro hier soir et je voulais simplement savoir qui c'était, au cas où il s'agirait d'une urgence ou autre.

J'ai senti ma mâchoire se décrocher.

Elle n'avait même pas le numéro de Rooney en mémoire.

— Euh… me suis-je retrouvée à dire. Désolée… en fait, ce n'est pas mon portable. C'est celui de Rooney Bach.

Il y a eu un silence.

— Rooney Bach ?

— Euh, ouais. Je suis sa colocataire à la fac. Elle… elle avait pas mal bu hier soir, donc… elle t'a peut-être appelée sous l'effet de l'alcool ?

— Ouais, j'imagine… désolée, c'est vraiment bizarre. Je ne l'ai pas vue depuis… Sérieux, ça doit faire genre cinq ans. Je ne sais même pas pourquoi elle a encore mon numéro.

J'ai regardé la photo au mur.

— Tu ne lui parles plus ? ai-je demandé.

— Euh, non. Elle a changé d'école en quatrième, et on n'a pas vraiment gardé contact.

Rooney avait menti. À moins que ? Elle m'avait dit que Beth était son amie. Ça avait peut-être été vrai par le passé. Mais plus maintenant.

Pourquoi Rooney avait-elle accroché une photo d'une amie à qui elle n'avait pas parlé depuis cinq ans ?

— Comment va-t-elle ? a demandé Beth.

— Elle… (J'ai cligné des yeux.) Ça va. Elle va bien.

— C'est cool. Elle aime toujours le théâtre ?

J'ignorais pourquoi mais j'ai cru que j'allais me mettre à pleurer.

— Ouais, ai-je répondu. Ouais, carrément. Elle adore le théâtre.

— Oh. C'est chouette. Elle a toujours dit qu'elle voulait devenir metteuse en scène ou un truc du genre.

— Tu devrais… tu devrais lui écrire un de ces jours, ai-je dit en tentant de ravaler la boule que j'avais dans la gorge. Je crois qu'elle aimerait avoir de tes nouvelles.

— Ouais, a répondu Beth. Ouais, je vais voir. Ce serait sympa.

J'espérais qu'elle allait le faire. J'espérais de tout cœur qu'elle allait le faire.

— Bon… Je vais raccrocher alors, vu que ce n'est pas une urgence ni rien. Je suis contente que Rooney aille bien.

— Ça marche, ai-je répondu.

Et Beth a mis fin à l'appel.

J'ai reposé le portable. Rooney n'avait pas bougé. Tout ce que je voyais, c'était l'arrière de sa tête, sa queue-de-cheval qui pendait, et le reste de son corps était recouvert d'une couette fleurie.

Réunion d'urgence

Ce que je croyais être un masque était en réalité un mur. Rooney avait bâti un solide mur de brique autour d'une part d'elle que personne n'avait le droit de connaître.

Elle avait passé l'année à réduire mon propre mur en pièces. Je voulais une chance d'en faire autant avec elle.

J'ai donc organisé une réunion d'urgence à l'association Shakespeare.

Nous allions récupérer Pip. Et Rooney allait nous aider, que ça lui plaise ou non.

C'était un samedi, et nous nous étions mis d'accord pour prendre un café en milieu de matinée. Jason avait entraînement d'aviron tôt le matin, Sunil avait répétition avec l'orchestre, et Rooney n'a pas daigné sortir du lit avant que je lui frappe l'arrière de la tête avec son tapis turquoise, mais nous avons tout de même réussi à nous retrouver au Vennels Café vers onze heures. Je savais enfin ce qu'était Vennels.

— C'est… *ambitieux*, a lâché Sunil une fois que j'avais exposé mon plan. Je pourrais demander à Jess. Elle joue de l'alto.

— Et je vais voir avec mon capitaine d'aviron si on peut emprunter quelques trucs, a ajouté Jason en se tapotant la bouche avec ses doigts. Je suis sûr qu'il dira oui.

— Je… Je ne veux pas déranger qui que ce soit, ai-je répliqué.

L'idée que d'autres personnes nous aident était un peu gênante.

— Non, en fait, Jess serait contrariée que je ne lui propose pas, a répondu Sunil. Elle est obsédée par ces choses-là.

— Et toi, Rooney ? a demandé Jason. Qu'en penses-tu ?

Rooney, en boule sur son siège, aurait clairement préféré être au fond de son lit.

— C'est bon, a-t-elle répondu en s'efforçant de prendre un air enthousiaste mais échouant lamentablement.

Une fois Jason et Sunil partis faire leurs trucs – Jason avait un groupe d'étude, et Sunil retrouvait des amis pour déjeuner –, Rooney et moi sommes restées seules. J'ai pensé que nous pouvions manger sur place puisqu'elle n'avait pas pris de petit déjeuner et que nous n'avions rien d'autre à faire.

Nous avons commandé des pancakes – j'ai opté pour du salé, elle, pour du sucré – et nous avons discuté un moment de sujets banals comme nos devoirs ou la semaine d'étude à venir.

Finalement, elle en est venue aux faits.

— Je sais pourquoi tu fais ça, a-t-elle lancé, le regard au niveau du mien.

— Fais quoi ?

— Me forcer à sortir prendre un petit déjeuner et t'aider pour le truc de Pip.

— Et pourquoi donc ?

— Je te fais pitié.

J'ai soigneusement posé mon couteau et ma fourchette sur mon assiette vide.

— En fait, non. C'est faux. Complètement faux.

Je sentais qu'elle ne me croyait pas.

Puis, elle a ajouté :

— Tu as parlé à Beth au téléphone.

Je me suis figée.

— Tu étais réveillée ?

— Pourquoi as-tu répondu au téléphone ?

Pourquoi avais-je répondu ? Je savais que la plupart des gens auraient laissé le répondeur se déclencher.

— Je crois que… j'espérais qu'elle appelait pour savoir comment tu allais, ai-je répondu.

Et j'ignorais à quel point c'était cohérent.

Je voulais seulement que Rooney sache que quelqu'un avait appelé. Que quelqu'un se souciait d'elle. Mais Beth n'était pas cette personne. Elle ne se souciait plus d'elle.

— Et ? a demandé Rooney d'une petite voix. Elle appelait pour savoir comment j'allais ?

J'aurais pu mentir.

Mais je ne mentais pas à Rooney.

— Non, ai-je répondu. Elle n'avait plus ton numéro en mémoire.

Le visage de Rooney s'est décomposé. Elle a baissé les yeux, le regard en biais. Elle a pris une longue gorgée de jus de pomme.

— Qui est-elle ? ai-je demandé.

— Pourquoi tu fais ça ? (Rooney s'appuyait sur sa main, en se cachant les yeux.) Je n'ai pas envie d'en parler.

— Pas de souci. Je veux simplement que tu saches que tu peux m'en parler.

J'ai commandé une autre boisson. Elle est restée assise en silence, les bras croisés, avec l'air de vouloir se tasser encore plus dans le coin de la salle.

Il a fallu deux semaines d'organisation intensive.

Durant la première semaine, nous avons déterminé le lieu et l'heure, et Jason a eu pour mission d'amadouer le capitaine de son équipe d'aviron afin qu'il nous laisse utiliser ce dont nous avions besoin. Nous l'avons envoyé faire du troc avec un pack de bières, il est revenu avec un grand sourire et la clé du hangar à bateaux, et nous avons fêté ça avec de la pizza dans sa chambre.

Durant la seconde semaine, Sunil a amené Jess à une répétition. Même si je n'avais pas l'impression de très bien la connaître, ne lui ayant parlé que quelques fois, elle m'a tout de suite demandé où j'avais trouvé mon pull – il était beige avec des motifs Fair Isle multicolores – et nous avons commencé à tisser des liens grâce à notre amour commun pour les pulls en laine à motifs.

Jess était complètement partante pour notre plan, malgré le nombre de fois où je lui avais dit que ce n'était pas grave si elle était trop occupée. Et, quand elle a sorti son alto et Sunil son violoncelle, j'ai compris pourquoi elle en avait autant envie – ils *adoraient* clairement jouer ensemble. Ils ont commencé à parcourir le morceau ; ils discutaient quand ils atteignaient des passages difficiles et faisaient des petites annotations sur la partition.

Ils semblaient différents ici, par rapport à l'asso des fiertés où ils étaient constamment en train de courir, à tout organiser, étant président et vice-présidente. Ici, ils pouvaient simplement être Sunil et Jess, deux meilleurs amis qui aimaient faire de la musique.

— Ne t'inquiète pas, on fera en sorte que ce soit parfait d'ici dimanche, a promis Sunil avec un grand sourire.

— Merci, ai-je répondu, mais ça semblait insuffisant pour les remercier pour ce qu'ils faisaient.

Rooney a accepté à contrecœur de prendre un tambourin. Les premières fois que nous avons répété le morceau, elle restait statique à le taper contre sa main, le regard rivé sur le sol.

Mais, alors que le dimanche approchait, elle s'y est mise petit à petit. Elle a commencé à hocher la tête alors que nous jouions. Parfois elle se mettait même à chanter en chœur, rien qu'un peu, comme si elle était convaincue que personne ne l'entendait.

Vers la fin, j'aurais presque pensé qu'elle s'amusait.
C'était notre cas à tous, en réalité.
Nous nous amusions tous tellement.
Et *ça allait fonctionner.*

La veille

La veille de ce dimanche, Rooney n'est pas sortie.

Je ne savais pas exactement pourquoi. Elle n'en avait peut-être pas envie. Mais quelle qu'en soit la raison, elle a levé les yeux de son écran d'ordinateur portable alors que je revenais de la douche et m'a demandé :

— Tu veux manger des biscuits devant des vidéos YouTube ?

Je me suis glissée dans son lit, ce qui, comme la fois précédente, était plutôt inconfortable, j'ai donc demandé sans réfléchir :

— Et si on collait nos lits ?

Et Rooney a répondu :

— Pourquoi pas ?

Donc nous l'avons fait.

Nous avons réuni nos lits au milieu de la pièce pour faire un lit double géant, et nous avons regardé des compilations TikTok en descendant mon paquet de biscuits au chocolat.

— Je stresse vraiment pour demain, ai-je avoué à la moitié de la troisième vidéo.

— Pareil, a dit Rooney en fourrant un biscuit dans sa bouche.

— Tu penses qu'elle va aimer ?

— Franchement, je n'en ai aucune idée.

Nous n'avons rien dit de plus pendant un petit moment et nous avons rapidement terminé les biscuits. À la fin de la quatrième vidéo, Rooney n'en a pas cherché d'autre, nous sommes donc restées allongées en silence à la lueur de l'écran.

Après un moment – quelques minutes, voire plus –, elle a demandé :

— Tu trouves ça bizarre que j'aie toujours cette photo de Beth ?

J'ai tourné la tête vers elle.

— Non, ai-je répondu.

C'était la vérité.

— Moi, si, a-t-elle avoué.

Elle semblait tellement fatiguée.

— Si elle ne s'est pas donné la peine de garder contact avec toi quand tu as changé d'école, elle ne te mérite pas, ai-je tranché.

J'étais en colère contre Beth, pour être honnête. Je lui en voulais du fait que Rooney se soucie autant de quelqu'un qui n'en avait rien à faire d'elle.

Rooney a laissé échapper un tout petit rire dans son oreiller.

— C'était ma faute. Pas la sienne.

— Comment ça ?

— Quand j'étais en quatrième... c'est là que j'ai rencontré mon ex-petit ami.

— Le... type horrible ?

— Ha, ouais. Il n'y en a eu qu'un. Et il était horrible. Mais je ne m'en suis pas rendu compte à l'époque.

Je n'ai rien dit. J'ai attendu, je l'ai laissée raconter son histoire.

— Il allait dans une autre école. On s'envoyait des textos toute la journée. Il m'a tout de suite obsédée. Et je... J'ai rapidement décidé que la meilleure chose à faire serait d'aller dans son école. (Elle a gloussé.) J'ai simplement crié sur mes parents jusqu'à ce qu'ils me laissent changer d'établissement. J'ai raconté des mensonges, dit qu'on me harcelait, que je n'avais aucun ami. Comme tu peux l'imaginer, j'étais vraiment la pire enfant du monde.

— Et Beth était dans ton ancien collège ?

Il y a eu un silence avant que Rooney réponde :

— Beth est la seule vraie amie que j'aie jamais eue.

— Mais… tu as arrêté de lui parler…

— Je sais, a dit Rooney en se frottant l'œil avec son poing. J'ai seulement… Je croyais qu'avoir un petit ami était la *meilleure chose au monde*. Je croyais être amoureuse. Donc j'ai immédiatement tout quitté. Beth. Tous ceux que je connaissais. Toute ma vie se trouvait dans cette école. J'avais… des loisirs. Beth et moi jouions dans tous les spectacles du collège. J'allais au club de théâtre. Je harcelais toujours la prof pour qu'elle nous laisse jouer du Shakespeare, et elle capitulait toujours. J'étais… heureuse. J'étais vraiment heureuse. (Sa voix a décliné.) Et j'ai tout quitté pour être avec mon petit ami.

Et Beth l'avait oubliée. Mais pas Rooney. Rooney n'avait jamais cessé de penser à ce que sa vie aurait pu être si elle n'avait pas privilégié « l'amour ». Elle n'avait jamais cessé d'imaginer ce que ça aurait fait de grandir avec quelqu'un pour qui elle comptait sincèrement.

— Ma vie a été vraiment atroce pendant les trois ans où nous sommes sortis ensemble. Enfin, *ensemble* si on ne compte pas les dix milliards de fois où il a rompu avant de décider qu'on devait se remettre en couple. Et toutes les fois où il m'a trompée. (Les yeux de Rooney étaient humides.) Il décidait tout. Il décidait quand aller à des fêtes. Il a décidé que nous devions commencer à boire, à fumer et à aller en boîte avec de fausses cartes d'identité. Il a décidé quand nous devions coucher ensemble. Et je n'arrêtais pas de me dire que… tant qu'il était heureux, je vivais mon rêve. C'était ça, l'*amour*.

C'était lui, mon *âme sœur.* C'était ce que tout le monde voulait.

Et ça a duré *trois ans* ?

— Ça m'a demandé un effort *considérable* pour rompre. (Une larme a roulé le long de sa joue pour s'écraser sur son oreiller.) Parce que… rompre avec lui signifiait accepter que j'avais commis une erreur vraiment terrible. Ça signifiait accepter que tout était entièrement ma faute et que j'avais… j'avais bousillé ma vie. J'avais perdu ma meilleure amie, pour rien. J'aurais pu être tellement heureuse, mais l'amour m'a détruite.

Elle s'est effondrée. Elle s'est mise à pleurer et, comme elle n'arrivait pas à s'arrêter, je l'ai prise dans mes bras et je l'ai serrée très fort. Et je voulais tuer le type qui lui avait fait ça, qui était sans doute en train de vivre sa vie, peinard, sans même penser à tout ça. Je voulais remonter le temps et lui donner la vie qu'elle méritait parce que je l'aimais et qu'elle était une bonne personne. Je savais qu'elle était une bonne personne.

— Ce n'est pas ta faute, ai-je murmuré. Il faut me croire.

Elle s'est essuyé frénétiquement les yeux, ce qui n'a pas vraiment aidé.

— Désolée, a-t-elle dit d'une voix rauque. C'est toujours ce qui arrive quand je parle de… trucs.

— Ça ne me dérange pas que tu pleures, ai-je répondu.

— J'ai… Je n'ai absolument aucune envie que les gens me connaissent parce que sinon… ils vont sans doute me détester comme je me déteste.

— Mais ce n'est pas mon cas, ai-je répliqué. Je ne te déteste pas.

Elle n'a pas répondu. Elle a gardé les yeux clos. Et je ne sais pas quand nous nous sommes endormies, mais c'est arrivé, enlacées dans notre lit double de fortune, et je savais qu'il n'existait pas de solution miracle pour tout régler, mais j'espérais au moins qu'elle se sentait en sécurité. Je ne remplacerais peut-être jamais Beth, et peut-être que Rooney mettrait longtemps à remonter la pente, et peut-être que je ne pouvais absolument rien faire pour l'aider. Mais j'espérais qu'elle se sentait en sécurité avec moi.

Your song

Dimanche est arrivé, et je portais un costume-cravate – emprunté à un ami de Sunil et Jess car je n'avais rien d'aussi cool en ma possession –, les yeux rivés sur un bateau à rames.

Ce n'était pas un des bateaux de course – il était plus large, prévu pour les descentes sur le fleuve, afin que nous tenions tous dessus avec les instruments et qu'il soit peu probable que quelqu'un tombe. Mais je commençais tout de même à penser que c'était une très mauvaise idée.

— C'est une très mauvaise idée, ai-je lancé à Jason qui se tenait à côté de moi sur la berge, vêtu d'un gros gilet de sauvetage jaune vif sur son costume-cravate. C'était un style.

— Mais non, a-t-il répliqué. C'est une très bonne idée.

— J'ai changé d'avis. Je veux mourir.

— Tu as peur du bateau ou de ce qui va se passer une fois que nous serons tous à bord ?

— Les deux. Je regrette d'avoir impliqué un bateau.

Jason a passé un bras autour de moi. J'ai posé ma tête contre lui.

— Tu peux y arriver, d'ac ? Enfin, tu es complètement tarée de faire ça, mais ça va carrément entrer dans l'histoire. Franchement, je ne serais pas surpris que ça devienne viral.

Je lui ai lancé un regard paniqué.

— Je ne veux *pas* que ça devienne viral. Je veux le faire puis ne plus jamais y penser. Personne n'est autorisé à poster ça sur YouTube.

— D'ac. Ça ne deviendra pas viral. On pourra oublier que ce jour a existé.

— Merci.

— Gilet de sauvetage ?

— Oui, s'il te plaît.

Il m'a aidée à enfiler mon gilet de sauvetage. Violet.

Rooney s'est approchée de nous, également en costume, avec un gilet de sauvetage bleu marine et son tambourin.

— Prête ? a-t-elle demandé.

— Non, ai-je répondu.

Sunil et Jess se tenaient derrière nous, instruments à la main. Sunil a levé son pouce à mon intention.

— Tout va bien se passer, a-t-il dit.

— Et dans le cas contraire, a ajouté Jess, au moins, on se sera amusés !

— Et maintenant monte dans ce putain de bateau, a conclu Jason.

J'ai soupiré et je suis montée dans ce putain de bateau.

Nous avions parlé à un garçon que je savais ami avec Pip. Ou plutôt, Jason l'avait fait. Jason était ami avec lui sur Facebook et il lui avait écrit pour lui demander s'il pouvait faire en sorte que Pip arrive à Elvet Bridge à dix-sept heures piles – plus ou moins au moment où le soleil commencerait à se coucher. Le type avait accepté.

J'avais fait sept spectacles avec l'école et quatre autres avec ma troupe de théâtre. J'étais partie à l'université à cinq cents kilomètres de chez moi, j'avais accepté de partager ma chambre avec une étrangère, j'étais sortie en boîte pour la première fois, même si je savais que j'allais détester ça, et j'avais fait mon coming out à quatre personnes.

Pourtant, rien de tout cela n'avait été aussi effrayant que ce qui allait suivre.

Mais j'allais le faire. Pour Pip.

Pour lui montrer que je l'aimais.

Jason – qui, je le constatais soudain, avait gagné une sacrée force musculaire en intégrant le club d'aviron – nous faisait remonter le fleuve à tous les cinq. Elvet Bridge n'était pas loin de St John, mais nous avons commencé à attirer l'attention à mesure que nous approchions du centre-ville avec nos costumes-cravates et nos instruments de musique soigneusement posés à nos pieds.

Ce n'était absolument pas nécessaire de faire ça sur un bateau, à part pour l'effet dramatique. Et je le regrettais un peu. Mais, au fond, je savais que Pip allait adorer. Pip adorait tout ce qui était un peu ridicule et théâtral.

Les autres riaient et bavardaient avec agitation. Tant mieux, parce que j'étais tellement stressée que je ne pouvais même pas parler. En plus, il faisait terriblement froid, mais au moins, l'adrénaline me tenait chaud.

Le pont approchait lentement au loin. Sunil n'arrêtait pas de regarder sa montre pour s'assurer que nous soyons à l'heure.

— On y est presque, a chuchoté Jason dans mon dos.

Je me suis tournée vers lui, rassurée par sa présence.

— Ça va être incroyable, a-t-il lancé.

— Ouais ?

— Ouais.

Je me suis forcée à sourire un peu.

— Merci pour ton aide.

Jason a haussé les épaules.

— On est amis.

J'ai souri carrément.

— Préviens-moi si un jour tu as besoin d'aide pour une démonstration platonique élaborée.

— Ça marche.

Et, quand je me suis retournée et que j'ai regardé sur le pont, Pip était là.

Ses yeux se sont écarquillés derrière ses lunettes. Le vent d'hiver fouettait ses cheveux dans un entrelacs de boucles noires. Elle était emmitouflée dans une épaisse doudoune, à côté de son ami qui, heureusement, l'avait amenée à l'heure.

Elle me regardait, bouche bée, complètement déconcertée.

Je souriais. Je ne pouvais pas m'en empêcher.

— Salut ! lui ai-je crié.

Puis elle a souri à son tour et a hurlé :

— Sérieux, vous faites quoi là ?

Je me suis tournée vers tout le monde sur le bateau. Sunil, Jess et Rooney avaient pris leurs instruments. Ils attendaient mon signal.

— Prêts ? ai-je lancé.

Ils ont hoché la tête. J'ai compté.

Puis, accompagnée par trois musiciens, je me suis levée sur un bateau au milieu du fleuve Wear et j'ai chanté *Your Song* – la version de *Moulin Rouge* – à Pip Quintana qui ne me connaissait pas encore aussi bien que je l'aurais souhaité, mais qui était malgré tout une de mes personnes préférées de tous les temps.

Tout sauf curieuse

Nous n'avons pas vraiment joué les trois minutes trente-neuf de *Your Song*, nous nous sommes contentés de quatre-vingt-dix secondes pour que toute l'affaire ne devienne pas *trop* gênante pour les gens impliqués. Mais j'allais sans doute quand même passer le reste de ma vie à grincer des dents en y repensant.

Quand la chanson s'est terminée, nous avions attiré une large foule de spectateurs du centre-ville de Durham, et Pip arborait un sourire si grand et si lumineux qu'elle me faisait penser à un soleil. Notre performance avait fait le boulot.

Jason m'a donné un coup de coude.

Je l'ai regardé, sentant à quel point mon visage me brûlait.

— Quoi ?

— Tu dois le lui demander.

Oh, ouais.

J'ai ramassé au fond du bateau le mégaphone que nous avions apporté – prudemment, pour éviter de tomber à l'eau, ce qui devenait de plus en plus risqué à ce stade – et je l'ai levé.

— Pip Quintana, ai-je dit.

Et le son est sorti avec tant de force du mégaphone que ça m'a fait sursauter.

Pip semblait incroyablement troublée et elle n'avait toujours pas l'air de comprendre ce qui se passait.

— Oui ?

— Veux-tu être ma femme de collège ?

À en croire son expression, elle ne s'y attendait pas.

Puis elle s'est tapé le front avec sa paume. Elle venait de *comprendre.*

— OUI ! m'a-t-elle crié. ET JE TE DÉTESTE !

Puis les gens se sont mis à applaudir. Tous les passants qui s'étaient arrêtés sur le pont ou au bord du fleuve pour regarder – énormément d'étudiants mais aussi des habitants de Durham – ont tapé dans leurs mains, et certains ont même poussé des acclamations. C'était fou. Comme dans un film. Même si je priais pour qu'aucun d'eux n'ait filmé.

C'est alors que Pip s'est mise à pleurer.

— Oh merde, ai-je dit. Jason ?

— Oui ?

— Elle pleure.

— En effet.

Je lui ai tapoté le bras.

— On doit rejoindre la berge.

Jason a saisi les avirons.

— C'est parti.

Quand nous sommes arrivés, Pip avait déjà dévalé les marches du pont et s'était frayé un chemin sur la berge herbeuse du fleuve et, quand je suis descendue du bateau, elle a couru vers moi et m'a serrée dans ses bras avec tant de force que j'ai basculé en arrière ; je suis tombée, et nous nous sommes soudain retrouvées toutes les deux, de l'eau jusqu'à la taille, dans le fleuve Wear.

Mais ça n'avait pas d'importance.

— Pourquoi tu es *comme ça* ? a été la première chose que Pip m'a dite, en essuyant énergiquement ses larmes, immédiatement remplacées par d'autres.

— Comme… quoi ? ai-je demandé, sincèrement perdue.

Pip a secoué la tête en s'écartant un peu.

— *Comme ça.* (Elle a ri.) Je n'aurais jamais fait un truc pareil. Je suis trop stupide.

— Tu n'es pas stupide.

— Oh, si. Carrément stupide.

— Tu parles à une personne plongée jusqu'à la taille dans un fleuve en février.

Elle a souri.

— Et si on poursuivait cette conversation ailleurs ?

— Ce serait sympa.

Nous avons fini par remonter à bord – avec Pip cette fois – et ramer jusqu'à St John. Pip était tellement excitée par cette histoire qu'elle a failli faire chavirer le bateau, et il nous a fallu énormément d'efforts, à Jason et moi, pour la convaincre de s'asseoir et de rester tranquille, mais nous sommes arrivés au collège sans encombre.

Assise dans le fond, Rooney tentait de ne pas regarder Pip. J'ai remarqué que Pip jetait quelques coups d'œil en arrière, presque comme si elle allait lui dire quelque chose, mais non.

Avant que nous nous séparions sur la pelouse du collège, je les ai tous remerciés pour leur aide.

— Ce qu'on ne ferait pas par amour, a répondu Sunil en passant un bras autour de Jess.

Il avait sans doute raison.

Tout cela était de l'amour, d'une façon ou d'une autre.

Pip et Rooney ont finalement cessé de s'ignorer quand Pip a dit :

— Tu t'en es bien sortie… au tambourin.

Elle le pensait comme un compliment sincère mais ça pouvait sonner comme une insulte.

Rooney a simplement répondu :

— Merci.

Puis elle a marmonné quelque chose à propos d'un rendez-vous en ville, a arraché son gilet de sauvetage et est partie avant que Pip puisse dire quoi que ce soit d'autre.

Jason a été le dernier à nous quitter. Il m'a fait un gros câlin avant de partir, le bas de son pantalon était trempé et de l'eau ruisselait de ses manches.

Alors, il ne restait plus que Pip et moi.

Il n'y avait même pas eu besoin de décider que Pip resterait tout l'après-midi à discuter avec moi. Elle l'a fait tout naturellement.

Ça m'a rappelé l'année qui a suivi notre rencontre. À onze ans. C'était l'année où nous allions partout ensemble, à tenter de trouver quelqu'un qui pourrait intégrer notre cercle restreint, avant de comprendre que, pour le moment, il n'y avait que nous.

Je l'ai emmenée dans ma chambre. Rooney n'était pas là – elle était vraiment partie en ville, et je sentais qu'elle ne reviendrait pas avant un moment – mais nos lits étaient toujours collés, les draps défaits, et toute la nuit précédente m'est revenue d'un coup. La confession de Rooney. Les larmes.

J'ai soudain compris que ce n'était sans doute pas la meilleure impression à donner à Pip, qui avait été en colère contre Rooney et moi parce qu'elle pensait que nous étions ensemble.

— Euh, ai-je bafouillé. Ce n'est pas… On n'est pas…

— Je sais, a répondu Pip. (Elle m'a souri, et j'ai su qu'elle me croyait.) Hé, Roderick a rapetissé ?

Elle s'est approchée pour s'accroupir près de Roderick. Malgré la quantité de feuilles que j'avais dû couper, il semblait en réalité avoir grandi depuis la dernière fois que je l'avais arrosé. Peut-être n'était-il pas tout à fait mort finalement.

Pip s'est soudain mise à trembler, et c'est alors que je me suis rappelé que nous étions toutes les deux trempées des pieds à la taille.

J'ai sorti un jogging pour elle et un pyjama pour moi et, quand je me suis retournée, Pip arrachait pratiquement son jean dans sa hâte de le quitter.

Mon jogging était ridiculement long sur Pip, mais elle l'a retroussé, et nous nous sommes bientôt retrouvées blotties sur le tapis, le dos contre le bord du lit avec des tasses de chocolat chaud et une couverture sur les jambes.

Je savais que c'était à moi de parler la première de ce qui s'était passé, mais j'étais toujours tellement nulle pour les conversations intimes ou pour exprimer mes émotions qu'il a fallu que Pip passe quelques minutes à parler de ses cours et de ses soirées avec ses amis avant que je dise ce que je voulais vraiment dire.

À savoir :

— Je suis désolée. Je sais que je l'ai déjà dit, mais, ouais. Je suis vraiment désolée.

Pip m'a regardée.

— Oh, a-t-elle répondu. Ouais.

— Je comprends tout à fait que tu ne m'aies pas parlé après toute l'affaire du bal de Bailey, ai-je poursuivi sans vraiment réussir à la regarder dans les yeux. Je suis désolée pour… tu sais, ce qui s'est passé. C'était nul de faire ça. Pour… un tas de raisons.

Pip n'a rien dit pendant un moment. Puis elle s'est détournée en hochant la tête.

— Merci, a-t-elle répondu en lissant maladroitement ses boucles. Je… je crois que j'ai tout de suite su que c'était une erreur pour vous deux, mais… ouais. Ça m'a quand même fait mal.

— Ouais.

— J'ai juste… (Elle m'a regardée droit dans les yeux.) Bon. On est honnêtes là, pas vrai ?

— Ouais. Bien sûr.

— Ben… J'aimais beaucoup Rooney. Vraiment beaucoup. (Elle a rejeté la tête en arrière.) Je sais que je ne l'ai jamais dit clairement, mais… je ne voulais pas me l'avouer. Pourtant tu le savais, pas vrai ? Enfin, tu as dit que tu le savais.

Je le savais. C'est ce qui rendait la situation si atroce.

— Ouais, ai-je répondu.

— Je… Je ne voulais pas l'admettre, parce que, genre… (Elle a ri.) Sérieux, j'en ai tellement *marre* d'aimer des filles hétéros. J'ai littéralement passé *toute* mon adolescence à craquer pour des filles hétéros, à tout juste décrocher un baiser d'une fille légèrement curieuse qui retournait immédiatement chez son mec, puis je suis arrivée à la fac en espérant enfin rencontrer une bonne dose d'autres filles queers… et je retombe immédiatement amoureuse d'une hétéro. (Elle s'est tapé le front.) Pourquoi suis-je *la lesbienne la plus débile de l'univers* ?

J'ai souri. Je n'ai pas pu m'en empêcher.

— Arrête, a continué Pip, en souriant aussi. Je sais. Je *sais*. Je m'en sortais *tellement bien*. J'ai rejoint l'asso des fiertés et l'asso AmLat et je suis même allée à quelques parties de ce Ultimate Frisbee à la con, mais genre… je faisais *toujours* les mêmes erreurs. Et quand vous vous êtes embrassées j'ai juste… j'ai juste vécu ça comme la pire des trahisons de votre part à toutes les deux.

Je l'ai serrée dans mes bras. Très fort.

— Je suis désolée. Je suis tellement désolée.

Elle m'a rendu mon étreinte.

— Je sais.

Nous sommes restées ainsi un long moment.

Puis, elle a dit :

— Je ne comprends juste pas *pourquoi* ce baiser a eu lieu. Genre… Je ne crois pas avoir déjà été aussi choquée par quoi que ce soit de toute ma vie.

Je me suis sentie rougir.

— Rooney ne t'a pas expliqué ?

— À vrai dire, j'étais tellement furieuse que j'ai à peine écouté ce qu'elle disait. (Elle a lâché un petit rire.) Et une fois que j'étais calmée c'était un peu tard.

— Oh.

Pip m'a regardée.

— Georgia… Je ne veux pas… te *forcer* à parler de quoi que ce soit si tu n'en as pas envie. Genre, ça ne se fait pas, encore moins à ses amis, et encore moins à propos de choses comme… comme le sexe. (Sa voix s'est adoucie.) Mais… Je veux au moins que tu saches que tu peux m'en parler, si tu le *souhaites*, et je te promets que je comprendrai.

Je me sentais paralysée.

Elle savait que quelque chose se tramait.

Elle le savait sans doute depuis des lustres.

— Je ne sais pas si tu peux comprendre, ai-je répondu d'une toute petite voix.

Pip a marqué une pause avant de lâcher un petit gloussement exaspéré.

— Je ne sais pas vraiment si tu en as conscience, Georgia, mais je suis on ne peut plus lesbienne et j'ai l'expérience de toute une vie en pensées homosexuelles.

J'ai ri.

— Je sais. J'étais là durant ta phase Keira Knightley.

— Hmm, ma phase Keira Knightley est toujours en cours, je te signale. J'ai encore ce poster dans ma chambre à la maison.

— *Encore* ?

— Je ne peux pas le jeter. Il représente mon éveil lesbien.

— Tu ne peux pas le jeter parce qu'elle est canon, tu veux dire.

— Possible.

Nous avons souri toutes les deux, mais je ne savais pas comment continuer. Devais-je le dire comme ça ? Devais-je trouver un article pour qu'elle le lise ? Devais-je simplement laisser tomber toute cette conversation parce qu'elle ne comprendrait jamais ?

— Donc, a poursuivi Pip en se contorsionnant pour me faire face. Keira Knightley. Un avis ?

J'ai étouffé un rire.

— Tu es en train de me demander si Keira Knightley *me* plaît ?

— Ouais.

— Oh. (C'était donc ainsi que nous allions procéder.) Ben, euh, non.

— Et… les filles en général ?

Pip tenait sa tasse devant sa bouche, me fixant avec douceur et en silence.

— Non, ai-je chuchoté.

Je crois que j'en étais sûre désormais. Mais ça semblait toujours presque inavouable. Pour Pip, du moins, il aurait sans doute été plus facile de comprendre que j'aime les filles.

— Alors… ce truc avec Rooney… (Pip a baissé les yeux.) C'était… tu étais seulement curieuse, ou… ?

Curieuse. J'avais envie de rire. J'étais, et j'avais toujours été, tout sauf curieuse.

— Je dirais plutôt *désespérée*, ai-je répondu sans pouvoir m'en empêcher.

Pip a froncé les sourcils, confuse.

— Désespérée de ?

— Désespérée d'aimer quelqu'un. (J'ai regardé Pip.) N'importe qui.

— Pourquoi ? a-t-elle chuchoté.

— Parce que… Je ne peux pas. Je ne peux aimer personne. Ni garçon, ni fille, personne. (J'ai passé une main dans mes cheveux.) C'est juste… impossible pour moi. Ça n'arrivera jamais.

J'ai attendu les mots qui allaient inévitablement suivre. « Tu n'en sais rien. » « Tu vas finir par rencontrer quelqu'un. » « Tu n'as juste pas rencontré la bonne personne. »

Mais tout ce qu'elle a dit, c'est :

— Oh.

Elle a lentement hoché la tête comme elle le faisait toujours quand elle pensait sérieusement à quelque chose.

J'allais simplement devoir sortir les mots.

— On appelle ça aromantique asexuel, ai-je soufflé.

— Oh, a-t-elle répété.

J'ai attendu qu'elle ajoute autre chose, mais elle a gardé le silence. Elle est restée là à réfléchir.

— Un commentaire ? ai-je demandé avec un petit rire nerveux. Tu veux que je te fasse une recherche Wikipédia ?

Pip a été tirée de ses pensées et m'a regardée.

— Non. Pas besoin de Wikipédia.

— Je sais que ça a l'air bizarre.

Je me sentais rougir. Allais-je un jour cesser d'être gênée en l'expliquant aux gens ?

— Ce n'est pas bizarre.

— Mais ça a l'air bizarre.

— Non, pas du tout.

— Si.

— Georgia. (Pip a souri, un peu exaspérée.) Tu n'es pas bizarre.

C'était la première personne à me dire ça.

Au fond, je détestais sentir parfois encore que je n'étais pas normale.

Mais il faudrait peut-être du temps pour surmonter ça.

Peut-être que, petit à petit, j'allais finir par croire que ça allait.

— Un peu verbeux, cela dit, non ? a poursuivi Pip en s'adossant contre le bord du lit. Huit syllabes. Ça fait beaucoup.

— Certaines personnes disent aro-ace pour abréger.

— Oh, c'est *beaucoup* mieux. On dirait un personnage de *Star Wars*. (Elle a fait un geste dramatique de la main.) Aro Ace. Défenseur de l'univers.

— Arrête, c'est naze.

— Allez. Tu aimes l'espace.

— Non.

C'était une simple plaisanterie mais ça me donnait envie de hurler. *Prends-moi au sérieux.*

Elle s'en est rendu compte.

— Désolée, a-t-elle dit. Je ne sais pas parler de choses sérieuses sans faire de blagues.

J'ai hoché la tête.

— Ouais. Pas grave.

— Tu... as ressenti ça durant tout le lycée ?

— Ouais. Je n'en avais pas vraiment conscience, cela dit. (J'ai haussé les épaules.) Je croyais seulement que j'étais super difficile. Et mes faux sentiments pour Tommy étaient une sorte de leurre.

Pip a posé la tête sur mon lit, attendant d'en entendre plus.

— Je crois... que je me suis toujours sentie, genre... mal à l'aise quand j'essayais d'avoir des sentiments pour quelqu'un. Quelque chose clochait et ça me gênait. Comme ce qui s'est passé avec Jason. Je savais que je ne l'aimais pas de cette façon parce que, dès que nous avons essayé de faire des trucs romantiques, ça m'a semblé... *mal*. Mais je pense que je croyais que tout le monde ressentait ça et que j'avais seulement besoin d'essayer encore.

— Je peux poser une question idiote ? a coupé Pip.

— Euh, ouais…

— Ça va être un peu direct, mais, genre, comment tu sais que tu ne trouveras pas quelqu'un un jour ?

C'était la question qui me rongeait depuis des mois. Mais quand Pip me l'a posée, j'ai compris que je connaissais la réponse.

Enfin.

— Parce que je me connais. Je sais ce que je ressens et… ce que je suis capable de ressentir, je pense. (J'ai esquissé un petit sourire.) Enfin, comment sais-tu que tu ne craqueras pas pour un gars un jour ?

Pip a fait une grimace.

J'ai ri.

— Ouais, voilà. C'est juste un truc que tu *sais*. Et désormais, moi aussi.

Il y a eu un silence, et j'entendais mon cœur tambouriner dans ma poitrine. Sérieux, j'avais hâte de ne plus avoir de montées d'adrénaline et de sueurs froides en en parlant.

Soudain, Pip a cogné sa tasse vide sur le tapis en s'écriant :

— Je n'arrive pas à croire qu'aucune de nous ne l'aie compris plus tôt ! Putain ! Pourquoi on est comme ça, bon sang ?!

J'ai ramassé sa tasse, un peu paniquée, et je l'ai mise en sécurité sur ma table de chevet.

— Que veux-tu dire ?

Elle a secoué la tête.

— On était littéralement en train de traverser la même chose au même moment, et *aucune de nous ne s'en est rendu compte*.

— Ah bon ?

— Ben, enfin, à quelques détails près.

— Comme le fait que tu aimes les filles ?

— Oui, par exemple. Mais *à part ça*, on était toutes les deux en train de se forcer à aimer les mecs, on galérait toutes les deux parce qu'on ne craquait pas pour les gens sur lesquels on était censées craquer, on se sentait toutes les deux… Je sais pas… *bizarres et différentes* ! Et *aucune de nous n'aime les mecs* ! Et… sérieux, c'est moi qui suis venue te voir en disant : « Oh non, trop triste, je crois que je suis lesbienne et je ne sais pas quoi faire » alors que tu étais tellement refoulée que tu pensais carrément que tu étais hétéro même si faire quoi que ce soit avec un mec te donnait la gerbe.

— Oh, ai-je répondu. Ouais.

— Ouais !

— On est toutes les deux débiles ?

— Je crois bien, Georgia.

— Oh non.

— Si. C'est ce qui ressort de cette conversation.

— Génial.

Puis Pip s'est mise à rire. Et ça m'a fait rire aussi. Et nous nous sommes retrouvées à rire comme des hystériques ; le son retentissait dans toute la pièce, et je n'arrivais pas à me rappeler la dernière fois que Pip et moi avions ri comme ça ensemble.

Nous avions manqué le dîner, nous avons donc décidé de faire un petit pique-nique avec la nourriture que je gardais dans ma chambre – il y en avait en quantité. Nous nous sommes assises par terre et nous avons mangé des cookies industriels, un paquet familial à moitié vide de chips goût oignon caramélisé et des bagels presque rassis tout en regardant *Moulin Rouge*, évidemment.

Ça ressemblait à la nuit précédente, à regarder des vidéos YouTube avec Rooney. Si je pouvais passer chaque soirée de ma vie à grignoter en regardant un truc débile dans un lit géant avec un de mes meilleurs amis, je serais heureuse.

Mon avenir me terrifiait encore. Mais tout semblait un peu plus lumineux quand mes meilleurs amis étaient dans le coin.

Nous n'avons plus parlé d'identités, de romance et de sentiments jusqu'à ce que le film soit presque fini, et que nous nous soyons mises au lit, pelotonnées sous la couette, pendant près d'une heure. J'étais à deux doigts de m'endormir.

Mais Pip s'est alors mise à parler – sa voix était douce dans la faible lueur de la pièce.

— Pourquoi m'as-tu demandé en mariage ? a-t-elle voulu savoir.

Il y avait des tas de raisons. J'avais voulu faire un grand geste, j'avais voulu lui remonter le moral, j'avais voulu qu'elle soit à nouveau mon amie, j'avais voulu arranger les choses. J'étais certaine que Pip savait tout ça.

Mais peut-être avait-elle besoin de l'entendre.

— Parce que je t'aime, ai-je répondu, et que tu mérites ce genre de moments magiques.

Pip m'a fixée.

Puis ses yeux se sont emplis de larmes.

Elle s'est caché les yeux d'une main.

— Imbécile ! Je ne suis pas assez bourrée pour pleurer à cause de conversations émouvantes avec mes amis.

— Je ne regrette rien.

— Tu devrais ! Où sont *tes* larmes, sérieux ?!

— Je ne pleure devant personne, ma pote. Tu le sais.

— Ce sera ma nouvelle mission dans la vie, te faire pleurer d'émotion.

— Bon courage.

— Ça arrivera.

— Bien sûr.

— Je te déteste.

Je lui ai souri.

— Moi aussi.

Bazar

Je me suis réveillée groggy le lendemain matin en entendant la porte s'ouvrir et, quand j'ai levé la tête, je n'ai pas été étonnée de voir Rooney se faufiler dans la chambre toujours dans ses vêtements de la veille – le costume complet qu'elle portait pour la demande en mariage.

C'était un fait relativement normal à ce stade mais, ce qui n'était *pas* normal, c'est la façon dont Rooney s'est figée au milieu de son tapis turquoise en fixant la place à côté de la mienne dans le lit double – le côté de Rooney – qui était occupée par Pip Quintana.

Pip et moi avions tellement discuté la veille qu'au moment où elle s'était rendu compte qu'elle devrait sans doute retourner dans son bâtiment il était près de minuit ; je lui avais donc prêté un pyjama, et elle était restée. Nous avions toutes les deux complètement oublié que les choses pourraient être un peu bizarres avec Pip et Rooney dans la même pièce.

Il y a eu quelques secondes d'un silence pesant.

Puis, j'ai dit :

— 'jour.

Rooney n'a pas réagi pendant un moment, puis elle a lentement ôté ses chaussures en répondant :

— 'jour.

J'ai senti du mouvement à côté de moi et je me suis retournée pour attraper mes lunettes sur ma table de chevet. Pip était réveillée et avait déjà chaussé les siennes.

— Oh, a-t-elle dit. (Et j'ai senti ses joues prendre des couleurs.) Euh, désolée, je… on aurait sans doute dû te demander si…

— C'est bon ! a répondu Rooney d'une voix haut perchée en se détournant de nous et en fouillant frénétiquement dans sa trousse de toilette pour trouver un paquet de lingettes démaquillantes. Tu peux rester si tu veux !

— Oui, mais… c'est aussi ta chambre…

— Je m'en fiche pas mal !

Pip s'est assise.

— D-d'ac. (Elle s'est extirpée du lit.) Euh, je ferais sans doute mieux d'y aller de toute façon, j'ai cours ce matin.

J'ai froncé les sourcils.

— Attends, il est genre sept heures du mat'.

— Ouais, ben, je… je dois me laver les cheveux et tout, donc…

— Pas la peine de partir à cause de moi ! a lancé Rooney de l'autre bout de la pièce.

Elle nous tournait le dos et se frottait le visage avec une lingette.

— Ce n'est pas à cause de toi ! a rétorqué Pip bien trop rapidement.

Elles étaient toutes les deux en train de paniquer. Rooney a commencé à enfiler son pyjama pour se donner une contenance. Pip s'est mise à rassembler ses affaires de la veille, bien déterminée à détourner les yeux de Rooney qui ne portait désormais plus qu'un short de pyjama.

J'avais vraiment très envie de rire mais, par respect pour elles, je me suis abstenue.

Pip a passé bien plus de temps que nécessaire à réunir ses affaires et, par chance, au moment où elle a osé se retourner, Rooney avait enfilé son haut de pyjama et, assise à son bureau, elle regardait son portable en prenant un air détendu.

— Bon… (Pip m'a regardée, presque désorientée.) Je… te vois plus tard ?

— Ouais, ai-je répondu.

J'ai pincé les lèvres pour ne pas rire.

Pip s'apprêtait à quitter la pièce mais, soudain, elle a baissé les yeux sur la pile de vêtements qu'elle avait en main en disant :

— Oh, merde, euh, je crois que… ce n'est pas à moi ?

Elle a tiré un legging avec les mots « collège St John » dessus.

Celui de Rooney.

Rooney a jeté un œil, feignant la nonchalance.

— Oh, ouais, c'est le mien.

Elle a tendu la main.

Pip n'a eu d'autre choix que de s'approcher de Rooney et de le lui tendre.

Rooney a gardé les yeux rivés sur ceux de Pip, qui approchait lentement. Pip a tendu le legging et l'a lâché dans la main de Rooney de si haut qu'il était clair qu'elle craignait d'effleurer sa peau.

— Merci, a répondu cette dernière.

Un sourire mal à l'aise.

— Pas de souci. (Pip restait plantée près du bureau de Rooney.) Alors… tu es sortie hier ou… ?

Visiblement Rooney ne s'y attendait pas. Elle a serré le legging dans sa main avant de répondre :

— Oh, ouais ! Ouais, j'étais seulement… on est allés à Wiff Waff avec des potes et ensuite on a squatté leur chambre. (Rooney a montré la fenêtre.) Dans un autre bâtiment. J'ai eu la flemme de rentrer.

Pip a hoché la tête.

— Cool. Wiff Waff… c'est le bar à ping-pong, pas vrai ?

— Ouais.

— Ça a l'air cool.

— Ouais, c'était sympa. Mais j'ai tellement l'esprit de compétition…

Pip a souri.

— Ouais, je sais.

À en juger par son expression, cette déclaration avait ébranlé Rooney.

— Oui, a répondu Rooney, tendue, après un long silence. Alors… Georgia et toi avez passé la nuit ensemble ?

— Oh, ouais, hmm… (Pip a soudain blêmi.) Enfin… rien qu'une nuit platonique. Bien sûr. On n'a pas… Georgia ne…

— Je sais, a vivement répondu Rooney. Georgia n'aime pas le sexe.

La bouche de Pip a tressauté. Rooney employant le mot « sexe » semblait l'avoir expédiée à un autre degré de panique.

— Georgia est juste là, ai-je répondu, totalement incapable de masquer mon gigantesque sourire.

Pip a reculé, les joues écarlates.

— Euh… bref, ouais, je ferais mieux d'y aller.

Rooney semblait hébétée.

— D'ac.

— Je… bon, c'était sympa de… euh… ouais.

— Ouais.

Pip a ouvert la bouche pour ajouter quelque chose, puis elle m'a lancé un regard paniqué et a quitté la pièce sans un mot de plus.

Après quelques secondes, nous avons entendu la porte se refermer au bout du couloir.

Et c'est alors que Rooney a explosé.

— PUTAIN ! TU TE FOUS DE MOI, GEORGIA ? Tu n'aurais pas pu me faire l'insigne honneur de M'AVERTIR que la fille sur qui je craque SERAIT LÀ à mon retour ? (Elle s'est mise à faire les cent pas.) SÉRIEUX, tu crois que j'aurais débarqué ici dans mes VÊTEMENTS DE LA VEILLE avec le maquillage étalé sur tout le visage si j'avais su que Pip Quintana serait là avec l'air ensommeillé le plus mignon que j'aie vu de toute ma vie ?

— Tu vas réveiller tout l'étage, ai-je rétorqué, mais elle ne semblait même pas m'entendre.

Rooney s'est affalée de son côté du lit, tête la première.

— Quelle image je donne à débarquer dans ma chambre à sept heures du mat' comme si j'avais baisé une personne à qui je ne voudrais plus jamais parler ?

— C'est ce qui s'est passé ? ai-je demandé.

Elle a levé la tête pour me lancer un regard assassin.

— NON ! Putain ! J'avais déjà arrêté avant le bal de Bailey.

J'ai haussé les épaules.

— C'était juste pour savoir.

Elle s'est tournée sur le dos, a écarté les bras et les jambes comme si elle voulait se fondre dans les draps.

— Je suis en vrac.

— Pip aussi, ai-je répondu. Vous êtes faites l'une pour l'autre.

Rooney a poussé un faible grognement.

— Ne me donne pas de faux espoirs. Elle ne m'aimera jamais après ce que j'ai fait.

— Tu veux mon avis ?

— Non.

— D'ac.

— Attends, si. Si, je veux bien.

— Pip a des sentiments pour toi, et je crois vraiment que tu devrais tenter de lui reparler normalement.

Elle a roulé sur le ventre.

— Absolument impossible. Si tu veux donner des conseils, essaie au moins de rester réaliste.

— En quoi c'est impossible ?

— Parce que je suis une merde et qu'elle mérite mieux. Je ne peux pas tomber amoureuse, de toute façon. Je m'en remettrai. Pip devrait être avec quelqu'un de *bien*.

À la façon dont elle l'a dit – légère et détendue –, j'aurais aisément pu prendre ça pour une blague. Mais comme je connaissais désormais un peu mieux Rooney, je savais qu'elle ne plaisantait pas du tout.

— Meuf, ai-je répliqué. C'est moi qui ne *peux pas* tomber amoureuse. Je pense que tu n'en as juste pas envie.

Elle a poussé un grognement offusqué.

— Oui ? ai-je demandé. Tu es aromantique ?

— Non, a-t-elle marmonné.

— Voilà. Alors arrête de t'approprier mon orientation sexuelle et va dire à Pip que tu craques pour elle.

— Ne te sers pas de ton orientation sexuelle pour me forcer à avouer mes sentiments.

— Trop tard.

— Tu as vu ses cheveux au réveil ? a marmonné Rooney dans son oreiller.

— Euh, oui ?

— Ils avaient l'air tellement doux.

— Elle t'assassinerait sans doute si elle t'entendait.

— Je parie qu'elle sent trop bon.

— Je confirme.

— Va te faire.

Nous avons été interrompues par une notification sur nos deux portables.

Un message dans notre conversation groupée de l'asso Shakespeare. Celle qui n'avait pas servi depuis avant le Nouvel An – Dab d'une nuit d'été.

Felipa Quintana

J'oubliais...

J'aimerais réintégrer l'asso Shakespeare

Si vous voulez bien de moi

Je peux apprendre mon texte en deux semaines !!!

Nous étions allongées sur notre lit à lire les messages en même temps.

— On monte la pièce, a lancé Rooney, le souffle coupé.

Je ne savais pas si elle était ravie ou terrifiée.

— Et ça va ? ai-je demandé.

Je croyais que c'était ce qu'elle voulait. Elle avait été dévastée quand Pip et Jason avaient quitté le groupe et que l'asso s'était dissoute. Sa descente aux enfers avait duré *des semaines*.

Rooney était tellement douée pour faire semblant d'aller bien. À ce stade, j'échouais encore parfois à repérer les moments où elle sombrait. Et, après sa crise de l'autre nuit, la situation avec Pip et tous les sentiments contre lesquels je savais qu'elle luttait, et ceux avec lesquels j'étais encore aux prises… Est-ce que ça irait pour nous ?

— Je n'en sais rien, a-t-elle répondu. Je n'en sais rien.

Nous avons gardé les lits collés

— *Contre mon gré*, a dit Pip, en roulant les yeux, appuyée à un pilier en carton et en papier mâché que j'avais passé toute une matinée à fabriquer, *l'on me députe pour vous prier de venir dîner.*

Rooney était assise nonchalamment sur une chaise au centre de la scène.

— *Belle Béatrice*, a-t-elle lancé en se levant avec un air de séductrice. *Je vous remercie de la peine que vous avez prise.*

Il nous restait dix jours avant le spectacle.

Ce n'était clairement pas suffisant pour que nous finissions de mettre toutes les scènes en place, que nous apprenions nos répliques et que nous préparions nos costumes et les décors. Mais nous faisions quand même notre maximum.

Pip gardait un air insouciant.

— *Je n'ai pas pris plus de peine pour gagner ce remerciement, que vous n'en venez de prendre pour me remercier – S'il y avait eu quelque peine pour moi, je ne serais point venue.*

Rooney s'est approchée, fourrant les mains dans ses poches et lançant un sourire narquois à Pip.

— *Vous preniez donc quelque* plaisir *à ce message* ?

Avant la répétition du jour, Rooney avait passé vingt bonnes minutes à se changer et se coiffer avant que je lui demande clairement :

— C'est à cause de Pip ?

Elle a longuement tout nié en bloc avant de dire :

— Bon. D'accord. Qu'est-ce que je fais ?

Il m'avait fallu un moment pour comprendre qu'elle me demandait de l'aide. En matière de romance.

Comme je l'avais fait des mois plus tôt lors de la semaine de rentrée.

— *Oui, le plaisir que vous prendriez à égorger un oiseau avec la pointe d'un couteau*, a sifflé Pip en croisant les bras. *Vous n'avez point d'appétit, seigneur ? Portez-vous bien.*

Puis elle s'est tournée et a quitté la scène.

Jason, Sunil et moi avons applaudi.

— C'était bon ! a lancé Pip avec un grand sourire. C'était bon, pas vrai ? Et je n'ai pas oublié le passage avec « égorger un oiseau ».

— Ça allait, a répondu Rooney, sourcils levés.

J'avais donné à Rooney tous les conseils possibles. « Sois toi-même. » « Parle-lui. » « Essaie peut-être de dire des choses gentilles de temps en temps. »

Bon, au moins, elle faisait des efforts.

— C'est déjà beaucoup venant de toi, a commenté Pip.

Et Rooney s'est détournée pour que nous ne puissions pas voir son expression.

Cinq jours avant le spectacle, nous avons fait un filage complet. Nous avons manqué plusieurs répliques, Jason s'est cogné contre le haut du pilier en papier mâché, et j'ai eu un énorme trou de mémoire lors de ma tirade finale du *Songe d'une nuit d'été*, mais nous sommes allés au bout sans que ce soit un désastre absolu.

— On l'a fait ! a lancé Pip, avec de grands yeux alors que nous finissions de nous applaudir. Genre, on a une chance d'y arriver.

— Ne prends pas cet air étonné, a raillé Rooney. Je suis vraiment une bonne metteuse en scène.

— Excuse-moi, nous sommes *co*-metteuses en scène. Une part du mérite me revient.

— Non. Faux. Tu as perdu ce statut quand tu as décidé de nous abandonner pendant deux mois.

La mâchoire de Pip s'est décrochée, et elle a tourné la tête d'un coup pour voir ma réaction.

— Elle a déjà le droit d'en plaisanter ? On n'en est clairement pas encore au stade où on peut rire de notre dispute.

— Je ris de ce que je veux, a avancé Rooney.

J'étais occupée à empiler des chaises.

— Débrouillez-vous, ai-je dit.

— Non, a répliqué Pip en se retournant vers Rooney. Je refuse. Je veux récupérer mon statut de co-metteuse en scène.

— Hors de question ! a riposté Rooney tout en poussant le pilier sur le côté.

Pip lui a foncé dessus pour lui mettre une pichenette sur le bras.

— Tant pis ! Je le reprends !

Elle s'apprêtait à lui redonner une pichenette, mais Rooney a plongé de l'autre côté du pilier en disant :

— Dans ce cas, il va falloir te battre !

Pip l'a suivie, augmentant la vitesse de ses pichenettes jusqu'à être plus ou moins en train de chatouiller Rooney.

— Très bien !

Rooney tentait de la repousser, mais Pip était trop rapide et, bientôt, elle la poursuivait carrément à travers la pièce, et les deux poussaient des cris aigus en se donnant des petits coups.

Elles souriaient et riaient tellement que ça m'a fait sourire.

Même si je n'étais toujours pas sûre que Rooney aille bien.

Nous n'avions pas reparlé de ce qu'elle m'avait dit la nuit où nous avions déplacé les lits. À propos de Beth, de son ex et de son adolescence.

Mais nous avons gardé les lits collés.

Nous répétions la pièce, nous mangions à la cafétéria, et Rooney avait cessé de sortir le soir. Nous étions ensemble en cours, nous faisions l'aller-retour à la bibliothèque dans le froid et nous avions regardé *Brooklyn Nine-Nine* un samedi matin jusqu'à midi, enfouies sous les couvertures. Je m'attendais à ce qu'elle craque à nouveau. Qu'elle s'enfuie loin de moi.

Mais non, et, là encore, nous avons gardé les lits collés.

Elle a décroché la photo de Beth. Elle ne l'a pas jetée – elle l'a mise en lieu sûr dans un de ses cahiers.

On devrait prendre plus de photos, ai-je pensé. *Comme ça, elle aurait autre chose à accrocher au mur.*

J'avais l'impression qu'il restait un non-dit. Une chose dont nous n'avions pas parlé. J'avais compris qui j'étais et elle m'avait raconté qui elle avait été, mais je sentais qu'il y avait autre chose et j'ignorais laquelle de nous deux gardait des choses en elle. Peut-être les deux. Je ne savais même pas s'il était nécessaire d'en parler.

Parfois, je me réveillais au milieu de la nuit et je n'arrivais pas à me rendormir parce que je me mettais à penser à l'avenir, terrifiée, sans avoir la moindre idée de ce à quoi il ressemblerait. Parfois, Rooney se réveillait elle aussi, mais elle ne disait rien. Elle restait allongée, remuait un peu sous la couette.

Ça me rassurait quand elle se réveillait, cela dit. Quand elle était simplement là, avec moi.

La situation a atteint son paroxysme la nuit avant le spectacle.

Pip, Rooney et moi nous sommes réunies pour une dernière répétition dans la chambre de Pip. Sunil, qui était expert en discours, avait tout mémorisé depuis des semaines, et Jason avait toujours appris ses répliques rapidement, mais nous sentions toutes les trois que nous voulions une dernière chance de revoir l'ensemble.

La chambre de Pip n'était pas mieux rangée que la dernière fois que j'y étais venue. Son état était même bien pire, à vrai dire. Mais Pip *avait* réussi à libérer un petit bout de tapis pour répéter avec Rooney et elle avait créé un espace confortable près de son lit avec des coussins et des trucs à grignoter pour que nous puissions nous détendre. Je me suis affalée sur les coussins alors qu'elles revoyaient leurs scènes.

— Tu ne dis pas bien cette réplique, a expliqué Rooney à Pip, et nous nous serions crues la semaine de notre rencontre. Je dis « Et vous, est-ce que vous ne m'aimez pas ? » et tu réponds « En vérité, non ; pas plus que de raison », comme si… comme si tu tentais de masquer tes sentiments.

Pip a levé un sourcil.

— C'est exactement comme ça que je le dis.

— Non, tu fais genre « Pas plus que de raison ? » comme si c'était une question.

— Pas du tout.

Rooney agitait son exemplaire de *Beaucoup de bruit pour rien*.

— Mais si. Écoute, fais-moi confiance, je connais cette pièce…

— Excuse-moi, mais, moi aussi, je connais cette pièce et j'ai le droit de l'interpréter à ma façon…

— Je sais, et ce n'est pas un problème mais genre…

Pip a levé les sourcils.

— Je crois que tu as peur que je t'éclipse sur scène.

Il y a eu un silence, le temps que Rooney comprenne que Pip plaisantait.

— *Pourquoi* est-ce que j'aurais peur alors que je suis *clairement* meilleure actrice ? a répliqué Rooney en fermant son livre.

— Wouah. Ça va les chevilles ?

— Je ne fais que dire la vérité, Pipelette.

— Allez, Roo, a répliqué Pip, tu *sais* que je suis la meilleure.

Rooney a ouvert la bouche pour rétorquer mais le soudain usage d'un surnom a semblé tellement la prendre de court qu'elle n'arrivait plus à réfléchir à sa repartie. Je ne croyais pas l'avoir déjà vue aussi sincèrement troublée avant cet instant.

— Et si on faisait une pause ? ai-je suggéré. On pourrait regarder un film.

— Euh, ouais, a répondu Rooney en me rejoignant sur la pile de coussins sans regarder Pip. D'ac.

Nous avons mis *Easy Girl* parce que Rooney ne l'avait jamais vu et que – bien qu'il ne soit pas au top comme *Moulin Rouge* – c'était un de nos films préférés, avec Pip, pour une soirée pyjama.

Je ne l'avais pas vu depuis un moment. Pas depuis mon arrivée à Durham.

— J'avais oublié que ce film parlait d'une fille qui prétend ne plus être vierge à cause de la pression sociale, ai-je dit après avoir regardé la première demi-heure.

J'étais assise entre Pip et Rooney.

— Soit l'histoire d'au moins quatre-vingts pour cent des films pour ados, a rétorqué Rooney. C'est tellement pas réaliste.

Pip a ricané.

— Tu veux dire que tu n'as *pas* fait semblant d'avoir couché avec un gars à dix-sept ans pour te promener avec un A cousu sur ton corset ?

— Je n'ai pas eu à mentir, a répondu Rooney, et je ne sais pas coudre.

— Je ne capte pas pourquoi tant de films tournent autour d'ados obsédés par la perte de leur virginité, ai-je lancé. Genre… qui en a vraiment quelque chose à faire ?

Pip et Rooney n'ont rien dit pendant un moment.

— Ben, je pense que la grande majorité des ados en ont quelque chose à faire, a rétorqué Rooney. Prends Pip, par exemple.

— Pardon ! s'est exclamée Pip. Je ne… Je ne suis pas obsédée par l'idée de perdre ma virginité !

— *Ouais*, c'est ça.

— Je me dis simplement que le sexe, ça a l'air *cool*, c'est tout. (Pip s'est retournée vers l'écran en rougissant un peu.) Ça ne me dérange pas d'*être vierge*, j'ai juste… ça a l'air cool, donc j'aimerais autant commencer bientôt.

Rooney l'a regardée.

— En fait, je plaisantais, mais c'est bon à savoir.

Pip a rougi encore plus avant de bafouiller :

— La ferme.

— Mais, genre, pourquoi la plupart des films tournent autour d'ados qui ont l'impression qu'ils vont mourir s'ils ne perdent pas leur virginité ? ai-je demandé avant de comprendre presque instantanément que je connaissais la réponse. Oh. C'est un truc d'asexuel. (J'ai ri de moi.) J'avais oublié que les autres sont obsédés par le sexe. Wouah. C'est trop drôle.

J'ai soudain remarqué que Rooney et Pip me regardaient avec un petit sourire. Sans pitié ni condescendance. Plus comme si elles étaient heureuses pour moi.

J'imagine que c'*était* une évolution que je puisse rire de mon orientation sexuelle. Ça devait être un progrès, non ?

— C'est un bon film, mais je trouve qu'il pourrait être mieux si la romance principale était homo, a lancé Pip.

— Entièrement d'accord, a répondu Rooney, et nous l'avons dévisagée.

— J'aurais pensé que ce genre d'adorable romance hétéro post-John Hughes te plairait, a répliqué Pip. Les hétéros sont friands de ce genre de conneries.

— C'est vrai, a approuvé Rooney, mais heureusement je ne suis pas hétéro, donc, voilà.

Il y a eu un très long silence.

— Ooh, s'est étranglée Pip. Ben, dans ce cas, très bien.

— Ouais.

— Ouais.

Nous avons terminé de regarder le film dans un silence extrêmement gênant. Et à la fin je savais qu'il était temps que je parte. Que je laisse les choses se faire.

Elles ont essayé de me forcer à rester, mais j'ai insisté. J'avais besoin de dormir, leur ai-je dit. Elles pouvaient revoir leur dernière scène sans moi.

Je crois que je me sentais un peu seule en sortant du Château. J'ai remonté les couloirs, quitté le bâtiment de Pip et traversé la pelouse en direction de St John. Il faisait sombre et froid à près d'une heure du matin. J'étais seule à présent.

Quand je suis revenue dans ma chambre, j'ai lancé Universe City sur YouTube en mettant mon pyjama, j'ai enlevé mes lentilles, je me suis brossé les dents et j'ai jeté un œil à Roderick, qui semblait vraiment aller mieux ces derniers jours. Puis je me suis glissée de mon côté du lit en m'enveloppant dans les couvertures.

Je me suis endormie trente minutes avant de me réveiller en sueur, l'esprit plein de visions cauchemardesques d'un futur apocalyptique dans lequel tous mes amis mouraient. J'ai machinalement tourné la tête vers Rooney, mais elle n'était pas rentrée.

C'était plus difficile de se rendormir quand elle n'était pas là.

Je me suis réveillée avec l'estomac noué, la tête comme un écran de télé brouillé, ce qui est normal un jour de spectacle. Mais tout ça n'était rien comparé au sentiment d'horreur qui a déferlé en moi quand j'ai regardé mon portable et que j'ai découvert un gigantesque flux de messages venant de Pip.

Les premiers disaient :

Felipa Quintana
GEORGIA
AU SECOURS
J'AI MERDÉ
ROONEY EST PARTIE

Excitée et perdue

Felipa Quintana

Bon, je sais qu'il est 7h et que tu dois dormir mais sérieux tu vas me tuer quand je vais te raconter ce qui vient de se passer

SÉRIEUX sflkgjsdfhlgkj bon

WOUAH

Désolée, je n'arrive même pas à réaliser

Bon. Alors. Donc

Tout se passait bien hier soir, genre, une fois que tu es partie, on a répété la dernière scène.

(Enfin, bien selon nos critères, parce que le simple fait de lui parler est genre toujours super tendu)

Mais le temps de finir, il était suuuuuper tard, il était genre 3h du mat' donc je lui ai proposé de rester dormir dans ma chambre – genre, dans mon lit avec moi – et elle a dit OUI

Ce n'était clairement pas une bonne idée parce que je n'ai pas fermé l'œil UNE minute ma pote

Elle s'est réveillée à genre 5h du mat pour aller boire, et quand elle est revenue elle a senti que j'étais réveillée donc on s'est mises à discuter dans le lit

Et jsp si c'est parce qu'on était fatiguées ou quoi mais genre… c'était différent, on ne se prenait pas le bec, on parlait juste de trucs. Genre d'abord de la pièce puis de nos vies au lycée et de tas de trucs intimes. Elle m'a raconté… meuf on a parlé de tas de trucs vraiment personnels pendant genre… au moins une heure, peut-être plus

Elle m'a dit qu'elle pensait être pansexuelle !!!!! Elle a dit qu'elle ne pensait pas avoir vraiment de genre de prédilection et qu'elle sentait que c'était le bon mot pour elle !!!! Elle a dit que tu le savais déjà plus ou moins

On a parlé pendant des lustres puis on est restées silencieuses un moment et là genre – et je CITE – elle a dit mot pour mot « Je sais qu'on dirait que je te déteste mais en fait c'est tout le contraire »

Georgia, ça m'a tuée

J'étais genre « Ouais............ pareil » tout en essayant de ne pas hurler

Puis elle s'est penchée et elle M'A EMBRASSÉE

ADKLGJSHDFKLGJSLDFGSLFJGSLDF

Elle a immédiatement reculé avec l'air effrayé à l'idée d'avoir fait une erreur

Mais évidemment elle ne s'était PAS trompée et c'était écrit en gros sur mon visage

Et alors, elle s'est avancée à nouveau et on a vraiment commencé à SE ROULER DES PELLES

Mais genre vraiment

Donc j'étais là à me dire putain de merde ça y est, je suis trop choquée, et on s'embrasse sur mon lit pendant genre vingt minutes

EUH cette histoire devient un peu interdite aux moins de 18 ans à partir d'ici. Je suis vraiment désolée mais si je n'en parle pas à quelqu'un je vais exploser

Donc après un moment, elle se relève et genre... elle enlève son T-shirt. Et j'étais genre... oh punaise.

Et là je me dis BON, elle veut aller plus loin ??

Ça me va ??? C'est ce que je veux aussi ?????

Genre elle... se rallonge et me dit un truc du genre « Tu en as envie ? » et je suis en mode « Mais carrément je t'en prie »

(Je n'ai pas vraiment employé la phrase « Je t'en prie » durant mon premier rapport sexuel. Je crois que j'ai juste hoché la tête avec beaucoup d'enthousiasme.)

Donc bien sûr je n'ai jamais rien fait de sexuel avec qui que ce soit et elle est genre... sur le point de glisser sa main dans mon short et je suis super nerveuse mais extrêmement partante lol

Mais d'un coup elle se retire en mode « oh punaise » et elle s'éloigne de moi d'un bond en commençant à paniquer, genre, elle se rhabille et elle remballe ses affaires en répétant « Je suis désolée je suis désolée » et je reste allongée, excitée et confuse, genre « hein »

Et là, elle me sort « Merde, j'ai tout fait foirer » avant de juste genre sortir de ma chambre EN COURANT

ELLE EST PARTIE

Je l'ai appelée et je lui ai envoyé des messages mais je n'ai pas la moindre idée d'où elle est, elle est rentrée chez vous ???

Je suis tellement inquiète et perdue et le spectacle a lieu aujourd'hui et je panique un peu, je crois que je l'ai contrariée et que j'ai tout gâché

Mais je crois aussi que j'ai besoin de dormir une heure ou deux parce que sinon je risque de m'évanouir sur scène cet aprèm

Donc euh

Ouais

Écris-moi quand tu te réveilles

Georgia Warr

Je suis réveillée

Oh punaise

Je vais la retrouver

Georgia Warr
Elle n'est pas là
Ne panique pas
Je vais la retrouver

J'ai commencé par l'appeler, assise dans notre lit à écouter le téléphone sonner, dans l'attente.

Je suis directement tombée sur sa messagerie.

— Où es-tu ? ai-je immédiatement demandé.

Mais comme je ne savais pas quoi dire d'autre, j'ai raccroché, je me suis tirée du lit, j'ai enfilé les vêtements les plus proches et je suis partie en courant.

Ça ne pouvait pas se passer comme ça.

Elle ne pouvait pas nous abandonner le jour du spectacle.

Elle ne pouvait pas m'abandonner.

J'ai couru jusqu'en bas de l'escalier avant de me rendre compte que je n'avais absolument aucune idée d'où chercher. Elle pouvait être *n'importe où*. Une bibliothèque. Un café. Quelque part dans le collège. Chez quelqu'un. Durham est petite, mais il n'était pas possible de fouiller une ville entière en une journée.

Pourtant, je devais essayer.

J'ai d'abord couru jusqu'au théâtre. Elle avait sans doute simplement décidé de nous y attendre, peut-être qu'elle était passée au Starbucks avant. Nous nous étions mis d'accord pour nous retrouver à dix heures – notre représentation était à quatorze heures – et il était 9 h 30, donc elle avait sans doute seulement un peu d'avance.

Je me suis cassé le nez contre la porte en tentant de l'ouvrir. Elle était verrouillée.

C'est là que j'ai commencé à m'inquiéter.

Elle avait quitté Pip au milieu de la nuit. Où était-elle allée ensuite ? Je me serais réveillée si elle était rentrée dans notre chambre. Était-elle allée voir un de ses nombreux amis qui ne semblaient pas se soucier d'elle ? Était-elle sortie en boîte ? Les boîtes ne fermaient pas si tard, si ?

Je me suis accroupie sur le trottoir, tentant de reprendre mon souffle. Merde. Et si quelque chose de grave était arrivé ? Et si un homme en voiture s'était arrêté pour l'enlever ? Et si elle était tombée d'un pont ?

J'ai sorti mon téléphone de ma poche et je l'ai rappelée.

Elle n'a pas décroché. Peut-être qu'elle n'avait même pas son portable sur elle.

J'ai donc appelé Pip.

— Tu l'as retrouvée ?

Voilà la première chose qu'elle m'a dite en décrochant.

— Non. Elle… (Je ne savais même pas comment le lui annoncer.) Elle a… disparu.

— Disparu ? Quoi… Comment ça, *disparu* ?

Je me suis relevée pour regarder autour de moi, comme si j'allais soudain la voir courir vers moi en tenue de sport, dans la rue, la queue-de-cheval au vent. Mais non. Bien sûr que non.

Ma voix s'est brisée.

— Elle a juste disparu.

— C'est ma faute, a répondu Pip du tac au tac. (J'entendais à quel point elle était dévastée et à quel point elle pensait sincèrement ce qu'elle disait.) C'est… Je n'aurais pas dû… elle n'a sans doute même pas… c'était bien trop tôt pour qu'on…

— Non, c'est ma faute, ai-je répondu.

J'aurais dû veiller sur elle. J'aurais dû le voir venir.

Je la connaissais mieux que personne ne l'avait jamais connue.

De toute sa vie.

— Je vais la retrouver, ai-je dit. Promis, je vais la retrouver.

Je lui devais bien ça.

J'ai couru à la boîte où nous étions allées la semaine de la rentrée, quand elle m'avait dit de trouver une personne qui me plaisait pendant qu'elle partait avec un type. J'avais le sentiment que des années s'étaient écoulées depuis.

C'était fermé. Évidemment ; on était samedi matin.

Je suis allée au Tesco, comme si j'allais la trouver en train de choisir un paquet de céréales, et j'ai fait le tour du parc comme si elle allait simplement être sur un banc à regarder son portable. J'ai traversé Elvet Bridge puis je suis entrée comme une furie dans le bâtiment de cours d'Elvet Riverside, sans même être sûre qu'il soit ouvert le week-end, mais je m'en fichais ; je n'avais pas la moindre idée de pourquoi elle serait là, un samedi matin, mais j'espérais de tout mon cœur. Je *priais*. Je suis allée à l'union des étudiants pour trouver porte close et, là, je n'ai plus réussi à courir parce que ma poitrine me faisait souffrir. J'ai donc marché jusqu'à la bibliothèque Bill Bryson, je suis entrée, j'ai monté quelques marches et j'ai simplement hurlé « ROONEY ! » une fois. Tout le monde s'est retourné pour me regarder, mais je m'en fichais.

Rooney n'était pas là. Elle n'était nulle part.

Est-ce qu'on ne lui suffisait pas finalement ?

Est-ce que je ne lui suffisais pas ?

Ou nous étions-nous seulement rapprochés d'elle pour qu'il lui arrive un truc horrible ?

Je l'ai rappelée. Et je suis tombée sur sa messagerie.

— Il s'est passé quelque chose ? ai-je demandé.

J'ai raccroché. Je ne savais absolument pas quoi dire d'autre.

Devant la bibliothèque, mon portable s'est mis à sonner, mais c'était seulement Jason.

— Que se passe-t-il ? a-t-il demandé. Je suis au théâtre mais il n'y a personne à part Sunil.

— Rooney a disparu.

— Comment ça, disparu ?

— Ne t'inquiète pas, je vais la retrouver.

— Georgia…

J'ai raccroché et j'ai tenté de contacter Rooney une troisième fois.

— Peut-être que celle que tu étais la première semaine nous aurait abandonnés. Mais plus maintenant. Pas après tout ce qu'on a vécu. (J'ai senti ma gorge se serrer.) Tu ne m'aurais pas abandonnée.

En raccrochant, je me suis aperçue qu'il ne me restait que cinq pour cent de batterie, parce que j'avais oublié de recharger mon portable la veille.

Le vent soufflait autour de moi.

Devais-je appeler la police ?

J'ai rebroussé chemin vers le centre-ville avec tous les « si » qui tournaient dans ma tête. Et si elle était rentrée ? Et si elle gisait morte au fond du fleuve ?

Je me suis arrêtée en pleine rue alors qu'un souvenir me revenait soudain en mémoire avec la force d'un coup de fouet.

Lors de cette première soirée en ville, Rooney s'était ajoutée sur « Localiser mes amis » sur mon portable. Je ne m'en étais finalement jamais servi, mais… est-ce que ça marcherait là ?

J'ai failli faire tomber mon téléphone dans ma hâte de vérifier et, en effet, sur la carte, il y avait un petit cercle avec le visage de Rooney.

Elle se trouvait, a priori, dans un champ, au bord du fleuve, à environ un kilomètre de là, dans la campagne.

Je n'ai même pas pris la peine de réfléchir. Je me suis remise à courir.

Je n'avais jamais imaginé à quoi pouvaient ressembler les alentours de Durham. Tout ce que j'avais connu ces six derniers mois, c'était les bâtiments universitaires, les rues pavées et les minuscules cafés.

Mais il ne m'a fallu que dix minutes pour me retrouver dans un vaste espace vert. De longs champs s'étiraient à perte de vue alors que je suivais les sentiers battus et la petite Rooney sur mon portable, jusqu'à ce que mon écran devienne noir et que ça devienne impossible.

À ce stade, je pouvais m'en passer. Le point était au bord du fleuve, près d'un pont. Il fallait seulement que j'arrive au pont.

Ça m'a pris quinze minutes supplémentaires. À un moment, j'ai craint d'être vraiment perdue, sans Google Maps pour me guider, mais j'ai continué à longer le fleuve jusqu'à le voir. Le pont.

Il était désert.

Les chemins et les champs environnants aussi.

Je suis restée plantée là un moment, à observer. Puis j'ai traversé le pont de long en large, comme si Rooney pouvait être assoupie sur la berge ou comme si j'allais voir le sommet de son crâne dans l'eau, mais non.

Cela dit, quand j'ai regagné le chemin, j'ai aperçu quelque chose qui faisait de la lumière dans l'herbe.

C'était le portable de Rooney.

Je l'ai ramassé puis j'ai allumé l'écran. J'y ai vu tous mes appels manqués. Il y en avait beaucoup de Pip aussi, et même quelques-uns de Jason.

Je me suis assise dans l'herbe.

Et je me suis mise à pleurer. De fatigue, de désarroi, de peur. J'étais en larmes dans un champ avec le portable de Rooney.

Malgré tout ce que nous avions vécu, je n'avais pas réussi à l'aider.

Je n'avais pas su être une bonne amie pour elle.

Je n'avais pas su lui montrer qu'elle comptait pour moi.

— GEORGIA.

Une voix. J'ai levé les yeux.

L'espace d'un instant, j'ai cru que je rêvais. Comme si mon subconscient me projetait ce que j'espérais voir arriver.

Mais elle était réelle.

Rooney traversait le pont en courant jusqu'à moi, un gobelet de Starbucks dans une main et des fleurs dans l'autre.

Grand geste

— Oh *punaise*, Georgia, pourquoi tu… qu'est-ce qui ne va pas ?

Rooney s'est jetée à genoux devant moi en fixant les larmes qui se déversaient de mes yeux.

Pip avait pleuré devant moi des dizaines de fois. Il ne fallait pas grand-chose pour que ça arrive. C'était souvent justifié, mais parfois elle avait simplement pleuré de fatigue. Ou une fois parce qu'elle avait préparé des lasagnes et qu'elle les avait fait tomber par terre.

Jason avait pleuré devant moi quelques fois. Seulement quand des choses graves arrivaient, quand il avait compris à quel point Aimee était horrible avec lui, par exemple, ou quand nous regardions des films vraiment tristes avec des personnes âgées, comme *N'oublie jamais* ou *Là-haut* de Pixar.

Rooney avait également pleuré devant moi quelques fois. La première fois qu'elle m'avait parlé de son ex. Devant la porte de Pip. Et quand nous avions collé nos lits.

Je n'avais jamais pleuré devant elle.

Je n'avais jamais pleuré devant personne.

— Qu'est-ce que… tu fais… là ? ai-je réussi à bredouiller entre deux sanglots.

Je ne voulais pas qu'elle me voie dans cet état. Sérieux, je ne voulais pas que qui que ce soit me voie dans cet état.

— Je pourrais te retourner la question !

Elle a lâché les fleurs par terre et soigneusement posé son gobelet de Starbucks sur le chemin avant de s'asseoir à côté de moi dans l'herbe. J'ai remarqué qu'elle portait d'autres vêtements que la veille – elle avait un autre legging et un sweat-shirt. Quand était-elle rentrée se changer ? Ne m'étais-je *vraiment* pas réveillée ?

Elle a passé un bras autour de moi.

— Je croyais… que tu étais… au fond du fleuve, ai-je expliqué.

— Tu croyais que j'étais tombée dans le fleuve et que j'étais *morte* ?

— Je s-sais pas… J'avais peur…

— Je ne suis pas *idiote*, je ne m'amuse pas à sauter dans des fleuves.

Je l'ai regardée.

— Tu vas fréquemment chez des inconnus.

Rooney a pincé les lèvres.

— Certes.

— Tu t'es retrouvée enfermée dehors à trois heures du mat'.

— Bon. Je suis peut-être un peu idiote.

J'ai essuyé mes larmes, un peu plus calme.

— Pourquoi ton portable est ici ?

Elle a marqué une pause.

— Je… viens ici de temps en temps. Quand j'ai passé la nuit dehors. Enfin… le lendemain, en général. J'aime juste venir ici et… me retrouver au calme.

— Tu ne me l'as jamais dit.

Elle a haussé les épaules.

— Je ne pensais pas que ça intéresserait vraiment quelqu'un. C'est juste un truc que je fais pour me vider la tête. Donc je suis venue ici ce matin et j'ai perdu mon portable, et je ne m'en suis rendu compte qu'une fois presque rentrée – tu étais déjà partie – alors je me suis changée, je suis revenue ici et… maintenant on est toutes les deux là.

Son bras était toujours autour de moi. Nous fixions le fleuve.

— Pip t'a raconté ce qui s'est passé ? a-t-elle demandé.

— Ouais. (J'ai cogné mon pied contre le sien.) Pourquoi tu as fui ?

Elle a poussé un profond soupir.

— J'ai… vraiment peur… de me rapprocher des gens. Et… la nuit dernière, avec Pip, je… ce qu'on a fait… enfin, ce qu'on allait faire, j-j'ai commencé à me dire que je faisais comme toujours. Que je couchais juste pour… me détacher de mes vrais sentiments. (Elle a secoué la tête.) Mais ce n'était pas le cas. Je m'en suis rendu compte à peine partie. J'ai compris que je… Ça aurait été ma première fois avec une personne qui… compte vraiment. Avec une personne pour qui je compte aussi.

— Elle est vraiment très inquiète pour toi, ai-je répondu. On devrait peut-être rentrer.

Rooney s'est tournée vers moi.

— *Toi aussi*, tu t'inquiétais vraiment, pas vrai ? a-t-elle dit. Je ne t'avais jamais vue pleurer.

J'ai serré les dents, sentant les larmes remonter. *C'est* la raison pour laquelle je ne pleurais pas devant les gens – quand je commençais, je mettais des lustres à m'arrêter.

— Que se passe-t-il ? a-t-elle demandé. Parle-moi.

— Je…

J'ai baissé les yeux. *Je ne voulais pas qu'elle me voie dans cet état.* Mais Rooney me regardait, sourcils froncés, tant de pensées passaient dans ses yeux, et c'est ce regard qui m'a fait vider mon sac.

— C'est juste que tu comptes tellement pour moi… mais j'ai toujours peur que… tu t'en ailles. Ou que Pip et Jason s'en aillent, ou… Je sais pas. (De nouvelles larmes roulaient le long de mes joues.) Je ne tomberai jamais amoureuse, donc… mes amis sont tout ce que j'ai, alors… c'est juste que je ne… supporte pas l'idée de les perdre. Parce que je n'aurais jamais d'être cher.

— Tu me laisserais l'être ? a demandé Rooney à mi-voix.

J'ai reniflé bruyamment.

— Comment ça ?

— Je veux dire que j'aimerais être ton être cher.

— M-mais… ce n'est pas comme ça que ça marche, les gens placent toujours la romance avant l'amitié…

— Qui a décidé ça ? a craché Rooney en frappant le sol face à nous. Le règlement hétéronormatif ? On s'en branle, Georgia. On s'en branle.

Elle s'est levée, gesticulant et faisant les cent pas en parlant.

— Je sais que tu voulais m'aider avec Pip, a-t-elle commencé, et je t'en suis reconnaissante, Georgia, vraiment. Je *l'aime bien* et je crois qu'elle aussi, et on aime bien être ensemble et, ouais, je vais le dire, je pense qu'on a vraiment très envie de coucher ensemble.

Je me suis contentée de la fixer, les joues striées de larmes, sans savoir où cette conversation allait mener.

— Mais tu sais ce que j'ai compris durant ma promenade ? a-t-elle demandé. J'ai compris que je *t'aime*, Georgia.

Ma mâchoire s'est décrochée.

— Évidemment, je ne suis pas amoureuse de toi. Mais j'ai compris que, quels que soient mes sentiments pour toi, je… (Elle a arboré un gigantesque sourire.) J'ai l'impression d'*être* amoureuse. Toi et moi… *c'est* carrément une histoire d'amour ! J'ai l'impression d'avoir trouvé une chose que peu de gens obtiennent. Je me sens bien avec toi comme jamais de *toute ma vie*. Et la plupart des gens vont sans doute nous regarder en se disant que nous sommes *seulement amies*, ou que sais-je, mais je sais que c'est… bien PLUS que ça. (Elle a fait un geste dramatique à deux mains dans ma direction.) Tu *m'as changée*. Tu… tu m'as sauvée, sérieux, je te jure. Je sais que je fais encore des tas de trucs idiots et que je dis ce qu'il ne faut pas et qu'il y a encore des jours où j'ai l'impression d'être une *merde* mais… je n'avais pas été aussi heureuse que ces dernières semaines depuis des *années*.

Je n'arrivais pas à parler. J'étais paralysée.

Rooney s'est mise à genoux.

— Georgia, je ne cesserai jamais d'être ton amie. Et je ne dis *pas* ça dans le sens classique et chiant du mot « amie », où on arrête de se parler régulièrement à vingt-cinq ans parce qu'on a rencontré de *charmants jeunes hommes* et qu'on s'en va faire des bébés, et qu'on se retrouve seulement deux fois par an. Ce que je veux dire, c'est que je vais te harceler pour que tu achètes la maison voisine de la mienne à quarante-cinq ans quand on aura enfin mis suffisamment d'argent de côté pour l'apport. Je veux dire que je vais squatter chez toi tous les soirs pour dîner parce que tu *sais* que je serais incapable de cuisiner même si ma survie en dépendait, et, si je me marie et que j'ai des enfants, ils viendront sans doute avec moi parce que sinon ils vont vivre de nuggets et de frites. Je veux dire que c'est moi qui t'apporterai de la soupe quand tu m'écriras que tu es malade et que tu n'arrives pas à te lever, et je t'emmènerai chez le médecin même si tu n'en as pas envie parce que tu culpabilises d'utiliser la Sécu pour un simple mal de ventre. Je veux dire que nous allons abattre la clôture pour avoir un jardin géant et on pourra adopter un chien ensemble et s'en occuper à tour de rôle. Je veux dire que je serai là, à t'embêter, jusqu'à ce qu'on se retrouve dans la même maison de retraite à parler de monter une pièce de Shakespeare parce qu'on sera vieilles et mortes d'ennui.

Elle s'est emparée du bouquet de fleurs et me l'a presque lancé.

— Et je les ai achetées pour toi parce que je ne savais franchement pas comment exprimer tout ça.

Je pleurais. Je m'étais simplement remise à pleurer.

Rooney a essuyé les larmes sur mes joues.

— Quoi ? Tu ne me crois pas ? Parce que je ne plaisante pas. Ne reste pas là à me dire que je mens parce que je ne mens pas. Tu me suis ? (Elle souriait.) Je manque *cruellement* de sommeil là.

Je n'arrivais pas à parler. J'étais en vrac.

Elle a désigné le bouquet de fleurs qui avait plus ou moins explosé sur mes cuisses.

— Je voulais vraiment faire un grand geste comme tu l'as fait pour Pip et Jason mais je n'arrivais pas à trouver d'idée parce que c'est toi le cerveau de cette amitié.

Ça m'a fait rire. Elle m'a serrée dans ses bras et j'oscillais entre le rire et les larmes, heureuse et triste à la fois.

— Tu ne me crois pas ? a-t-elle redemandé en me serrant très fort.

— Si, ai-je répondu, le nez bouché et la voix rauque. Promis.

Cinquième partie

On s'est bien amusés

Aucune de nous n'était suffisamment en forme pour courir jusqu'au centre-ville, mais nous l'avons tout de même fait. Notre pièce commençait dans moins de deux heures. Nous n'avions pas le choix.

Nous avons couru le long du fleuve, moi, bouquet à la main, m'arrêtant pour ramasser les fleurs chaque fois que j'en perdais une, et elle, avec son portable, un gobelet de Starbucks et un grand sourire aux lèvres. Nous avons dû nous arrêter plusieurs fois pour nous asseoir et reprendre notre souffle et, arrivée au square de la ville, j'avais franchement l'impression que ma poitrine allait exploser. Mais nous devions courir. Pour la pièce.

Pour nos amis.

Quand nous sommes entrées dans le théâtre, nous étions toutes les deux trempées de sueur et, en faisant irruption dans la salle, nous avons trouvé Pip, assise à une table du foyer, la tête entre les mains.

Elle a levé les yeux alors que je tombais littéralement par terre, haletant comme un astronaute en manque d'air, tandis que Rooney faisait de son mieux pour réajuster sa queue-de-cheval en bataille.

— Putain, a dit Pip, très calmement. Vous étiez où ?

— On… ai-je commencé à répondre, mais ma respiration était sifflante.

Rooney a donc parlé pour nous.

— J'ai paniqué après la nuit dernière, et Georgia a traqué mon portable, mais je l'avais perdu dans un champ, et elle a couru jusque là-bas, puis j'y suis retournée parce que je savais que je l'avais perdu près du champ et je suis tombée sur elle, et j'avais ces fleurs parce que je voulais lui dire à quel point je l'apprécie, elle et tout ce qu'elle a fait pour moi cette année, puis nous avons parlé et je lui ai dit combien elle était importante pour moi et aussi…

Rooney s'est avancée vers Pip qui la fixait, les yeux ronds.

— J'ai aussi compris que je t'aime vraiment beaucoup, et je n'ai pas ressenti ça pour qui que ce soit depuis longtemps, et ça m'a vraiment fait peur, et c'est pour ça que je me suis enfuie.

— Euh… D-d'ac, a bafouillé Pip.

Rooney a fait un pas de plus et elle a posé sa main sur la table devant Pip.

— Qu'est-ce que tu ressens pour moi ? a-t-elle demandé sans ciller.

— Euh… Je… (Pip a rougi.) Je… Je t'aime beaucoup aussi…

Rooney a vigoureusement hoché la tête, mais je sentais qu'elle était un peu troublée.

— Bien. Je me disais qu'on devait tirer ça au clair.

Pip s'est levée sans quitter Rooney des yeux.

— Bien. Euh. Ouais. Nickel.

À ce stade, j'avais réussi à me relever, et mes poumons ne me donnaient plus l'impression d'être sur le point d'exploser.

— On devrait aller retrouver Jason et Sunil.

— Oui, ont répondu Rooney et Pip d'une seule voix.

Et nous sommes parties toutes les trois dans les coulisses du théâtre, Rooney et Pip légèrement en retrait.

Alors que je tournais à l'angle, j'ai demandé :

— Ils sont en train de se changer ou… ?

Et comme je n'obtenais pas de réponse, j'ai jeté un coup d'œil et j'ai aperçu Rooney et Pip qui s'embrassaient avec fougue. Rooney avait plaqué Pip contre la porte de la loge, et elles semblaient ne pas se soucier du fait que je sois *juste là*.

— Hé, ai-je lancé, mais soit elles ne m'ont pas entendue, soit elles ont choisi de m'ignorer.

J'ai toussé bruyamment.

— HÉ ! ai-je répété, plus fort cette fois-ci. (Et elles se sont séparées à contrecœur. Rooney semblait un peu agacée tandis que Pip remettait ses lunettes ; on aurait dit qu'elle venait de se prendre une décharge.) On a un spectacle à donner !

Jason et Sunil partageaient un paquet de pop-corn salé, assis au bord de la scène. Dès qu'ils nous ont vues, Jason a levé les bras en signe de victoire tandis que Sunil a lancé :

— Merci, mon Dieu.

Jason a alors accouru pour me soulever et me porter jusqu'à la scène tandis que je riais comme une hystérique en tentant de m'échapper.

— On va le faire ! s'est-il écrié en nous faisant tournoyer. On va jouer la pièce !

— Je crois que je vais pleurer, a ajouté Sunil avant d'enfourner trois autres grains de pop-corn.

Rooney a vivement tapé dans ses mains.

— Pas le temps de se réjouir ! On doit se changer avant que les gens commencent à arriver !

Et c'est ce que nous avons fait. Jason et Sunil avaient déjà préparé tous nos costumes, les accessoires et les décors en coulisses, nous avons donc tous enfilé les costumes de la première partie, puis nous avons passé dix minutes à arranger le décor que nous avions réussi à confectionner avec nos ressources limitées – mon pilier en papier mâché, que nous avons placé côté jardin, et une guirlande couverte d'étoiles que nous avons réussi, après de nombreuses délibérations entre Jason et Rooney, à attacher sur les rails de la toile de fond. Quand nous l'avons hissée, on aurait dit que de petites étoiles tombaient en pluie du plafond.

Nous avions aussi besoin d'une chaise dans plusieurs scènes, mais le mieux que nous ayons trouvé, c'était un truc en plastique rouge dans les coulisses.

— J'ai une idée, a lancé Rooney en bondissant de la scène pour attraper les fleurs que j'avais laissées sur un siège au premier rang.

Elle les a apportées sur scène et s'est mise à les scotcher sur la chaise.

Le temps qu'elle finisse, le siège s'était mué en trône fleuri.

Dix minutes avant notre représentation, j'ai commencé à me demander qui allait assister au spectacle.

Évidemment, Sadie avait été invitée puisqu'elle devait nous évaluer. Et je devinais que Sunil avait invité Jess. Mais serait-ce tout ? Deux personnes dans la salle ?

J'ai jeté un œil derrière le rideau, j'ai attendu, et très vite j'ai constaté que mes doutes étaient infondés.

Tout d'abord, quelques personnes de l'asso des fiertés sont arrivées. Sunil est immédiatement allé les saluer et il a fini par nous faire signe de venir dire bonjour. Quelques instants plus tard, un autre petit groupe est arrivé, et Sunil nous les a présentés comme ses amis de l'orchestre. Ils nous ont tous dit combien ils avaient hâte de voir la pièce.

Je ne savais pas si j'étais effrayée ou excitée à cette idée.

Ensuite, Sadie est arrivée avec quelques amis. Elle est rapidement venue nous saluer avant de s'asseoir au premier rang, le choix le plus intimidant possible.

Très peu de temps après, Jess est arrivée et, après avoir dit bonjour au groupe de l'asso des fiertés, elle est allée voir Sadie. Elles se sont étreintes avant de s'asseoir ensemble. Le monde universitaire était tout petit.

Un troupeau de garçons baraqués a débarqué, et je n'avais aucune idée de qui ils étaient jusqu'à ce que Jason aille les saluer – il s'agissait de ses coéquipiers d'aviron. Puis deux autres personnes se sont montrées, de parfaits inconnus là encore, mais Pip a couru vers eux, les a serrés dans ses bras et les a présentés comme Lizzie et Leo, deux amis qu'elle s'était faits à l'asso AmLat.

Personne n'était venu spécialement pour me voir. Pour Rooney non plus.

Ça ne me dérangeait pas, cela dit. Ceux que j'avais avec moi – ces quatre personnes – me suffisaient.

Et, malgré mon absence de contribution, nous avions un public. Assez nombreux pour remplir trois rangs complets.

Ce n'était peut-être pas beaucoup. Mais ça semblait beaucoup. Ça m'a donné l'impression que ce que nous faisions *avait du sens*.

À 13 h 57, nous nous sommes réunis tous les cinq dans l'aile droite.

— Quelqu'un d'autre a envie de faire caca ? a demandé Pip.

— Oui, a répondu Rooney du tac au tac.

Pendant que Sunil disait :

— Ben, je ne l'aurais pas formulé comme ça.

— Ça va *aller*, a répondu Jason. Que tout le monde se calme.

— C'est encore pire si tu me dis de me calmer, a rétorqué Pip.

— Quoi qu'il arrive, ai-je ajouté, on s'est bien amusés, non ? C'était cool.

Tout le monde a hoché la tête. Nous en avions tous conscience.

Quoi qu'il advienne de la pièce, de l'association, de notre étrange petit groupe d'amis… On s'était vraiment beaucoup amusés.

— C'est parti, a lancé Jason.

Et nous avons tous joint nos mains.

Bonne nuit

Jason était le premier à entrer en scène. Micro à la main et habillé en Roméo – avec un imprimé aux couleurs vives et contrastées.

— Juste un petit mot avant le spectacle, a-t-il annoncé. Tout d'abord, merci à tous d'être venus. C'est très sympa de voir autant de monde, sans doute grâce à notre incroyable campagne de promotion.

Il y a eu quelques rires amusés dans le public.

— Deuxièmement, je voulais vous informer que nous avons eu… quelques petits soucis en préparant cette pièce. Nous avons eu… des disputes entre acteurs. Et nous avons dû mettre le turbo pour certaines des scènes finales. Tout va bien désormais, du moins, nous l'espérons, mais… ça a été une sacrée aventure jusqu'ici. Il y a eu beaucoup de larmes et de messages animés sur WhatsApp.

D'autres gloussements dans la foule.

— Pour ceux qui ne le savent pas, a poursuivi Jason, à l'association Shakespeare, nous avons décidé que notre tout premier spectacle serait une compilation de scènes plutôt qu'une pièce entière. Toutes ces scènes parlent, d'une manière ou d'une autre, d'amour. Mais nous vous laissons libres d'interpréter le genre d'amour qu'elles décrivent. Pur, toxique, romantique, platonique… nous voulions explorer tous les genres. Quoi qu'il en soit, ce sera un peu plus court qu'une pièce standard, donc nous serons tous sortis à l'heure pour un repas tardif au pub.

Quelques acclamations de la foule.

— Enfin, a terminé Jason, nous sommes quatre à vouloir dédier ce spectacle à celle qui a réussi à nous réunir après que tout est plus ou moins parti en sucette.

Il s'est tourné pour me regarder en coulisses, ses yeux ont croisé les miens.

— Si cette pièce a lieu, c'est grâce à Georgia Warr, a-t-il conclu. Et ce n'est peut-être qu'une petite pièce mais elle compte pour nous. Beaucoup. Et Georgia mérite qu'on fasse quelque chose juste pour elle. Alors, c'est pour toi, Georgia. Cette pièce parle d'amour.

C'était un peu n'importe quoi mais c'était fantastique. Nous avons commencé par une comédie, Rooney et Pip interprétaient Bénédick et Béatrice et, très vite, l'audience était pliée en deux. Je me suis surprise à écouter l'histoire de *Beaucoup de bruit pour rien* comme si c'était la première fois. Elle prenait vie sous mes yeux. C'était magnifique.

La Nuit des rois venait ensuite. Ce qui signifiait qu'il était presque temps pour moi de monter sur scène.

Et c'est là que j'ai remarqué que j'allais bien.

Pas de nausée. Pas besoin de courir aux toilettes comme pour *Roméo et Juliette* en terminale.

J'avais le trac, bien sûr. Mais c'était un niveau de stress normal, mêlé d'excitation de jouer, d'*interpréter*, de faire cette chose que j'appréciais vraiment.

Et quand je suis allée faire mon discours de « Viens, ô mort », je me suis vraiment amusée. Jason et Sunil ont pris ma suite en tant qu'Orsino et Viola, et je les ai regardés depuis le bord de la scène, souriante, soulagée, *heureuse*. Je l'avais fait. *Nous l'avions fait.*

Jason et Rooney ont joué du *Roméo et Juliette*, rendant la scène aussi passionnée que s'ils sortaient ensemble. Puis, nous avons enchaîné avec *Le Roi Lear*, quand Lear tente de savoir laquelle de ses filles l'aime le plus. Ensuite j'ai joué Prospero, et Sunil, Ariel, dans *La Tempête*, ayant besoin l'un de l'autre mais voulant nous libérer de notre lien magique.

Rooney et Pip sont revenues jouer *Beaucoup de bruit pour rien* quand Bénédick et Béatrice s'avouent enfin leur amour, et quand elles se sont embrassées le public a lâché un tonnerre d'applaudissements.

Et enfin, nous avons terminé par *Le Songe d'une nuit d'été*. Ou, disons plutôt que j'ai terminé.

Assise sur le trône fleuri, j'ai lu les dernières répliques pour conclure le spectacle.

— *Ainsi ; bonne nuit à tous.* (J'ai souri doucement aux gens dans le public, espérant, priant pour que tout cela ait suffi. Que ce ne soit pas la dernière fois que je me produisais avec mes meilleurs amis.) *Prêtez-moi le secours de vos mains si nous sommes amis, Et Robin vous dédommagera quelque jour.*

Sunil a baissé les lumières de la scène, et le public s'est levé.

Nous avons salué sous les acclamations des spectateurs. Ça ne resterait pas dans les annales de l'université. Ça n'aurait rien d'exceptionnel pour qui que ce soit d'autre que nous. Les gens allaient l'oublier ou s'en souvenir comme d'une pièce étudiante bizarre mais intéressante qu'ils avaient vue un jour.

Aucune autre personne dans l'univers ne verrait cette pièce.

Mais j'imagine que c'est ce qui faisait qu'elle n'était rien qu'à nous.

— C'était *n'importe quoi*, a lancé Sadie, sourcils levés et bras croisés. Les transitions entre les scènes étaient, au mieux, discutables, et votre mise en scène était… vraiment inhabituelle.

Assis en ligne, tous les cinq, le long de la scène, nous avons tous baissé la tête en même temps.

— *Mais*… a-t-elle poursuivi en levant le doigt, je n'ai pas détesté. En fait, j'ai trouvé ça très créatif et carrément plus intéressant que si vous aviez fait une version abrégée médiocre de *Roméo et Juliette*.

— Donc… a dit Rooney. Est-ce que… Est-ce qu'on…

— Oui, a répondu Sadie, vous pouvez garder votre association Shakespeare.

Pip et Rooney se sont mises à crier en tombant dans les bras l'une de l'autre. Sunil a placé une main sur son torse en murmurant « Dieu merci », tandis que Jason passait son bras autour de moi avec un grand sourire, et j'ai constaté que je souriais aussi. J'étais heureuse. Tellement heureuse.

Après le départ de Sadie, Rooney a été la première à me serrer dans ses bras. Elle est passée par-dessus les autres et m'est simplement tombée dessus en m'enlaçant, m'entraînant dans sa chute. J'ai ri, elle a ri, et nous n'arrivions plus à nous arrêter. Pip nous a rejointes aussi.

Elle s'est jetée sur nous en criant :

— Je ne veux pas être exclue !

Sunil a posé sa tête contre le dos de Rooney, puis Jason s'est accroché à nous quatre, et nous sommes tous restés ainsi un moment, serrés les uns contre les autres, à rire et babiller. Au cœur de la mêlée, j'étais plus ou moins écrasée, mais c'était étrangement réconfortant. Le poids de tout le monde sur moi. Autour de moi. Avec moi.

Nous n'avions pas besoin de le dire mais nous le savions tous. Nous savions tous ce que nous avions trouvé. Ou du moins, je le savais. J'avais trouvé ce que je cherchais.

Et cette fois, il n'y a pas eu de grande déclaration. Pas de grand geste.

Rien que nous, serrés les uns contre les autres.

La maison

La maison se trouvait à l'angle d'une rue. Un bâtiment victorien, qui n'avait rien de particulièrement esthétique, avec des fenêtres dont la petite taille était inquiétante. Nous étions tous les cinq à l'observer de l'extérieur sans que personne ne parle. Personne ne voulait dire ce que nous pensions tous : ça avait l'air un peu pourri.

Un mois après notre représentation, Rooney, Pip, Jason et moi nous étions rendu compte que nous n'avions nulle part où vivre l'année suivante. Les logements du collège de l'université de Durham étaient destinés en priorité aux étudiants de première année et quelques étudiants de troisième et quatrième années – il était généralement attendu que ceux de deuxième année trouvent un endroit où se loger. La plupart des nouveaux avaient donc formé des petits groupes vers décembre ou janvier pour partir en quête d'une maison et ils avaient déjà signé les baux.

En raison des péripéties de l'année, nous avions totalement loupé l'info. Et, à la fin du mois d'avril, la plupart des logements gérés par l'université à Durham étaient déjà tous pris pour l'année scolaire suivante, ce qui nous a contraints de partir à la chasse aux annonces sur des sites de loueurs privés.

— Je suis sûre que c'est plus sympa à l'intérieur, a lancé Rooney en toquant à la porte.

— C'est ce que tu as dit pour les trois derniers, a argué Pip, bras croisés.

— Et je vais finir par avoir raison.

— Juste comme ça, a dit Sunil, on devrait peut-être réévaluer notre souhait d'avoir un séjour.

Même si Sunil était en troisième année, il avait décidé à la dernière minute de revenir l'année suivante pour faire un master de musique. Il ne savait toujours pas ce qu'il voulait faire dans la vie, ce que je trouvais compréhensible, et il disait qu'il aimait être à Durham et qu'il voulait y rester un peu plus longtemps.

Mais Jess partait à la fin de l'année. En fait, c'était le cas de la plupart des amis de troisième année de Sunil. Dès que nous l'avions appris, nous lui avions proposé de vivre avec nous ; il avait accepté.

La porte s'est ouverte, et une étudiante fatiguée nous a fait entrer en nous expliquant que tout le monde était en cours sauf elle et que nous pouvions donc faire un tour et regarder dans toutes les chambres si nous le souhaitions. Nous nous sommes tout d'abord dirigés vers la cuisine, qui faisait aussi office de séjour avec un canapé d'un côté et le comptoir de la cuisine de l'autre. C'était très ancien et ça avait bien servi, mais ça semblait fonctionnel et propre, soit tout ce dont nous avions besoin. Nous étions étudiants. Nous ne pouvions pas faire les difficiles.

— Ce n'est pas si mal, en fait, a commenté Sunil.

— Tu vois ? a dit Rooney en faisant un geste pour embrasser l'ensemble. Je vous avais bien dit que ce serait le bon.

Jason a croisé les bras.

— C'est plutôt… petit.

Le sommet de son crâne était très proche du plafond.

— Mais sans moisissure, a indiqué Pip.

— Et il y a de la place pour tout le monde, ai-je ajouté.

Par « tout le monde », je pensais à nous cinq plus ceux qui venaient à nos répétitions – bon, il ne s'agissait plus vraiment de répétitions. Ce n'était pas comme si nous avions une autre pièce à préparer cette année, et nous étions tous très pris par les examens et les devoirs, donc nous nous retrouvions simplement pour discuter, regarder des films et manger des plats à emporter chaque vendredi soir dans notre chambre à Rooney et moi.

Parfois, Sunil amenait Jess, ou Pip venait avec ses amis, Lizzie et Leo. Parfois, la moitié de l'équipe d'aviron du Château débarquait – des garçons bruyants qui m'avaient fait peur au début mais qui étaient plutôt sympas quand on apprenait à les connaître. Parfois ce n'était que les cinq de départ, voire moins quand certains étaient occupés.

C'était devenu un rituel. Mon rituel universitaire préféré.

— Et c'est l'endroit *idéal* pour Roderick ! a lancé gaiement Rooney en désignant un espace vide près de l'accoudoir du canapé.

Nous nous sommes dirigés vers les chambres du bas, qui étaient plutôt ordinaires. Jason et moi avons jeté un œil dans la seconde. Elle était presque aussi bordélique que celle de Pip.

— J'ai toujours voulu une chambre au rez-de-chaussée, a annoncé Jason. Je ne sais pas pourquoi. Mais ça a l'air cool.

— Tu seras juste à côté de la route.

— Ça devrait me plaire. Le bruit ambiant… Et regarde ! (Il a désigné un petit pan de mur dégagé au-dessus du lit – suffisant pour un cadre photo.) L'endroit idéal pour *Mystères associés.*

C'était l'anniversaire de Jason la semaine précédente. Un des cadeaux que je lui avais offerts : un cadre avec une photo du gang de Scooby-Doo au complet.

— J'aimerais une chambre en bas, a lancé Sunil, qui venait d'apparaître derrière nous. J'aime être proche de la cuisine. C'est parfait pour les fringales.

Jason l'a regardé, méfiant.

— Tant que tu ne joues pas de violoncelle au milieu de la nuit.

— Tu veux dire que tu n'as *pas* envie d'écouter ma merveilleuse musique aux petites heures du matin ?

Jason a ri avant de monter l'escalier, nous laissant Sunil et moi nous rendre dans la première chambre en prenant garde à ne pas toucher aux affaires du locataire actuel.

Puis, Sunil a dit :

— Je voulais te soumettre une idée, Georgia.

— Ouais ?

— En fait, il ne me reste que quelques mois en tant que président de l'asso des fiertés, et avant que je me retire… je voulais lancer un nouveau groupe au sein de l'asso. Pour les étudiants aromantiques et asexuels. Et je me demandais si… tu aimerais en faire partie. Pas forcément en tant que présidente, mais… ben, je sais pas. Je voulais juste te poser la question. Pas de stress, cela dit.

— Oh. Euh…

Cette idée m'a immédiatement rendue nerveuse. Il m'arrivait encore de ne pas déborder de confiance en moi par rapport à mon orientation sexuelle, malgré tous les jours où je me sentais fière et reconnaissante de savoir qui j'étais et ce que je voulais. Peut-être que les mauvais jours allaient se faire de plus en plus rares, mais… je n'en savais rien. Je ne *pouvais pas* le savoir.

Peut-être que des tas de gens ressentaient ça à propos de leur orientation sexuelle. Peut-être qu'il me faudrait seulement du temps.

— Je ne sais pas, ai-je répondu. Je n'ai même pas fait mon coming out à mes parents.

Sunil a hoché la tête, compréhensif.

— Pas de souci. Dis-moi quand tu y auras réfléchi.

J'ai hoché la tête à mon tour.

— Promis.

Il a regardé la lumière du soir qui éclairait le sol de la chambre.

— Ça a été une bonne année, mais j'ai hâte de lever le pied. Je pense que je mérite une nouvelle année plus calme. (Il s'est souri à lui-même.) Ce serait sympa, de se reposer.

Il y avait trois autres chambres à l'étage, et Pip et Rooney ont immédiatement foncé vers celle qui semblait la plus grande.

— Je prends celle-ci, ont-elles dit d'une même voix avant de se dévisager.

— J'ai besoin de plus d'espace, a argué Rooney. Je mesure genre trente centimètres de plus que toi.

— Euh, déjà, c'est faux, tu mesures à peine quelques centimètres de plus…

— Au moins quinze.

— Et deuxièmement, j'ai besoin de plus de place parce que j'ai beaucoup plus de vêtements que toi.

— Vous allez dormir dans la même chambre presque tout le temps de toute façon, a marmonné Jason en roulant les yeux.

Et Pip lui a jeté un regard où la gêne se mêlait à la panique tandis que Rooney a instantanément viré au rouge vif avant d'ouvrir la bouche pour protester.

Rooney avait encore découché certaines nuits. La première fois que c'était arrivé, après le spectacle, j'avais craint qu'elle se soit remise à trop boire et à faire la fête avec des inconnus mais, quand je lui ai enfin demandé des comptes à ce sujet, elle m'a timidement révélé qu'elle passait toutes ces nuits dans la chambre de Pip. Et les vêtements qu'elle laissait là-bas la trahissaient.

Elle avait également passé des nuits dans notre chambre, cela dit. Des tas de nuits. Ce n'était pas comme si elle m'avait remplacée ou que j'étais moins importante.

Elle comptait parmi mes meilleurs amis. Et moi, parmi les siens. Et nous savions toutes les deux ce que ça signifiait.

Une fois que Rooney avait eu fini de réprimander Jason pour avoir évoqué sa vie sexuelle et que Jason s'était stratégiquement replié dans la salle de bains, j'ai regardé Rooney et Pip qui se tenaient dans l'entrée. Rooney a délicatement touché la main de Pip, puis elle s'est penchée vers elle pour lui chuchoter une chose que je n'ai pas entendue et qui a fait sourire Pip.

Je me suis éloignée pour jeter un œil à une des autres chambres. Elle avait une grande fenêtre à guillotine, un lavabo dans un coin, et la personne qui vivait là avait accroché des Polaroid sur tout un mur. Le tapis était un peu étrange – ses motifs rouge vif me rappelaient les rideaux de mamie – mais ça ne me déplaisait pas. Rien de tout ça ne me déplaisait.

Ça n'avait rien de classe. Mais je me voyais vraiment vivre ici. Je pouvais tous nous voir ici, commencer une nouvelle année universitaire, rentrer à la maison et nous affaler sur le canapé les uns à côté des autres, discuter dans la cuisine le matin autour d'un bol de céréales, nous regrouper dans la chambre la plus grande pour une soirée ciné, nous endormir dans le lit les uns des autres quand nous serions trop fatigués pour bouger.

Je pouvais imaginer tout ça. Un avenir. Un avenir proche, et pas un avenir éternel, mais un avenir quand même.

— Qu'est-ce que tu en penses ? a demandé Rooney, qui était venue se placer à côté de moi dans l'embrasure de la porte.

— C'est… pas mal, ai-je répondu. Ce n'est pas parfait.

— Mais ?

J'ai souri.

— Mais je pense qu'on pourrait bien s'amuser ici.

Elle a souri en retour.

— Je suis d'accord.

Rooney est retournée se disputer avec Pip pour avoir la plus grande chambre, tandis que je restais là un moment, à regarder ce qui pourrait devenir mon prochain lieu de vie. Après des mois à dormir à côté d'une de mes meilleures amis, j'étais un peu nerveuse de revenir à une chambre individuelle. Dormir dans une pièce silencieuse, seule avec mes pensées.

J'avais le temps de me faire à cette idée, cela dit.

En attendant, nous pouvions garder les lits collés.